**ERICH SCHÜTZ /
DIRK PLATT**
Schwarzkonto

UNVERHÜLLT Ein Nacktsurfer wird in Kressbronn am Bodensee angeschwemmt. Von Nacktwanderern hat Fernsehjournalist Lebrecht Fritz schon gehört. Aber Nacktsurfer? Bei sportlichen Herbsttemperaturen kurz nach Allerheiligen? Dabei war der Tote zu Lebzeiten ein solider Banker in Liechtenstein. Fast zeitgleich findet die Polizei eine nackte Leiche im Kleinen Wannsee in Berlin. Der Tote gehörte zum Kompetenzteam des Kanzlerkandidaten. Kathi Kuschel, TV-Journalistin aus Potsdam, erfährt bald, dass der Mann ermordet worden ist. Aber warum? Und warum nackt? Doch Lebrecht Fritz interessiert dies alles wenig. Seiner Mutter Elfriede wurde ein neues Hüftgelenk implantiert. Jetzt hat sie Schmerzen wie nie zuvor. Nebenbei muss er über den toten Surfer recherchieren, und er soll Kathi Kuschel bei ihren Recherchen in Liechtenstein helfen. Denn eine heiße Spur führt zu einem schwarzen Parteikonto in Vaduz.

Erich Schütz, Jahrgang 1956, ist freier Journalist am Bodensee. Er arbeitet als Autor von Kriminalromanen und Fernsehdokumentationen und ist Herausgeber verschiedener Restaurantführer.

Dirk Platt, Jahrgang 1972, ist Fernsehmoderator und Journalist beim Rundfunk Berlin Brandenburg. Seit 2008 kennen ihn die Zuschauer als Anchor des Nachrichtenmagazins BRANDENBURG AKTUELL und als Moderator der RBB-Sendung SPEZIAL. Die politische Berichterstattung ist dabei sein Schwerpunkt.

Bisherige Veröffentlichungen im Gmeiner-Verlag
(Erich Schütz):
Bombenbrut (2012)
Doktormacher-Mafia (2011)
Judengold (2009)

ERICH SCHÜTZ /
DIRK PLATT

Schwarzkonto

Kriminalroman

GMEINER *Original*

Personen und Handlung sind frei erfunden.
Ähnlichkeiten mit lebenden oder toten Personen
sind rein zufällig und nicht beabsichtigt.

Besuchen Sie uns im Internet:
www.gmeiner-verlag.de

© 2014 – Gmeiner-Verlag GmbH
Im Ehnried 5, 88605 Meßkirch
Telefon 0 75 75 / 20 95 - 0
info@gmeiner-verlag.de
Alle Rechte vorbehalten
1. Auflage 2014

Lektorat: Claudia Senghaas, Kirchardt
Herstellung: Julia Franze
Umschlaggestaltung: U.O.R.G. Lutz Eberle, Stuttgart
unter Verwendung eines Fotos von: © terranova_1 – Fotolia.com
Druck: GGP Media GmbH, Pößneck
Printed in Germany
ISBN 978-3-8392-1613-2

Freundschaft ist, wenn zwei zusammen ein Buch schreiben und sich darüber keinmal in die Haare bekommen.

Wir danken unseren Frauen für ihre Geduld, ihre Liebe und ihre konstruktive Kritik. Ihr habt das Buch wirklich besser gemacht.

Ein Dank auch an Kitty und Karl-Ernst Platt für ihre professionelle Unterstützung.

Und nicht zu vergessen:
Dank an Obis Geißbock Bruno – in memoriam

Erich Schütz und Dirk Platt

PROLOG

Im Todeskampf verschwimmt die Realität. Nackte Panik bietet kaum Raum für klare Gedanken. Fragen, die sich stellen, bleiben unbeantwortet. Für immer. Zumindest für Reto Welti. Er ist Bankangestellter. Sein Arbeitgeber eine renommierte Liechtensteiner Anlagebank. Sein Leben erlischt. Warum? Wieso? Antworten werden andere für ihn finden müssen.

Wer ist sein Mörder? Wer sind die Hintermänner? Was ist überhaupt der Grund des Mordkomplotts? Reto Welti stirbt leise. Unwissend. Ohne Antwort. Obwohl er das Motiv ahnt.

Ahnte.

Er wehrt sich. Er krümmt seinen Körper mit letzter Kraft zusammen und drückt ihn schnell nach oben. Die Beine strampeln, suchen Halt, die Finger krallen sich in den Neoprenanzug seines unbekannten Angreifers.

Der Fremde umklammert ihn fest wie eine Eisenzange. Er zieht ihn immer weiter in die eiskalte Tiefe des Bodensees.

Reto Welti kämpft seinen letzten Kampf, der aber längst verloren ist. Bei klaren Gedanken würde er die Ausweglosigkeit seiner Situation erkennen.

Sein Körper wehrt sich reflexartig und doch vehement.

Sein Gehirn zieht einen erbarmungslosen Schlussstrich. Es ruft sein kurzes Leben mit wenigen Bildern ab: Er mit dem begehrten Master der renommierten Universität St. Gallen; er mit leuchtenden Augen vor seiner neuen, großen Liebe Sandra; er mit ihr auf Hawaii.

Filmriss. Ein Gedankenblitz: Alles nur Träumerei.
Aus.

Reto Welti hat sich offensichtlich mit den Falschen angelegt. Seine Gegner sind nicht nur eine Nummer zu groß, nein, sie sind ihm haushoch überlegen. Er hat ihre Brutalität unterschätzt. Der Killer, der ihn mit vorgehaltener Waffe ins Boot gezwungen hatte, ist Profi.

Er dagegen war in dem Spiel von Anfang an ein Dilettant.

Der Mann in seinem schwarzen Neoprenanzug bewegt sich unaufhaltsam wie ein ferngesteuerter Roboter. Jeder seiner Handgriffe scheint einstudiert. Jede Bewegung führt zum gesetzten Ziel.

Er hat alles getan, was der Mann verlangte. Er musste sich splitternackt ausziehen, stand vor Kälte schlotternd vor ihm. Die Todesangst lähmte ihn. Laut schrie er ein verzweifeltes: »NEIN!«

Das Gesicht des Mannes verzog sich zu einer grinsenden Fratze. »Dich hört niemand«, lachte die dunkle Gestalt hämisch. Unausweichlich bewegte der Mann sich auf ihn zu. Er streckte seinen Arm nach ihm aus. Stand nur noch wenige Zentimeter vor ihm. Da traf ihn unvermittelt ein Schlag auf den Oberarm.

Welti konnte sein Gleichgewicht nicht halten und stürzte über die Bordkante des kleinen Bootes platschend in den eiskalten See.

Der Angreifer war ihm sofort hinterher gesprungen. Landete knapp neben ihm. Hielt ihn fest.

Das kalte Novemberwasser des Bodensees schmerzte Reto schon nach wenigen Sekunden. Ihm schien, als stünde sein Herz abrupt still.

Jetzt spürt er noch immer den harten Griff des fremden Mannes. Unbarmherzig zieht er ihn mit nach unten in die eiskalte Dunkelheit. Seit etwa vier Minuten sind sie unter Wasser. Was wollen sie von mir? Was habe ich getan? Warum töten sie mich?

Noch auf dem Boot hatte der Unbekannte wenigstens auf eine seiner vielen Fragen zynisch geantwortet. »Es wird ein schöner Tod. Keine hässlichen Spuren.« Der Mörder hatte dabei unverhohlen gegrinst, »Menschen ertrinken hin und wieder.« Ebenso emotionslos und kühl, wie diese Novembernacht, hatte er hinterher geschoben: »Keine Sorge, es geht relativ schnell. Ich bin Kampfschwimmer. Acht Minuten unter Wasser ohne Luft, für mich kein Problem, für dich das Aus!«

Es wird leicht. Reto spürt, wie die Kälte schwindet. Er lächelt. Sieht kleine Luftbläschen den Weg aus seinem Mund nach oben tanzen. Perlen wie im Sektglas.

Gruß an Sandra.

Endlich ist es warm.

Der Tod tut nicht weh.

MONTAG, 21. NOVEMBER

Langenargen, frühmorgens

»Verdammt noch mal, es ist November, da gibt es noch kein Treibgut und Wassersportler schon längst nicht mehr«, denkt Claudia Finke, als sie am Bodenseeufer, bei Kressbronn, ein schneeweißes Surfbrett im leichten Wellenschlag dümpeln sieht. Sie schaut angestrengt und glaubt, einen menschlichen Körper darauf zu erkennen. Liegend. »Schläft der?«, fragt sie sich ungläubig.

Claudia Finke ist eine der beiden blondgelockten Dalben-Schwalben der Bodensee-Schiffsbetriebe in Kressbronn. Sie öffnet in der Frühe den Schiffsfahrkartenverkaufsschalter der BSB am Landungssteg und sorgt mit ihrer ebenso blond gelockten Kollegin den ganzen Tag über für das reibungslose An- und Ablegen der großen weißen Personenschiffe. Doch ihre Entdeckung lässt sie in ihrer morgendlichen Routine stocken. Sie will nicht glauben, was sie sieht: ein Surfer, ruhend, splitterfasernackt auf seinem weißen Brett?

Ungläubig lehnt sie sich weit über das Geländer am Steg, um ihre Entdeckung genauer zu erkennen. Die Morgensonne blendet. Sie führt die Handfläche zur Stirn.

Es ist mild für die Jahreszeit. Herbstliche Winde und Sonnenschein locken zwar den einen oder anderen Surfer auf den See, aber ohne Neoprenanzug holt sich jeder den Tod. Die Wassertemperatur liegt bei zwölf Grad; selbst bei sonnigen 20 Grad Lufttemperatur in den Nachmittagsstunden. Warum sollte sich bei solchen Bedingungen ein vernünftiger Mensch nackt auf sein Surfbrett legen? Und dann auch noch morgens um neun Uhr?

Brrr – sie friert.

Entschlossen verlässt sie den Landungssteg und geht zügig Richtung Ufer. Sie streicht sich eine Strähne aus ihrem braun gebrannten Gesicht. Ein kühler Ostwind bläst um ihre spitze Nase. Trotzdem fröstelt sie plötzlich nicht mehr. Es treibt sie innerlich angespannt immer näher an das offensichtlich gestrandete Surfbrett und diesen unheilverkündenden Menschenkörper.

Das Surfbrett ist noch aufgetakelt. Das bunte Segel liegt am Baum aufgezogen flach auf der Wasseroberfläche. Es tänzelt leicht im dunklen rhythmischen Wellenschlag. Die Spitze des Segelbaums hat sich in Schlingpflanzen verfangen. Das Brett mit dem nackten Körper ist auf dem Kies gestrandet und gibt ihm am Ufer Halt.

Claudia Finke hat nur noch Augen für den menschlichen Körper. Es ist ohne Zweifel ein Mann. Deutlich ist seine kräftige Statur zu erkennen, wenn auch ein Teil der Beine von der Takelage verdeckt ist, in der sich der gesamte Körper verheddert hat.

Der ist tot!, schießt es Claudia schließlich mit Gewissheit durch den Kopf. Sie tritt näher heran. Watet, ohne zu zögern, mit ihren Lederstiefeln in das kalte Wasser. Das Rindsleder weist die Nässe kaum ab. Sie steht direkt neben dem Brett und dem Toten. Sieht sein junges Gesicht. Die Augen sind geöffnet. Fast scheint es ihr, als würde er sie anlächeln. Frech sieht er aus, nicht unsympathisch. Braungebrannt sein schlanker Körper, seine blonden Locken hängen patschnass an ihm, die blauen Augen starren sie an.

Unwillkürlich spitzen sich die Lippen zu einem frechen Pfiff. Dann hält sie sich schnell die Hand vor den Mund. Sie fühlt sich beobachtet. Schaut trotzdem noch kurz auf den Penis des nackten Mannes und lächelt. Sie wusste doch, dass es saukalt ist. Abrupt wendet sie sich ab und eilt zu ihrem Kassenhäuschen.

19222 – die Telefonnummer der Rettungsleitstelle. Sie wählt, ohne zu überlegen, und schreit in die Telefonmuschel: »Der ist tot!«

»Wer?«

Sie weiß nichts zu antworten.

»Wer ist am Apparat?«

»Ich«, sagt Claudia. Als sie ihre eigene Stimme hört, löst sich ihr erster Schock und sie erzählt, was sie soeben entdeckt hat.

＊

Eine Stunde später ist der Kressbronner Strand großräumig abgesperrt. Die Polizei aus Friedrichshafen ist vor Ort, die Spurensicherung hat Verstärkung aus Ulm angefordert. »Volles Programm«, sagt Horst Weinrich, der Polizeipostenchef von Kressbronn, stolz zu Claudia Finke. Sie winkt ab und antwortet lapidar: »Dann müsstet ihr auf dem See Spuren sichern.«

»Was meinst du?«

»Den hat uns der Rhein gebracht«, ist sich Claudia Finke sicher. »Den hat es genau dort angeschwemmt, wo

13

der Rhein jährlich an unserem Ufer knabbert. Siehst du nicht, wie die Bucht sich hier immer weiter ausfrisst? Das ist der Rhein! Der mündet drüben, auf der anderen Uferseite in den See und drückt sein Wasser samt allem was er sonst noch mitreißt hier zu uns. Und genau da ist ja auch das Brett mit dem Toten gestrandet.«

»Hm«, brummt der Ortspolizist.

»Hätte der Segelmast sein Brett nicht am Ufer festgehalten, wäre er wie alles andere Treibgut längst seeab getrieben.«

»Seeab«, lächelt Horst Weinrich, »lass das die klugen Kriminalbeamten aus Ulm nicht hören. Die halten dich für unzurechnungsfähig. Seeab, tss.«

»Der Rhein fließt bei uns in den Obersee und am Untersee wieder hinaus. Also: Fließt der jetzt im See bei dir bergauf, oder was?«

»Hm«, sucht der Ortspolizist nachdenklich nach Worten, da fallen ihm Blechmusik und Paukenschläge ins Wort. Die Melodie des lokalen Evergreens *Die Fischerin vom Bodensee* ertönt. Claudia Finke springt auf, beginnt in ihrer Handtasche zu wühlen, zieht schließlich ein kleines Handy heraus. »Ja, Fritz, was willst denn du jetzt?«

Sie fuchtelt mit dem Handy vor dem Gesicht des Polizisten herum. »Privat«, entschuldigt sie sich und weist mit ihren großen dunklen Augen dem Polizeipostenführer den Weg aus ihrem Kassenhäuschen.

»De Fritz«, lacht sie in das Handy, nachdem der Polizist ihr Refugium verlassen hat, »natürlich erinnert sich der alte Griffelspitzer wieder an seine ›Dalben-Schwalbe‹. Woher weißt denn du, was wir uns hier eingefangen haben?«

»Du musst nur den Seefunk hören«, antwortet am anderen Ende der Leitung Lebrecht Fritz, »das ist schon lange kein Geheimnis mehr, dass die Polizei an deinem Steg einen toten Mann gefunden hat.«

»Und was willst du jetzt von mir?«

»Okay, ich hab's ja überlebt«, erinnert sie Fritz an ihre alte Affäre, »ist ja auch schon lange her. Aber ein toter Mann, direkt an deinem Steg …«

»Mach keine Witze, Fritz! Das ist traurig. Zu allem hin sah er auch recht gut aus, ein schöner Verlust für die Frauenwelt.«

»Und er war nackt!«, fällt ihr Fritz ins Wort und unterstreicht das Wort »nackt« deutlich und laut.

»Woher weißt du das? Hat das auch der Seefunk gemeldet?«

»Mein Chef sagt das, deshalb meint er, das sei etwas für mich: nackte Tatsachen!« Lebrecht Fritz räuspert sich und zitiert eine alte journalistische TV-Binsenweisheit: »Nackte Tote und kleine Kinder bringen Quote! – Da Kinder nicht mein Thema sind, soll ich mich um den nackten Toten kümmern. Sag mal: Stimmt das denn, ein Nacktsurfer?«

»Ja«, antwortet Claudia trocken und steckt sich eine Zigarette an. Die X-te an diesem Morgen.

»Bei aller Liebe, Claudia«, wird Fritz vertraulich und spielt auf ihre gemeinsamen Nächte an, »ein nackter Mann unter deiner Liebeslaube, na komm schon …«

»Du spinnst!«, hält Claudia Finke energisch dagegen, »und dann noch auf meiner Massagebank, oder was?«

»Warum auf der Massagebank?«, ist Fritz verunsichert.

»Weil der Tote auf einem Surfbrett dahergeschwommen ist.«

»Hör auf. Ich komm' vorbei.«

*

Lebrecht Fritz hatte bis zu dem Gespräch mit Claudia Finke gehofft, dass die Meldung über einen nackten Toten im See bei Kressbronn eine Ente ist. Im November! Bei nächtlichen Lufttemperaturen von zehn Grad und zwölf Grad Wassertemperatur. Diese Angaben hatte er sich schnell beim Wetteramt besorgt, nachdem sein Chef, Uwe Hahne, ihm den Auftrag aufs Auge gedrückt hatte. »'ne geile Story«, hatte dieser erkannt und Fritz auf die Fährte gesetzt.

Lebrecht Fritz zählt für Uwe Hahne zu den personellen Altlasten seiner Redaktion. Vor einem Jahr hat er das Regionalstudio Friedrichshafen des Landessenders übernommen. Hahne will eine Crew für moderne Themen. »Quote verdoppeln!«, ist sein Ziel. Journalisten der alten Schule, wie Lebrecht Fritz, sind ihm im Weg. Sie erkennen die Zeichen der Zeit nicht. Der nackte Tote ist für Hahne ein typisches Beispiel. »Nackte Tatsachen!«, hat er gelacht, »das ist doch, was Fritz immer fordert, jetzt soll er sich um die nackte Angelegenheit kümmern.«

Lebrecht Fritz hatte den Auftrag zu Hause angenommen. Er hatte gerade seiner Mutter das Frühstück ans Bett gebracht. Seit Monaten ist Elfriede Fritz meist bettlägerig. Dabei war seine Mutter ihr Leben lang nie krank gewesen. »Nur eine kleine Hüftoperation«, hatte der Herr Professor abgewunken, »Routine, wie wenn Sie über die Straße gehen.« Jetzt liegt seine Mutter im Bett, als wäre sie im falschen Augenblick über die Straße gegangen.

»Ich habe Schmerzen, als wäre ein LKW über meine Hüfte gedonnert«, jammert sie seit Wochen. Und Lebrecht sieht seiner Mutter ihr schweres Los an. »Das zieht wie ein Feuer von der Wade bis in Kreuz«, massiert sie ihr linkes Bein und die Hüfte mit schmerzverzogenem Gesicht, »so schlimm war es vor der Operation nicht!« Zu allem hin kann sie kaum noch gehen. Vom Bett bis zur Toilette benützt sie Krücken. Bei fast jedem Schrittversuch wird sie von Schmerzattacken geplagt, wie sie sie vor der Hüftoperation nicht kannte.

Lebrecht Fritz ist ein Journalist der alten Schule. Er hat sich mühsam hochgeackert. Vom Schreiberling im Lokalblatt zum Fernsehreporter für die Tagesschau. Doch das ist schon lange vorbei. Mit knapp 60 Jahren ist er für seine jungen Kollegen ein Auslaufmodell. Er weiß, dass das stimmt. Wenn er früher mit einem Team vor Ort war, kam er immer mit einer Story zurück. Heute zweifelt er zu oft an dem Sinn der Geschichten, die er umsetzen soll. Kauzig urteilen die Jungen. Kritisch sieht er sich. Auch jetzt ist Fritz wieder ratlos. Ein toter Nacktsurfer? Um Herrgottswillen was für eine Story soll er daraus aufblasen?

In Wirklichkeit interessiert ihn der Tote im Moment wenig. Ob er sich mit Drogen zugedröhnt den Goldenen Schuss gesetzt hat, oder was auch immer passiert sein mag, das soll die Polizei ermitteln. Ihn interessiert viel mehr: warum seine Mutter Wochen nach der Hüft-OP mehr Schmerzen zu ertragen hat als jemals zuvor?

Heute hat er sich vorgenommen zu diesem Herrn Professor in die Klinik zu gehen und mit dem Mann Tacheles zu reden. Für ihn ist klar, die weißen Götter verschweigen seiner Mutter die Wahrheit. Entweder leidet die alte Frau an einer ganz anderen Krankheit, oder die Hüft-OP ging gründlich daneben. Darüber will er mit den behandelnden Ärzten reden.

Auf der anderen Seite kennt Fritz sein Konto. Sein Leben lang hat er sich als freier Journalist durchgeschlagen. Die Auftragslage wurde in den vergangenen Jahren nicht besser. Rosinenpicken konnte er sich früher leisten. Damals war er als Fachjournalist für sämtliche Umweltthemen gefragt. Er hatte die miese Wasserqualität des Sees thematisiert und angeprangert und mehrere Umweltskandale aufgedeckt. Seine Beiträge wurden gelesen und gesehen. Wo er mit seiner schwarzen Lockenmähne und Vollbart auftauchte, gab's hinterher Zoff.

Die Zeiten sind vorbei. Der Bodensee spendet heute klares Trinkwasser, sein Bart ist ab und seine Haare sind grau. Dafür schiebt ihm Hahne immer wieder die schlüpfrigsten Geschichten zu: »Du bist doch der Spürhund der Redaktion«, hänselt der Schnösel ihn gehässig. Und er, Fritz, muss sich auf die schmierigen Fährten setzen. In seinem Alter! Mit fülliger Figur, Bauchansatz und immer tiefer werdenden Furchen im Gesicht. Auch heute.

Er verabschiedet sich von seiner Mutter, stellt ihr zuvor noch eine Thermoskanne mit frisch aufgebrühtem Kaffee neben das Bett und sein selbstgebackenes Zopfbrot. Ein altes Hausrezept. Hefeteig mit viel Butter, etwas Vanillezucker und mit Ei verstrudelt bestrichen. Gestern Abend hat er es gebacken. Er muss sie mit ihren eigenen Waffen schlagen. Früher hat sie ihn mit ihrer Koch- und Backkunst aufgepäppelt, jetzt ist er dran.

Dann fährt er nach Kressbronn.

Potsdam, am Abend

Ihre rechte Hand schiebt sich ganz langsam durch den Rockschlitz zwischen ihre Beine, sodass es Günther Robert Clausdorff nicht sehen kann, der einfach weiter spricht. Die letzten 20 Minuten scheint Clausdorff nicht ein einziges Mal Luft geholt zu haben. Er hat wild gestikuliert, leidenschaftlich argumentiert und für sich und seine Partei geworben. Jetzt aber kommt er zum Schluss. »So sieht er aus, der Fahrplan direkt ins Kanzleramt. Sie werden sehen, die Zeichen stehen auf Wechsel. Sie sind die ersten Journalisten, die wir in unsere Pläne für den Wahlkampfendspurt einweihen. Vor allem die so genannten ›Kleinen‹ bekommen endlich ein Recht auf Gerechtigkeit. Das bekommen sie aber nur mit uns!«

Ihre drei Kollegen von der Zeitung haben damit keine Probleme, die scheinen sich tatsächlich alles merken zu können. Kathi nicht. Ihr Kurzzeitgedächtnis funktioniert einfach nicht so wie das der meisten anderen. Deshalb ist sie beim Fernsehen gelandet, wo in der Regel immer eine Kamera mitläuft, die alles aufzeichnet.

Doch jetzt, ohne Kamera, bleibt ihr nichts anderes übrig

als ihr alter Trick aus der Schulzeit. Für solche Angelegenheiten hat sie einen langen Schlitz in ihren Rock genäht. Das erleichtert die Sache ungemein, sorgt aber zuweilen für eine gewisse Unruhe unter den anwesenden Kollegen, die von dem versteckten Notizblock nichts wissen dürfen. Wenn Kathi sich zwischen die Beine fasst um auf dem Block ein paar Stichworte zu notieren, bemerkt sie immer wieder die irritierten Blicke ihrer meist männlichen Sitznachbarn. Es ist ihr hoch peinlich, aber was soll sie machen?

Günther Robert Clausdorff sitzt keine zwei Meter von ihr entfernt auf der anderen Tischseite. Der Mann, der in zwei Wochen zum nächsten Bundeskanzler der Bundesrepublik Deutschland gewählt werden könnte. Clausdorff, 53 Jahre, Spitzenkandidat der Sozialisten. Ein Menschenfänger. Seine Umfragewerte sehen glänzend aus, sodass die politischen Gegner nicht zu Unrecht immer nervöser werden.

Clausdorffs Team plant seinen Wahlkampf generalstabsmäßig. Der nächste Frontalangriff auf die Konservativen steht an. Im Endspurt soll eine groß angelegte Steuergerechtigkeits-Kampagne gestartet werden. Der Kern der Botschaft lautet: kein Steuerabkommen mit der Schweiz, dafür harte Strafen für Steuerhinterzieher. Vor allem die dicken Fische, also die Reichen, sind im Visier der Sozialisten.

Clausdorff hat die vielen einfachen Menschen im Blick, sie sollen in knapp zwei Wochen ihr Kreuz hinter seinem Namen machen. Ab morgen werden in ganz Deutschland Anzeigen in Zeitungen geschaltet und Werbespots im Fernsehen gesendet.

»Dicke Fische im Visier!« Gutes Zitat denkt Kathi und

kritzelt es zwischen ihre Beine. Der Kollege der *Berliner Allgemeinen Zeitung* bemüht sich wegzuschauen.

Kathi spürt wie ihr Gesicht rot anläuft und versucht die Situation mit Frechheit zu überspielen.»Ich kann nicht anders«, flüstert sie ihm zu. Ihr Sitznachbar tut, als habe er nichts gehört.

Wie passe ich eigentlich in diese Runde? Wie sind die auf mich gekommen?, fragt sich Kathi. Sie war schon überrascht gewesen, als sie den Anruf von Clausdorffs Pressesprecherin Ilka Zastrow bekommen hatte. »Das ist eine persönliche Einladung, nur für Sie, Frau Kuschel. Und ich darf Sie noch einmal an die Spielregeln erinnern.«

»Schon klar, niemals von und über solche Hintergrundgespräche reden, ich bin lang genug dabei, Frau Zastrow«, war ihr Kathi beleidigt ins Wort gefallen und hatte aufgelegt.

Jetzt war es also so weit. Ab sofort zählte sie dazu. Kathi Kuschel, 39 Jahre alt, Politik-Redakteurin beim Landessender. Sie kennt Günther Robert Clausdorff schon lange. Sie verfolgt seine Karriere seit Mitte der 90er, als er auf einmal bei den Sozialisten auftauchte. Jetzt macht Clausdorffs Kanzler-Kandidatur Kathi zur gefragten Journalistin. Letzte Woche hatte sie ein Porträt in den Hauptnachrichten untergebracht. Wahrscheinlich bin ich deshalb für Clausdorffs Wahlkampfteam interessant, analysiert sie. Gleichzeitig schmeichelt ihr die Einladung in den exklusiven Kreis. Kathi Kuschel auf dem Weg nach oben, in die erste Liga des Politikjournalismus!

Auf der anderen Seite fühlt sich Kathi etwas beklommen. Diese ganze Heimlichtuerei. Clausdorff ist durch den Hintereingang gekommen, mitten durch die Restaurantküche, vorbei an den italienischen Pizzabäckern, die in Wahrheit alle aus Albanien stammen und trotzdem jeden Gast mit einem herzlichen »buongiorno« begrüßen. Offenbar will Clausdorff bei solchen Terminen nicht gesehen werden. Für das Hintergrundgespräch wurde strenge Vertraulichkeit vereinbart. »Alles unter drei!«, hatte Ilka Zastrow, die blonde und knapp zehn Jahre ältere Ausgabe der »Eurovisions-Lena« gleich zu Beginn klargestellt. »Nichts von dem, was gesagt wird, darf diesen Raum verlassen!«

Kathi hasst solche Spielchen. Was hat das mit der Freiheit der Presse zu tun? Während eines anderen Hintergrundgesprächs mit einer Ministerin hatte Kathi einmal diese »Zensurmethoden« kritisiert, worauf ihr freigestellt worden war, den Raum zu verlassen. Seitdem spielt sie das Spiel mit, aber nach wie vor fühlt sie sich dabei beschissen. Die Absprachen machen sie zu einer gefühlten Komplizin, aber irgendwann nutzt ihr die Information, die sie nur bei solchen Gesprächen bekommt, dann eben doch; das hat sich immer mal wieder gezeigt.

Kathi fasst wieder in ihren tiefen Rockschlitz. »Harte Strafen für steuerflüchtige Millionäre«, das Zitat bedeutet einen Frontalangriff auf den konservativen Finanzminister, der gerade einen neuen Anlauf für ein Steuerabkommen mit der Schweiz unternimmt.

»Herr Clausdorff, man darf ja träumen«, fällt sie ihm unvermittelt ins Wort, »wie wollen Sie denn an die dicken Fische unter den Steuersündern herankommen? Und was, wenn Finanzminister Leiple noch vor der Wahl Nägel mit

Köpfen macht und ein unterschriftsreifes Steuerabkommen mit der Schweiz aushandelt?«

»Liebe Frau Kuschel, der Leiple bekommt das ohne unsere Zustimmung im Bundesrat nicht durch.« Clausdorff schaut kurz zu seiner Pressesprecherin und spricht dann weiter. »Eigentlich sollte jetzt auch Rainer hier sein, Rainer Jungschmidt. Irgendetwas muss ihm dazwischen gekommen sein, aber so viel kann ich schon jetzt sagen: Wenn ich Kanzler werde, dann wird Jungschmidt als neuer Finanzminister jede Steuer-CD aus der Schweiz kaufen, die uns, auf welchem Weg auch immer, angeboten wird.«

»Unbedingt recherchieren«, notiert sie auf ihren Block. Seit Monaten streiten die Parteien über das Thema. Der Finanzminister aus Nordrhein-Westfalen hatte vor kurzem eine CD gekauft. Seine Steuerfahnder waren daraufhin auf fast 3.000 Namen und Kontodaten gestoßen. Viele Steuerhinterzieher hatten sich nach der Bekanntgabe des Kaufs selbst angezeigt, weil das die Strafe verringern kann. Andere wurden medienwirksam vor laufenden Kameras verhaftet und aus ihren Villen abgeführt.

Der Ertrag in Euro für den Landeshaushalt von Nordrhein-Westfalen war trotz der spektakulären Aktion überschaubar gewesen, außerdem gab und gibt es immer noch viele rechtliche Bedenken gegen den Ankauf von solchen CDs. Das sei nichts anderes als Hehlerware, schimpfen die politischen Gegner, die vermutlich genügend Klienten in ihren Reihen haben, die selbst alle ein Nummernkonto im Alpenstaat besitzen, vermutet Kathi.

»Das ist unsere Chance!« Zum ersten Mal meldet sich Holger Frey zu Wort. »Wir grillen die Großen!« Frey ist der Einzige im Raum, der bisher noch nichts gesagt hat. »Wenn wir an der Regierung sind, dann wird es keine Rettung mehr über Selbstanzeigen geben. Rainer Jungschmidt ist an der Sache dran, er führt Gespräche mit Insidern. Schade, dass er nicht hier ist, wir sollten das Treffen mit ihm dringend nachholen. Aber eins ist klar: Wer Steuern hinterzieht, der steht nach unserem Sieg quasi jetzt schon mit einem Bein im Knast. Was meinen Sie«, strahlt er siegesgewiss, »wie das bei den einfachen Leuten ankommen wird? Unsere Wähler sind klassischerweise die, die immer brav ihre Steuern gezahlt haben, und jetzt werden sie endlich erleben dürfen, wie die Betrüger zur Rechenschaft gezogen werden.«

Holger Frey ist kein Politiker für die erste Reihe, er gilt als stiller Beobachter und Strippenzieher im Hintergrund. Er ist Clausdorffs engster Vertrauter und guter Freund. Die beiden wurden zusammen in verschiedenen Zeitungsartikeln als kongeniales Duo beschrieben. Auf der einen Seite Clausdorff, der Hände-Schüttler und Kumpeltyp, einer, der den Menschen das Gefühl geben kann, zuzuhören, selbst wenn ihre Probleme noch so absurd oder unwichtig klingen. Er hat die nötige Geduld und die passenden Gesten. Sein Kopf nickt fast zu jedem Satz seines Gegenübers, kaum merklich, aber für den Gesprächspartner doch spürbar.

Kathi war sich lange sicher gewesen, dass Clausdorff dabei nur eine Rolle spielt, um besser bei seinen potenziellen Wählern anzukommen. Inzwischen hat sie ihre Einschätzung geändert. Kein Mensch kann sich so lange verstellen. Und Clausdorff zieht inzwischen schon über sieben Jahre als Landesminister durch die Städte und Dörfer. Irgendwann ist seine Partei auf diesen Menschenfängertyp aus der Provinz aufmerksam geworden. Jetzt ist er ihr Spitzenkandidat.

Auf der anderen Seite Holger Frey. Er hätte nie im Leben die Chance, eine Wahl zu gewinnen. Er ist keiner, dem die Menschen zujubeln. Keiner, der die Massen mitreißen und für seine Ideen begeistern kann. Frey weiß das, und das wiederum ist seine größte Stärke. Er schätzt die Lage immer realistisch ein. Frey, der Stratege! So hat er sich selbst erfunden und steht jetzt an Clausdorffs Seite im Fahrstuhl nach oben, direkt in die Machtzentrale der Republik. Er gilt als designierter Kanzleramtsminister.

Frey und Clausdorff kennen sich seit der Wende. Damals kreuzten sich ihre Wege, danach sind sie meistens zusammen gegangen. Clausdorff im Rampenlicht, Frey immer dicht dahinter und trotzdem kaum zu sehen. Zusammen haben sie bei einem guten Glas Rotwein so manchen Plan ausgeheckt und auch so manchen Coup gelandet, zum Beispiel Clausdorffs Nominierung zum Spitzenkandidaten der Sozialisten für die Bundestagswahl. Was jetzt nur noch fehlt, ist der letzte kleine Schritt – zum Wahlsieger und somit zum Bundeskanzler.

Der Journalist der *Berliner Allgemeinen Zeitung* meldet sich zu Wort: »Ein Steuerabkommen mit der Schweiz würde Ihrem zukünftigen Finanzminister aber sofort ein paar Milliarden in die Kassen spülen, mehr als Ihre kleinen Detektivspielchen erbringen, das ist erwiesen …«

»… das ist erwiesener Quatsch«, unterbricht ihn Clausdorff scharf und wirkt dabei trotzdem höflich. »Sie sollten nicht unbedingt glauben was der zukünftige Herr Ex-Finanzminister von sich gibt. Rainer Jungschmidt wird Ihnen unsere Zahlen nachliefern, er hat sich bei den zuständigen Finanzbehörden kundig gemacht und kommt zu einem ganz anderen Ergebnis.« Clausdorff will weiter ausholen, gerät aber plötzlich ins Stocken. Seit einer gefühlten Ewigkeit brummt ein Handy im Vibrationsmodus irgendwo im Raum vor sich hin.

Kathi greift erschrocken zu ihrer Tasche und wühlt in den unendlichen Tiefen ihrer nagelneuen Luxus-Errungenschaft. Es dauert ungefähr noch einmal so lange, bis sie ihr Smartphone in der Hand hält und den Anruf wegdrücken kann. Die Redaktion! Was für Idioten. Sie hatte ganz klar gesagt, dass sie heute Abend nicht mehr erreichbar sein wird. Was gibt es da bitte nicht zu verstehen?

Das Handybrummen hat Clausdorff aus dem Konzept gebracht. Er stockt, sammelt sich aber schnell wieder. »Also ich will jetzt nicht zu viel verraten. Aber Rainer Jungschmidt ist da an einer ganz großen Sache dran. Das wird ein Knaller, den wir uns aber für die letzte Woche vor der Wahl aufheben werden.«

Er hat seinen Faden wieder gefunden. »Sozusagen ein Weckruf für alle unentschlossenen Wähler. Kann man das so sagen, Holger?«

Holger Frey zuckt mit den Schultern. Er hat ohnehin schon mehr gesagt, als er eigentlich wollte, und gerade fängt Kathis Handy schon wieder an zu vibrieren. Clausdorff schaut sie inzwischen etwas genervt an, lächelt aber trotzdem.

»'tschuldigung«, murmelt Kathi verlegen.

In diesem Moment gibt auch Freys Handy einen lauten Signalton. Kathi beobachtet, wie er seine Nachricht liest. Frey wirkt wie elektrisiert und reicht das Handy irritiert an Clausdorff weiter. Der wiederum wird mit einem Schlag käsebleich. Sekunden später ist Pressesprecherin Ilka Zastrow an der Reihe. Auch bei ihr kippt die Stimmung von einer Sekunde auf die andere.

»Darf man fragen, was los ist?«, quatscht der Kollege von der Boulevard Zeitung in die plötzliche Stille.

»Wir müssen uns entschuldigen, wir müssen dringend los«, antwortet Clausdorff unvermittelt ungehalten.

Ilka Zastrow und Holger Frey sind schon aufgestanden. Zastrow bedankt sich mit wenigen Worten bei allen für ihr Kommen, dann ist sie weg und eilt ihrem Chef hinterher.

»Abrupter Abgang, man könnte auch sagen überstürzt, wahrscheinlich hat Clausdorff gerade die Steuerfahnder im Haus«, lacht ein weiterer Zeitungskollege.

Kathis Handy beginnt wieder zu vibrieren. Sie holt es erneut aus ihrer Tasche und will rangehen. Diesmal aber ist es eine SMS von ihrer Chefin: RAINER JUNG-SCHMIDT WURDE TOT AUFGEFUNDEN. IM KLEINEN WANNSEE. UNTER EINEM KANU. NACKT! MELDE DICH SOFORT!

DIENSTAG, 22. NOVEMBER

Deggenhausertal, im Morgengrauen

Die Nacht ist sternenklar und saukalt. Lebrecht Fritz stiefelt über den Jahrhunderte alten elterlichen Bauernhof vom Wohnhaus zu den Stallungen. Seit seine Mutter sich kaum mehr bewegen kann, muss er sich um die letzten verbliebenen Tiere des ehemaligen stattlichen landwirtschaftlichen Gehöfts kümmern. Glücklicherweise sind die meisten Viecher längst weg. Lebrechts Vater hatte die Milchkühe mitsamt amtlichem Kontingent zu seinen Lebzeiten verkauft. Nur Bruno, der alte Geißbock, und einige Hühner sowie seit Neuestem auch noch ein Entenpaar meckern, scharren und schnattern in den Verschlägen.

Bruno kann den Morgen kaum erwarten. Er ist schon aus seinem Stadel getrabt und steht, als würde er auf Fritz warten, mitten auf dem Hof. Aus seinem Maul über dem inzwischen grauen Ziegenbart quellen stoßweise helle Nebelschwaden. Kaum hat der Geißbock Fritz gesehen, erklingen seine Hufe auf dem alten Kopfsteinpflaster des Hofs. Als würde der alte Bock tanzen, springt er Fritz entgegen.

Fritz schenkt ihm ein Lächeln, streckt dem alten Zausel seine Hand entgegen und tätschelt freundschaftlich sein noch immer weißes Fell. Fast liebevoll flüstert er dem Tier in sein abstehendes rechtes Ohr: »Bruno, deine Tage sind gezählt! Elfriede kann sich nicht mehr um dich kümmern und ich will nicht.«

Fritz gibt dem ehemals äußerst fleißigen und fruchtbaren Geißbock einen aufmunternden Klapps auf den Hinterschinken und treibt ihn zurück in den Stall. Aus einem Sack angelt er ein paar alte harte Scheiben Brot, brösel es, mischt es mit Stroh und Heu und gibt einen Eimer grüne Blätter mit Rinde und Reisig hinzu.

Bruno steht dabei. Er beäugt Fritz. Dieser fragt sich, ob der Bock ihn nicht gerade hinterhältig mustert. Dabei geht das Tier unvermittelt zwei kleine Schritte zurück, um plötzlich mit aller Kraft nach vorne auf Fritz zuzuschießen.

Schnell reißt Fritz seine Hände vor seinen Körper, macht instinktiv wie ein Boxer eine Abwehrhaltung und lässt die Wucht des Geißbocks an seinen erhobenen schützenden Handflächen abprallen. Fritz wiegt mit seinen 1,90 Metern fast 100 Kilogramm, trotzdem kann er der Wucht des alten Tieres kaum standhalten.

»Bruno, du Saubock!«, lacht er laut auf und erinnert sich an seine früheren Spiele mit dem Tier. Das ist fast 20 Jahre her, dabei hat er gelesen, dass ein Bock gar nicht so alt werden könne. Als vor zehn Jahren sein Vater starb, wollte Fritz alle Tiere vom Hof haben. Aber Elfriede versprach, sich um Bruno und die Hühner zu kümmern. Sie stand vor ihnen wie die Tierschutzbeauftragte von Peta.

Jetzt hat er ohne lange Diskussion die Stallarbeiten übernommen. In dem Zustand, in dem seine Mutter sich gerade befindet, kann er nicht anders. Also kümmert er sich ebenso gewissenhaft um die Hühner wie um seine Mutter.

Zum Schutz gegen die Füchse verschließt er den Stall jeden Abend. Morgens öffnet er ihn, verstreut ein paar

Hände voll Futter, Getreide und Maiskörner. Sofort kommen die Hühner und das Entenpaar angewatschelt. Die beiden Enten versuchen es den Hennen gleichzutun. Mit ihren breiten Schnäbeln picken sie mühsam nach den Körnern. »Da lachen ja die Hühner«, schmunzelt Fritz und denkt: Wenigstens legt das Geflügel Eier. Zwei Hühnereier nimmt er aus einem Nest und ein besonders großes Entenei.

Er kocht die Eier dreieinhalb Minuten, das Entenei fünf. Das Eigelb muss noch flüssig sein. Das wachsweiche Entenei stellt er seiner Mutter aufs Tablett, die beiden anderen auf den Küchentisch. Er schenkt Kaffee in zwei große Tassen, stellt eine auf das Tablett für seine Mutter und will es in das Schlafzimmer tragen, da hört er sie im Flur hantieren.

Er geht in den Gang, sieht die zierliche alte Frau ziemlich hilflos an ihren Krücken hängen. Er greift ihr unter die Arme und hilft ihr, am Küchentisch Platz zu nehmen.

»Noch lebe ich!«, lacht sie aus ihrem alten runzligen Gesicht, »im Bett sterbet d' Leut. Ich muss da raus!«

Früher hat sie mich an den Tisch gesetzt, heute ich sie, denkt Fritz. Verdammt. Dabei hat er gemerkt, dass seine Mutter kaum mehr etwas wiegt. Bis zu ihrer Hüftoperation stand sie noch ihren Mann bzw. ihre Frau. Mit über 80 Jahren und 70 Kilo hat sie den Haushalt geschmissen und die Tiere versorgt. Und, ja, auch die Wäsche ihres Sohnes gewaschen und gebügelt. Jetzt mag sie noch 50 Kilo wiegen, denkt Fritz, und um den Frauenmist muss ich mich kümmern, so ein Sch…

Aufmunternd sagt er: »Essen hält Leib und Seel' zusammen.« Dann denkt er: Was für einen Unsinn man redet, und lächelt seiner Mutter hilflos zu.

Elfriede hört gar nicht hin. Sie schlägt mit einem Messer dem schneeweißen Entenei den Kopf ab und stürzt das flüssige Eigelb direkt aus der Eierschale in ihren Mund. Dabei schmatzt sie genüsslich.

»Ich muss gleich weg, nach Vaduz. Der Tote aus Kressbronn kommt wohl aus Liechtenstein. Die Liechtensteiner jedenfalls haben den Fall übernommen, und mein Chef meint, ich muss dranbleiben.«

»Wirsch't halt Geld verdienen müssen«, nickt ihm Elfriede zu. »Ich komm hier schon allein zurecht.«

Fritz wischt die Brotkrümel über seinem Bauchansatz von seinem dunkelblauen Pulli. Riecht kurz an den Ärmeln und rümpft die Nase. Verdammt, dieser Stinkbock!

Kurz lächelt er seiner Mutter zu, was soll er ihr in diesen Zeiten auch sagen? »Dann geh ich mal«, verabschiedet er sich hilflos.

Fritz bewohnt noch immer sein ehemaliges Jugendzimmer. Das alte Bauernhaus ist zwar groß, aber bewohnbare Räume gibt es nur wenige. Mit einigen Sätzen steigt er die knarrende Treppe hinauf in seine Kammer. Dort stapelt er alle seine Pullis in einem Schrank. Da alle dunkelblau sind, muss er nicht lange überlegen und greift sich wahllos einen frisch gewaschenen. Zu blauen Jeans passt jeder blaue Pulli, darauf kann er sich verlassen.

Er steigt in seinen fast 20 Jahre alten Saab 900, ein Relikt aus besseren Zeiten. Damals hatte jeder kritische Geist, der es sich leisten konnte, einen Turbo aus Trollhättan gefahren. Das Saab-Montagewerk hatte die Fließbänder abgeschafft und menschenwürdigere Arbeitsplätze geschaffen. Von dort lieferten sie Understatementautos. Damals schon 180 PS, aber im handgeschweißten DDR-Look.

Auch heute passt der Wagen noch zu Fritz, denn auch seine Glanzzeiten sind perdu. Fritz hatte am Tag zuvor, wie sein Chef Uwe Hahne es von ihm verlangte, eine kurze Mitteilung zum Tod des nackten Surfers von Kressbronn in den Landesnachrichten abgesetzt. Bis dahin wusste man nicht, dass der junge Tote in Vaduz vermisst wurde. Nach der Sendung hatte Fritz nochmals bei der Pressestelle der Polizei in Friedrichshafen angerufen. Da hatte man ihm mitgeteilt, dass der Fall ab sofort von den Kollegen des Fürstentums auf der anderen Seite des Sees bearbeitet wird.

Hahne hatte ihn angeschissen, warum er nicht vor der Sendung nochmals bei der Polizei angerufen hatte und warum er kein Foto von dem Toten geknipst hatte.

»Nackt?«, hatte Fritz gebluft.

»Hättest ihn ja anziehen können«, hatte Hahne zurückgeblafft.

Sicher war jetzt auf jeden Fall, dass der junge Mann ein Bürger Liechtensteins war. Nähere Informationen versprach die Landespolizei Liechtenstein auf einer Pressekonferenz.

*

Keine 100 Kilometer entfernt, aber eineinhalb Stunden Fahrt bis nach Vaduz. Lebrecht Fritz muss um den halben Obersee kurven, bis er in der Hauptstadt des Fürstentums ankommt. Dabei fährt er von Friedrichshafen aus an Kressbronn vorbei, wo am Vortag der Tote gefunden wurde. Zieht ein Tagespickerl für den Pfändertunnel und fährt durch Österreich auf die schweizerische Rheintalautobahn. Der Grenzübergang in das Fürstentum Liechtenstein wird nur durch Schilder offensichtlich. Ungehinderter Grenzverkehr bietet dank dem Schengenabkommen den leibhaftigen Besuchern die gleiche Reisefreiheit, wie es das Fürstentum jeder Fremdwährung garantiert.

Die Pressekonferenz findet bei der Polizeikommandantur statt. Fritz hat sich leicht verspätet, fragt den Pförtner nach dem Raum und hastet die Treppen hoch in das Konferenzzimmer. Die PK läuft schon. Fritz öffnet die Tür etwas zu laut, platzt in den Raum. Die Journalistenkollegen schauen kurz hoch, sehen ihn, manche lächeln und widmen ihre Aufmerksamkeit wieder dem Redner an der Stirnseite des Raumes.

»Der Leichnam des Surfers zeigt typische Erfrierungsmerkmale. Ursachen des Todes sind vermutlich die klassischen Erschöpfungs- und Erfrierungserscheinungen. Wir müssen dabei die jahreszeitlichen Temperaturen berücksichtigen. Das Seewasser hatte in der Nacht zehn Grad Celsius, spätestens nach 20 Minuten Aufenthalt in dem Wasser bei diesen eisigen Temperaturen stellt sich der Erfrierungstod ein. Diese Annahmen unterstützen die ersten Ergebnisse der Pathologie unserer Kollegen der deutschen Polizei. Zu allem hin fand sich Wasser in der Lunge, sodass der junge Mann, wenn nicht erfroren, ertrunken ist. Seine Überlebenschance war gleich null.«

Daraufhin holt der Polizist tief Luft und schließt mit seiner Einschätzung zur Todesursache ab, worauf alle warten: »Weder unsere deutschen Kollegen noch wir haben bisher Anhaltspunkte für Fremdeinwirkung registrieren können.« Dabei hebt er seine zu kurzen Arme in die Höhe, wobei die große Uniformjacke die Hälfte seiner Hände verdeckt, und setzt laut nach: »Noch nicht!«

Die Leiterin der PK projiziert mit einem Beamer einige Fotos von der Fundstelle des Toten an die Wand. Auf manchen Bildern ist der Leichnam auf dem Surfbrett zu sehen. Die Aufnahmen halten Distanz. Nur undeutlich ist der Nackte zu erkennen. Danach lächelt ein junger Mann von der Leinwand. »Das ist Reto Welti zu Lebzeiten«, sagt die Pressereferentin. Mehrere Porträtfotos zeigen ihn, blond gelockt, mit frechem Blick und immer mit einem Lächeln um seine Mundwinkel.

Reto Welti war Bankangestellter bei der Liechtensteiner Stiftungsbank. Sein Beruf und sein Sport waren sein Leben. Und noch mal wiederholt die Referentin: »Anhaltspunkte für Fremdeinwirkung wurden nicht gefunden.«

»Noch nicht!«, wirft der Vorredner erneut ein und wiederholt laut und deutlich: »Noch nicht!«

Die Pressereferentin lächelt, nickt dem Mann zu und dankt der Landespolizei und den Kriminalbeamten für ihre bisherigen Ermittlungen und gibt das Wort an den Polizeichef weiter.

Dieser schaut sehr ernst. Zerrt an dem Knoten seines Schlips, als säße er zu eng, und tritt an das Mikrofon: »Was Sie alle an diesem ungewöhnlichen Fall am meisten interessiert: Warum war der junge Mann nackt?« Sein ernstes Gesicht verzerrt sich zu einem aufgesetzten Lächeln: »Wir wissen es nicht.«

Eine junge Journalistin meldet sich zu Wort. Sie wirkt unsicher, ihre Stimme klingt leise. Vermutlich ist es einer ihrer ersten Einsätze bei einer Pressekonferenz der Polizei. Die Fragen, die sie stellt, hätten aber auch von einem alten Fuchs kommen können. »Was ist mit der Kleidung? Woher hatte der Tote ein Surfbrett? Und wie ist er von Liechtenstein zum Bodensee gekommen? Haben Sie sein Auto bereits gefunden?«

Der Polizeichef zuckt ratlos mit den Schultern. »Alles gute Fragen, die uns auch interessieren. Ich kann sie aber derzeit nicht beantworten.«

»Noch nicht!«, ergänzt der ermittelnde Beamte für alle im Raum gut vernehmbar.

Lebrecht Fritz fläzt in der hintersten Reihe. Er erwartet von dem heutigen Morgen keine sensationellen Erkenntnisse. Er will nur die Beteiligten sehen und erleben. Er beobachtet jeden der Damen und Herren auf dem Podium genau. Die Polizisten scheinen den Fall routiniert zu behandeln. Nur in der Ecke am Ende des Podiums sitzt wie ein Fremdkörper eine junge Frau, die leer und entgeistert vor sich hin stiert. Allerdings, wann immer die Rede von dem Toten ist, schaut sie durch ihre rechteckige, strenge Metallbrille auf, dann flackern ihre Augen und sie hört angespannt zu. Sie hat einen blassen Teint, ihre brünetten Haare sind zurückgekämmt und zu einem Zopf zusammengezurrt, sie trägt ein dunkles Kostüm. Viel zu bieder für ihr Alter, denkt Fritz. Er schätzt sie auf gerade mal 30 Jahre. Trotzdem, sollte ein verwegener Prinz das verschreckte Wesen wachküssen, könnte er seine Freude haben, attestiert Fritz als sachkundiger Frauenkenner.

Die junge Frau wirkt auf dem Podium unter den Beamten des Fürstentums wie eine Fehlbesetzung. Neben ihr sitzt ein älterer Herr, ebenfalls für die Runde überaus seriös und teuer gekleidet und irgendwie zu steif in seiner Haltung. Er ergreift zum Ende der PK das Wort. »Ich bin hier in Vertretung der LieBa, unserer Liechtensteiner Stiftungsbank. Reto Welti war einer unserer jungen fähigen Mitarbeiter, ein Banker voller Hoffnungen und Zuversicht. Sein Tod ist für uns alle unfassbar. Wir hoffen, dass sich die mysteriösen Umstände möglichst bald klären. Wir werden alles uns Mögliche tun, um Ihnen, Herr Polizeichef, bei der Aufklärung des Todes unseres jungen Kollegen behilflich zu sein.«

Auch während der Vertreter der LieBa spricht, beobachtet Fritz die junge Frau auf dem Podium. Sofort nach dem Ende der Rede des Bankers geht dieser zu ihr und reicht ihr mitfühlend die Hand. Sie nickt ihm abwesend zu, lächelt wie aus einer anderen Welt und bleibt steif sitzen.

Kaum ist die PK beendet, schlendert Fritz ebenfalls zielgenau zu der jungen Frau. »Fritz«, stellt er sich vor.

Sie schaut ihn irritiert an.

»Sie kannten Herrn Welti?«

»Wer sind Sie?«, haucht sie mit zerbrechlich dünner Stimme.

»Fritz«, wiederholt Lebrecht Fritz einschmeichelnd lächelnd, »ich würde gerne mehr über Herrn Welti erfahren«, fällt er auf seine Art gleich mit der Tür ins Haus.

»Herr …?«, antwortet die blasse junge Frau verunsichert.

»Fritz, aber lassen Sie das ›Herr‹ weg, jeder sagt einfach

Fritz zu mir«, klärt Lebrecht Fritz sie auf, dem sein Vorname schon immer zu peinlich ist. Nur weil sein Vater, zum Trotz gegen den Dorfpfarrer, vor langer Zeit kurzzeitig mit den Zeugen Jehovas sympathisierte, muss er sein Leben lang diesen albernen Vornamen tragen.

»Negele«, gibt die junge Frau ihren Namen preis. Dann ringt sie sich zu einem dünnen Lächeln durch: »Margit Negele.«

»So hat jeder an seinem Namen seine Last«, schmunzelt Fritz, und schiebt mit einem beabsichtigtem breiten schwäbisch nach: »Frau Nägele, in welcher Verbindung standen Sie zu Herrn Wälti?«

Sie verzieht keine Miene. »Ich bin …«, dann räuspert sie sich und korrigiert: »Ich war die Verlobte von Reto.«

»Mein Beileid«, reicht ihr Fritz mitfühlend seine Hand. Gleichzeitig freut er sich über seinen Treffer. Unbeirrt setzt er nach: »Können Sie sich einen Reim darauf machen, warum Reto nackt auf dem Surfbrett gefunden wurde? War er denn Surfer?«

Zum ersten Mal sieht Fritz ein feines Lächeln im Gesicht der jungen Frau: »Reto war leidenschaftlicher Surfer.« Dann erlischt ihr Lächeln. »Er war den ganzen Sommer über auf dem See.«

»Nackt?«, setzt Fritz nach.

Sie schaut ihn fassungslos an. »Natürlich nicht!«, antwortet sie grell.

»Wie erklären Sie sich dann …?«

»Ich war nicht dabei«, fällt Margit Negele Fritz mit kalter Stimme ins Wort, dreht sich ab, um ihn stehen zu lassen.

Fritz aber fasst sie schnell mit der linken Hand am Arm

und reicht ihr mit der rechten seine Visitenkarte. »Würden Sie mir Ihre Karte geben?«

Margit Negele reißt energisch ihren Arm frei und geht, ohne ein weiteres Wort zu verschwenden, zu dem Vertreter der LieBa. Bei ihm hakt sie sich ein und lässt sich von dem Banker aus dem Raum führen.

Potsdam, mittags

Kathis Gedanken kreisen in ungeordneten Bahnen. Gestern Abend gab es nur eine kurze Wortmeldung in der Spätausgabe. Für mehr hatte die Zeit nicht gereicht, außerdem war die Informationslage äußerst dünn.

Heute Morgen hat sie im Badezimmer eine gealterte, ihr fremd wirkende Frau im Spiegel gesehen. Diese wieder einigermaßen in Form zu bringen, hatte viel Zeit gekostet. Jetzt betritt sie ziemlich verspätet als Letzte das Büro der Nachrichtenchefin Tina Jagode. Alle Plätze rund um den schweren Steinplattentisch sind schon besetzt: Der Chef vom Dienst, der Regisseur, der Produktionsleiter und einige Kollegen aus der Redaktion schenken ihr einen leicht genervten Blick. Sie hatten alle nur noch auf sie gewartet. Ralf Marburg, ihr Kollege aus der Politikredaktion, steht sofort auf und überlässt ihr seinen Stuhl, um sich selbst aus dem Nachbarzimmer einen neuen zu holen.

Auf der Mitte der Tischplatte steht eine schwarze Telefonspinne, über die der Chefredakteur zugeschaltet ist. Dr.

Michael Wühlbecke erklärt wichtig, dass er in München auf einer zukunftsweisenden Konferenz gebraucht werde, er aber in dieser Situation über jede Entwicklung informiert werden will. Er bittet Tina Jagode, die Sitzungsleitung zu übernehmen, die sofort zur Sache kommt: »Vielen Dank, liebe Kolleginnen und Kollegen, dass ihr alle gekommen seid. Die Nachricht sollte sich inzwischen herumgesprochen haben. Die Agenturen melden übereinstimmend, dass es sich bei dem Toten im Kleinen Wannsee um Rainer Jungschmidt handelt. Es ist wohl tatsächlich so: Jungschmidt wurde nackt unter einem Kanu gefunden.«

Ein kurzes Raunen geht durch den Raum. Der Chef vom Dienst informiert, dass ein Kamerateam vor Ort ist. Einen gestandenen Reporter habe er aber so schnell nicht greifen können, deshalb ist der neue Praktikant mitgefahren. Er hat gerade mit ihm telefoniert. Polizei und Spurensicherung sind am Fundort. Bisher hat das Team nicht viel im Kasten, da die Polizei niemanden an die Fundstelle lasse. Der Ort ist weiträumig abgesperrt. Mit dem jungen Praktikanten aber hat man einen pfiffigen Kerl erwischt, denn er hat sich kurzerhand ein Tretboot organisiert und versucht, von der Wasserseite aus ein paar Einstellungen zu bekommen.

»Sehr gut!«, bilanziert Jagode, »die Bilder müssen so schnell wie möglich in den Sender. Wir werden sie für die Mittagsausgaben brauchen. Ralf, du fährst gleich nach der Sitzung zum Kleinen Wannsee und löst den Praktikanten ab. Der soll dann sofort zurückkommen und die gedrehten Kassetten mitbringen.«

»Was wissen wir eigentlich über die Todesursache?«,

fragt Kathi ungeduldig dazwischen, »war es ein Unglück? War es Mord? Oder Selbstmord?«

»Er wäre ja nicht der Erste, der sich das Plätzchen im Kleinen Wannsee aussucht«, weiß Ralf Marburg.

»Nur weil Heinrich von Kleist sich da vor 200 Jahren die Birne weggepustet hat, ist das noch lange kein Selbstmord von Jungschmidt«, beweist auch die Chefin, dass sie ihren Kleist kennt.

»Warum aber ist Jungschmidt nackt gefunden worden? Das ist doch die Frage! Es ist saukalt da draußen. Wir haben November!«, bleibt Marburg beim Thema.

Kathi bewundert Ralf schon immer für seine zielgerichteten und scharfen Analysen, für seine zweiten Gedanken, mit denen Ralf meist schon weiter denkt, bevor andere den ersten Gedanken zu Ende gedacht haben. Die beiden sind über die Jahre ein gutes Team in der Politikredaktion geworden. Er ist der Kopf, sie der Bauch.

Weiter insistiert er: »Das gilt es jetzt als Erstes herauszufinden. Offiziell will keiner was sagen, weder die Polizei noch die Staatsanwaltschaft. Es wurde nur bestätigt, dass es sich bei dem Toten um Rainer Jungschmidt handelt. Und der ist nachweislich kein Dichter, sondern ein Politiker, dazu ein nicht ganz unwichtiger. Kathi«, wendet er sich an seine Kollegin, »was wissen wir eigentlich über Jungschmidt? Du kennst ihn noch am besten.«

Kathi greift zu ihrem Block. Über Jungschmidt steht nicht viel drin. Sie blättert trotzdem ein paar Seiten nach vorne und dann wieder zurück. Das bringt Zeit, um sich zu sortieren. »Also: Rainer Jungschmidt ist 58 Jahre alt. Er wurde in Bayreuth geboren. Karriere hat er erst mal bei der

Gewerkschaft gemacht, Anfang der 90er Jahre ist er in die Politik gewechselt. Seit 1998 sitzt er für die Sozialisten im Bundestag. Er gilt als Fachmann für Haushalt und Finanzen und soll – oder sage ich jetzt besser sollte – Finanzminister werden, falls Clausdorff die Wahl gewinnt. Ich habe mal gehört, dass Clausdorff und Jungschmidt nicht unbedingt das beste Verhältnis hatten. Sie respektieren sich, aber sie mögen sich nicht. Aus meiner Sicht war es aber klug von Clausdorff, Jungschmidt in sein Team zu holen. Jungschmidt genießt für einen Sozialisten ungewöhnlich hohes Ansehen in Finanzfragen, sogar über die Parteigrenzen hinweg.« Kathi blättert noch einmal in ihrem Block, doch mehr fällt ihr nicht ein.

»Was ist mit seiner Frau? Hat er Kinder?«, will Tina Jagode wissen, »wo wohnen sie?«

Ralf Marburg tippt Kathi kurz auf die Schulter, ein Zeichen, dass er übernimmt, sie kann sich zurücklehnen. »Soweit ich weiß, hat Jungschmidt keine Familie. In den letzten Jahren gab es immer mal wieder Gerüchte, dass er schwul sei. Sein Tod ist für die Sozialisten ein schwerer Schlag. Ich weiß nicht, wer ihn ersetzen soll. Ich bin mir nicht sicher, was jetzt in den letzten Wahlkampfwochen passiert. Aber ich weiß, wo er wohnt: Ich habe ihn mal vor seiner Wohnung interviewt. Er hatte sich in der Berliner Straße 307, hier in Potsdam, eine Zwei-Zimmer-Wohnung gemietet.«

»Du bist die Schönste im ganzen Land!«, eine märchenhaft männliche Stimme, wie aus dem Nichts, ertönt. Alle Köpfe drehen sich zu Kathi, sie selbst spürt, wie sie in Zeitraffergeschwindigkeit rot anläuft. Ihr neuer Klingelton für eingehende SMS ist wohl doch keine so gute Idee gewesen. Verdammt peinlich!

Die Runde lacht laut.

»Liebste Kathi, das wissen wir doch alle, das braucht uns dein Handy doch wirklich nicht sagen, obwohl du heute, ehrlich gesagt, etwas ausgelutscht aussiehst«, frotzelt der Produktionsleiter, »du bist die schönste politische Redakteurin der Runde! – Wenn auch die Einzige!«

Erneut lachen die Kollegen.

»Kinder, Schluss jetzt«, unterbricht die Chefin, »wir haben zu tun.«

Kathi reißt sich zusammen, verzichtet auf unnütze Erklärungen und liest trotzig ihre eben erhaltene Nachricht vor:

ACHTUNG EINLADUNG ZUR KURZFRISTIGEN PRESSEKONFERENZ. 17 UHR. PARTEIZENTRALE BERLIN MITTE.

DIE SOZIALISTEN

»Das übernimmt Kathi«, entscheidet Jagode schnell, »bis dahin dürfte Ralf auch alle Bilder am Kleinen Wannsee im Kasten haben, dann kannst du sein Kamerateam übernehmen.«

Die Telefonspinne beginnt laut zu rascheln, der Chefredakteur in München schaltet sich ein: »Frau Kuschel, ich fände es gut, wenn Sie heute Abend in einem Aufsager eine persönliche Einschätzung abgeben könnten. Ordnen Sie bitte in zwei, drei Sätzen den Fall aus Ihrer Sicht ein. Und eigentlich müssten Sie zusätzlich als Studiogast dem Moderator Rede und Antwort stehen. Wir haben sonst niemanden, der sich so gut mit Jungschmidt und Clausdorff auskennt.«

Kathis rechter Zeigefinger wandert zu ihrer Stirn und tippt ein paar Mal an. Wühlbecke kann das in München nicht sehen. Alle anderen am Tisch aber schon. Ganz offenbar hat Wühlbecke noch nie etwas von Kathi Kuschels legendärer Kameraphobie gehört. Jeder in der Redaktion weiß, dass Kathi eher kündigen würde, als sich vor eine laufende Fernsehkamera zu stellen. Das will sie nie wieder. Einmal ist genug. Damals war sie live zur besten Sendezeit abgestürzt, ungefähr so wie ein Fallschirmspringer, dessen Schirm sich nicht öffnet. Ein endloses, weitgehend sinnfreies Gestottere hatte sie abgeliefert. Die Kassette mit dem Mitschnitt der Sendung hatte Kathi kurz darauf aus dem Archiv verschwinden lassen, seitdem ist sie nie wieder vor eine Kamera getreten. Das ist nichts für ihre Nerven.

Dementsprechend kurz und knapp fällt auch ihre Antwort auf Wühlbeckes Vorschlag aus. »Entschuldigung, was haben Sie gerade gesagt Herr Dr. Wühlbecke? Wir konnten Sie hier alle nicht verstehen? Hallo? Entschuldigung!«, ruft sie unvermittelt laut in das Mikrofon »die Verbindung ist plötzlich schlecht. Hallo? Ich leg mal auf«, dabei drückt sie einfach auf den Ausschaltknopf der Telefonspinne.

Tina Jagode schaut entsetzt und will gerade zu einer ganz grundsätzlichen Standpauke über den korrekten Umgang mit Vorgesetzten ansetzen, besinnt sich dann aber doch eines Besseren. An so einem Tag wie heute kann sie es sich mit ihrer wichtigsten Reporterin nicht verscherzen.

Vaduz, nachmittags

Fritz hat sich nach der Pressekonferenz noch kurz mit Kollegen unterhalten. Doch keiner der Journalisten konnte Erhellendes zu dem mysteriösen Fall beitragen. Selbst der Redakteur vor Ort, Reporter des Liechtensteiner Vaterland, wusste über Reto Welti nichts zu berichten. »Aber wenn der Tote bei de LieBa gsi isch, deno isch'er utadlig«, attestierte er mit Insidermiene und einer nicht zu überhörenden Hochachtung, »d' LieBa isch solid, do sind älli Mitarbeiter tipptopp.«

Fritz besorgt sich bei der Pressereferentin der Landespolizei ein Porträtfoto von Reto Welti. Danach fotografiert er in der Altstadt die LieBa von außen. Ein typischer moderner 08/15 Glas- und Betonbau in einer auch sonst baulich ziemlich verschandelten Stadt. Hie und da sind noch historische Bauten aus dem 19. Jahrhundert zu sehen. Doch dominant sind austauschbare Hausfassaden des 21. Jahrhunderts. Typisch Bankenstadt, denkt Fritz, stinkreich und kulturlos. Er sendet von seinem Notebook die Bilder Weltis direkt an das Studio in Friedrichshafen und gibt einen kurzen Text zu Reto Welti und dem Ergebnis der Presskonferenz als Videodatei durch.

Jetzt kann ich mich endlich den wirklich wesentlichen Dingen zuwenden, denkt er erleichtert. 350 Euro Tagessatz nach einem halben Tag Arbeit, so macht Maloche Spaß. Er fährt zurück um den Obersee, Richtung Heimat, setzt aber eine Ortschaft früher den Blinker und biegt von der Bundesstraße direkt zu dem Hausarzt seiner Familie ab.

Im Wartezimmer stehen etwa 20 Stühle, alle sind besetzt.

Fritz sieht Rentnerinnen und Rentner sowie einige Mütter mit ihren Kindern. Die Luft ist schlecht. Das will er sich nicht antun. Er geht zurück in den Flur, trifft auf eine der Arzthelferinnen. »Meine Mutter«, flüstert er ihr zu, »ich muss dringend Dr. Simon sprechen.«

Sie schaut ihn verunsichert an. Fritz spürt, wie sie Fragen stellen will. Er fällt ihr schnell ins Wort: »Meiner Mutter geht es nicht gut, ich muss wirklich dringend mit Dr. Simon reden!«

Gelogen ist es nicht, denkt er. Sie hat Schmerzen, und er muss erfahren, was der Hausarzt weiß, bevor er in die Klinik marschiert und dort auf den Putz haut. Schließlich schicken die Fachärzte alle Krankenunterlagen an den Hausarzt. Fritz kennt Dr. Simon schon seit seiner Kindheit, der Doktor wird ihm die Briefe zeigen.

Er steht mit der Arzthelferin im Wartezimmer, eine Patientin kommt aus dem Behandlungsraum des Arztes. Fritz schiebt die Helferin zur Seite und marschiert zielstrebig in das Arztzimmer.

»Grüß Gott«, streckt er seine rechte Hand Dr. Simon entgegen, »machen wir es kurz. Ich möchte die Krankenakten meiner Mutter sehen.«

»Herr Fritz, was wollen Sie damit? Das verstehen Sie doch nicht«, lacht der weißhaarige Landarzt belustigt, reicht Fritz aber freundschaftlich seine Hand. »Ich kann mir schon denken, was Sie suchen, kann Ihnen dabei aber leider nicht helfen. Ich habe Ihre Mutter seit der Operation schon öfter untersucht. Ich weiß nicht, was ihr diese neuerlichen Schmerzen verursacht.«

»Das kann so nicht weitergehen, die Frau ist nur noch ein

45

Schatten ihrer selbst. Die Schmerzen kommen schubweise, jetzt liegt sie schon die Hälfte der Zeit nur noch im Bett.«

»Herr Fritz«, antwortet Dr. Simon ernst und schaut den Journalisten eindringlich an, »Sie wissen, ich hatte die Operation nicht befürwortet. Ich will im Nachhinein nicht neumalklüger sein, aber diese Art Schmerzen, von denen Ihre Mutter heute redet, ist neu! Ich würde sogar sagen, über diese Symptome jammert sie erst nach dieser, in meinen Augen unnötigen, OP.« Während der Arzt spricht, steht er auf, geht an die Tür und ruft in das Sekretariat: »Bringen Sie mir bitte die Unterlagen Fritz Elfriede.«

Noch im Stehen spricht er weiter: »Wissen Sie, Sie und Ihr Sender haben sich das alles selbst zuzuschreiben. Ich erinnere mich an Ihre Jubelberichte zur Privatisierung der städtischen Krankenhäuser. Jetzt lebt in dieser Stadt fast kein Mensch mehr mit einem Blinddarm. Alles, was problemlos operiert werden kann, wird bei jedem Patienten, der eines dieser Krankenhäuser betritt, operiert.«

Dabei wird der sonst leise und immer äußerst kontrolliert wirkende Landarzt immer lauter, seine Freundlichkeit ist dahin, er bellt schließlich aggressiv in Fritz' Richtung: »Meine Patienten sind für die Kollegen in dieser Privatanstalt nämlich keine Kranken oder Leidenden, sondern Kunden!«, ruft er erbost. »Aktionäre wollen Rendite! Sonst nix! Verstehen Sie das?«

Der alte Arzt merkt, dass er viel zu laut geworden ist, stockt mitten in seinem gerade begonnenen zornigen Redeschwall. Wie zur inneren Beruhigung geht er langsam und tief einatmend zu seinem Schreibtisch und setzt sich. Dabei brummelt er wie zu sich selbst: »Gesundheitsfürsorge, das war früher ein gesellschaftlicher Wert.« Dabei schaut er herausfordernd zu seinem Besucher: »Privatisieren Sie doch das gesamte Gesundheitswesen, auch die Justiz und die Bildung.« Dabei huscht ein süffisantes Lächeln über das Gesicht des alten Arztes: »Aber dann bitte auch Ihren öffentlich-rechtlichen Sender gleich mit!«

Lebrecht Fritz steht da wie ein Schüler in der ersten Klasse. Er nickt folgsam. Das ist nicht gespielt, er gibt dem alten Doc innerlich tatsächlich recht. Diese Pseudoliberalisierung des Marktes, das Zurückziehen des Staates von seinen ureigenen Aufgaben geht ihm längst selbst gegen den Strich. Aber er hat jetzt keine Lust, über Privatisierungstheorien unfähiger Politiker zu diskutieren. Mürrisch winkt er ab: »Was hat das mit dem Hüftgelenk meiner Mutter zu tun?«

»Viel, sogar sehr viel!«, wird der Arzt erneut laut: »Deutschland mausert sich mit der Zunahme von Privatkliniken zu einem Spitzenreiter unnötiger Operationen. Vor lauter Ökonomisierung der Medizin fehlt dem Arzt der Blick für das Wohl des Menschen. Operationen bringen Geld in die Kasse. Ob Kniegelenke, Herzkatheter oder Hüftgelenke. Ein Operateur muss operieren. Am besten jeden Tag, volle acht Stunden und mehr. Nur dann lohnen sich seine Anstellung für die Privatklinik und die Investition in den OP-Saal.« Daraufhin kichert er kindisch: »Haben Sie nicht Ihren Marx gelesen? Mehrwert ist der Gewinn der Kapitalisten!«

»Meine Mutter hat nie Marx gelesen«, beharrt Fritz auf den Grund seines Besuchs.

»Aber sie wurde operiert! Und zwar nur wegen des

Mehrwerts, das sage ich Ihnen. Meine konservative Behandlungsmethode ließe Ihre Frau Mutter heute nicht so leiden, aber sie hätte ja auch kaum gekostet.«

»Können Sie das beweisen?«, hakt Fritz schnell ein. Das war eine Aussage, auf die er gewartet, aber nie so eindeutig erwartet hat.

Der gerade noch mit Energie geladene Hausarzt schüttelt nachdenklich sein graues Haupt. Mit leerem Blick schaut er durch seine Goldrandbrille zu Fritz. In diesem Moment bringt die Arzthelferin die Krankenblätter der Patientin. Sie legt die Mappe auf den Tisch des Arztes, dieser schiebt sie Fritz zu: »In den Unterlagen finden Sie keine Hinweise. Im Gegenteil. Nach den Aufzeichnungen der operierenden Ärzte verlief der Eingriff optimal, und auch die Nachbehandlungen nahmen zunächst einen äußerst zufriedenstellenden Verlauf.«

Fritz greift nach dem Ordner und blättert fahrig in den Papieren. Der alte Dok muss ihm schon einen Hinweis geben. Er selbst kann mit dem lateinischen Fachvokabular wenig anfangen. Er kneift seine Augen knitzig zusammen, Schalk spielt um seine Lippen, frech schaut er dem abgeklärten Hausarzt ins Gesicht: »Kann ich Ihre Behauptung mit den unnötigen Blindarmoperationen zitieren?«

»Machen Sie was Sie wollen«, winkt der alte Arzt gelangweilt ab. »Ich habe Ihnen nichts zu verheimlichen. Ich muss Sie über Ihre Rechte nicht aufklären«, lächelt er resignierend. »Ich gehe davon aus, dass Sie im Einvernehmen mit Ihrer Mutter handeln. Richten Sie ihr bitte liebe Grüße aus und steigen Sie den Managern im Krankenhaus ordentlich auf die Füße. Die sollen Ihre Mutter von ihren Metzgern nochmals aufschneiden lassen, machen die doch eh gerne. Bringt ja wieder Geld in die Kasse. Vielleicht haben die Herren Operateure ein Skalpell im Körper ihrer Mutter vergessen.«

»Meinen Sie das im Ernst?«, fährt Fritz auf.

»Wer weiß?«, hebt der alte Doktor ergeben seine Arme in die Höhe, »noch nie davon gehört?« Dann lächelt er: »Noch nie eine Falschmeldung produziert?«

Fritz gibt sich geschlagen, klemmt die Krankenakte unter seinen linken Arm. »Ich bringe sie Ihnen zurück«, bedankt er sich artig und zieht ab.

Der hat gut reden, denkt er im Auto, ein Skalpell in Mutters Körper? Wer Elfriede zuhört, wenn sie über ihre stechenden Schmerzen klagt, könnte das glauben. Er legt die Akte neben sich auf den Beifahrersitz, fährt nach Hause und hofft, in den Unterlagen des Krankenhauses vielleicht doch etwas zu erfahren.

Potsdam, früher Nachmittag

Nach der Marathon-Redaktionskonferenz sitzt Kathi endlich in ihrem Auto, einem nagelneuen BMW Z4. Ein schneeweißes Cabriolet mit hellbraunen Ledersitzen und einem satten Sound, was zum einen die Drei-Liter-Turbomaschine betrifft, zum anderen die High-End Stereoanlage, die sie sich zusätzlich einbauen ließ. Die Ostrockband

Silly, bzw. die Frontsängerin Anna Loos, singt vom Verlassenwerden. *In mir drin ist alles rot, das Gegenteil von tot, mein Herz, es schlägt sich noch ganz gut.* Bei offenem Verdeck, im sendereigenen Parkhaus, entfalten die sechs Boxen zusammen mit dem Subwoofer eine Live-Konzert-Atmosphäre. Der Song erzählt mehr oder weniger Kathis eigene Beziehungsgeschichte. Alles in moll. Kathi gibt unverschämt laut Vollgas und schießt aus der Ausfahrt. Sie hat keinen Mann, keine Kinder, keine Katze und im Moment nicht einmal irgendetwas für den kleinen Hunger zwischendurch in Aussicht. Ihr neuer Wagen ist für sie längst zum Ersatz für all das geworden. 40.000 Euro auf vier Rädern – für's angeschlagene Selbstbewusstsein. Männer und Kathi, das ist ohnehin eine komplizierte Geschichte voller Missverständnisse. Es ist ja nicht so, dass sich die Typen nicht nach ihr umdrehen würden, schließlich sieht sie ganz gut aus, wie sie selbst findet: 176 lange Zentimeter, sogar wenn sie unten ohne unterwegs ist. Das kommt aber selten vor. Denn zusammen mit ihren acht Zentimeter Stiletto-Absätzen kann sie sich auf imposante 1,84 Meter hochschrauben. Auch an ihrer Figur ist nichts auszusetzen, zumindest nicht im Sommer. Da zeigt die Waage konstant 61,9 Kilogramm. Im Sommer hat sie das Gewicht voll im Griff. Im Winter aber ist dieser Wert nicht zu halten. Gegen Kathis selbst diagnostizierte WFS (Winter-Fett-Sucht) ist kein Kraut gewachsen. Sie hat wirklich beinahe alles versucht. Aber sämtliche Diäten der Zeitschriften mit Frauennamen bringen ihr keinen Erfolg, genauso wenig wie die Astronauten-Nahrung und die vielen anderen Methoden, die sie schon ausprobiert hat.

Vor zwei Jahren hatte sie versucht, ihren Körper mit einer Urlaubsreise nach Australien zu überlisten. Aber auch dort in Down Under hatte sie der Anblick ihres Spiegelbilds in tiefe Depressionen gestürzt. 68 Kilo im 61,9er Sommer-Bikini! Das sah aus wie eine deutsche Presswurst aus dem Supermarktregal.

Was folgte, war vergleichbar mit den sieben Phasen der Trauer. Wut war dabei, Zorn, Überreizung, Überspannung, Verzweiflung, Verlassenheit, Einsamkeit, am Ende, in der letzten Phase, kam die Akzeptanz.

Inzwischen ist sie bereit zu akzeptieren, dass der Kalender nach ihrer Figur festgelegt werden könnte. Nur für den Fall, dass mal alle Menschen auf der ganzen Welt gleichzeitig das Datum vergessen sollten. Ein Anruf bei ihr, einmal auf die Waage gestellt, 68 Kilogramm und es wäre sofort geklärt, dass es nur der Januar sein kann. Das Gute am Januar aber ist, dass es ab da mit dem Gewicht jedes Jahr wieder aufwärts beziehungsweise abwärts geht.

Aktuell aber befindet sich Kathi in der aufsteigenden Phase. 64 Kilo. November!

Vor der überraschend angekündigten Pressekonferenz fährt Kathi in ihre Babelsberger Wohnung, um sich umzuziehen. Am Morgen hatte sie zu einer farblich sehr gewagten Kombination gegriffen. Eigentlich völlig untypisch für sie. Doch die kichernden Kollegen und die spöttischen Blicke waren ihr nicht entgangen. Der Rock, den sie trägt, ist sehr kurz und vielleicht doch etwas zu eng. Das Teil zwickt in der Hüfte und an den Oberschenkeln. So ist das bei 64 Kilogramm!, flucht sie innerlich.

Praktisch hat sie sich auf ihre Gewichtspendelei eingestellt. Mit einem Dreischranksystem, das sie sich irgendwann mal patentieren lassen könnte. Im Schrank Nummer eins liegen die 61,9-Kilo-Klamotten für den Sommer. Schrank Nummer zwei ist bis zur Oberkante voll mit sogenannter Übergangskleidung, in Schrank Nummer drei liegen die 68 Kilo-Größen für den Winter. Sie hasst es, diese Tür öffnen zu müssen.

Im November findet sie in Schrank Nummer zwei schon nichts mehr Passendes, zumindest nichts was ihr heute gefällt. Ihre Laune sinkt. Um nicht in Depressionen zu verfallen, nimmt sie sich vor, am Abend Frauke anzurufen, ihre beste Freundin. Es führt kein Weg daran vorbei, sie müssen mal wieder einkaufen!

Kurz fällt ihr Blick auf Schrank Nummer drei. Sie schüttelt den Kopf und wendet sich doch lieber Schrank Nummer eins zu. Ihr todschickes schwarzes Businesskleid muss es jetzt bringen. Beim Verlassen der Wohnung vermeidet sie, in den großen Wandspiegel neben der Wohnungstür zu schauen. Sie merkt auch so, dass die Situation angespannt ist, vor allem im Brust- und Oberschenkelbereich.

Schon an der ersten Ampel spürt Kathi den Blick des Beifahrers im Geländewagen neben ihr. Sie schaut nach links und grinst ihn an. Der Typ ist höchsten 20 Jahre alt, Kathi dreht sich wieder weg. Dabei sieht sie, dass ihr Kleid nach oben verrutscht ist, sogar so weit, dass man ihren Schlüpfer sehen kann. Wobei Schlüpfer eine eher unzutreffende Beschreibung ist.

Zu Hause hatte sie sich für eine Unterhose aus Angora entschieden, es schien ihr die perfekte Ergänzung zum Sommer-Businesskleid zu sein. Angoraunterwäsche sorgt für die richtige Körpertemperatur, das ist der Vorteil. Der Nachteil liegt im Schnitt, der tatsächlich etwas von einem Zirkuszelt hat. Jetzt verflucht sie sich für diese Wahl und versucht krampfhaft, das Kleid wieder in die richtige Position zu ziehen. Der 20-Jährige neben ihr lacht Tränen. Kathi verflucht die Ampel, die nicht grün werden will. Erst nach einer gefühlten Ewigkeit springt sie um. Endlich!

Sie fährt über die Berliner Straße, die von Potsdam aus in die Bundeshauptstadt nach Berlin führt. Sie will den Weg über die Glienicker Brücke nehmen. Vor 1989 hörte hier die DDR auf. Die Westberliner Seite der Havel war keine 100 Meter entfernt, trotzdem schien sie für alle Zeiten unerreichbar zu sein.

Als Teenager war Kathi mit ihren Freunden immer mal wieder zur Brücke gekommen, um einen sehnsüchtigen Blick auf das andere Deutschland zu werfen, oder zumindest auf Westberlin, den Ort ihrer Sehnsucht. Manchmal hatten sie sogar Gleichaltrigen am anderen Ufer zugewunken, meistens aber wurden sie dann sofort von den Grenzposten verjagt. Inzwischen ist die Brücke eine der Sehenswürdigkeiten zwischen Potsdam und Berlin. Nach der nächsten kleinen Biegung wird die imposante Stahlkonstruktion zu sehen sein. Kathi gibt Gas. Rechts der Straße stehen herrschaftliche Villen mit Wassergrundstücken und Blick auf den Park Babelsberg, ein UNESCO-Weltkulturerbe. Die Wohnungen auf der linken Straßenseite haben vor allem den Blick auf die inzwischen viel befahrene Straße. Das ist jetzt die westliche Freiheit, denkt Kathi, rechts top, links flop – man muss wählen, wo man wohnen will, beziehungsweise wo man wohnen kann. Es ist vor allem eine Frage des Geldes.

Rainer Jungschmidt wusste offensichtlich, wo er hingehört. Hatte Ralf nicht gesagt, dass Jungschmidt in der Berliner Straße 307 wohnte? Kathi schreckt aus ihren Gedanken auf, sieht ein Hausnummernschild mit 300, drückt schnell auf die Bremse und parkt ihren BMW auf der rechten Straßenseite.

Sie muss noch ein paar Meter gehen, dann steht sie vor der 307 – natürlich top, rechte Seite.

Trotzdem ist es nur ein relativ einfacher Altbau mit vier Stockwerken. Das Gebäude sieht frisch renoviert aus. Auf dem edlen Messingklingelschild findet sie tatsächlich Jungschmidts Namen. Sie überlegt, ob sie nicht umdrehen und wieder gehen soll, da öffnet sich die Haustür. Eine junge Mutter mit zwei kleinen Kindern drückt sich an ihr vorbei.

Kathi weiß eigentlich nicht genau, was sie hier sucht, nutzt aber die Gelegenheit, lächelt der Frau mit ihren Kindern freundlich zu und übernimmt die Türklinke wie selbstverständlich aus ihrer Hand. Die Mutter hat keine Augen für sie, nimmt ihre zwei Kleinen an die Hand und geht achtlos weiter.

Kathi lässt den Fahrstuhl links liegen. Jeder Gang macht schlank! Schon im ersten Obergeschoss steht sie vor Jungschmidts Wohnungstür. Nichts deutet darauf hin, dass hier ein zukünftiger Finanzminister der Bundesrepublik Deutschland wohnt, genauer gesagt wohnte.

Kathi überlegt, ob sie klingeln soll. Dann schmunzelt sie, wer soll denn in der Wohnung sein? Trotzdem klopft sie vorsichtig gegen die Tür und bekommt einen

Schreck, denn diese öffnet sich wie von alleine. Hatte Jungschmidt etwa die Tür nicht verschlossen, als er das letzte Mal gegangen ist? Oder ist die Polizei in der Wohnung? Sie zögert, drückt die halb geöffnete Tür aber neugierig weiter auf. Es ist mucksmäuschenstill. Im Treppenhaus ist niemand zu sehen, auch der Flur ist leer. Kathis Herz beginnt zu rasen. So etwas hat sie noch nie gemacht. Soll sie wirklich? Darf sie das überhaupt? Ihre Neugier siegt. Sie kann nicht anders, geht rein und schließt die Tür hinter sich.

»Hallo«, ruft sie schüchtern, »ist hier jemand?«

Keine Antwort.

Sie geht weiter.

Sie spürt die Aufregung in sich hochsteigen. Ihre Atmung wird schneller. Sie versucht sich zu beruhigen. Der Boden knarzt unter ihren Füßen. »Das ist nur mein Gewicht«, beruhigt sie sich selbst. »Bei 64 Kilogramm kannst du keiner Holzdiele böse sein, die laut jammert.«

Vorsichtig öffnet sie die Tür auf der rechten Seite des kleinen Flurs. Sie spickt in das Badezimmer. Neben der Badezimmertür ist im Gang ein Wandschrank eingebaut, vermutlich die Garderobe. Langsam tastet sie sich nach vorn in die fremde Wohnung. Schritt für Schritt geht sie durch den Flur, öffnet mutig die nächste Tür, das Schlafzimmer.

Sie stutzt über die Bettwäsche auf dem Französischen Doppelbett und muss lächeln. Jungschmidt war mit Sicherheit Single, denn hierher, zu sich nach Hause, hatte er bestimmt nie jemanden mitgenommen. Falls doch, dann wäre sie oder er sicher schreiend wieder nach draußen gelaufen. Wer bitteschön will was mit einem Typen anfangen, der in Herta BSC-Bettwäsche schläft?

Zugegeben, denkt Kathi, ich habe auch Fan-Bettwäsche, aber die ist vom FC Bayern-München! Das ist schließlich was ganz anderes! Die sind Champions League-Gewinner!

Der Boden knarzt schon wieder, obwohl sich Kathi gar nicht bewegt hat. Verdammt! Ihr Herz hatte sich gerade etwas beruhigt, jetzt beginnt es wieder zu rasen. Kathi bleibt wie angewurzelt stehen und hält die Luft an. Ist da doch noch jemand in der Wohnung?

Ein Gefühl von Panik macht sich in ihr breit. Sie hält inne, kann aber nichts Verdächtiges hören. Es ist absolut still. Nur der Verkehr von der Straße dringt in die Wohnung herauf. Hat sie sich doch getäuscht?

Nach ein paar Minuten, die sie einfach nur still steht, wagt sie sich an die dritte Tür. Mutig drückt sie die Klinke. Schaut ängstlich in den Raum. Sieht keine Menschenseele. Tritt ein. Steht in einem großen Arbeitszimmer mit Sofasitzecke und einer Miniküchenzeile. Mit schnell schweifendem Blick erfasst sie den hellen Raum. Er wirkt sehr geschmackvoll und modern eingerichtet. Eine wohltuende Abwesenheit von Ikea.

Nur die Unordnung passt nicht in das Bild. Auf dem Schreibtisch und auch auf dem Boden liegen geöffnete Aktenordner. Es sieht aus, als wären sie eilig durchwühlt worden. Aber wer hinterlässt so ein Chaos? Hat hier jemand was gesucht und ist gestört worden?

Erneut keimt Angst auf. Ihr Herz klopft plötzlich rasend bis in den Schädel. Angstschweiß schießt ihr auf die Stirn, die Gedanken überschlagen sich. Ich bin hier nicht alleine, ich bin hier nicht alleine! Mit einem Mal wird ihr alles klar. Jemand anderes ist mit ihr in der Wohnung und so wie das hier aussieht, ist es nicht die Putzfrau und auch nicht die Polizei.

»Hilfe!«, schreit Kathi in Gedanken, »ich muss hier raus!« Abrupt dreht sie sich um und will losrennen. Da hört sie wieder dieses Knarzen. Wo kommt das nur her? Sie gerät in Panik, dreht sich erneut um, will noch mal in den Raum sehen, doch da passiert es. Eine starke Hand presst sich fest auf ihren Mund und drückt ihren Kopf hart nach hinten. Gleichzeitig spürt sie, wie ihr ganzer Körper brutal von einem Angreifer umklammert wird. Sie bekommt keine Luft, kann sich nicht mehr bewegen. Der Unbekannte hebt sie wie eine Puppe hoch. Sie versucht nach Luft zu schnappen, sich zu wehren. Es macht keinen Sinn. Der Angreifer ist deutlich stärker als sie. Das einzige was ihr bleibt ist mit den Füßen zu strampeln. Doch es ist sinnlos. In ihrer Verzweiflung beginnt sie zu weinen. Warum nur musste sie unbedingt hier rein? Warum ist sie nicht einfach weiter über die Glienicker Brücke nach Berlin gefahren? Was wird jetzt passieren? Die große Hand vor ihrem Mund hält ihr jetzt auch die Nase zu. Ich ersticke, schießt ihr ein letzter bewusster Gedanke in den Kopf. Dann wird alles schwarz.

Der Übergang in die Bewusstlosigkeit scheint ihr wie die Erlösung.

*

Wo bin ich? Lebe ich noch? Wie spät ist es? Diese Fragen sind die ersten, die sich Kathi stellt als sie wieder langsam zu sich kommt. Soll sie die Augen überhaupt wieder öffnen? Was erwartet sie?

Bewegungslos bleibt sie liegen. Sie spürt keine Umklammerung mehr, aber sie spürt einen harten Boden unter sich. Diese hässliche Hand ist ebenfalls aus ihrem Gesicht verschwunden. Sie kann wieder frei atmen. Vorsichtig bewegt sie ihre Glieder. Sie lauscht, kann aber nichts hören. Sie öffnet ein Auge. Es ist dunkel. Es riecht nach Parfüm. Ist der Typ noch da? Sie lauscht weiter. Hört nichts. Trotzdem will sie liegen bleiben. Wartet ängstlich ab. Noch einmal fünf Minuten. Jetzt erst glaubt sie, tatsächlich allein zu sein. Sie rafft sich im Dunkeln auf, tastet zitternd nach dem Lichtschalter. Klar, sie ist im Bad. Sie greift nach der Türklinke. Natürlich verschlossen! Gott sei Dank hängt noch immer ihre Umhängetasche an ihrer Schulter. Sie greift hinein, ihr Handy ist noch da. Für Ralfs Nummer muss sie nur die Wahlwiederholung drücken.

»Ralf«, heult sie so laut, als hätte sie gar kein Telefon in der Hand, »komm! Ich brauche Hilfe!«

20 Minuten später öffnet ihr Ralf Marburg die Badezimmertür. Kathi fällt ihm erleichtert in die Arme und drückt ihn so fest sie kann. »Ist schon gut, wir sind ja da«, versucht Ralf sie zu beruhigen.

Gerade beginnt sie sich zu entspannen, da sieht sie eine Kameralinse auf sich gerichtet. Das rote Licht darüber leuchtet. »Hey, habt ihr einen Knall? Macht sofort das Ding aus!«, schreit sie den Kameramann an, löst sich von Ralf und schlägt ihm fast den Apparat aus der Hand.

»Ich dachte ja nur, dass ihr das mal auf eurer Hochzeit zeigen wollt«, antwortet der Kameramann erschrocken. »Und ich könnte dann mit Fug und Recht behaupten, dass ich dabei war, als es in der Politikredaktion gefunkt hat«, schiebt er kleinlaut hinterher.

Kathi tut ihr barsches Auftreten sofort leid, wahrscheinlich wusste der Kollege gar nicht was sie gerade durchgemacht hatte. Und eigentlich hat er ja auch Recht. »Ralf und Kathi«, den Gedanken hatte sie selbst auch schon ein paar Mal. Ralf ist Single, sieht gut aus, ist gebildet, charmant und absolut zuverlässig. Aber es gibt eben auch noch die andere Sache, die dieser Beziehung im Wege steht. Ralf ist schwul.

»Jetzt spuck endlich aus, was suchst du hier? Wir stehen hier in der Wohnung eines Toten. Wir sollten verschwinden«, drängt er.

Sie erzählt in Kürze, wie sie im Bad eingesperrt wurde. Ihren Angreifer konnte sie nicht erkennen: »Der hat mich von hinten gepackt, dann ging alles ganz schnell, und ich war weg. Das Einzige, an was ich mich erinnere, ist ein Duft. Ein markantes Männer-Eau de Toilette. Ich tippe auf Issey Miyake oder so was in dem Bereich.«

»Dann jetzt aber nichts wie raus«, drängt Ralf erneut und schiebt dabei Kathi Richtung Wohnungstür.

»Halt«, wehrt sie sich, »warte doch mal. Wenn wir schon hier sind, dann sollten wir uns doch noch mal kurz umschauen.«

Jetzt, wo ihre Kollegen mit ihr in der Wohnung sind, wird Kathi wieder mutig. Rigoros nimmt sie wieder das Heft in die Hand und gibt Anweisungen: »Dreht ausnahmsweise mal was Nützliches. Los, dreh den Raum, das Chaos und viele Großaufnahmen von den Papieren, dann können wir zu Hause vielleicht rausfinden, was der Typ hier gesucht hat.«

Ralf versucht sie abzuhalten. »Vergiss es, die Bilder kannst du gleich in die Tonne stopfen. Wenn wir ein Bild aus dem Raum senden, dann ist jedem Dorfpolizisten klar, dass wir hier unerlaubt in eine Wohnung eingedrungen sind. Und nur zu deiner Erinnerung: Das ist die Wohnung eines Toten! Übrigens, wenn du mich fragst, dann war das kein Unglück und kein Selbstmord da draußen am Kleinen Wannsee. Also lass uns hier sofort verschwinden.«

»Dreh jetzt endlich«, herrscht Kathi unbeeindruckt Bert, den Kameramann an, der noch immer unentschlossen zwischen Kathi und Ralf hin und her schaut, mit den Schultern zuckt und dann doch mit der Arbeit beginnt.

»Resolut!«, murmelt er anerkennend und schwenkt in aller Seelenruhe durch den Raum. Er scheint die Situation zu genießen. Meinungsverschiedenheiten zwischen gestandenen Redakteuren ist für den Rest im Team immer eine spannende Sache. Er schwenkt über den Schreibtisch aus dunklem Massivholz. Zoomt auf verschiedene Papiere. Danach nimmt er das Stativ und lichtet einige Briefe, Notizen und Dokumente groß ab.

Nebenbei wühlt sich auch Kathi durch die Unterlagen. Hin und wieder schiebt sie dem Kameramann ein Schreiben unter die Linse.

Plötzlich hat sie Jungschmidts Terminkalender in der Hand. Ein DIN-A5-großes Ringbuch, wie es im vorigen Jahrhundert noch üblich war, als Smartphones die Kalenderindustrie noch nicht in die Krise gestürzt hatten. »Dreh mir die letzten Wochen«, weist sie Bert an.

»Kathi, lass endlich den Scheiß! Du hinterlässt hier deine Fingerabdrücke. Verdammt, wir kommen in Teufels Küche«, flucht Ralf inzwischen mit wütender Stimme.

Sie weiß, er hat Recht. Wenn es tatsächlich Mord ist, dann wird hier früher oder später die Kripo mit der Spurensicherung auftauchen.

Sie lässt Bert trotzdem seine Zeit, erst dann nimmt sie den Kalender und wischt ihn sorgfältig mit einem Taschentuch ab. Dabei fällt ihr Blick auf die Einträge für den heutigen Tag. Viel hatte sich Jungschmidt nicht vorgenommen. Offenbar nur ein Telefonat. Die Nummer ist dick unterstrichen. Sie muss zu einem Anschluss im Ausland gehören. Vorne zwei Nullen, danach eine Vier, eine Zwei und eine Drei. Direkt dahinter steht in Großbuchstaben: ANRUF 16 UHR.

Kathi schaut auf die große Wanduhr über der Sofaecke. Das wäre in genau fünf Minuten. Sie fotografiert den Eintrag mit ihrem Handy und legt den Kalender wieder zwischen die restlichen Unterlagen.

»Was hast du hier noch alles angefasst?«, fragt Ralf.

»Außer der Wohnungstür von außen eigentlich nichts. Halt! Moment! Die Türklinke zum Schlafzimmer habe ich in der Hand gehabt und den Wasserhahn im Bad.«

Ralf wird immer unruhiger. Alle 30 Sekunden schaut er aus dem Fenster auf die Straße. Er geht zum Schlafzimmer und stößt einen spitzen Schrei aus: »Kollegen, das müsst ihr drehen! Das glaubt uns doch kein Mensch. Jungschmidt in Herta-Bettwäsche. Ich fass' es nicht.«

»Ich hab's auch schon gesehen«, grinst Kathi, die nach dem Schock und ihrem unfreiwilligen Aufenthalt im Badezimmer inzwischen wieder ganz die Alte ist.

»Kein erwachsener Mensch mit ein bisschen was im Hirn schläft in Fußball-Bettwäsche«, brummt Bert mehr zu sich selbst, als zu den anderen gerichtet, »gut, dass so einer jetzt nicht mehr Finanzminister werden kann.«

Kathi merkt, wie sie rot wird und sich ertappt fühlt. Aber dann fällt ihr ein, dass Bert unmöglich von ihrer FC Bayern-Bettwäsche wissen kann. Und so wie es aussieht, würde er auch nie eine Chance bekommen, es herauszufinden.

»Die Bullen!«, schreit Ralf plötzlich, »das war zu erwarten, jetzt aber nix wie raus.«

Schnell packen sie ihr Equipment zusammen. Kathi schultert das schwere Stativ. Aus dem Fenster im Treppenhaus sehen sie, wie die Beamten aus ihrem Streifenwagen gemütlich aussteigen und auf das Haus zusteuern.

»Gehen wir hinten über den Hof raus, sonst laufen wir denen direkt in die Arme«, treibt Ralf zur Eile an.

Kathi und der Kameramann folgen ihm.

*

So unauffällig wie möglich verschwindet das Team. Kathi steigt in ihr Cabrio. Höchste Zeit. Die Pressekonferenz in Berlin fängt gleich an. Sie gibt Gas, um jetzt endlich über die Glienicker Brücke zu fahren. Der Schreck des Überfalls macht sich wieder breit. Und für was das alles?, fragt sie sich, da fällt ihr die Telefonnummer ein.

Sie schaut auf die Digitaluhr in ihrem gestylten Armaturenbrett. Es ist fünf Minuten nach vier. Sie greift mit der rechten Hand nach ihrer Handtasche. Wühlt, während sie mit der linken Hand steuert, nach dem Handy. Dabei rast sie mit 80 km/h über die Königsstraße Richtung Parteizentrale und Pressekonferenz. 50 km/h sind erlaubt. Sie wählt: 00 423 …

Dreimal ertönt das Freizeichen, dann hört sie: »Der Teilnehmer meldet sich im Moment nicht, wenn Sie eine automatische Rückrufbitte hinterlassen möchten, drücken Sie die Eins.«

Kathi legt auf. Sie beschließt, es noch einmal am Abend zu versuchen.

Die Pressekonferenz ist nicht annähernd so spannend, wie Kathi erwartet hatte. Clausdorff wirkt außergewöhnlich blass. Ilka Zastrow erklärt, dass es nur ein kurzes Statement gibt. Nachfragen stehen nicht auf der Agenda. Die Partei plant für die nächsten Tage eine ausführliche Pressekonferenz.

Clausdorff tritt ans Mikrofon. Er ist »zutiefst schockiert« vom Tod seines »Freundes« Rainer. Seine Anteilnahme gilt den Angehörigen der Familie Jungschmidt. Außerdem werden die Sozialisten den Wahlkampf bis zur Beisetzung aussetzen. »Rainer hätte das bestimmt nicht so gewollt. Aber im Moment können wir nicht anders, in diesem Moment gibt es für uns etwas Wichtigeres als Politik. Wir trauern alle um einen ganz besonderen Menschen aus unseren Reihen.«

Die Rede dauert keine zwei Minuten, dann verschwindet Clausdorff.

Bert ist wieder als Kameramann dabei. Er dreht noch ein paar Einstellungen von den roten Fahnen vor der Parteizentrale, die auf Halbmast flattern.

Kathi ärgert sich. Informationen zu den Hintergründen, Einschätzungen dazu, wie es jetzt weitergeht und vor allem eine Antwort auf die im Moment wichtigste Frage: Unfall, Selbstmord oder Mord? – Fehlanzeige.

Bert reißt sie aus ihren Gedanken: »Hier ist der Speicher-Chip mit den Aufnahmen, wir fahren zurück in den Sender, oder brauchst du uns noch?«

»Nein, ist schon gut. Ich fahre jetzt auch zurück und mach' was für die Hauptausgabe, vielen Dank.«

»Ne, Kathi, ich danke dir. Das war der beste Drehtag seit Langem. Wenn du an der Geschichte dranbleibst – also ich bin zu jeder Schandtat bereit«, grinst er breit.

Auf dem Rückweg versucht sie noch einmal, die ausländische Telefonnummer anzurufen. Wieder kommt nur die automatische Ansage. Sie nimmt sich vor, möglichst schnell herauszufinden, wem dieser Anschluss gehört. 00 423 …

Deggenhausertal, früh abends

Es wird früh dunkel. Die Sommerzeit ist seit 14 Tagen vorbei. Der Fritz'sche Bauernhof liegt im hügeligen Hinterland des Bodensees auf einer kleinen Anhöhe. Die letzten Sonnenstrahlen erreichen gerade noch die Fenster des Wohntrakts, die noch immer blühenden Geranien schimmern im Abendrot. Das lang anhaltende milde Herbstwetter produziert dieses Jahr Kapriolen.

Elfriede Fritz sitzt am Küchentisch und genießt die letzten wärmenden Strahlen. Neben ihr steht eine Kiste Mineralwasser, die ihr Sohn hingestellt hat. Sie nimmt aus einer der Pillenpackungen eine Schmerztablette. Ich häng' hier rum wie ein Krüppel, denkt sie, was soll das nur für ein trostloser Winter werden?

Arthrose war die erste Diagnose ihres Hausarztes. »Kein Wunder bei dem, was Sie ihr Leben lang g'schafft haben«, hatte Dr. Simon diagnostiziert. »Jetzt ziehen Sie die Handbremse! Wir ändern die Ernährung, und ich verschreibe Ihnen etwas. Das bekommen wir schon wieder hin.«

Dagegen hatte ihr eine Freundin von diesem neuen Professor in der Klinik erzählt und sie ermuntert, sich untersuchen zu lassen. Professor Heiße ist eine Kapazität, wusste sie. Die Freundin hatte zuvor ähnliche Schmerzen wie Elfriede, doch seit der Operation war sie mit ihrer neuen Hüfte schon wieder auf einem Sonntagnachmittag-Tanzkaffeekränzchen, hatte sie stolz erzählt.

»Du dumme Kuh«, schimpft sich Elfriede selbst, »was will ich denn mit meinen 80 Jahren noch auf dem Tanz.« Auch das fette Essen ist ihr längst vergangen. Ihr Lebrecht hatte vergangene Woche Leber- und Blutwürste angeschleppt. »Schlachtplatte!«, hatte er sich gefreut, doch sie hatte keinen Bissen hinunterbekommen.

Elfriede hört den Motor des alten Saab. Sie lächelt. Jetzt geht es ihr wie früher Sheriff, ihrem Hofhund. Auch er erkannte die verschiedenen Autos an ihren Motorengeräuschen.

Sie darf Lebrecht nicht zeigen, dass sie auf ihn wartet. Doch erst wenn er im Haus ist, ist Leben um sie. Sonst ist es doch arg langweilig, wie es sonst nur Kindern sein kann.

In der Zwischenzeit bricht die Dämmerung an. Noch ist es ganz still in dem alten Haus. Elfriede hört die Küchenuhr ticken und sogar die Holzdielen und -balken des alten Hauses leise ächzen.

»Schweinshaxe mit Kraut«, ruft Fritz aus dem Hausflur. Sie hört, wie er seine abgewetzte Lederjacke an die Garderobe hängt, dann geht die Küchentür auf. »Ah da bist du ja, besser, als im Bett liegen«, lächelt er seiner Mutter zu, »aber was sitzt du so alleine im Dunkeln?«

»Sonst ist ja niemand da«, antwortet Elfriede trocken, »und die Wand gegenüber kenne ich, dafür brauche ich kein Licht.«

Fritz legt den Schalter um. Eine Neonröhre flackert in der niedrigen Bauernstube auf.

»Die ist zu grell«, wendet sich Elfriede ab.

»Du musst deine Augen nur daran gewöhnen«, wischt Lebrecht ihren Einspruch vom Tisch. »Ich hole Kartoffeln aus dem Keller, trinkst du ein Bier mit?«

»Meinetwegen«, antwortet sie und freut sich diebisch auf die Gesellschaft ihres Sohnes.

Fritz hat die Krankenakte seiner Mutter im Flur versteckt. Nachher wird er sie studieren. Er weiß, dass er zuerst die alte Frau aufheitern muss. Das Thema Pflegeheim ist zu heikel, aber dort hätte sie wenigstens Gesellschaft. Doch Elfriede will davon nichts hören. Manchmal denkt Fritz, dass seine Mutter ihre Lage noch nicht richtig erkannt hat.

Doch verdammt, was gibt es da zu erkennen, sie ist pflegebedürftig! Und er, er ist berufstätig und Mann!

»Bratkartoffeln zur Haxe oder lieber Salzkartoffeln?«, fragt er und zeigt sich nach außen unbekümmert. Er stellt die Schüssel Kartoffeln, die er aus dem Keller geholt hat, in die Spüle.

»Weischt, wie ich früher gerne Brotherdöpfel und Haxen g'essen hab? Aber heuer isch dös fei nix meh für mich«, schaut Elfriede ihren Sohn mit ihren großen Augen aus ihrem bleichen Gesicht an.

Fritz sieht, dass die Augen seiner Mutter immer größer werden, oder der Kopf immer kleiner? »Du brauchst Lebensmut«, antwortet er. Allerdings klingt er dabei selbst ziemlich mutlos.

Sie lächelt tapfer: »Mach'sch mer en Reisbrei?«

»Jawohl, gnädige Frau«, spielt er den Butler, »einmal Reisbrei, einmal Haxen mit Brotherdöpfel, ganz wie die Herrschaften wünschen.«

✳

Nachdem Fritz mit seiner Mutter zu Abend gegessen hat, schaut er nach Bruno und verschließt den Hühnerstall. Im Keller holt er sich einen Krug seines eigenen Fassweins.

Am Hang hinter dem Bauernhaus hat Fritz 99 Reben gepflanzt, offiziell jedenfalls, mehr sind einem Hobbywinzer in Deutschland nicht erlaubt. Jedes Jahr pflegt er mit immer größer werdender Sorgfalt seinen Weinberg. Kultiviert ihn ohne Düngemittel oder anderen chemischen Substanzen. Schneidet großzügig über 50 Prozent der Früchte heraus und erntet im Oktober seine eigenen Trauben. Rot: Spätburgunder und Cabernet Mitos; weiß: Grauburgunder, Freisamer und Chardonnay.

Die Früchte zerquetscht er in verschiedenen Wannen und Bottichen mit einem Kartoffelstampfer. Von einem befreundeten Winzer bekommt er die Weinhefe, die er später unterhebt. Danach ist Fritz sieben Tage lang kaum mehr zu sehen. Er bewacht seine kostbaren Fruchtmassen und rührt sie regelmäßig um.

Nach den heiligen sieben Tagen eines jeden Kellermeisters presst er die Fruchtmasse durch eine alte Strumpfhose von Elfriede. Dies ist für ihn der anstrengendste Teil des Weinmachens. Aber dafür gärt schon wenige Tage später sein eigener Wein seiner Vollendung entgegen, und jeden Tag schmeckt der Traubensaft mehr nach seinem original Fritz-Wein.

Nicht jedem Weinliebhaber, dem Fritz seine Eigenproduktion zur Verkostung reicht, schmeckt das Ergebnis. Aber er sieht sich trotzdem auf einem schmackhaften Weg. Je mehr er trinkt, desto besser schmeckt er ihm. Trinkt er zwischendurch allerdings einen Wein von einem gestandenen Bodenseewinzer, wirft ihn dies in seiner Einschätzung um Jahre zurück.

Heute aber findet er seine Rotweincuvée aus Pinot Noir und Cabernet Mitos fast perfekt. Okay, ein Bordeaux ist es nicht geworden, aber ein echter Fritz, tröstet er sich. Auch Elfriede findet seine eigenen Weine gut, sagt sie jedenfalls.

Fritz stöhnt. Er hat seine Mutter vor den Fernsehapparat gesetzt, was soll er sonst mit ihr machen? Vor ihm liegt ihre Krankenmappe, die ihm Dr. Simon überlassen hat. Schon der Arzt hat darin keine Erklärung für die Schmerzen in Elfriedes Hüfte gefunden, wie soll dies ihm, als medizinischem Laien, gelingen?

Dazu ist Fritz noch immer von Dr. Simons Behauptung verunsichert, dass die OP gar nicht nötig gewesen ist. Er recherchiert im Internet, stolpert über einen Befund der AOK und liest: *Wer in Deutschland an Knie- oder Hüftschmerzen leidet, der läuft Gefahr, das Krankenhaus mit einem künstlichen Gelenk zu verlassen – egal, ob es medizinisch notwendig ist oder nicht.*

Fritz schluckt.

Weiter erfährt er in dem Bericht: *Bei der Ursachenforschung stieß die AOK auf interessante Zusammenhänge: Auffällig ist, dass die Zahl der stationären Behandlungen vor allem in solchen Bereichen zugenommen hat, die wirtschaftlichen Gewinn versprechen.*

Potzblitz. Das sind genau Dr. Simons Worte. Fritz wird unruhig, stürzt sein Glas Wein hinunter und liest wie elektrisiert weiter: *Vor der Ökonomisierung der Medizin zulasten des Patientenwohls hatte kürzlich sogar die Fachgesellschaft der Chirurgen gewarnt – und gefordert, Operationsmenge und ärztliche Bezahlung zu entkoppeln.*

Es reicht.

Morgen geht er zu diesem Chirurgen. Dann will er endgültig wissen, was Sache ist. Wurde seine Mutter nur operiert, um Geld zu kassieren? Aber auch dies wäre letztendlich kein Grund für ihre ungeheuerlichen Schmerzen. Wurde doch ein Skalpell in der Hüfte seiner Mutter vergessen?

Morgen wird er mit dem hochgelobten Professor Tacheles reden.

MITTWOCH, 23. NOVEMBER

Deggenhausertal, morgens um sieben

Fritz hilft seiner Mutter auf die Toilette. Gott sei Dank schafft sie das Geschäft noch alleine, denkt er. Heute Morgen kommt sie ihm zuversichtlicher vor. Sie bestand darauf, das Bett sofort selbstständig zu verlassen, und quälte sich mit ihren Krücken ins Bad.

Fritz hat sich der neuen Rollenverteilung gefügt. Er steht jeden Morgen eine halbe Stunde früher auf, geht hinaus zu Bruno und begrüßt den alten Zausel. Hatte er anfangs sein Gemecker gehasst, liebt er in der Zwischenzeit seine Eigenheiten. Ohne eine kleine Rangelei geht die Begrüßung selten ab. Bruno muss Fritz mindestens einmal kräftig mit seinen Hörnern stoßen. Er hält dagegen. Früher hatte ihnen sein Vater gerne bei der Rangelei zugeschaut und sie zwei alte »Goaßböck« genannt.

Bischt doch ein sentimentaler Depp, wischt Fritz die Erinnerungen beiseite und beeilt sich, die Hühner aus ihrem Stall zu treiben. Einige Hühner bleiben ungerührt auf ihrer Stange sitzen. Auch das Entenpaar hält sich mit den breiten Entenwatschen krampfhaft auf der schmalen Stange fest. Doch kaum sorgt Fritz für Unruhe, können sie sich als Erste nicht mehr halten, ihre Watschelfüße rutschen von der Hühnerstange ab. Schnell flattern sie aus dem Stall.

Ich hätte Bauer werden können, denkt er in jüngster Zeit immer öfter. Der Bruno ist auch nicht uneinsichtiger als der Hahne, sein Chef im Studio Friedrichshafen. Verdammt, da fällt ihm sein Auftrag ein. Was macht er heute mit dem toten Surfer? Hahne wartet sicher auf eine Fortsetzung der schlüpfrigen Geschichte.

Schnell überlässt Fritz die Viecher ihrem Alltag und geht über den Hof. Auch heute kündigt sich erneut ein herrlicher Herbsttag an. Die Luft ist rein und klar, der Morgennebel lichtet sich im Sonnenschein. Fritz schaut an sich herunter. Ja, den Pullover muss er wechseln und, ganz wichtig, die Schuhe. Hühnerscheiße stinkt besonders beißend. Früher, in der Oberschule, wurde er für seinen ländlichen Geruch gehänselt. Hahne, dem Stadtschnösel, will er die Vorlage nicht bieten.

Elfriede sitzt schon am Küchentisch.

»Du muscht mal wieder zum Frisör«, rutscht es ihm heraus.

Sie schaut überrascht auf. »Warum?«, lacht sie, »willst du mit mir ausgehen?«

Fritz schmunzelt. »Zum Tanz«, sagt er und freut sich, dass seine Mutter ihren Humor behält.

Dann macht er schnell das Frühstück, sie liest Zeitung und stichelt weiter: »So hätten wir das schon früher machen können.«

»Was?«

»Du machst das Frühstück, und ich lese die Zeitung wie früher nur der Herr.« Damit meint sie ohne Zweifel ihn.

»Das bleibt nicht mehr lange so, dann machst du dein G'schäft wieder selbst«, antwortet Fritz. Er sagt ihr nicht, dass er nachher zu ihrem Professor gehen wird.

Auf einmal lacht sie laut auf und schiebt ihm einen Artikel hin.

Fritz liest: »*Warum nackt wandern? – Einfache Frage – einfache Antwort: Als Natursportart ist das Nacktwandern in besonderer Weise geeignet, Natur auf unmittelbare Art und Weise zu erleben.*« Fritz schaut seine Mutter fragend an.

»Vielleicht war dös halt doch en Nacktsurfer?«, sagt sie trocken. Er lächelt und schiebt den für ihn verrückten Gedanken beiseite. Er hat heute Morgen noch keinen Nerv, über vermeintliche nackte Surfer zu sinnieren. Er überlegt, wie er diesen Professor Heiße aus der Reserve locken kann. An der Situation muss sich für ihn augenblicklich was ändern. Elfriede muss jetzt geholfen werden!

Potsdam, morgens um acht

Die Haare sind nicht mehr blond, eher dunkelbraun oder schwarz. Aber das liegt daran, dass sie noch nass sind. Spätestens nach dem Föhnen wird Kathi zu den Rothaarigen gehören. Sie hat schlecht geschlafen und dann spontan beschlossen, aufzustehen, um sich die Haare zu färben. Das ist in ihrem Fall nichts Ungewöhnliches, sie entscheidet sich fast alle zwei Wochen für einen neuen Farbton. Der Blick in den Schrank in ihrem Badezimmer würde so manchem Profifriseur aus Neid die Tränen in die Augen schießen lassen. Für das Sortiment hat Kathi ein kleines

Vermögen investiert. Alle Packungen sind professionell sortiert nach Farbtönen, Produkten und Herstellerfirmen. Sie will einfach rund um die Uhr vorbereitet sein. Das ganze hatte an dem Tag begonnen, an dem sie von ihrem Ex-Freund verlassen wurde. Kathi hatte sich verletzt gefühlt und wollte sich verstecken und wenn es auch nur hinter einer neuen Haarfarbe war. Inzwischen hat sich der Tick allerdings zur Sucht entwickelt. Sie weiß das, würde es aber nie offen aussprechen. Stattdessen versucht sie ihren Tick als »flippig« zu verkaufen, was nicht immer gelingt. Der letzte Typ, den sie in ihre kleine Wohnung in Potsdam Babelsberg mitgenommen hatte, hatte nur fassungslos den Kopf geschüttelt und war dann geflüchtet, natürlich erst, nachdem sie davor noch einmal im Bett gelandet waren.

Kathi schaut in den Spiegel und erschrickt. Es ist wie immer. Sie hat sich das Rot komplett anders vorgestellt, aber wahrscheinlich bleibt die Farbe ohnehin nicht lange, noch vor zehn Minuten hatte sie sogar kurz über einen Wechsel zu pechschwarz nachgedacht.

Sie kämmt die Haare von links nach rechts, von rechts nach links und durchwuschelt sie wieder. Plötzlich kommt ihr dabei die Telefonnummer wieder in den Sinn, die sie bei Jungschmidt notiert hatte. Diese 00 423. Während sie ihre Kopfhaut massiert, wird ihr klar, dass sie nicht mehr als diese ausländische Nummer in der Hand hat.

Sie muss unbedingt die von Bert gedrehten Unterlagen anschauen, vielleicht findet sie da einen Hinweis. Seit Ralf ihr die Flause in den Kopf gesetzt hat, Jungschmidt könnte ermordet worden sein, lässt sie dieser Gedanke kaum mehr los. Heute Nacht hat sie sogar geträumt, wie Jungschmidt nackt an einem Marterpfahl stand. Daran will sie jetzt aber nicht mehr denken. Kurz entschlossen setzt sie sich in ihr Auto und fährt in die Redaktion.

Der Pförtner im Sender schaut irritiert auf. Das liegt aber nicht an Kathis neuer Haarfarbe, solche Typ-Veränderungen ist er inzwischen an ihr gewöhnt. Er ist eher erstaunt, dass um diese Zeit überhaupt schon ein Redakteur zum Dienst erscheint. Es ist kurz vor neun, die ersten Kollegen trudeln normalerweise gegen zehn Uhr ein, knapp vor der Redaktionskonferenz.

Kathi schiebt aufgeregt die von Bert gedrehten Kassetten in den Player. Zuerst sieht sie sich und Ralf, jetzt muss sie doch kurz lächeln. Dann kommt der Schwenk in der Totalperspektive durch Jungschmidts Wohn- und Arbeitszimmer, danach die Schreibtischbilder. Schnell drückt sie die Slow-Motion-Taste. Am linken Bildschirmrand erkennt sie ein Stromkabel und einen Netzwerkanschluss. Hier stand vermutlich ein Computer oder ein Notebook. Verdammt, das hatte sie gestern wohl übersehen.

Sie spult wieder zurück und schaut sich den Schwenk durch den Raum noch einmal in Zeitlupe an. Von einem PC oder Notebook ist tatsächlich nichts zu sehen. Aber neben dem Schreibtisch sieht sie einen Drucker, und an der Wand dahinter blinkt ein WLAN-Router. Somit scheint klar, dass der unbekannte Besucher gestern entweder einen PC oder ein Notebook aus Jungschmidts Wohnung mitgenommen hat.

Ebenso genau schaut sie sich die gefilmten Unterlagen auf dem Schreibtisch an. Jungschmidt hatte sich reichlich mit Wahlkampfmaterial eingedeckt. Parteiflyer und -broschüren sind zu sehen. Auch von den Konservativen. Vermutlich hat er die Programme verglichen.

Aber da! Kathi fährt das Band zurück. Stopp. Play. Ein Zettel mit handschriftlichen Notizen. Sie kann die Schrift kaum entziffern. Sie lässt das Bild stehen. Der Monitor flimmert. Trotzdem erkennt sie eine von Hand gemalte Sonne, die an den oberen Seitenrand gezeichnet ist, direkt darunter Zickzacklinien, die wie eine Berglandschaft aussehen. Das Ganze erinnert sie an ihr eigenes Gekritzel während langweiliger Telefongespräche. Ihr Mund formt sich zu einem Grinsen. Vielleicht plante er nach dem Wahlkampf einen Skiurlaub? Den Gedanken wischt sie aber schnell wieder beiseite. Als Finanzminister hätte er für so was keine Zeit gehabt. Weiter unten auf dem Papier erkennt sie einen Kreis, darin ein Buchstabe: ein großes L.

Aber wofür soll das stehen? Über was hatte Jungschmidt wohl gesprochen, als er es gemalt hatte? Logisch, dass da ein Zusammenhang besteht. Das geht ihr auch so. Unterbewusst setzt sie während Gesprächen meist ein Motiv aus der Unterhaltung als Gekritzel um. Doch Sonne? Berge? L? – Damit kann sie gar nichts anfangen.

Sie lässt die Aufnahme langsam weiterlaufen. Stoppt aber sofort, als sie Jungschmidts Kalender sieht. Denkt wieder an die Telefonnummer. Steht auf, holt ihr Handy und versucht es erneut. Dabei fragt sie sich, wer wohl hinter dieser ausländischen Nummer steckt. Eine Antwort bekommt sie auch dieses Mal nicht. Die Ansage der Mobilbox kann sie bald auswendig.

Sie googelt die Nummer. Vielleicht ist sie auf einer

Webseite zu finden. Der Suchvorgang dauert nur Millisekunden. Kein Ergebnis. Aber ein anderer Hinweis. Eine
Anzeige, die ihr Google ungebetenerweise auf den Bildschirm sendet: *Günstig telefonieren nach Liechtenstein per
call by call. Für nur 2,8 Cent pro Minute …*

Liechtenstein! Kathi sieht das L auf Jungschmidts Block
vor sich, das L! Das passt zusammen, das ist doch ein Hinweis. In ihrem Block, mit den Notizen aus dem Hintergrundgespräch bei Clausdorff, findet sie, was sie sucht. Sie
hatten über den Ankauf von Steuer-CDs gesprochen und
den Wirbel darum. Den ganzen Abend hatte Holger Frey,
der Stratege hinter Clausdorff, still gesessen, nur zu diesem
Thema hatte er sich überraschend zu Wort gemeldet. Kathi
hatte seinen Einwurf notiert: *Rainer Jungschmidt hat sich
längst kundig gemacht. Er führt Gespräche mit Insidern.*

Kathis Lippen spitzen sich langsam und stoßen einen
leisen Pfiff aus. Das passt, das könnte die erste heiße Spur
sein! Liechtenstein ist berühmt-berüchtigt für seine zwei-
felhafte Stiftungskultur. Wer Schwarzgeld außer Landes
bringen will, der ist in dem kleinen Fürstentum mitten in
den Alpen an der richtigen Adresse. Selbst eine deutsche
Volkspartei wurde schon mit regen Geschäftsbeziehun-
gen zu einem dubiosen Treuhänder aus Liechtenstein in
Verbindung gebracht. Kathi erinnert sich an die Schlag-
zeilen. Sie greift zum Telefon, überlegt kurz, ob es noch
zu früh für einen Anruf bei Holger Frey ist, drückt dann
aber entschlossen auf die grüne Taste ihres Smartphones.
Es dauert nicht lange, bis Frey sich meldet.

»Hallo, Frau Kuschel!« Frey klingt fast so, als ob er
schon auf ihren Anruf gewartet hätte.

»Guten Morgen, Herr Frey, darf ich kurz stören?«

»Sie tun es ja ohnehin schon und Sie werden heute bestimmt nicht die letzte Pressevertreterin sein. Was ist denn los?«

Der ist gut, schießt es Kathi durch den Kopf, da wird der designierte Finanzminister tot aufgefunden, und Frey fragt mich allen Ernstes, was los ist! Aus den vielen Gesprächen in den letzten Jahren weiß sie, dass sie bei Frey nie mit der Tür ins Haus fallen darf, sonst macht er zu. Also beginnt sie unverfänglich: »Ich dachte, ich melde mich mal und erkundige mich, wie es denn jetzt so weitergeht?«

»Das können Sie morgen Mittag Clausdorff selbst auf der Pressekonferenz fragen. Der Dicke will übrigens auch mit ins Bild.«

Der Dicke, das ist Alexander Laburg, der Bundesvorsitzende der Sozialisten. Wer es gut mit ihm meint, der beschreibt Laburg als einen Mann mit beeindruckendem Format. Intern lässt er sich angeblich auch gerne als Alexander der Große ansprechen. Frey kann Laburg nicht ausstehen und macht zumindest in vertraulichen Gesprächen daraus auch kein Geheimnis. Der Dicke, das ist aus seinem Mund jedenfalls nicht nett gemeint, weiß Kathi und drängt auf ihr Thema: »Ich frage aber Sie, Sie wissen doch sicher schon Genaueres zum Tod Ihres Parteifreundes?«

»Ganz ehrlich, Frau Kuschel, wir wissen noch gar nichts. Weder etwas über die Umstände des Todes noch wissen wir, wie es jetzt politisch weitergehen soll. Im Moment setzen wir auf die Solidarität und auf das Vertrauen der Wähler. Die spüren schon, dass das eine schwere Situation für uns ist, und die wissen auch, dass die Sozialisten in der

Lage sind, einen respektablen Mann oder auch eine respektable Frau für das Finanzministerium zu finden. Das wird aber noch ein paar Tage dauern. Und zu schnell dürfen wir ja auch keinen Ersatz präsentieren, das könnte man uns als geschmacklos auslegen.«

Jetzt hat Kathi ihn. Frey, der Strippenzieher, ist in seinem Element als Parteistratege. »Was wird dann aus dem Steuer-CD-Thema? Ist das auch vom Tisch? Sie hatten ja vorgestern Abend erzählt, dass Jungschmidt sich da sehr tief eingearbeitet hätte?«

»Das Thema kommt, Frau Kuschel, da können Sie sich darauf verlassen, das sind wir Rainer schuldig, und mal unter uns, Clausdorff will das Steuer-CD-Thema unbedingt.«

»Sie hatten im Hintergrundgespräch erwähnt, dass Jungschmidt Gespräche mit Insidern führt. Was sind das für Leute? Woher kommen die?«

Kathi hört, wie Frey am anderen Ende der Leitung laut ausatmet: »Frau Kuschel, was soll das jetzt, spielen Sie hier Detektivin?«, grummelt er mürrisch, »was wollen Sie von mir? Wissen Sie schon mehr? War es Mord? Es würde mich nicht überraschen, weil ich Selbstmord für kompletten Blödsinn halte und einen Unfall übrigens genauso. Jungschmidt war in seinem ganzen Leben noch nie in einem Kanu unterwegs und wenn, dann hatte er dabei ganz bestimmt seine Klamotten an. Also was wollen Sie von mir?«

Kathi muss ihn besänftigen, so will sie das Gespräch nicht beenden, zumal sie noch gar nicht gefragt hat, was ihr auf der Zunge brennt: »Entschuldigung, Herr Frey, jetzt haben Sie meine Frage völlig in den falschen Hals bekommen. Erstens weiß ich nicht mehr als Sie über die Umstände des traurigen Todes Ihres Parteifreundes, und zweitens rufe ich Sie nicht wegen des Trauerfalls an. Ich recherchiere gerade an dem Thema Steuer-CDs. Ich will nur vorbereitet sein, wenn Sie, wie Sie angekündigt haben, neue Informationen vorlegen. Also meine Frage: Was waren das für Insider, auf die Sie in dem Hintergrundgespräch anspielten? Und von welchen Ländern sprechen wir eigentlich? Von wo wollte denn Jungschmidt, oder wo wollen Sie jetzt, die Knaller-CD ankaufen?«

Holger Frey bläst erneut Luft durch seine Nüstern, er scheint sich zu beruhigen, ganz sachlich antwortet er: »Natürlich geht's erst mal vor allem um die Schweiz. Da will die jetzige Bundesregierung ja noch im Eiltempo ein Steuerabkommen durchpeitschen.«

»Aber ich habe mitbekommen, dass Jungschmidt einen Kontakt nach Liechtenstein hatte. Es soll sich da um eine CD drehen mit ein paar Tausend Datensätzen deutscher Steuerhinterzieher«, lässt Kathi ihren Ballon ins Ungewisse steigen.

»Liechtenstein«?, hüstelt Frey. Seine Stimme klingt plötzlich brüchig. »Liechtenstein«, wiederholt er gedehnt, »wissen Sie überhaupt, wo der Zwergenstaat liegt?«, schafft er ein Lächeln durch das Telefon zu vermitteln. »Quatsch, war'n Spaß. Aber sicher ist, dass Jungschmidt erste Kontakte hatte, wohin auch immer. Nach einem Wahlsieg hätten wir dann sofort zugegriffen, auf Schwarzgeldkonten-Daten aus der Schweiz oder von mir aus auch aus Liechtenstein.«

Kathi setzt hinter das L in ihrem Kopf ein Ausrufezeichen, redet aber schnell weiter, um Frey im Fluss zu halten: »Sie meinen also, Jungschmidt hatte Beziehungen zu einem CD-Verkäufer, das ist sicher, nur unklar ist, ob diese Daten aus der Schweiz oder aus Liechtenstein stammen? Der Absender und auch die Inhalte sind also unbekannt?«

»Ja doch!«, wird Frey wieder mürrisch, »aber jetzt unterschätzen Sie mal Rainer nicht. Der hatte sich doch längst einen Probedatensatz liefern lassen und hat eine erste Auswertung gemacht. Dabei muss er auf einen dicken Fisch gestoßen sein. Wenn wir seine Unterlagen finden, ich prophezeie Ihnen, das wird der Hammer! Danach ist die Wahl gelaufen, stellen Sie sich schon mal darauf ein.«

Kathi versucht, Frey zu folgen. Verdammt, ging es gestern in Jungschmidts Wohnung um eine Daten-CD? Hat der Kerl, der sie niedergeschlagen hat, die CD gesucht? Und etwa auch gefunden? Frech zählt sie eins und eins zusammen: »Und jetzt? Haben Sie die Daten?«

Frey antwortet nicht sofort, sondern hüstelt schon wieder, während sie provokant nachsetzt: »Die Veröffentlichung werden Sie geschickt ein paar Tage vor der Wahl platzieren, so lange muss ich nun warten, oder?«

»Leider eben nicht, schön wär's ja gewesen«, hat Frey sich von seiner Hustenattacke erholt, »das genau ist das Problem. Wir haben weder Jungschmidts Daten, noch Aufzeichnungen, noch wissen wir, wen er genau im Visier hatte. Sie können also beruhigt sein, damit ist die Sache erst mal abgeblasen.«

»Das kann doch nicht sein«, zweifelt Kathi, »Jungschmidt hat Ihnen keine näheren Andeutungen oder gar Hinweise hinterlassen?«

»Sie wissen doch, wie er war«, gibt sich Frey geschlagen, »er traute niemandem. Nicht mal seinen Parteifreunden.«

»Das war's dann mit dem Kanzleramt für Clausdorff, oder?«, versucht Kathi, Frey noch ein bisschen zu provozieren.

Doch der lacht schon wieder versöhnt und siegessicher: »Liebe Frau Kuschel, die Revolution ist nicht mehr zu stoppen, Clausdorff wird Kanzler! Ach ja, und noch eins: Nichts von dem, was ich gerade gesagt habe, habe ich gesagt. Wir verstehen uns doch, Frau Kuschel, oder? Schönen Tag noch!« Unvermittelt legt er auf.

Kathi muss die neuen Infos sortieren. Nur kurz wundert sie sich über Freys offensichtliche Stimmungsschwankungen, aber dann schiebt sie den Grund auf Jungschmidts Tod. Die beiden waren immerhin Parteifreunde. Und sicherlich nagt die Ungewissheit über den nackten Jungschmidt jetzt an allen in der Parteizentrale. Wie werden die Genossen weiter agieren? Sie ist in ihren Gedanken versunken, als plötzlich hinter ihr die Tür aufgerissen wird und eine Stimme blafft: »Hey, was machen Sie da? Das ist nicht Ihr Schreibtisch, Finger weg! «

Kathi erschrickt, dreht sich schnell um und sieht Ralf: »Spinnst du? Mach hier nicht den dicken Max am frühen Morgen, wo bleibst du? Ich warte schon eine Stunde auf dich.«

»Kathi? Du?«, ist Ralf überrascht. »Kann ja kein Mensch damit rechnen, dass Frau Kuschel jetzt als Frühaufsteherin auf rote Zora macht.«

Sie fasst sich ungewollt in ihre Frisur und merkt gleichzeitig, wie schnell sie ihr Selbstbewusstsein verliert. Das passiert ihr jedes Mal nach dem Haarefärben. Es dauert immer eine Zeit, bis sie sich an den neuen Look gewöhnt hat, und so lange ist sie immer unsicher. Bei Ralf wäre das aber eigentlich nicht nötig. »Gefällt es dir, ja oder nein?«

»Ja, ja, sieht schon ganz gut aus«, winkt er ab, und Kathis Welt ist wieder in Ordnung. Sie erzählt von ihren Recherchen. Von Liechtenstein und dem Telefonat mit Frey.

Ralf will sich heute um die Staatsanwaltschaft kümmern, die Obduktionsergebnisse von Rainer Jungschmidt müssten endlich vorliegen. Bisher ist von der Redaktion nur ein Beitrag für die Hauptausgabe gewünscht. Um den will sich Ralf ebenfalls kümmern. Dadurch hat Kathi Zeit, die Liechtensteinspur zu verfolgen.

Sie beginnt im Internet und findet Tausende Artikel und Einträge, viele davon in den Online-Seiten der Wirtschaftsmagazine, noch interessanter sind die Einträge in den einschlägigen Blogs. Hier gibt es quasi die Anleitung zum gefahrlosen Steuerhinterzug. *Schwarzkonto einfach und selbst angelegt!*

Ganz ohne Risiko scheint diese Masche aber dann doch nicht zu sein. 2008 hatte ein Bankmitarbeiter einen Datensatz gestohlen und nach Deutschland verkauft. Daraufhin konnte der Ex-Chef der Deutschen Bundespost AG überführt werden. Kathi klickt sich durch die Einträge.

In dem kleinen Fürstentum mit rund 36.000 Einwohnern gibt es laut Schätzungen ungefähr genauso viele Stiftungen. Offizielle Zahlen sind Mangelware, aber Experten gehen davon aus, dass mehrere Hundert Milliarden Euro von deutschen Bundesbürgern bei den Banken im Fürstentum oder auch in der Schweiz liegen und dort Jahr für Jahr Zinsen abwerfen, die nicht versteuert werden. Schwarzgeld!

Kathi staunt nicht schlecht. Dass es hier um so große Beträge geht, das ist ihr neu. Klar hatte sie schon mal von der Steueroase Liechtenstein gehört, aber so richtig dafür interessiert hatte sie sich bisher nicht. Hunderte Milliarden Euro? Sie kann sich nicht einmal vorstellen, wie viel eine Milliarde ist!

Gefesselt liest sie weiter. In einem Beitrag heißt es, dass es zwar inzwischen ein Doppelbesteuerungsabkommen zwischen Deutschland und Liechtenstein gibt. Das aber gilt erst seit Kurzem. Die vielen Milliarden deutscher Euro, die schwarz ins Fürstentum geschmuggelt worden waren, sind nach wie vor gut vor dem deutschen Staat versteckt. Und seit die Verhandlungen mit der Schweiz nicht vorankommen, stocken die Gespräche auch mit Liechtenstein.

Sie macht ein paar Notizen. Ein ehemaliger Steuerfahnder gibt in einem anderen Artikel zu bedenken, dass, selbst wenn das Steuerabkommen tatsächlich käme, sich die, die ihr Geld dort schon seit Jahren bunkern, völlig sicher fühlen könnten. Schließlich gehören die Millionen und Milliarden irgendwelchen Stiftungen mit wohlklingenden Fantasienamen wie zum Beispiel Zaunkönig oder Monopoly. Diese Fantasienamen führen auf keinem direkten Weg zu den tatsächlichen Adressen der deutschen Besitzer.

Kathi staunt über die Kreativität und kriminelle Energie, durch die dem Bundeshaushalt jährlich Hunderte Millionen Euro entgehen. Kein Wunder, dass die Parteien das Thema für den Wahlkampf entdeckt haben – jede mit ihrer eigenen Lösung. Die der Konservativen scheint ihr die pragmatischere zu sein: Ein Steuerabkommen mit der Schweiz, das die eidgenössischen Banken dazu verpflichtet, die Steuern selbst einzuziehen, um sie dann nach Deutschland zu überweisen. Das würde sofort richtig viel Geld in den Bundeshaushalt spülen. Die Sozialisten halten dagegen: Dadurch bleiben die deutschen Steuersünder anonym, sie müssten keine Strafverfolgung fürchten. Im Klartext: Steuerhinterzieher könnten sich entspannt ins Fäustchen lachen. Die, die aber immer ehrlich waren und zähneknirschend, aber ordentlich und gesetzestreu ans Finanzamt überwiesen haben, müssten sich dagegen fragen, ob sie bei der Geschichte nicht die Dummen sind.

Clausdorff plant deshalb den konsequenten Ankauf von Steuersünderdaten, selbst wenn diese aus den Banken gestohlen wurden. Mit Hilfe dieser Daten sollen seiner Meinung nach die Steuersünder ihre gerechten Strafen bekommen und der Staat endlich sein Geld kassieren. Bei den so genannten kleinen Leuten dürfte das gut ankommen.

»Die Staatsanwaltschaft will nichts sagen, die mauern.« Ralf Marburg knallt genervt den Hörer auf die Gabel und will sich nicht beruhigen. »Kathi«, schimpft er, »ich sag dir, die wissen was. Die Obduktion ist doch längst gelaufen, die machen sich aber in die Hosen, weil sie den Jungschmidt auf dem Tisch haben und jetzt denken, dass alles, was sie sagen, die Wahl entscheiden könnte.«

Kathi ist in Gedanken ganz wo anders, rund 750 Kilometer weiter südlich, zwischen der Schweiz und Österreich im Rheintal, in Vaduz. »Ich muss nach Liechtenstein!«, sagt sie für Ralf ziemlich unvermittelt, aber entschlossen.

»Warum? Glaubst du, da läuft dir jemand über den Weg und zeigt dir das Obduktionsergebnis?«

»Quatsch, ich glaube, der Tod von Jungschmidt hat mit dem Wahlkampfthema ›Steuerhinterziehung‹ zu tun. Das kann doch alles kein Zufall sein. Überleg doch mal: Erst erfahre ich von Clausdorff, dass seine Partei eine ganz große Steuerhinterziehungs-Debatte im Wahlkampf plant. Dann erzählt Frey, dass Jungschmidt Datensätze über Steuersünder kaufen will. Wir finden eine Telefonnummer aus Liechtenstein in seiner Wohnung und ein L auf ein Blatt gekritzelt.«

»Deshalb ist man doch nicht gleich tot«, fällt ihr Ralf ins Wort.

»Normalerweise nicht, aber wenn es um so viel Geld geht. Ich muss nach Vaduz, und wenn ich nur eine Geschichte über den Finanzplatz Liechtenstein und das dort gebunkerte Schwarzgeld der Deutschen produziere, das ist ein Thema!« Kathi steht auf und marschiert entschlossen zur Tür. »Ich gehe zur Jagode.«

»Das genehmigt die dir nie, viel zu teuer, da musst du dir echt was einfallen lassen«, ruft Ralf ihr hinterher, aber sie ist schon aus dem Zimmer.

Kathi weiß selbst, dass ein Kamerateam samt angemieteter Technik bei der Sparwelle in den Sendeanstalten nicht genehmigt wird. Aber beim Blick auf die Liechtensteinkarte hatte sie gesehen, dass es am Bodensee, direkt bei Vaduz, ein Studio gibt, dort will sie eine kostengünstige Produktionshilfe finden.

Zu Kathis Überraschung ist Jagode einverstanden. Sie ist bereit, den Hin- und Rückflug nach Friedrichshafen zu übernehmen, aber nur an einem Tag, also ohne Übernachtung. Kurz vor Feierabend kommt das Okay schriftlich. Die Flüge sind bereits für übermorgen gebucht.

Friedrichshafen, vormittags

Fritz hat sich an die ausgedehnte Auffahrt und modern gestaltete Pforte des ehemals bescheidenen städtischen Krankenhauses gewöhnt. *MedicalResort Bodensee* heißt das Krankenhaus heute. Im Obergeschoss residiert die *Golf- und Tennis-Klinik Bodensee.* Seeblick wird den Patienten aus jedem Krankenbett garantiert. Internetanschluss ist selbstverständlich, manche Zimmer gleichen einer Suite, einige bieten ein angeschlossenes Konferenzzimmer.

Fritz erinnert sich an eine Bürgerinitiative, die auf die Barrikaden ging, als selbst private Versicherungen die Rechnungen der Patienten nach dem Aufenthalt im noblen Obergeschoss des *MedicalResort Bodensee* nicht übernehmen wollten. Das Stichwort »Ökonomisierung der Medizin«, das er gestern zum ersten Mal aus dem Mund des alten Landarztes gehört hat, ist ihm plötzlich präsent. Dafür muss man wahrlich keinen Marx gelesen haben, um die zunehmende finanzielle Unterteilung der Klassenmedizin zu verstehen.

Fritz kennt den Weg in die Orthopädie. Er hatte mit Professor Heiße vor der unsäglichen OP seiner Mutter öfter gesprochen. Der Mann hatte einen vertrauenswürdigen Eindruck hinterlassen. Fritz lächelt. »Du musst vertrauen«, hatte er zu Elfriede vor der OP gesagt. »Das ist jetzt dein Arzt, ihm bist du ausgeliefert.«

In der Erinnerung stolpert Fritz über das Wort *ausgeliefert*. Verdammt, genau so hatte er es gesagt.

Fritz geht durch das Treppenhaus in die Station. Im Flur stehen die Servierwägelchen mit angebissenen Brötchen und halbvollen Kaffeetassen. Die Schwestern tragen die Reste des Frühstücks aus den Krankenzimmern. Fritz weiß, wo das Zimmer des Professors ist. Er geht zielgerade darauf zu, klopft kurz und entschlossen an und öffnet gleichzeitig die Tür.

Dahinter sitzt die Sekretärin des leitenden Chefarztes der Chirurgie, im Nebenzimmer hört er ihn bei offener Tür telefonieren. Fritz gibt der Sekretärin ein beruhigendes Zeichen, lächelt sie freundlich an und deutet in Richtung des Chefzimmers. »Ich muss nur ganz kurz mit ihm reden«, sagt er leise.

»Das geht jetzt nicht«, erwidert die Vorzimmerdame streng, »haben Sie einen Termin?«

»Ja«, sagt Fritz frech, »den habe ich.« Er hört, wie der Professor das Gespräch beendet, und sagt siegessicher zu der Sekretärin: »Jetzt!« Dabei geht er unaufgefordert durch die geöffnete Tür direkt in das Chefzimmer.

»Hallo, Herr Professor Heiße«, Fritz streckt dem Mann hinter dem wuchtigen Schreibtisch freundlich die Hand entgegen und schießt sofort los: »Meine Geduld ist zu

Ende. Meine Mutter leidet, seit Sie sie operiert haben, mehr denn je. Ich war gestern bei unserem Hausarzt, der meint, die ganze Operation wäre für die Katz' gewesen. Jedenfalls geht es ihr heute, sechs Monate nach Ihrer OP, schlechter als jemals zuvor!«

Prof. Dr. med. Uwe Heiße ist sofort aufgesprungen, als Fritz eintrat. Er hat die ausgestreckte Hand entgegengenommen und zunächst freundlich gelächelt. Aus dem Lächeln ist, während Fritz seine Vorwürfe vom Stapel lässt, eine eher hilflose Fratze geworden. Doch die beiden halten noch immer die jeweilige Hand des anderen.

»Beruhigen Sie sich«, ergreift der Professor bei der erstmöglichen Gelegenheit seine Chance, »nehmen Sie Platz.«

Dabei löst er seine Hand aus der Umklammerung, weist ihm einen Stuhl zu und schließt die Tür zu dem Vorzimmer. »Wir wissen ja nicht, wie sich das Krankheitsbild Ihrer Frau Mutter entwickelt hätte, wenn wir nicht eingegriffen hätten. Wissen Sie, die Hausärzte haben da ihre Interessen, aber ich versichere Ihnen, es war höchste Zeit. Die Arthrose war schon weit fortgeschritten. Wir sprechen da von einer Coxarthrose, das sind gefährliche Verschleißerscheinungen mit Knorpelabnutzung des Gelenks. Sie wissen gar nicht, wie schmerzhaft eine Entzündung in diesem Bereich ist.«

Fritz hört dem Professor irritiert zu. Was redet der Mann? Aber was will er auf seine Vorwürfe anderes antworten? Er hat seine Mutter aufgeschnitten und das alte Gelenk entnommen. Er kann heute behaupten, was er will. So kommt er nicht weiter.

Prof. Heiße spürt die Verunsicherung seines Gastes.

Souverän lächelt er: »Wollen Sie zuerst eine Tasse Kaffee, Herr Fritz? Setzen Sie sich doch bitte.«

»Sagen Sie Fritz zu mir, einfach Fritz, das reicht«, antwortet er automatisch, während er nach einem anderen Ansatz sucht. »Sie müssen doch eine Erklärung für die jetzigen Schmerzen meiner Mutter haben. Wenn ich Sie recht verstehe, war es höchste Zeit für die Operation. Sie haben uns gesagt, Sie machen über 500 solcher Operationen im Jahr. Wollen Sie mir sagen, meine Mutter ist die Einzige, die danach solche Schmerzen hat?«

»Ich bitte Sie. Der menschliche Körper ist kein Hightechgerät, das immer funktioniert, wie wir es gerne hätten. Es kann immer Komplikationen geben. Trotzdem, ja, schon … «

Fritz sieht, wie der Professor nach Worten ringt: »Jetzt sagen Sie, was Sie denken, oder schauen Sie nach, ob Sie nicht einfach ein Skalpell vergessen haben.«

»Unsinn!«, bricht es barsch aus dem sonst eher zurückhaltenden Operateur. »Wir arbeiten perfekt, immer! Wir setzen einen sieben Zentimeter langen dorsolateralen Zugang an. Unsere minimalinvasive OP entspricht den neusten wissenschaftlichen Erkenntnissen. Seien Sie froh, dass Ihre Mutter bei uns war.«

Fritz lacht laut auf. Fassungslos schaut er den Arzt an: »Froh sollen wir sein? Warum denn? Froh, dass die Operation so perfekt gelungen ist? Gratuliere!« Fritz winkt resolut ab und nuschelt betrübt: »OP gelungen, Patient tot.«

»Ich gebe Ihrer Mutter einen Termin, vielleicht schon morgen, ich werde mich darum kümmern«, lenkt Prof.

Heiße leise ein. »Versprochen, ich bitte Sie jetzt zu gehen, ich habe zu tun.«

»Noch mal operieren?«, grinst Fritz frech.

»Ja, ich sage Ihnen doch: Ihre Mutter ist ein Ausnahmefall, deshalb werden wir uns die Sache noch mal genau ansehen, aber jetzt, bitte ...«

Fritz steht auf, schüttelt dem Professor frustriert die Hand, lächelt der Vorzimmerdame trotzdem freundlich zu und geht aus dem Zimmer.

Im Flur dreht er sich nochmals um, schaut auf das Türschild der Sekretärin: Nicole Burger. Den Namen will er sich merken. Oft schafft er sich als Journalist den Zugang zu wichtigen Infos über das Vorzimmer, gerade bei älteren Damen.

Er schlendert unschlüssig durch das neu renovierte Krankenhaus, nutzt die Treppe, steht plötzlich im Keller und sieht ein Hinweisschild: Warenannahme.

Das Wort *Waren* lässt ihn stutzen. Zunächst denkt er an die Frühstücksbrötchen, dann an die Kantine, doch schließlich auch an Hüftgelenke. Ziellos geht er weiter, findet eine Tür. Lager steht darüber. Er drückt die Klinke der feuersicheren Eisentür, öffnet sie, ein kalter Luftzug weht ihm entgegen.

Irgendwie sieht es aus wie in einer Apotheke, dann sieht er auch größere Päckchen, die ihn eher an ein Ersatzteillager erinnern. Er liest die Aufdrucke und Absender der Waren. Schnüffelt ungestört weiter, bis sich vor seinen Augen plötzlich die beiden Worte »earticulatio coxae« formen. Wie elektrisiert bleibt er stehen und greift zu dem Päckchen. Erst gestern hatte er sich durch die lateinischen

Fachbegriffe gequält. Earticulatio coxae, ein Teil des Oberschenkelknochens der Hüfte. Dann erschrickt er.

»Für die Knochendocs, Hüftgelenke«, klärt ihn ein Lagerarbeiter mit knorriger Stimme auf.

Fritz schaut den Mann an, weiß nicht, was er sagen soll. Jetzt hält er das Päckchen schon in der Hand. Er liest den Absender: Maler GmbH, Vaduz/Liechtenstein.

»Sind Sie überhaupt befugt, hier rumzuschnüffeln?«, setzt der Lagerarbeiter nach, klingt aber dabei eher selbst verunsichert.

»Ich soll ein Hüftgelenk bekommen«, lügt Fritz frech, »und das wollte ich mir ansehen.«

Ungläubig schüttelt der Lagerarbeiter den Kopf: »Lassen Sie das Päckchen mal schön liegen, und jetzt raus hier!«

Fritz lächelt schüchtern. »Interessiert einen doch«, sagt er noch entschuldigend und tritt den Rückzug an.

*

Es scheint in allen Redaktionen, jeden Morgen Punkt zehn, das gleiche Gesetz zu gelten: Redaktionskonferenz! Reicht noch locker, denkt Fritz, und fährt vom Krankenhaus noch kurz im Studio vorbei, bevor er nach Vaduz will.

Die Reporter sitzen bei der täglichen Schaltkonferenz um ihren Studioleiter Hahne. Alle Regionalstudios sind mit der Redaktionsleitung im Sender der Landeshauptstadt verbunden. Freie Autoren, die ohne Auftrag sind, sitzen in Lauerstellung vor dem Schreibtisch des Studioleiters. Jeder ist sofort bereit, einen Auftrag anzunehmen.

Die morgendliche Szene erinnert Fritz an seine Hühner auf der Stange. Hahne wirft die Körner. Auch er nimmt auf der Stange vor dem Studioleiter Platz.

»Aha, unser Skandalrechercheur. *Fritz sprach als Erster mit dem nackten Surfer*«, lacht Hahne und alle Kollegen kichern mit.

»Nackt ist in«, kontert Fritz, »nackte Wanderer, nackte Surfer und nackte Studioleiter.« Dann lacht auch er und fordert Hahne frech auf: »Hosen runter! Nackte Tatsachen wollen die Zuschauer sehen.«

»Stimmt«, gibt Uwe Hahne gelassen zurück, »aber von dir, Fritz. Wie sieht es aus? Das ist dein Fall.«

»Ich werde an den Rohrspitz fahren, dort ist der Surfclub, von da ging Reto Welti meist aufs Wasser. Anschließend fahre ich bei der Polizei in Vaduz vorbei und vielleicht noch bei der Bank.« Fritz hat an dem Auftrag »Reto Welti« Gefallen gefunden, seit er die Adresse des Hüftgelenklieferanten seiner Mutter in Vaduz in der Tasche hat.

»Was sitzt du hier noch rum?«, herrscht Uwe Hahne ihn an, um der Runde zu demonstrieren, wer der Herr im Ring ist.

»Jawohl, Chäffe«, salutiert Fritz, schlägt ungeschickt die Hacken zusammen und hat mit seinen unförmigen 1,90 Metern, gewölbtem Bauchansatz und frechem Grinsen im Gesicht die Lacher auf seiner Seite.

*

Der Rohrspitz liegt von Vaduz aus keine 50 Kilometer entfernt direkt am See. Über die Rheintalautobahn konnte

Reto Welti schon eine halbe Stunde nach Bankschluss auf seinem Brett stehen.

Fritz dagegen muss wieder um den gesamten Obersee kurven, fährt aber vor dem Pfändertunnel heute am See entlang, durch Bregenz über den neu gebauten Rheinzufluss auf den Rohrspitz. Von hier aus kann er die zehn Kilometer über die Wasseroberfläche direkt nach Kressbronn blicken, wo Reto vor zwei Tagen angespült worden ist.

Fritz erkennt die bis weit in den See angelegte Rheinmündung. Das Seewasser glitzert in der Mittagssonne grünlich, das Rheinwasser dagegen ist dunkel. Blinkende Sturmwarnleuchten künden einen starken Herbstwind an.

Fritz zieht seine schwarze Lederjacke enger. Blickt von oben auf diesen verdammten Bauchansatz unten. Steckt seine beiden Hände in die Seitentaschen um die Wölbung zu kaschieren. Er schlendert vom Seerestaurant zur Strandanlage und setzt sich auf einen Stein. Dort lässt er sich die Mittagssonne ins Gesicht scheinen und überlegt, warum die Polizei keine Kleider von Reto gefunden hat. Vielleicht waren sie im Auto? Das hatte die Polizei auf dem Parkplatz sichergestellt.

Fritz kramt sein Handy aus der Tasche, sucht nach der Nummer der Pressetante der Landespolizei Vaduz und fragt sie unbekümmert: »Wäre es nicht gescheit, wir würden einige Bilder des Autos drehen und im Abendprogramm nach Zeugen fragen?« Zuvorkommend bietet er zusätzlich an: »Sie könnten bei uns im Studio den Stand der Ermittlungen erläutern und vielleicht seine Kleider zeigen?«

Dann hört Fritz die Frau laut schnauben, dann räuspern, schließlich sagt sie: »Das Auto haben wir, aber die Kleider haben wir noch nicht gefunden.«

»Seltsam«, überlegt Fritz, »bleiben Sie dabei, dass eine Fremdeinwirkung ausgeschlossen ist?«

»Eigentli scho!«

»Eigentlich«, übersetzt Fritz, »was heißt das: ja oder nein?«

»Wir sind is nit schlissig«, gibt sie schließlich zu.

Na denn, denkt Fritz und beendet das Gespräch. Es bringt ihn in seinen Überlegungen nicht wirklich weiter. Er blinzelt in die Sonne, streicht seine immer weniger werdenden Haare aus der Stirn. Seine Geheimratsecken breiten sich auf seinem Schädel immer weiter aus. Er genießt die Wärme der Sonnenstrahlen. Greift in die Innentasche seiner Jacke, sucht seine Sonnenbrille. Sie muss im Auto liegen. Er dreht sich zu seiner Karre um und sieht daneben plötzlich weitere Autos. Eine Gruppe junger Menschen baut ihre Surfbretter auf. Fritz steht auf, schlendert zu der Surfclique. Sie alle haben ganz normale Trainingsanzüge an. »Da kommt noch was«, lacht er ihnen zu und deutet zum Horizont. Über den See blitzen die Sturmwarnleuchten von Lindau und Kressbronn.

»Hoffentli«, antwortet ihm eine Dunkelhaarige, »drum sind mer do.«

»Respekt«, antwortet Fritz, »ich schätze, da sind Böen mit Windstärken 5 bis 6 dabei.«

»So soll es si«, gibt sie leichtfertig zurück, »Wind und Sonne, das suchen wir.«

»Sonne schon, aber ob es zum Nacktsurfen warm genug

ist«, lacht Fritz und wartet gespannt ab, ob sein Ballon Wind bekommt.

»Hoffentli«, wiederholt die Dunkelhaarige ihre Antwort stoisch.

»Nackt?«, wiederholt er lauter.

»Natürli, des isch en Hurespaß! Grad wenn's kalt isch und du uf'm Brettl schwitzsch.«

Eine dralle Blonde öffnet unvermittelt den Reißverschluss ihrer Jacke und zieht sich aus. Völlig entblößt steht sie vor Fritz. Er streicht sich ein bisschen hilflos Haare aus seinem Gesicht, wo gar keine sind.

»Zurück zur Natur!«, gibt die Blonde laut ihre Parole aus. Die anderen folgen ihrem Vorbild, legen ihre Trainingsanzüge wie selbstverständlich ab. Dann lachen sie, klatschen sich ab, nehmen ihre Surfbretter unter den Arm und segeln über die Bregenzer Bucht splitternackt davon.

Fritz ruft ihnen noch was nach. Er hat vor lauter Staunen vergessen, nach Reto Welti zu fragen. Er musste immer wieder zwanghaft seine Augen von der Blonden wegdrehen. Ihre Brüste waren riesig, ihr Bauch auch. Dieser Anblick hat ihm die Sprache verschlagen. »Potzblitz – weg sind sie«, flucht er. »Verdammt, das ging zu schnell.« Er schaut der Clique noch immer baff nach. So was hat er noch nie erlebt. Schon bald kann er nicht mehr erkennen, dass die Surfer tatsächlich nackt sind. Doch ihre Trainingsanzüge liegen vor ihm am Strand, die Surfer verschwinden wie kleine Punkte am Horizont.

Aber die Sachlage scheint klarer zu werden. Sollte Reto ein Mitglied dieser Gruppe gewesen sein, dann ist er vermutlich doch einem Unfall zum Opfer gefallen. Dann ist er eben tatsächlich nackt auf den kalten See und erfroren. Kein Wunder. Fritz zweifelt, ob all die Surfer, die er eben nackt losbrettern sah, wieder heil zurückkommen werden. Er ist zum Warten verurteilt. Er muss mit dieser Clique einen Dreh vereinbaren. »Zurück zur Natur!« – das ist eine Story, wie sie Hahne gefällt.

Mist, warum hat er sich die Clique nicht sofort geschnappt? Bis die zurückkommen, das kann dauern. Zerknirscht nimmt er einen flachen Stein, lässt ihn über die Wasseroberfläche springen, zählt sieben Aufsetzer, freut sich über seinen Erfolg und geht besser gestimmt zu den Autos der Surfer.

Wie ein Spürhund streift er um einen Golf GTI, einen BMW 330er und einen kleinen Seat. Er drückt sich die Nase an den Scheiben platt, schirmt mit beiden Händen die Sonnenstrahlen ab, um durch die Fenster in das Wageninnere zu sehen. Vielleicht findet er ein adressiertes Magazin oder den Namen des Besitzers an einer der Taschen.

Pech gehabt, enttäuscht dreht er ab, da fällt sein Blick auf eine Parkgenehmigung. Eso-Natura-Messe, Durchfahrtgenehmigung für Simone Nigg, Sportgeschäft Nigg, Vaduz.

»Na also«, lächelt Fritz zufrieden, notiert sich den Namen und weiß, wenn Simone Surfartikel verkauft, dann will sie auch ins Fernsehen.

*

Geht doch, denkt er zufrieden. Wieder einen halben Tag gearbeitet, und wieder kann er einen ganzen Tag abrechnen. So hat er erneut Zeit, sich um seine eigentliche Story zu kümmern.

Firma Maler. *Schenken Sie Patienten neue Lebenslust*, hatte er im Studio, bevor er losfuhr, auf der Startseite im Internet gelesen. Was das heißt, das soll ihm jetzt mal der Pressefuzzi genauer erläutern.

Fritz will Druck ausüben. Prof. Heiße weiß jetzt, dass er ihm auf den Füßen stehen wird, bis es seiner Mutter wieder besser geht. Wenn er wirklich sauber operiert hat, kein Skalpell vergessen hat, und tatsächlich Elfriedes Schmerzen ein Ergebnis der Operation sind, dann muss der Arzt oder der Hersteller des neuen Hüftgelenks den Grund kennen. Einer von beiden trägt die Verantwortung. Dass Hüftgelenk nicht gleich Hüftgelenk ist, hat Fritz gestern Abend nach wenigen Klicks im Internet erfahren. Horrorberichte hatte er gelesen. Als er heute Morgen das Päckchen der Firma Maler im Krankenhaus in den Händen hatte, glaubte er sich auch an diesen Namen zu erinnern. Er hatte von verschiedenen Herstellern in den Foren der schmerzgeplagten Patienten gelesen.

Fritz fährt über die Rheintalautobahn A 13, sein Navi lotst ihn bei Vaduz – Mölliholz von der Autobahn nach Vaduz – Ebenholz in eine schicke Villengegend. Sakra, vor einer schlossähnlichen Jugendstilvilla in der Fürst-Franz-Josef-Straße steht er vor einem schweren Eisentor. Maler GmbH Vaduz. Zürich, Frankfurt, Boston und Berlin stehen als Standorte auf der polierten Edelstahl-Firmentafel.

Fritz steigt aus, geht auf das Tor zu. Es ist verschlossen. Eine Stimme aus einem Lautsprecher neben dem Tor fordert ihn auf, direkt vor die Kamera an der rechten Säule zu treten.

»Etwas weiter links«, befiehlt die unbekannte Stimme. Fritz macht einen Schritt nach links.

»Bei wem darf ich Sie melden?«

»Bei Ihrem Pressesprecher bitte«, antwortet Fritz betont höflich. »Mein Name ist Fritz, ich komme vom Ersten Fernsehprogramm in Deutschland.« Er muss dem abweisenden Protz etwas entgegensetzen und setzt frech nach: »Dr. Fritz.«

Zu seiner Überraschung wartet er nur kurz. Dann bittet ihn die unbekannte Stimme, vorzufahren. Das schwere Eisentor öffnet sich. Fritz springt schnell in seinen alten Saab und fährt über den knirschenden Kies durch einen parkähnlichen Vorgarten bis zum Eingang der fürstlichen Villa.

»Dr. Rheingold«, stellt sich ihm ein junger Mann vor. Die Hälfte von Fritz' Alter mag er erreicht haben. Jungspund, denkt er und entschließt sich erst zu einem belanglosen Geplapper. Dabei staunt er unbekümmert über das schöne Anwesen, lobt den Geschmack des Hausherrn, während Dr. Rheingold ihm nebenbei das Firmenkonsortium vorstellt, das in Vaduz lediglich einen kleinen Teil des Vertriebs ausgelagert hat.

»Wir sind ein führender Anbieter von Medizintechnikprodukten für den Wachstumsmarkt Orthopädie«, stellt Dr. Rheingold stolz fest.

»Auch Hüftgelenke«, ergänzt Fritz, »meine Mutter hat gerade eines von Ihnen implantiert bekommen.«

»Ach, welch ein Zufall«, freut sich Dr. Rheingold, »das ist ja schön.«

»Nein, gar nicht«, knurrt Fritz, »seither hat meine Mutter Schmerzen wie niemals zuvor.«

Erst jetzt dämmert dem Pressevertreter, dass er den Journalisten noch gar nicht gefragt hatte, warum dieser ihn unangemeldet aufsucht. Seine hohe Stirn legt sich in tiefe Falten. Dann richtet er sich auf und schaut Fritz plötzlich feindselig an: »Was wollen Sie überhaupt, warum sind Sie hier?«

»Nicht zum Kaffeetrinken, das haben Sie versäumt, Sie haben mir ja keinen angeboten«, lächelt Fritz überlegen, »ich würde gerne wissen, wie Sie sich erklären, dass meine Mutter mit ihrem neuen Hüftgelenk der Firma Maler heute mehr Schmerzen hat als jemals zuvor mit ihrem alten.«

»Ich bin im Moment alleine hier, ich kann Ihnen auf die Schnelle nicht weiterhelfen«, stottert Dr. Rheingold verunsichert, »Sie sollten zunächst mit dem operierenden Arzt reden.«

Fritz winkt ungehalten ab. »Glauben Sie, Sie sind meine erste Anlaufstation?« Dann kneift er die Augen zusammen und schiebt seinen verwegen aussehenden Kopf vor das glatte Gesicht des Pressesprechers. »Wenn man lange genug recherchiert, wird man zu Ihnen verwiesen.« Dann blufft er vollends: »Prof. Dr. Heiße von dem MedicalResort Bodensee hat mich zu Ihnen geschickt. Jetzt will ich von Ihnen etwas erfahren.«

Schnell dreht sich Dr. Rheingold ab. »Ich schreibe mir das auf«, antwortet er hektisch. »Wie war der Name Ihrer Mutter?«

»Was heißt da, *war*«, behält Fritz die Regie in der Hand, »*ist*! Noch lebt meine Mutter. Sie haben Sie noch nicht umgebracht. Nur die Schmerzen, die können das noch schaffen.«

»Ich bitte Sie …«, will Dr. Rheingold abwiegeln. Dann gehen ihm die Worte aus.

»Sonst haben Sie dazu nichts zu sagen?«, herrscht Fritz den jungen Pressereferenten an.

»Bei unsachgemäßer Operation sind Anfangsbeschwerden möglich. Das legt sich aber, das liegt an den OP-Methoden der Ärzte«, fängt sich der Pressesprecher. »Wir verkaufen seit Jahren präziseste Medizinaltechnik. Hüftgelenke sind ein Klacks. Wir entwickeln und produzieren Gelenktechnologien sozusagen vom Fuß bis zum Kopf.«

Fritz hört aus den Worten des Pressevertreters, dass der Mann jetzt in seiner Rolle ist. Er winkt ab. »Ich gehe davon aus, dass Sie mir baldmöglichst eine offizielle, zitierfähige Erklärung liefern. Vielleicht einigen Sie sich mit Prof. Heiße, wer von Ihnen den Schwarzen Peter zieht?«

»Ich kenne Prof. Heiße nicht.«

»MedicalResort Bodensee, einer Ihrer Kunden. Ich gehe davon aus, Sie werden sich kennenlernen.«

»Warum?«

»Weil ich mich nächste Woche wieder bei Ihnen melde, dann mit einem Fernsehteam.« Während er spricht, reicht Fritz ihm seine Visitenkarte. »Geben Sie mir doch bitte auch Ihre Karte. Bis nächste Woche. Prof. Heiße oder Sie. Einer darf unseren Zuschauern erklären, warum neue Hüftgelenke mehr Schmerzen verursachen als alte.«

Dr. Rheingold schaut Fritz verunsichert an.

Fritz ist mit seinem Auftritt zufrieden und grinst frech:
»Uf Wiederluege, Herr Doktor.«

*

Auf der Heimfahrt ruft Fritz seinen Chef an. Er erzählt
ihm von den Nacktsurfern, die er heute entdeckt hat. Uwe
Hahne jubiliert: »Geil! Das gibt's doch gar nicht, wie geil
ist das denn?«, lacht er freudig.

Und auch Fritz schmunzelt. Er wird mit dem Team
des Landessenders die nackten Surfer drehen und gleichzeitig Dr. Rheingold auf die Pelle rücken. Mit laufender
Kamera. »Das Bürschle werd' ich knacken«, lacht Fritz
in sich hinein. Die nackten Surfer geben ihm freie Hand.
Er hat einen Produktionsauftrag, eine Produktionsnummer und täglich klingelt sein Konto.

Beflügelt schiebt Fritz *Blood, Sweat & Tears* in das
alte Kassettendeck. »What goes up, must come down.«
Al Kooper mit seiner unvergleichlichen abgesoffenen
Stimme! Jetzt ein Bier und eine Zigarette, träumt Fritz
und verspricht sich den Genuss am Abend. Auf der
anderen Seite, wo es gerade so gut läuft … »Du muscht
de Eimer raus hebe, wenn's regnet«, hatte sein Vater ihn
gelehrt. Das will er jetzt tun, er muss Prof. Dr. Heiße
weiter einheizen. Nicole Burger, ihren Namen hat er
nicht vergessen, er wird sie heute nach Hause chauf-
fieren.

*

Fritz fährt direkt zur Klinik. Es ist kurz vor 18 Uhr. Wenn Frau Burger noch da ist, wird er sie treffen. Zielgerichtet geht er durch das Treppenhaus in die Orthopädie. Vor dem Vorzimmer des Professors bleibt er stehen. Er hält sein Ohr an die Tür. Hört keine Stimmen, klopft an und tritt ein.

»Ich bin schon am Gehen und der Herr Professor ist nicht da«, empfängt ihn Frau Burger spitz.

Fritz setzt dessen ungeachtet sein charmantes Lächeln auf. »Pech gehabt, nicht tragisch, ich rufe ihn morgen an. Es ist wegen meiner Mutter. Das ist einfach so traurig«, lässt er seine Stimme in den Keller sinken.

»Sie machen sich arg Sorgen um sie?«, fragt die Sekretärin mitfühlsam.

Fritz lächelt innerlich, sagt aber traurig: »Es tut einfach weh, die eigene Mutter so leiden zu sehen.«

Sie lächelt ihm tapfer zu.

»Nun ja, dann gehe ich halt wieder«, wendet sich Fritz zum Ausgang.

»Ja, ich auch«, antwortet die sonst strenge Vorzimmerdame freundlich und schließt die Bürotür.

Fritz aber weiß, eine andere Tür ist geöffnet. Freundlich fragt er mit schmeichelnder Stimme: »Kann ich Sie mitnehmen in die Stadt, ich bin mit dem Auto da.«

Sie schüttelt energisch ihren Kopf, dass ihr der Pagenschnitt um die Ohren weht. »Ich habe es nicht weit, meist gehe ich zu Fuß.«

»Gehen wir«, sagt Fritz und hält der Dame charmant die Glastür zum Treppenhaus auf. Auf der Treppe verwickelt Fritz Nicole Burger in nette Belanglosigkeiten. Vor dem

Krankenhaus stehen sie schließlich am Parkplatz. Fritz überlegt, wie er jetzt zu seinem Thema zurückfindet. Da hilft sie ihm. »Ich finde es total rührend, wie Sie sich um Ihre Mutter kümmern.«

»Ich fände es rührender, wenn die OP geklappt hätte. Aber Ihr Herr Professor hüllt sich ja lieber in Schweigen.«

»Sie sind auf dem falschen Dampfer«, wird Frau Burger plötzlich amtlich, »unser Herr Professor ist eine internationale Koryphäe! Hüftoperationen sind für ihn einfachste Routine.«

»Und warum hat meine Mutter heute mehr Schmerzen als vor dem Eingriff?«

Nicole Burger schaut Fritz verlegen an. »Ich weiß nicht«, beginnt sie zögernd, »aber in jüngster Zeit beschweren sich unsere Patienten immer öfter.« Sie schaut sich verunsichert um, als könne sie jemand belauschen. »Selbst der Herr Professor weiß nicht recht, was plötzlich los ist. Er ist auch schon richtig sauer.«

»Der Herr Professor ist sauer«, lacht Fritz höhnisch, »und die Patienten haben Schmerzen.«

»Aber nicht, weil unser Professor sie operiert hat!«, bleibt sie stur. »Professor Heiße ist eine Koryphäe!«, wiederholt sie gebetsmühlenartig.

»Eine Koryphäe«, äfft Fritz sie mit hoher Stimme nach, »und wie bitte erklären Sie sich, warum in jüngster Zeit die Klagen der Patienten zunehmen?«

»Ich weiß nicht«, weicht sie hilflos aus, »ich weiß wirklich nicht«, sagt sie trotzig. »Ich muss jetzt gehen!« Fritz steht plötzlich alleine und verdattert auf dem Parkplatz. Er flucht kurz. Was soll er jetzt mit dieser Information anfangen: Die Klagen nehmen zu? Dann ist der Professor vielleicht zu alt, um noch ordentlich zu operieren, oder was?

»*I stand alone*«, singt Kooper, als Fritz seinen Wagen startet. »Scheiß alone«, denkt er. Grübelt, was er mit seinem neuen Wissensstand anfangen kann. Der Herr Professor ist sauer, geht es ihm durch den Kopf. Auf wen? Warum? *Now I feel your every nothing that you're doing for me ...*

Gedankenverloren biegt er in den Hof ein. Sieht unvermittelt einen dicken Mercedes in der Hofeinfahrt stehen. Lässt seinen alten Saab daneben rollen und muss plötzlich laut loslachen. Bruno steht auf dem Dach des teuren Schlittens. Eine alte Marotte des Geißbocks. Seit er keine Ziegen mehr besteigen darf, besteigt er jedes Auto außer seinem alten Saab.

Fritz steigt aus, will das bockige Tier schnell von dem Dach der Nobelkarosse vertreiben. Wundert sich, wem der teure Schlitten gehört. Schielt zum Küchenfenster hinein und sieht Prof. Heiße am Tisch sitzen.

Schnell wirft er nochmals einen Blick zu Bruno. Hofft, dass das Tier heute schon seine Notdurft verrichtet hat, und geht in das Haus.

Prof. Dr. Uwe Heiße sitzt am Küchentisch seiner Mutter gegenüber. Er befragt sie intensiv und will, dass sie morgen ins Krankenhaus kommt, er will sie erneut untersuchen.

»Warum plötzlich?«, fragt Fritz.

»Ich bin Arzt und kein Pfuscher!«, antwortet der Orthopäde.

»Obwohl sich bei Ihnen in jüngster Zeit fehlgeschlagene Operationen häufen?«

»Wer sagt das?«, herrscht Heiße ihn an.

»Heute Vormittag, als ich Sie besucht habe, haben Sie mich abgewimmelt. Jetzt, wo ich bei der Fa. Maler in Vaduz war und die die Schuld an den Schmerzen meiner Mutter auf Ihre Operationsmethode schieben, kommen Sie persönlich zu uns. Woher der plötzliche Gesinnungswandel?«

»Ich mache meine Arbeit wie immer«, bleibt der Doc stur, »aber wir verwenden in jüngster Zeit neue Prothesen. Ich habe in sieben Jahren über 3.500 Patienten mit den bis vor Kurzem üblichen Großkopfprothesen versorgt. Das gab nie Probleme. Aber jetzt …«

»Was ist jetzt?«, bohrt Fritz ungeduldig weiter.

»Seit einem Jahr schickt uns Maler neue Prothesen. Bessere, mit größerem Kopf und kürzerem Schaftkonus. Aber seither gibt es Komplikationen. Ich kann es mir nicht erklären.«

»Das heißt?«

»Das heißt, wir müssen Ihre Mutter untersuchen. Die Frage ist nicht, ob wir das neue Gelenk falsch eingesetzt haben. Das ist Quatsch. Die Frage ist, was der größere Kopf und der kürzere Schaftkonus bewirken.« Prof. Heiße sitzt mit hängendem Kopf am Küchentisch, seine Stimme ist dünn. Er scheint tatsächlich ratlos. »Wir müssen das gesamte Umfeld untersuchen, alles, was das neue Hüftgelenk bewirken kann. Ich weiß es wirklich nicht.«

Fritz steht auf. Geht zum Küchenschrank. Stellt eine Flasche selbstgebrannten Obstler auf den Tisch, schenkt drei kleine Gläser ein und hebt seines in die Höhe: »Auf das Ergebnis Ihrer Untersuchung. Wir müssen wissen, woran wir sind.«

Fritz leert das Glas in einem Zug. Klopft dem Professor fast schon freundschaftlich auf die Schulter. Nuschelt ein »Danke« und geht hinaus.

Draußen nimmt er den Gartenschlauch, macht ihn an dem alten Brunnentrog fest und spritzt Bruno mitsamt seinem Dreck von dem Mercedes des Arztes.

Berlin, abends

Ralfs Beitrag in den Abendnachrichten hat die richtigen Fragen gestellt, aber leider nur wenige Antworten geliefert. Doch Kathi muss zugestehen, dass es im Moment einfach keine seriösen Schlussfolgerungen gibt. Dafür hat Ralf einige bissige Kommentare gegen die Gerichtsmedizin untergebracht, die offensichtlich nicht in der Lage ist, innerhalb von drei Tagen eine Leiche zu obduzieren. Jetzt wird das Verhältnis des Senders zur Staatsanwaltschaft mal wieder für ein paar Wochen angespannt sein, doch Kathi ist dies im Moment gleichgültig.

Sie ist mit ihrer besten Freundin Frauke in Berlin Mitte unterwegs. Sie stehen in einer der angesagten Szene-Bars mit einem halb vollen Glas Caipirinha in der Hand und warten auf zwei Typen, die Frauke in ihrem Optikerladen kennengelernt hatte. Eigentlich war es nur einer gewesen, ein Arzt von der Charité. »Total sexy«, wie sie am Telefon sagte. Er werde einen netten Kollegen mitbringen.

Die beiden kommen gerade zur Tür herein. Kathi weiß

sofort, welcher der beiden Fraukes sexy Typ ist. Der andere ist es nämlich nicht.

»Na super, herzlichen Dank!«, zischt sie ihr zu. Frauke aber hört schon gar nichts mehr und fällt ihrem Christian um den Hals, um sich dann seinem Kollegen vorzustellen: »Hi, ich bin die Frauke, also Frauke Schatz, und das ist meine beste Freundin Kathi, Kathi Kuschel. Die ist übrigens beim Fernsehen.«

Kathi merkt, wie sie rot wird. Sie hatte Frauke schon tausendmal gesagt, dass sie nicht jedem sofort auf die Nase binden soll, dass sie beim Fernsehen arbeitet. Denn das endet erfahrungsgemäß immer damit, dass die Leute sie den ganzen Abend mit Geschichten zutexten, die man angeblich unbedingt mal im Fernsehen bringen müsste.

»Im Ernst? Ihr heißt Schatz und Kuschel mit Nachnamen? Das ist ja ein Brüller.«

»Ja, ja, schon gut!«, antworten Kathi und Frauke im Chor. Den Spruch haben sie gefühlt schon eine Million Mal gehört, seitdem sie zusammen unterwegs sind, und das sind sie seit der dritten Schulklasse.

»Ich bin der Andreas, Dr. Andreas Teihmann.« Kathi hört der Vorstellungsarie kaum zu. Sie denkt: Da ist schon was dran, dass eine Frau nur Millisekunden braucht, um festzustellen, ob ein Mann sympathisch ist oder nicht. Andreas ist es nicht, das scheint Frauke ebenso schnell geschnallt zu haben. Den Blick, den sie ihr zuwirft, kennt Kathi nur zu genau. Es ist Zeit für ein Gespräch unter Frauen, dort wo Männer keinen Zutritt haben.

Mit hochgezogenen Röcken und heruntergelassenen Slips sitzen sie auf der Toilette in ihren Nachbarkabinen und unterhalten sich so laut, dass es auch die letzte Frau am Schminkspiegel noch mitbekommen muss.

»Bitte Kathi«, fleht Frauke, »lass mich nicht im Stich. Nur eine Stunde, dann hauen wir ab.«

»Vergiss es!«, ätzt Kathi . »Du weißt, ich mache fast alles für dich, aber hast du dir den Herrn Dr. Andreas mal genauer angeschaut? Kreisrunder Haarausfall und unterm Hemd mehr als nur ein kleiner Bauchansatz.«

»Ich verlange doch nicht, dass du mit ihm in die Kiste springst. Du könntest ja einfach nur eine Weile mit ihm quatschen, sodass ich mit Christian ein bisschen Ruhe habe!«

»Und über was bitteschön, soll ich mit ihm quatschen?«

»Meine Güte, Kathi, der Typ ist Arzt an der Charité, der wird schon was zu erzählen haben.«

»Frauke, ich kenne diese Typen. Die texten dich zu, bis dir die Ohren bluten und du wirst sie danach nie mehr los. Das sind die Stalker von morgen. Ich bin im Prinzip schon so gut wie tot, weil die Polizei mich nicht ernst nehmen wird, wenn ich mich bei denen wegen dieses Irren melde. Das kennt man doch, so was passiert immer wieder …«

»Mädels, ich kenn euch nicht, weiß nicht mal, wie ihr ausseht. Eure Namen habe ich vergessen, ich nenne euch deshalb mal linke Kabine und rechte Kabine«, mischt sich unvermittelt eine fremde Stimme aus Richtung Waschtisch in die Diskussion ein. »Also, wenn linke Kabine einen guten Typ am Start hat, dann könnte rechte Kabine mal die Hysterie-Schallplatte vom Teller nehmen und sich für 'ne Stunde einen Ruck geben. Und jetzt Schlüpfer hoch und nix wie raus. Sonst schnapp ich mir den Herrn Doktor Sexy.«

Kathi und Frauke hören, wie die Tür geöffnet wird und

dann wieder ins Schloss fällt. Keine Minute später stehen beide am Schminkspiegel vor dem Waschbecken und ziehen ihren Lippenstift nach.

»Eine Stunde. Mehr nicht!«, zwinkert Kathi ihrer Freundin zu und gibt ihr dabei einen Klaps auf den Po, »und jetzt raus, schnapp ihn dir, Tigerin!«

Es ist eine verdammt lange Stunde für Kathi. Dr. Andreas Teihmann überschüttet sie mit Fragen zu ihrem Job. Er ist sich auch zu 150 Prozent sicher, dass er Kathi schon ganz oft im Fernsehen gesehen hat und auch, dass er sie schon immer toll fand.

Kathi möchte am liebsten kotzen. Wahrscheinlich kommt jetzt auch noch die Geschichte, die unbedingt mal ins Fernsehen muss, es ist immer das Gleiche. Ihr Gegenüber holt schon wieder Luft. »Stell dir vor, ich hatte da gestern einen Typen auf dem Tisch, einen ziemlich berühmten. Politiker, glaub ich.«

Na, wenigstens mein Fachgebiet, denkt sich Kathi und überlegt, ob sie fragen soll, wie diese Geschichte weitergeht, was aber nicht nötig ist.

»Bei dem Typen war mir gleich klar, dass da was nicht in Ordnung ist. Ich darf natürlich keine Namen nennen, du weißt schon, von wegen Schweigepflicht.«

»Welche Beschwerden hatte er denn?«, fragt Kathi mehr aus Höflichkeit als aus Interesse.

»Naja, Beschwerden hatte er keine mehr, er ist ja schließlich tot. Ich habe ihn dann aufgeschnitten, aber ich versichere dir, das hat ihm nicht mehr wehgetan.«

Kathi fällt fast der Caipi aus der Hand. Es ist bereits der dritte an diesem Abend. »Du bist Pathologe?«

»Ja, hatte ich das nicht gesagt? Ich vergesse das manchmal. Ehrlich gesagt auch absichtlich. Mein Beruf schreckt die Frauen immer ab, aber du bist anders. Das merke ich doch.«

Kathi überlegt, ob das jetzt ein Kompliment gewesen sein soll oder nicht. Außerdem weiß sie nicht, ob es ein Fehler ist, nachzufragen. Denn falls sie jetzt weiter fragt, wird sie Dr. Andreas so schnell nicht mehr loswerden, das ist ihr klar. Sie schaut auf die Uhr. Es sind sowieso erst 20 Minuten um. Eine Stunde hat sie Frauke versprochen, die muss sie jetzt auch durchhalten. »Was hast du denn so gefunden, als du ihn aufgeschnitten hast?«

»Also die Frage muss in diesem Fall eher lauten: Was habe ich nicht gefunden? Und das war Wasser in der Lunge.«

Kathi schaut den Pathologen sprachlos an. Langsam dämmert es ihr: Bei dem Toten in der Pathologie könnte es sich, verdammt nochmal, um Rainer Jungschmidt handeln! Das klingt doch ganz danach. Ein Toter, der überraschenderweise kein Wasser in der Lunge hat, muss schließlich im Wasser gefunden worden sein. Sie fragt zur Sicherheit noch einmal nach: »Warum sollte denn Wasser in der Lunge gewesen sein?«

»Naja, es sah eben erst mal danach aus, als ob er ertrunken wäre. Die Leiche wurde im Wasser gefunden. Aber wenn er ertrunken wäre, dann hätte ich Wasser in der Lunge finden müssen. Habe ich aber nicht! Stattdessen sind da ganz feine Hämatome am Hals. Der wurde also erwürgt. Da staunst du, was? Nicht nur dein Job ist spannend.«

Kathi schaut ihn immer noch ungläubig an und beschließt, alles auf eine Karte zu setzen: »Warum taucht der Fall bisher in keinem Polizeibericht auf? Du erzählst mir hier doch Märchen?«

Der Pathologe druckst etwas herum, bevor er antwortet: »Das kann und das darf ich dir auch nicht sagen. Die Anweisung kommt von ganz oben, von der Staatsanwaltschaft.«

»Der Tote heißt Rainer Jungschmidt, stimmt's?«

Dr. Andreas fährt sich mit seiner rechten Hand einmal quer über die Lippen. Es soll wohl wie ein verschlossener Reißverschluss aussehen.

Kathi führt ihr Caipirinha-Glas zum Mund, öffnet ihre Lippen und befeuchtet sie sanft mit der Zunge. Sie schiebt den Strohhalm verführerisch zwischen ihre Lippen und schließt für einen Moment ihre Augen, sodass ihre langen Wimpern besonders gut zur Geltung kommen. Kathi weiß, was Männer wollen und nach drei Glas Caipirinha hat sie längst alle Hemmungen verloren. Langsam öffnet sie ihre Lider und schaut Andreas tief in die Augen, der daraufhin mächtig nervös wird und ins Stottern gerät: »Also, also, es könnte durchaus der Herr Jung… Jung… Jungschmidt gewesen sein.«

Berlin, spätabends in einer Bar

Ein paar 100 Meter weiter, im abgetrennten Lounge-Bereich einer Bar. Das Licht ist schummrig. Dumpfe Bässe pumpen sich aus den Lautsprechern durch den Raum, sie schlucken die Gespräche der Gäste.

Zwei Männer in dunklen Anzügen sind genau deshalb hier. Sie sitzen sich auf Ledersesseln gegenüber und nippen immer mal wieder an ihrem Glas Rotwein. Niemand in der Bar interessiert sich für die beiden. Der eine wirkt noch relativ jung, Mitte 30. Er hat seine Krawatte abgenommen und sorgfältig neben sich auf die Armlehne gelegt, der oberste Hemdknopf ist geöffnet.

Der andere geht auf das Rentenalter zu und achtet selbst zu dieser späten Stunde auf Etikette. Der Anzug sitzt, die Krawatte wirkt am faltenfreien Hemd wie festgenäht. Er versucht, den Jüngeren zu beruhigen: »Bleiben Sie entspannt. Wir operieren im grünen Bereich.«

»Wie soll ich denn da entspannt bleiben? Es war nie davon die Rede, dass jemand sterben könnte«, stottert der Jüngere unsicher.

Der Ältere lacht gehässig. »Nur eines ist im Leben sicher und das ist der Tod! Das muss ich einem Medizinmann wie Ihnen doch nicht erzählen. Jetzt hören Sie doch auf, bekommen Sie bitte mal keine Panik. Schluss jetzt.«

Der Jüngere lässt nicht locker. »Ich will aber wissen, was da schief gelaufen ist!«

Sein Gegenüber lächelt ihn überlegen an. »Ach ja? Wollen Sie das wirklich? Dann hängen Sie aber so was von mit drin. Und jetzt mal ehrlich unter uns, ich weiß es selbst noch nicht genau.«

Der Jüngere nippt vorsichtig an seinem Glas und lässt dabei seinen Gesprächspartner nicht aus den Augen.

»Wie machen wir weiter? Können wir überhaupt weiter machen?«

Der Ältere wartet keinen Moment mit der Antwort. »Warum nicht? Es läuft doch alles nach Plan. Unser Baby in Liechtenstein bekommt demnächst mal wieder einen großen Schluck aus dem Fläschchen. Es wächst und wächst. Wenn es groß und stark ist, dann holen wir es nach Deutschland.«

»Wie groß ist denn der Schluck?«, will der Jüngere wissen, »ich hoffe, es lohnt sich. Wir gehen ein großes Risiko ein. Ich bin nächste Woche im Ausschuss. Die Sache steht auf der Tagesordnung. Es wird nicht einfach werden, das noch einmal abzubügeln.«

Der Alte lehnt sich betont entspannt in seinen Sessel zurück: »Riedermann, Sie bekommen das schon hin. Ich verlasse mich da voll und ganz auf Sie. Sie sind schließlich der Gesundheitsminister. Eine Ihrer Abteilungen wird schon ein paar gute Argumente finden. Am besten, Sie unterfüttern die Sache mit irgendwelchen Statistiken, die können Sie ja selbst noch erfinden. Oder Sie machen einfach mal wieder eine neue Hirnlosdebatte auf, für die Medien. Als Ablenkungsmanöver. Wie wäre es denn mit: Kein Zahnersatz mehr auf Kassenkosten für alle ab 70?«

Danny Riedermann, der Gesundheitsminister der Bundesrepublik Deutschland, schüttelt energisch den Kopf. »Wir haben in knapp zwei Wochen Bundestagswahl! Da kann ich mir ja gleich mein eigenes Grab schaufeln. Nein, ich werde das schon hinbekommen. Passen Sie aber auf, dass mit unserem Baby in Liechtenstein auch alles klappt. Ich will mir keine Sorgen machen müssen. Und irgendwann muss sich das alles ja auch mal auszahlen.«

Der Ältere kneift die Augen zusammen, er scheint in seiner Ehre getroffen. »Da können Sie sich voll auf mich verlassen. Ich bin ja schließlich schon ein paar Jahrzehnte in Liechtenstein unterwegs.«

Der Gesundheitsminister greift seine Krawatte und steht auf. »Erzählen Sie mir besser nichts davon. Ich muss schnell los, ich habe noch einen Termin mit dem Staatssekretär. Übernehmen Sie die Rechnung? Mein Geldbeutel liegt bei meinem Fahrer im Wagen – außerdem sind sie ja sowieso der Mann fürs Geld.«

Er verschwindet in der dunklen Bar Richtung Ausgang. Der Ältere ruft nach der Bedienung.

»War alles recht, Herr Finanzminister?«

»Ja, wunderbar wie immer, ich muss nur los.«

Dr. Thomas Leiple zahlt und vergisst dabei nicht, ein ordentliches Trinkgeld zu geben. Dann steht auch er auf und geht zu seiner schwarzen, gepanzerten Limousine.

Der Fahrer hält ihm die hintere rechte Tür auf. Leiple gibt ihm zu verstehen, dass er ein wichtiges Telefonat zu erledigen habe.

»Rauchen Sie ruhig noch eine, es dauert nicht lange.« Er zieht die Wagentür zu und zückt sein Handy.

»Ja!« die Stimme am anderen Ende wirkt unfreundlich und genervt.

»Ich bin's. Ich will mal für dich hoffen, dass es gute

Gründe für das Chaos gibt. Was ist bitteschön passiert? Und warum nackt?«

Leiple klingt wütend und muss sich beherrschen, damit er nicht zu laut spricht.

Draußen vor dem Auto steht der Fahrer und lehnt sich mit dem Rücken gegen die Staatskarosse. Auf der anderen Straßenseite fährt ein grüner VW-Golf ganz langsam an ihnen vorbei. Nach zehn Metern hält er an. Eine Prostituierte beugt sich durch das Beifahrerfenster zum Fahrer und zeigt, was sie im Angebot hat. Sie scheinen sich nicht einig zu werden. Der Golf fährt mit quietschenden Reifen davon.

»Mach's dir doch selbst«, brüllt ihm die Prostituierte hinterher und knallt mit ihrer Handtasche wütend auf den Bürgersteig. Der entschwundene Golf gibt den Blick auf die Stiefel der Nutte frei, die weit über die Knie reichen.

Im Ministerwagen klopft der Finanzminister von innen an die Fensterscheibe. Dr. Thomas Leiple hat sein Telefongespräch beendet und deutet seinem Fahrer, wieder einzusteigen. Der wirft seine Zigarette auf die Straße und schüttelt den Kopf.

Minister, Touristen, Drogenabhängige, Dealer, Prostituierte und Geschäftsleute in Anzügen – alles auf der Oranienburger Straße. Sie dient ausschließlich dem Verkehr.

DONNERSTAG, 24. NOVEMBER

Deggenhausertal, noch in der Nacht

3,9! Was für ein hundsmiserabler Notendurchschnitt im Abi. Der 19-jährige Lebrecht Fritz stiert auf sein Zeugnis. Was soll er jetzt damit anfangen? »Sie können es noch mal versuchen«, sagt sein Lehrer, »im nächsten Jahr.« Und der junge Lebrecht nickt trotzig.

Verdammt, ein Jahr später sitzt er wieder in dieser verteufelten Schulbank, stiert auf sein leeres Blatt Papier und weiß nicht, was er schreiben soll. Dabei hat er doch vergangenes Jahr dieses beschissene Abi schon in der Tasche gehabt. Wie konnte er so vermessen sein und glauben, es könne ein Jahr später besser laufen.

Dem Schüler Lebrecht hängen seine langen Haare über die Augen. Hinter dem haarigen Vorhang schielt er nach links und rechts. Dreht sich schließlich frech, für alle sichtbar, zu seinem Schulkameraden in der Bank hinter ihm um. Soll er dem Bachel einfach sein Blatt vom Tisch reißen? Von wegen Schulkameraden! Die Streber lassen ihn alle hängen. Es ist zum Heulen, hätte er doch einfach seine 3,9 behalten.

Langsam dämmert es Lebrecht Fritz im Hinterkopf. Er sieht die Bilder eines immer wieder gleichen Traums.

Er will aussteigen aus diesem plagenden Albtraum und schnell in der realen Welt seine von ihm selbst bestimmten Gedanken fassen. Aber eigentlich will er lieber weiterschlafen. Doch er muss erst wach werden und diese alten Plagegeister abschütteln. Er kennt diesen unsäglichen Traum, der ihn quält, immer wenn er sich am Abend zuvor mit Schulthemen beschäftigt hat.

Gestern lief im Fernsehen *Der Schüler Gerber*. Ein Horrorstreifen für einen Schulgeschädigten, wie ihn, nach einem Roman von Friedrich Torberg. Gott Kupfer, der selbstherrliche Pauker, quält den begabten Schüler Kurt Gerber bis zur Maturaprüfung. Kurt glaubt, wie sich nachher herausstellt irrtümlich, die Prüfung nicht bestanden zu haben und nimmt sich vor der Bekanntgabe der Ergebnisse das Leben.

Jetzt reicht's! Fritz öffnet die Augen und sieht Schwarz. Es ist mitten in der Nacht, viel zu früh, um aufzustehen. Gleichzeitig ist ihm klar, dass er aus dem Bett muss. Ein Blick auf den Wecker: sechs Uhr.

Nur kurz drückt er seinen Kopf nochmals in das weiche Kissen, um seine Gedanken zu ordnen. Diesen verflixten Traum würde er heute, 40 Jahre nach seinem Abi, endlich ein und für alle Mal aus seinem Gehirn löschen. Wie tief müssen sich diese Schulerlebnisse bei ihm eingegraben haben! Für Lebrecht Fritz die wohl unglücklichste Zeit in seinem Leben. Ausgeliefert den Launen der selbstherrlichen Pauker.

Er will die dunkle Geschichte beiseiteschieben und beginnt trotz Müdigkeit, einen Plan für den bevorstehenden Tag zu machen. Dabei taucht vor seinen Augen statt seines alten Lateinlehrers der bärbeißige Kundenberater der Sparkasse auf. Unwillkürlich denkt er an seine Rechnungen: die Winterreifen, Heizöl und Zusatzkosten beim Zahnarzt für ein erstes Implantat.

Damit ist Fritz in der Realität angekommen. Statt Schulproblemen quälen ihn heute offenen Rechnungen. Die einzige Lösung, wie er nach Mahngebühren und Mahnbescheiden erfahren hat, ist, sie zu bezahlen! Dafür braucht er dringend Einnahmen. Er muss diesen Nacktsurfer-Film möglichst schnell auf die Reihe bekommen. Während er in seinem Kopf den Dreh vorbereitet, steht er auf.

Geht ins Bad. Sieht seinen Schädel im Spiegel. Stoppeln zieren sein Gesicht. Er muss sich rasieren. Seift seine Wangen ein und die Kinnpartie bis unter die Nase. Graue Haare zeigen sich in den Nasenlöchern. Wo sie wachsen sollen, fallen sie aus. Wo sie nicht hingehören wuchern sie.

Er greift zur Schere, kann das Haar in der Nase nicht fassen. Zornig nimmt er es zwischen die Finger und reißt es aus. Dann rasiert er seine Wangen, die er, um sich nicht zu schneiden, straff ziehen muss. Er bläst sie auf. Wäre er dicker, wären die Wangen runder. Aber so kann er sich wenigstens mit seinem Grind noch sehen lassen.

Den Bauch würdigt er keines Blickes. Unter der Dusche genießt er den heißen Wasserstrahl. Dann zieht er nochmals die Klamotten von gestern an und stapft mit seinen nassen Haaren auf den Hof. Versorgt schnell Bruno. Wirft ihm einen Riegel hin um ihn auf Abstand zu halten. Füttert die Hühner mit mehreren Kellen Getreidekörner und macht in der Küche das Frühstück für sich und seine Mutter.

Langsam hat er als Hobbylandwirt und Krankenpfleger Routine entwickelt. Irgendwie nimmt er die neuen Aufgaben immer gelassener, würde er nur die Schmerzen seiner Mutter langsam nicht selbst spüren.

Elfriede hat sich, wie in jüngster Zeit jeden Morgen, in ihrem jämmerlichen Zustand voller Tatendrang an den Frühstückstisch geschleppt. Trotzig lächelt sie ihrem Sohn zu. Doch Fritz sieht, wie sie schon wieder mit zitternder Hand eine Schmerztablette einwirft.

»Jetzt wird's ja bald werden«, spricht sich Elfriede Mut zu, »das war doch fürnehm von dem Herrn Professor, dass er mich gestern besuchte.«

»Mit schönen Worten und Handauflegen ist dir nicht geholfen«, murmelt Fritz, »dein fürnehmer Herr Professor sollte lieber klarstellen, was er dir da für eine fragwürdige Prothese eingepflanzt hat. Wenn deine Schmerzen tatsächlich von der neuen Prothese kommen, sehe ich ihn eher als Handlanger und Mittäter einer Körperverletzung.«

»Jetzt hör auf! Du immer«, echauffiert sich seine Mutter, »jetzt war er gestern doch hier.«

Fritz deutet eine dienernde Verbeugung vor seiner Mutter an. »Sehr wohl, gnädige Frau, in Ihren vornehmen Kreisen versteht man sich untereinander und beißt bei Schmerzen die adligen Zähne zusammen.«

»Auf jeden Fall wird er mich erneut behandeln«, versucht Elfriede das Thema zu beenden, »und du weißt gar nicht, wie ich mich darauf freue.«

»Auf was?«

»Darauf, dass er endlich meine Hüfte wieder öffnet und nach dieser Prothese schaut.«

Fritz will dem neu erstarkten Lebensmut seiner Mutter nicht widersprechen und wechselt das Thema: »Heute wird er dich noch nicht unters Messer nehmen. Ich muss gleich weg. Wer weiß, wie lange dieses Hoch anhält. Gestern habe ich die Nacktsurfer am Rheinspitz getroffen, die sind heute bestimmt wieder da, da muss ich drehen, bevor die Herbstwinde Regen bringen.«

»Aha, jetzt sind es also doch Nacktsurfer, hab's dir doch gesagt, so wie die Nacktwanderer. Du solltest besser auf deine alte Mutter hören.«

Fritz tut so, als ob er sie nicht gehört hätte.

Er geht aus der Küche in die holzgetäfelte dunkle Stube des Bauernhofs. Auf der alten Kommode steht ein schwarzes Telefon mit Wählscheibe und großem Hörer, noch zu seines Vaters Zeiten von der Post installiert. Fritz wählt die Telefonnummer des Sportgeschäfts Nigg in Vaduz, die er sich notiert hat. Ohne Umschweife lässt er sich mit Simone Nigg verbinden, der der Seat am Rohrspitz gehörte, und erzählt ihr, als sei es die freudigste Mitteilung, die er ihr überhaupt machen könne, dass er sie und ihre Surfclique heute Mittag drehen wolle, fürs Fernsehen!

Simone Nigg sagt, ohne zu zögern, sofort zu. Fritz malt den Dreh noch ein bisschen werbewirksam aus: »Wir kommen um 14 Uhr zu Ihnen, drehen Sie in Ihrem Geschäft. Sie mit Kunden, die Sie gerade beraten, denen Sie vielleicht sogar die Vorteile eines Surfanzugs anpreisen«, prustet Fritz, »und dann begleiten wir Sie zum Rohrspitz und drehen Sie und Ihre Surfclique auf dem See voll am Wind. Alle nackt, das werden …«, nein denkt er schnell, das Wort *geil* ist jetzt fehl am Platz, »fantastische Aufnahmen von Ihrem Sport.«

»Super«, bleibt Simone begeistert, »i frei mi!«

Fritz staunt immer wieder, wie schnell das Wörtchen *Fernsehen* Türen öffnet. Simone sagt zu, ihre Clique zu informieren, und garantiert auf jeden Fall zehn Nacktsurfer vor der Kamera.

Fritz legt gut gelaunt auf. Die nackten Frauen laufen ihm ohne viel Aufwand zu. Wenigstens im Job. Er ruft seinen Kameramann an. Sie verabreden sich zur Abfahrt um zwölf Uhr beim Studio Friedrichshafen. Vom Hafenmeister in Rohrspitz lässt er sich die Telefonnummer einer Bootsvermietung in der Nähe geben. Er braucht eine etwas größere Jacht oder ein Personenschiff mit einer breitflächigen Verdrängung, damit die Kamera während der Dreharbeiten auch bei Wellengang einen guten Stand auf dem Boot hat.

Elfriede sitzt noch hinter dem Küchentisch. Schaut kurz auf, als Lebrecht eintritt, und hält ihm einen Zeitungsartikel unter die Nase. *Liebe, Zuwendung, Hilfe – wer auf Station 1 lag, durfte darauf nicht hoffen.*

»Elfriede«, schnaubt Fritz, »dass es schlechte Pflegeheime gibt, wissen wir. Du aber kennst das Seniorenstift der Stadt. Du hast gesehen, wie schön Tante Mariele darin wohnt.«

»Ich bleib hier, bis ich sterb! Auch du kriegst mich nicht aus unserem Haus raus.«

»Ist ja schon gut«, beruhigt Fritz, »aber wenn das so weiter geht, brauchst du eine ambulante Pflegekraft.«

»Brauch ich nicht!«

»Klar, solange ich hier bin. Wer soll dir sonst aus dem Bett helfen? Und du musst wieder mal duschen.«

»Mein Sohn! Der Herr Bademeister auf unserem Hof«, giftet Elfriede zornig zurück.

Fritz winkt ab. Lächelt seiner Mutter zu. »Du wirst schon bald von deinem fürnehmen Herrn Professor wieder zur Hochleistungssportlerin gedopt.« Sich selbst beruhigt er mit einem Spruch seines Vaters aus dessen frommen Zeiten: »Es ist die Zeit ein milder Gott.« Für ihn heißt das: Kommt Zeit, kommt Rat. Tempus peto. Nein, nur nicht schon wieder der alte Lateinlehrer.

Da räumt er lieber den Frühstückstisch ab, stellt seiner Mutter mehrere Flaschen Mineralwasser zu den Tabletten. Legt ihr ein paar Äpfel und Birnen von den eignen Bäumen auf den Tisch und die Reste des Zopfbrots. Dann verschwindet er.

Fritz wird es jeden Tag bewusster, dass das Leben seiner Mutter so nicht weitergehen kann. Er hat immer ein ungutes Gefühl, wenn er weg ist. Er darf gar nicht daran denken, wie sie sich mit ihren Krücken durch das alte Haus quält. Allein der Weg zur Toilette. Behindertengerecht ist in ihrem Bauernhaus gar nichts. Auch er setzt auf eine erneute Operation, aber was, wenn sich keine Besserung einstellt? Ein Rot-Kreuz-Wagen wird sie heute abholen und in die Klinik fahren.

Er fährt vom Hinterland des Sees Richtung Friedrichshafen. Entlang der Straße liegt das Herbstlaub der Bäume. Morgentau schimmert auf den bunten Blättern. Die Sonne arbeitet sich durch die Nebelbänke. Ein Duft von säuerlichem Obst wabert in der Landschaft. Zu dieser Jahreszeit riecht es in jeder Ecke des Linzgaus nach vergorenen Früchten. Fritz denkt an seinen Most im Keller und hätte gute Lust, sich heute um die Arbeiten auf seinem Hof zu kümmern. Aber die Nackten!, schmunzelt er vor sich hin, sie rufen mich …

Sein Chef Uwe Hahne wird begeistert sein, und er wird versuchen, ein paar Tage mehr auf die geile Story abzurechnen. Schließlich ist ihm klar, dass diese Reportage in den nächsten Tagen auf allen anderen Kanälen hoch und runter gespult wird. Sex hinter dem Feigenblatt der journalistischen Dokumentation, das gefällt allen Programmverantwortlichen.

Er liest auf den Armaturen: acht Grad. Das Wasser im See wird auch heute Mittag nicht viel wärmer sein. Er muss diese abschreckende Kälte mit seinen Bildern transportieren. Der Zuschauer muss sehen und spüren, wie kalt Luft und Wasser sind. Fritz fährt über eine kleine Kuppe am Gehrenberg. Vor ihm öffnet sich ein Panoramablick über den See. Noch ist die Wasseroberfläche von einer undurchdringlichen Nebelbank bedeckt. Über dem Nebel stehen die Schweizer Alpen mit ihren weißen Berggipfeln in der Morgensonne. Ein fantastischer Drehtag, denkt Fritz, bis am Mittag werden sich die Nebelfelder auflösen.

In der Redaktion wartet sein Kameramann auf ihn. »Nacktsurfer?«, fragt er erstaunt, »was wird denn das?«

»Noch nie was von Nacktwanderern gehört?«, antwortet Fritz völlig gelangweilt, als hätte er diese Story schon seit Wochen in der Schublade.

Gemeinsam stellen sie ihr Equipment zusammen. Eine Kamera und drei kleine GoPros. Diese winzigen Kamerageräte werden sie an den Surfbrettern befestigen, um somit die nackten Surfer in extremen Situationen ganz nah im Wind drehen zu können.

Zuvor besuchen sie Simone Nigg in ihrem Sportladen in Vaduz. Die Bilder sind schnell gedreht. Simone ist noch jung. Fritz schätzt sie auf Anfang 20. Die erste Generation, die in der digitalen Fotowelt groß wurde. Man sieht es ihr an, wie sie sich vor der Kamera bewegt. Die junge Frau weiß vorteilhaft zu posen. Sie erklärt mit wenigen Worten und ganz professionell, immer in die Kamera schauend, die Vorteile der hochwertigeren Surfanzüge: »Sie geben Ihnen Bewegungsfreiheit, Komfort und garantiert schützende Wärme!«, spricht sie die Zuschauer wie eine Moderatorin in den Verkaufskanälen routiniert an.

Fritz dagegen sieht vor seinen Augen einen ganz anderen Film. Er hört »… schützende Wärme« und setzt in seinem Kopf dagegen einen harten Schnitt. Sie redet im Off noch von Wärme, und der Zuschauer sieht schon den Nacktsurfer durch das kalte Wasser pflügen.

»Nacktsurfen hat nichts mit Erotik zu tun«, sagt ihm einer der Surfer vor dem Start am Rheinspitz in die Kamera, »das ist Natur pur. Wir spüren den Wind, das Wasser, die Sonne.«

Lebrecht Fritz schaut sich um, lässt seinen Kameramann wahllos Schnittbilder von den Surfern drehen, wie sie ihre Bretter auftakeln, das Segel über den Mast ziehen, das Schwert richten und den Mast in das Gelenk des Mastfußes stülpen. Noch haben alle ihre Klamotten an. Dicke Fleecejacken vom Feinsten, wasser- und windabweisend.

Der Assistent des Kameramanns montiert die GoPros, kleine Fingerkameras, an die Bretter. Einem Surfer klemmt er das Gerät an das Top des Mastes, beim nächsten befestigt er es am Gabelbaum, den der Surfer in der Hand hält, und ein anderer bekommt die GoPro an den Helm.

Fritz sucht nach eloquenten Interviewpartnern. Den O-Ton zur Erotik wird er später aufzeichnen. Gerade hat eine junge Surferin etwas von Individualität und Freiheit ohne Uniform verzapft. Doch bisher hat er nur Interviewpartner gefunden, die optisch eher den ersten O-Ton unterstreichen: Mit Erotik hatten diese Damen und Herren bisher tatsächlich wenig zu tun. Bei manchen wollte er sich gar nicht vorstellen, wie die gleich ohne Klamotten aussehen werden.

Uwe Hahne will er auf jeden Fall eine sexy Surfbraut präsentieren. Der Verbalerotiker wird sich daran aufgeilen, ist sich Fritz sicher, und seinen Honorarbogen freizügiger ausstellen. Quote hat ihren Preis, lacht er in sich hinein.

Fritz fällt eine ansehnliche schwarz gelockte Amazone ins Auge. Sie hantiert an ihrem Brett. Er schlendert wie zufällig zu ihr. »Graust es Sie nicht vor den Wassertemperaturen?«, fragt er naiv.

Die schlanke Frau schaut kurz uninteressiert auf, murmelt »Nein«, und befestigt ihr Segel am Gabelbaum.

Fritz nimmt das hintere Ende des Baums und gibt dem Achterliek Spannung.

Die Frau spürt den Zug im Segel, dreht sich um und lächelt jetzt freundlich. »Danke, surfen Sie auch?«

»Hab mal, früher.«

»Warum nicht mehr?«

Fritz schaut an sich hinunter und lacht der Surferin zu: »Pass nicht mehr in den Anzug.«

»Dann halt nackt«, sagt sie wie nebenbei.

»Stimmt, könnte ich«, antwortet Fritz, »gerade hat mir ein Kollege von Ihnen gesagt, nacktsurfen hätte nichts mit Erotik zu tun.«

Fritz lauert auf eine Antwort, doch die Frau hantiert weiter an ihrem Segel herum, als wäre das Gespräch beendet.

»Fritz! Ich habe mich gar nicht vorgestellt. Fritz vom Deutschen Fernsehen. Wir machen ein paar Aufnahmen. Simone hat Sie sicherlich vorgewarnt.«

»Sandra«, antwortet Blacky höflich und zieht ihre schmale Schulter bis zu den Ohren, als wolle sie sich dahinter verstecken, »machen Sie ruhig, mir ist das egal.«

Fritz sieht einen kurzen Augenblick in die Augen der schwarz gelockten Frau. Er weiß nicht, was ihn dabei mehr irritiert. Ihre Augen sind rehbraun, die Ränder schwarz. Ihre Gesichtshaut wirkt zart und doch vom Wetter gegerbt. Die langen schwarzen Haare hat sie zu einem Zopf zusammengebunden, einige Strähnen bläst es ihr heftig um die Ohren. Ohne Zweifel ist sie eine der Attraktivsten in der Clique. Fritz schätzt sie auf 30 Jahre. Sie hat eine sportliche Figur, unter ihrer Soft-Shell Jacke zeichnen sich feste kleine Brüste ab, ein langer Oberkörper und dazu noch schöne lange Beine.

Könnte Hahne gefallen, denkt Fritz, wir werden sie auf ihrem Brett ins Visier nehmen. Aber sagen tut er: »Wollen Sie tatsächlich bei den Temperaturen ins Wasser?«

»Nein«, lächelt sie zurückhaltend, »auf!, auf das Wasser.«

»Und Ihre Füße?«

»Ich lasse die Surfschuhe an.«

»Okay, solange Sie nicht in das Wasser fallen …«

»Werde ich nicht!«, antwortet sie selbstsicher.

»Vor Kurzem ist einer Ihrer Kollegen dabei erfroren«, versucht Fritz, das Gespräch in Gang zu halten.

Sandra schaut kurz zu Fritz auf. Ihm genügt der Augenblick, um wieder das Dunkel um ihre Augen zu sehen. Dabei scheint ihm, als wäre plötzlich Wasser vor ihre braunen Pupillen geschossen.

Sie wendet sich schnell ab, lässt ihn stehen und geht.

Er läuft ihr nach, hält verunsichert etwas Abstand. Verdammt, Fritz beginnt zu begreifen, dass Sandra Reto Welti gekannt haben muss. Schluss mit geilen Bildern. Sandra weiß vielleicht mehr über Reto. Sie hat das Surfbrett achtlos liegen lassen und geht zielgerichtet Richtung Parkplatz.

Fritz folgt ihr. »Tut mir leid«, legt Fritz eine leise, fast mitfühlende Tonart auf, »ich wusste nicht, dass Sie Reto kannten.«

Sandra steht vor ihrem Auto und weiß nicht weiter. Sie bleibt an der Fahrertür eines weißen Audi A 3 stehen und schaut über den Wagen in die Weite.

»Es tut mir leid«, versucht Fritz, mit sanfter Stimme einen Draht zu Sandra aufzubauen. Plötzlich wird ihm bewusst, dass Sandra ihm eine ganz andere Auskunft geben kann. Nicht warum die Clique nackt surft, sondern warum Reto tot ist.

Fritz setzt alles auf eine Karte: »Sie sagen, Sie können sich auf dem Brett halten, ohne ins Wasser zu stürzen. Das behaupte ich auch. Aber warum ist Reto im kalten Wasser gelegen und dabei ertrunken?«

Sie dreht sich zögerlich um. Haarsträhnen flattern vor ihrem Gesicht. Sie streift sie mit einer Hand hinter ihr Ohr. Schaut Fritz prüfend an. Er sieht jetzt deutlich ihre Tränen. Bleibt ruhig, sagt nichts, hält ihrem Blick einfach stand.

Sandra stiert leer in seine Augen, dabei öffnet sich, ohne eine Miene zu verziehen, ihr Mund und sagt emotionslos: »Wenn ich das alles hinter mir habe, fliegen wir nach Hawaii und surfen dort für den Rest unseres Lebens bei 30 Grad.«

Fritz schluckt überrascht. In seinem Kopf rattert es. Verdammt, was sagt diese Frau?

»Ich muss nach Berlin, dann ist das Ding geschaukelt, und wir sind unabhängig von der verlogenen Scheiße hier.«

Fritz wird es heiß, er weiß nicht, was er sagen oder tun soll. Er kapiert das alles gar nicht so schnell.

»Das waren seine letzten Worte, ich höre sie immer wieder.«

»Sie waren seine Freundin?«, dämmert es Fritz ungläubig.

Sandra nickt und lässt ihren Tränen freien Lauf.

»Aber ich denke, Reto war verlobt?«

»Er liebte mich!«, antwortet sie bestimmt.

»Und Margit Negele?«, fällt ihm gerade noch der Name der brünetten LieBa-Mitarbeiterin ein, die er auf der PK der Polizei kennengelernt hat.

»Pfff«, formt Sandra verächtlich ihre Lippen, »die Bankschnepfe. Außer Geld hat die doch nichts im Kopf.«

»Und Reto?«

»Der war ganz anders«, strahlen Sandras Augen durch ihren Tränenschleier, »deshalb wollte er ja weg. Weg aus dieser Bankerwelt der Unersättlichen und Raffkes, wie er sagte. Weg mit mir.«

»Und was wollte er in Berlin?« Fritz will nachsetzen, doch Sandra dreht sich ab. Sie beginnt laut zu schluchzen, öffnet die Fahrertür ihres Autos, setzt sich hinter das Steuer und fährt davon.

Fritz dreht sich um. Die Freunde der Surfer Clique haben ihre Bretter in das Wasser gelegt. Fritz eilt zu ihnen. Er muss Regie führen. Schnell bittet er alle, ihre Bretter wieder aus dem Wasser zu heben und an das Ufer zurück zu legen. Dann beginnt er mit seinen kurzen Interviews.

»Wir machen das Natürlichste der Welt«, sagt ihm einer der Surfer, »FKK, was ist daran neu?« Ein anderer erzählt von seinen ersten Hemmungen und der jetzigen totalen Freiheit. »Dös isch kai Provokation, dös isch isere Philosophie!« Die dralle Blonde, die Fritz schon beim ersten Treffen kennenlernte, drängt sich vor das Mikrofon. »Surfklidig usziehe!«, ruft sie laut in sein Mikrofon, »und uf die Brettli hipf!«

Ritsch, ratsch öffnen sich rund um die Kamera die Reißverschlüsse, die Surfer legen ihren wärmenden Windschutz ins Gras. Der Kameramann hält drauf. Fritz ruft noch: »Ist es bei zehn Grad Wasser- und 15 Grad Lufttemperatur nicht zu kalt?«

Doch die zehn jungen Frauen und Männer lassen ihn stehen, rennen nackt zu ihren Surfbrettern, legen sie ins Wasser, heben die Segel an und stehen sofort perfekt in dem leichten Ostwind, der sie hinaustreibt auf den See.

»Sind die GoPros an?«, fragt Fritz den Assistenten. Als er ihn nicken sieht und feststellt, dass sein Kameramann noch dreht, sind seine Gedanken wieder bei Sandra.

Fritz sieht ihr Surfbrett verwaist am Strand liegen. Verdammt, er hat weder ihren Namen noch Adresse. Aber was sie mit den wenigen Sätzen verriet, erschüttert die These der Polizei. Von wegen Unfall, demnach wurde Reto Welti wohl eher ermordet! *Ich muss nach Berlin, dann ist das Ding geschaukelt.* Fritz hat den Satz von Sandra noch in seinem Ohr. *Das Ding*! was meinte der junge Banker wohl damit?

Fritz muss die Gedanken im Fall Reto verdrängen. Er muss sich um diese Nacktärsche kümmern, die ihm aber eigentlich an eben diesem vorbeigehen. Doch er hat das Boot bestellt, das im Hafen direkt neben dem Surfstrand auf sie wartet. Und er braucht noch viele Bilder von den Nacktsurfern auf dem Bodensee.

»Die spinnä doch«, urteilt der Kapitän des kleinen Personenschiffs. Dann schmunzelt er: »Aber für isere Gäscht ischt'es immer ä klini Attraktion.« Allerdings fährt er nie zu nahe an die Surfer heran. »Nit blos wege dänne, au wäge isere Gäscht.« Schließlich wurden schon die ersten Klagen wegen Erregung öffentlichen Ärgernisses bei Gericht eingereicht, weiß der Kapitän zu berichten.

Potsdam, mittags um zwölf

NIMM ZWEI FÜR EINS – steht auf der großen Tafel vor dem Bäcker neben dem Landesstudio in Potsdam. Die Aufforderung bezieht sich auf das täglich reichhaltige Kuchengebot: Käsekuchen, Mandarinenschnitten, Bienenstich und Streuselkuchen. Kathi kann sich wie immer nicht entscheiden. Käsekuchen oder doch lieber Bienenstich? Dummerweise gilt das Angebot nur für zwei Stücke von einer Sorte. Also entweder zweimal Käsekuchen oder zweimal Bienenstich.

Dank des verzwickten Angebots sitzt Kathi jetzt mit vier Stück Kuchen an ihrem Schreibtisch in der Redaktion und überlegt, in welches sie zuerst beißen soll. Vor ihr steht eine Sprühflasche Sahnefix. Sie nimmt diese und verteilt den süßen Schaum über alle vier Kuchenstücke. Verführerische Schneeberge türmen sich vor ihr auf. Der erste kippt zur Seite weg. Kathi schaut ihm verzweifelt zu, dann legt sie mit diesem Stück los und beginnt sich ihrer Fressattacke hinzugeben.

Es ist jedes Jahr im November das Gleiche. Erst fühlt es sich an wie im Rausch. Glücksgefühle pur. Aber in einer knappen Stunde wird es ihr schlecht gehen, sehr schlecht sogar. Sie wird verzweifelt sein und sich fragen, warum sie nicht wenigstens dieses eine Mal hart geblieben ist. Und das Schlimmste wartet dann morgen früh in leuchtend roten Digitalziffern auf sie: Die Quittung ihrer unbestechlichen Badezimmerwaage. Ein Signalton reißt sie aus ihren Gedanken. Der Computer zeigt ihr den Eingang einer neuen E-Mail an.

Sie sieht den Absender, die Staatsanwaltschaft versendet endlich eine Pressemitteilung: *Mordermittlungen aufgenommen*, steht in der Betreffzeile. Neugierig klickt sie die Nachricht an: *Im Fall des Mannes, der am Montagabend tot am Ufer des Kleinen Wannsees aufgefunden wurde, hat die Staatsanwaltschaft Berlin Ermittlungen wegen Mordes aufgenommen. Die Obduktion der Leiche hat ergeben, dass der Mann nicht, wie zunächst vermutet, ertrunken ist. Als Todesursache konnte Tod durch Ersticken festgestellt werden. In der Lunge des Toten konnten Fasern sichergestellt werden, die auf ein Handtuch oder ähnliches Textil schließen lassen. Die Polizei ist aufgefordert, eine Sonderkommission zu gründen. Die Soko Wannsee hat bereits ihre Arbeit aufgenommen. Bisher gibt es noch keine konkrete Spur.*

Kathi ist nicht wirklich überrascht. Die Erinnerungen an den letzten Abend kehren zurück. Der Pathologe hatte doch ernsthaft auf eine Fortsetzung des Abends in seiner Wohnung spekuliert. Wie eine Klette hing er an ihr. Erst als sie mal kurz für kleine Journalistinnen musste, bot sich die Gelegenheit. Kathi hatte sie genutzt, um in einer überstürzten, aber erfolgreichen Aktion zu flüchten. Sie war einfach aus der Bar raus gerannt und in das erstbeste Taxi gestiegen.

Jetzt plagt sie ihr schlechtes Gewissen. Nicht wegen des Leichendoktors, nein, sie hat Frauke alleine in der Bar zurückgelassen. Die wird richtig sauer sein, geht es ihr durch den Kopf. Ihr Telefon klingelt. Die Nummer auf dem Display verrät, dass es ihre Chefin ist.

»Kuschel!«

»Ich bin's, Tina. Sag mal, hast du schon die Pressemitteilung der Staatsanwaltschaft gelesen?«

»Klar, ich hab mir so was schon gedacht. Also, dass es sich um Mord handelt.«

»Ich weiß nicht, ob es jetzt noch klug ist, wenn du morgen nach Liechtenstein verschwindest. Ich glaube, wir brauchen dich hier.«

Verdammt, daher weht der Wind, riecht Kathi den Braten und ist sofort hellwach. Sie richtet sich etwas zu hastig im Stuhl auf und schlägt dabei mit ihrer linken Hand den Teller mit den eineinhalb Stücken Restkuchen und reichlich Sahne von der Schreibtischplatte. Das süße Arrangement fällt auf den Boden. Der Teller zerspringt mit einem lauten Knall in mehrere Stücke. Der Kuchen klatscht auf das Parkett. Die Sahne aber hat sich auf dem Weg nach unten vom Kuchen verabschiedet und klebt jetzt an Kathis Hosenbeinen.

»Na super!«, brüllt sie genervt in den Hörer und schaut dabei entsetzt auf ihre Hose mit den Sahneresten.

»Jetzt beruhige dich, das kannst du doch auch nachholen. Liechtenstein rennt dir schon nicht weg«, versucht die Chefin zu beschwichtigen.

»Jetzt brauch ich neue Klamotten«, schreit Kathi, ihr ist gar nicht mehr bewusst, dass sie noch den Telefonhörer in der Hand hält.

»Warum brauchst du neue Klamotten, nur weil du nicht nach Liechtenstein kannst? Das verstehe ich jetzt nicht.«

»Das hat doch jetzt alles nichts mit Liechtenstein zu tun, Tina. Das heißt, ich bin mir sicher, dass doch. Also nicht meine Hose, aber der Mord. Verstehst du?«

»Ehrlich gesagt verstehe ich gar nichts. Hast du was getrunken?«

Kathi spürt Wut in sich aufsteigen. Hatte ihre Chefin sie eben ernsthaft gefragt, ob sie was getrunken hat? Sie will gerade zu einer pampigen Antwort ansetzen, als ihr die Möglichkeit des Restalkohols im Blut durch den Kopf geht. Sie entschließt sich zur Deeskalation. Eine richtige Entscheidung, wie sich gleich herausstellt. »Nein, Tina, entschuldige bitte, mir ist gerade ein Stück Kuchen mit Sahne auf meine Hose gefallen, was meinst du, wie ich jetzt aussehe?«

»Ach so!«, beginnt diese laut zu lachen.

Kathi nutzt die Situation: »Tina, wegen Liechtenstein, ganz ehrlich, ich spüre das. Da gibt es eine Verbindung. Ich muss da morgen hin. Bitte! Es ist ja nur für einen Tag. Und wir haben hier doch alles schon eingetütet.«

»Und wer übernimmt, wenn morgen eine neue Situation entsteht?«

»Na wer schon? Mein Ralf!«

Kathi bemerkt nicht, dass Ralf Marburg gerade hinter ihr ins Zimmer gekommen ist.

»Also gut«, lenkt Tina Jagode ein, »aber morgen Abend bist du wieder zurück. Keine Extratouren.« Das Gespräch ist zu Ende.

»*Mein* Ralf? Seid wann bin ich *dein* Ralf?«

Kathi erschrickt. »Seit wann stehst du hinter mir?«

»Eigentlich immer, aber meist weiß ich dabei auch, was du verbrochen hast.«

»Schau mal, das kam gerade von der Staatsanwaltschaft«, wischt sie das unnötige Hin und Her weg. Sie zeigt ihm die Pressemitteilung auf ihrem Bildschirm.

Ralf liest. Er liest bis zum Ende und zitiert: *Wer hat rund um den kleinen Wannsee Herrenbekleidung gefunden? Möglicherweise auch in einer Tüte verpackt? Für Hinweise, die zur Überführung des Täters oder der Täter führen, ist eine Belohnung von 2.000 Euro ausgesetzt.*

»So viel ist also ein designierter Finanzminister drei Tage nach seinem Tod noch wert«, schüttelt Kathi ihre roten Haare.

In zwei Stunden ist Pressekonferenz bei den Sozialisten. Davor muss sie nach dem Malheur von eben noch einmal zum Umziehen nach Hause. Mit den Flecken auf der Hose würden sie die Kollegen auf der Pressekonferenz bestenfalls als Sahneschnitte verspotten.

*

Im lichtdurchfluteten Foyer der Parteizentrale ist kein Stuhl mehr frei. Akkurat angeordnet stehen sieben Stuhlreihen vor einem Podest mit drei Rednerpulten. Die große Motivwand dahinter ist bis in die letzte Ecke mit kleinen Parteilogos der Sozialisten bedruckt, damit auch ja keine Kameraeinstellung daran vorbei schießen kann. Quer über die Wand ist in großen Buchstaben der neue Slogan für den Wahlkampfendspurt geklebt: Wir sind die Guten!

Ganz vorne, direkt unterhalb den Rednerpulten, lungern die Tonassistenten mit ihren meterlangen Mikrofonangeln auf dem Boden. Dahinter knien die Fotografen und warten angespannt mit ihren langen Teleobjektiven auf den Einzug der Gladiatoren. Auf den Stühlen dahinter sitzen die Damen und Herren Redakteure. Am Ende des Raums stehen große TV-Kameras auf Stativen. Es ist die klassische Aufstellung, die sich seit langem bei Pressekonferenzen auf der ganzen Welt durchgesetzt hat. Wie in einem Sinfonieorchester. Jeder hat seinen festen Platz.

Kathi zählt elf Fernsehteams. Eines davon ist ihres. Sie selbst hat in der dritten Stuhlreihe ganz außen einen Platz gefunden. Ihr Kameramann Bert ist tatsächlich wieder mit dabei, gerade winkt er ihr zu und macht mit der anderen Hand eine kreisende Bewegung. Das ist das Zeichen dafür, dass er bereits mit dem Drehen der Schnittbilder begonnen hat.

Auf dem Podium wird es hektisch. Günther Robert Clausdorff kommt als Erster auf die kleine Bühne und stellt sich hinter das mittlere der drei Rednerpulte. Direkt hinter ihm läuft »Alexander der Große«, der Parteivorsitzende der Sozialisten ein. Der Parteichef stellt sich hinter das linke Rednerpult. Die Pressesprecherin Ilka Zastrow steuert das letzte freie Pult auf der rechten Seite an.

Aufgeregt springen die Fotografen auf und bombardieren die drei Protagonisten auf dem Podium mit einem beeindruckenden Blitzlichtgewitter. Dadurch versperren sie den Fernsehkameras den freien Blick. Empörte und genervte Stimmen brüllen aus dem hinteren Teil des Foyers: »Geht aus dem Bild!«, »Ihr Idioten«, »Kollegenschweine«. Das Orchester beginnt zu spielen, jede Pressekonferenz hat die gleiche Ouvertüre. Kathi hat sich längst daran gewöhnt. In ihrem Kopf verschmelzen das Klicken der Kameras und das Schimpfen der TV-Kameramänner zu einer harmonischen Melodie. Ein Arbeiterlied, das sie liebt.

Bert hat seine Kamera vom Stativ genommen und ist schnell nach vorne zum Podium gespurtet. Von der Seite aus hat er einen guten Blick auf das absurde Schauspiel: vorne die Fotografen mit ihren grellen Blitzlichtern und oben der Kandidat. Er schwenkt die Szene in aller Ruhe ab, vom Kandidaten auf die Fotografen und zurück zu den Redakteuren. Nachdem alles im Kasten ist, eilt er wieder nach hinten zu seinem Stativ.

Ilka Zastrow begrüßt die Gäste und gibt das Wort an den Spitzenkandidaten Günther Robert Clausdorff.

»Meine Damen und Herren! Ich bin zutiefst bestürzt und gleichzeitig entsetzt, dass Rainer Jungschmidt offenbar Opfer eines heimtückischen Mordes geworden ist. Die Staatsanwaltschaft hat sich bereits bei uns gemeldet. Wir haben den Behörden selbstverständlich jegliche Unterstützung zugesichert. Wir sind immer noch alle geschockt und voller Mitgefühl für Rainer Jungschmidts Angehörige und Freunde. Aber, so schwer mir das auch zu sagen fällt, wir müssen jetzt weitermachen. Am Sonntag in einer Woche wird gewählt. Alexander Laburg und ich sind uns einig, dass wir es Rainer Jungschmidt schuldig sind, seinen Weg zu Ende zu gehen. Das heißt: Unsere kurze Wahlkampfpause ist vorbei. Wir greifen wieder an. Der Parteivorsitzende selbst wird ab sofort unser Mann für alle Fragen rund um den Haushalt und die Finanzen sein. Ich freue mich sehr, dass sich Alexander Laburg trotz seiner vielen anderen Aufgaben so kurzfristig bereit erklärt hat, die Lücke zu füllen. Herzlich willkommen, Alexander, im Kompetenzteam.«

Fast wirkt es so, als habe Clausdorff für diese Ankündigung einen Applaus erwartet. Im Foyer aber bleibt es still. Die Pressesprecherin bedankt sich und gibt das Wort an den Parteivorsitzenden weiter.

»Meine sehr geehrten Damen und Herren, lassen Sie auch mich zunächst meine Bestürzung über den Mord an Rainer Jungschmidt ausdrücken. Wir Sozialisten hoffen auf eine schnelle Aufklärung. Wir werden die Ermittler unterstützen, wo wir können.«

Er macht eine kurze Pause und scheint dabei einen Schalter umzulegen, der für seinen Gesichtsausdruck zuständig ist. Die Betroffenheitsmiene verschwindet, und aus den dicken Backen formt sich ein Kämpfergesicht oder zumindest das, was Laburg für ein Kämpfergesicht hält. Fehlt nur noch die Indianerbemalung, denkt Kathi in diesem Moment und nimmt sich vor, diesen »Stimmungswechsel« auf jeden Fall in ihrem Beitrag am Abend zu thematisieren.

Laburg hat die Pause lange genug stehen lassen, immer noch kein Applaus, er redet weiter: »Günther Robert Clausdorff hat es eben bereits angekündigt. Ich bin bereit, das zu Ende zu bringen, was Rainer Jungschmidt für uns alle, für einen Politikwechsel, angestoßen hat. Das heißt in erster Linie, dass wir jetzt seine Steuergerechtigkeitskampagne fortführen. Ich möchte Ihnen als Erstes unsere wichtigsten Plakatmotive für die beiden letzten Wahlkampfwochen vorstellen.«

Ilka Zastrow geht zu einem Gerüst neben dem Podium, an dessen Seite eine Leine hängt. Sie zieht mit einem kräftigen Ruck daran. Der rote Vorhangstoff sinkt zu Boden und gibt den Blick auf mehrere Plakate frei. *Gerechtig-*

keit – nur mit uns! steht da und *Steuerhinterzieher, zieht euch warm an!* oder *Eure hinterzogenen Millionen für unsere Kinder!*

Kathi versucht, Bert ein Zeichen zu geben. Sie will, dass er die Plakate einzeln und in Großaufnahme abfilmt, aber Bert reagiert nicht. Kathi steht von ihrem Platz auf, um direkt mit ihm zu reden. Dabei stößt sie beinahe mit Holger Frey zusammen, der sich ganz hinten an der Seite versteckt hält, um die Pressekonferenz von dort zu beobachten.

»Tag, Frau Kuschel, Sie haben es aber eilig!«

»Entschuldigung Herr Frey, ich habe Sie eben gar nicht gesehen.«

»Das habe ich gemerkt. Wie läuft's denn so?«

»Das will ich doch eigentlich von Ihnen wissen.«

Kathi versucht Frey zu umschmeicheln, aber das ist heute gar nicht nötig. Er fängt wie von selbst an zu reden, fast so, als habe er nur auf diese Gelegenheit gewartet: »Das sehen Sie doch. Der Dicke hat sich das ganze Thema gekrallt. Günther Robert hatte keine Chance. Wenn der Parteivorsitzende den Finger hebt, dann kannst du nicht Nein sagen.«

Das Verhältnis zwischen Clausdorff und Laburg gilt als äußerst angespannt. Davon hat Kathi schon häufig gehört. Die Steigerung von Feind ist eben Parteifreund, das gilt offenbar auch für diese beiden Alphatiere.

Laburg wäre zu gerne selbst Spitzenkandidat geworden. Als Parteivorsitzender hätte er eigentlich auch das erste Zugriffsrecht gehabt. Aber die Chancen, mit ihm an der Spitze diese Wahl zu gewinnen, waren zu gering. Die

Umfragen im Vorfeld waren alle zu einem eindeutigen Ergebnis gekommen. Am Ende blieb Laburg also nicht anderes übrig, als den Weg für Clausdorff freizumachen.

Dass Clausdorff ihn, den Parteivorsitzenden, dann nicht in sein Schattenkabinett berufen hat, das war für ihn wie ein Schlag in die Magengrube. Aber Clausdorff hat seinen Machiavelli gelesen: Zum Zeitpunkt der größten Macht schafft man seine Konkurrenten aus dem Weg.

Nichts anderes hatte Clausdorff kurz nach seiner Wahl zum Spitzenkandidaten getan. Wahrscheinlich hatte ihm Frey genau dazu geraten. Jetzt aber hat sich das Blatt gewendet. Clausdorff ist plötzlich auf Laburg angewiesen, und der genießt das in vollen Zügen.

»Herr Laburg, werden Sie im Fall eines Wahlsiegs auch das Finanzministerium übernehmen?«, will eine Kollegin von einer überregionalen Tageszeitung wissen.

»Also warten wir es doch erst einmal ab. Lassen Sie uns doch erst mal die Wahl gewinnen, und dann sprechen wir über Köpfe. Rainer Jungschmidt ist erst drei Tage tot. Lassen Sie uns für solche Fragen bitte noch ein bisschen Zeit.«

Kathi bemerkt, wie Holger Frey sich neben ihr angewidert vom Podium abwendet: »Natürlich will der Finanzminister werden, das strahlt doch jede seiner schlaffen Fasern aus. Ich sag's Ihnen, da wird es irgendwann noch ordentlich knallen. Das war jetzt aber unter uns. Das möchte ich nirgendwo hören oder lesen, da sind wir uns doch einig Frau Kuschel, nicht wahr!«

Kathi legt Frey beruhigend ihre Hand auf den Oberarm. Frey scheint ihr ordentlich angenervt zu sein, aber auch in Plauderlaune. Das will sie nützen: »Wollen wir mal kurz raus gehen, mein Kameramann schafft das hier auch alleine.«

Frey nickt. Sie gehen vor die Tür, wo sich Frey eine Zigarette ansteckt. Kathi kommt sofort zur Sache. »Was gibt es Neues von der Liechtenstein- und Schweizgeschichte?«

»Die läuft! Das ist der einzige Punkt, in dem sich Clausdorff und Laburg einig sind. Beide glauben, damit den Schlüssel zum Kanzleramt in der Hand zu haben.«

Frey schaut nach links, dann nach rechts, um sich zu vergewissern, dass ihnen niemand zuhört. Er senkt die Stimme und spricht leise weiter: »Wir haben nicht wirklich einen Beweis. Aber es könnte sein, dass die konservative Partei eine Sache in Liechtenstein laufen hat.«

Kathi unterbricht ihn: »Also Herr Frey, ich verstehe ja, dass im Wahlkampfendspurt mit harten Bandagen gekämpft wird, aber das geht jetzt echt zu weit. Das ist Verleumdung.«

Über ihre harsche Reaktion ist Kathi selbst erstaunt, aber ohne Beweise geht ihr der alte Strippenzieher nun einfach zu weit.

»Frau Kuschel, ich sage das nicht ohne Grund. Aber Sie haben sich doch neulich in unserem Telefongespräch für die Steuergeschichte interessiert. Ich weiß, dass Jungschmidt einen Kontakt zu einem Steuer-Datenhändler hatte. Das hat er mir persönlich erzählt. Von der Kontaktperson hat er ein paar Datensätze bekommen. Zur Prüfung der Qualität. Dabei ist Jungschmidt offenbar auf eine Spur gestoßen, die tatsächlich zu den Konservativen führt.«

Kathi denkt kurz nach, bevor sie weiter redet. Irgendetwas stört sie auf einmal in ihrer Konzentration. »Und was soll das für eine Spur sein?«

»Wohl irgendeine Stiftung, die jedes Jahr ordentlich Zinsen abwirft. Alles schwarz, versteht sich.« Frey schaut sich wieder verstohlen um. Ein Mann mit Dreitagebart und dunkler Sonnenbrille hat sich nicht weit von ihnen an die Hauswand gelehnt. Es scheint, als würde er auf jemanden warten.

Kathi holt tief Luft, um noch einmal nachzufragen. Aber so ganz bei der Sache ist sie nicht mehr, irgendetwas irritiert sie. Trotzdem will sie den Ball spielen: »Das ist starker Tobak, den Sie da vorbringen, haben Sie denn irgendwelche Beweise?«

»Nicht einen einzigen, das ist es ja! Jungschmidt hat mir die Geschichte kurz vor seinem Tod erzählt. Er wollte aber nichts Genaueres sagen. Wohl zum Schutz seines Informanten.«

»Wo sind denn Jungschmidts Daten jetzt?«, insistiert sie erneut.

»Wenn wir das wüssten, dann hätten Sie, Frau Kuschel, hier heute eine ganz andere Pressekonferenz erlebt. Aber leider haben wir keine Ahnung, wo die Daten sind. Leider!«

Holger Frey wirft den Rest seiner Zigarette auf den Boden und presst mit dem Schuh die Glut in den Asphalt. Er verabschiedet sich und geht in die Parteizentrale zurück.

Kathi wartet einen Augenblick und greift zu ihrem Handy. Es dauert nur kurz, bis sich Ralf am anderen Ende meldet. Sie bittet ihn, noch mal genau das Material zu sichten, das sie in Jungschmidts Wohnung gedreht haben: »Irgendetwas muss auf eine Stiftung in Liechtenstein schließen lassen«, hofft sie, »vielleicht auf irgendeine Bank? Einen Treuhänder oder einen Namen, der zu einer Stiftung gehören könnte?«

Ralf verspricht, sich die Kassetten nochmals in Ruhe vorzunehmen. Kathi muss zurück zu ihrem Kamerateam, die Pressekonferenz dürfte vorbei sein. Aber diese Information von Frey stinkt doch zum Himmel. Soll sie ihm das glauben? Sie fühlt sich irgendwie unwohl bei der Sache. Sie atmet die Luft tief durch die Nase. Verdammt, jetzt riecht sie es deutlich. Nicht die Geschichte Freys irritiert sie, es ist dieser Duft in der Luft. Himmel! Der gleiche Duft, den sie vorgestern in der Wohnung von Rainer Jungschmidt gerochen hatte, als sie überfallen worden war. Diesen Geruch wird sie so schnell nicht wieder vergessen. Sie dreht sich um. Woher kommt dieser Duft? Sie sieht keinen Menschen. Sie steht völlig alleine vor der Parteizentrale. Unschlüssig geht sie zurück ins Foyer. Die Kollegen packen bereits ihre Ausrüstungen zusammen. Einige Redakteure kommen ihr entgegen. Am anderen Ende der großen Eingangshalle sieht sie Holger Frey mit Clausdorff sprechen. Gleich werden sie hinter irgendeiner Tür verschwinden.

Plötzlich beginnt Kathi zu rennen. Ihre Pfennigabsätze klingen auf dem Steinboden wie kleine Hammerschläge auf einen Eisennagel. Nicht nur einmal droht sie dabei umzuknicken. Mit ihren Achtzentimeterabsätzen würde das mit ziemlicher Sicherheit einen Bänderriss bedeuten. Aber Kathi fängt sich jedes Mal wieder. Manchmal stützt sie sich auf die Kollegen, die gerade in ihren Notizblöcken die Zitate abgleichen. Kathi ist klar, dass sie sich gerade unglaublich lächerlich macht, aber sie muss Holger Frey unbedingt erreichen, bevor er hinter irgendeiner Tür verschwindet. Kam dieser verräterische Duft von Frey? War er in Jungschmidts Wohnung als auch sie dort war? Ist das sein Parfum, das so aufdringlich riecht?

Günther Robert Clausdorff ist schon durch die Tür verschwunden. Holger Frey will ihm gerade in das Zimmer folgen. »Herr Frey«, ruft Kathi, »einen Augenblick bitte noch!«

Frey dreht sich um und sieht gerade noch, wie Kathi mit ihren Stöckelschuhen wegknickt und direkt nach vorne in seine Arme stürzt. Er kann gar nicht anders, als sie aufzufangen.

Er schaut in ein kreidebleiches Gesicht, das ihn jetzt etwas unsicher anlächelt. »Entschuldigung und danke«, stammelt Kathi verunsichert.

»Ist schon gut. Es ist ja nichts passiert, oder haben Sie sich verletzt?«

»Nein, ich glaube nicht! Das ist gerade noch mal gut gegangen.«

»Was wollten Sie denn noch von mir?«

Kathi zieht die Luft durch ihre Nase und versucht sich zu konzentrieren. Sie braucht aber nur eine Millisekunde, um zu wissen, dass Frey nicht derjenige ist, der nach dem Parfum duftet. Wahrscheinlich hat er sogar schon länger keines mehr benutzt. Sie riecht nur eine abstoßende Mischung aus kaltem Rauch und Schweiß. Schon bereut sie es, davon einen zu tiefen Zug inhaliert zu haben. Ekelhaft!

144

»Ach«, lächelt sie verlegen, »ich wollte mich nur für die Informationen bedanken.«

»Bitte gerne! Aber wie gesagt, alles nur unter uns.«

Er verschwindet durch eine Tür. Als sich Kathi umdreht, blickt sie in die ungläubigen Augen ihrer Journalistenkollegen.

»Was für ein Auftritt!«, nickt einer anerkennend.

Bert tippt ihr von hinten auf die Schulter. »Ich habe alles im Kasten, sogar deinen Stiletto-Run samt Landung in der sozialistischen Wärmestube. Ich glaube, die kommt in Zeitlupe besonders gut.« Er grinst dabei und schlägt sofort einen aufmunternden Tonfall an. »Komm schon, ich war die letzte Kamera hier drin, das hat sonst keiner.«

Kathi schaut ihn dankbar an. Sie weiß genau, dass sie knallrot geworden ist.

»Lass uns abhauen.«

Vaduz, nachmittags

Fritz und sein Team sitzen im Auto. Er hat ihnen gerade erklärt, dass sie in Vaduz noch ein kurzes Interview aufzeichnen müssen.

»Warum? Wir haben doch alles im Kasten«, freut sich der Kameramann über den gelungenen Surfdreh, »die Bilder sind sensationell, dazu 'ne geile Musik, und du bekommst einen Oscar. Wir haben sogar absolut scharf, wie eine ins Wasser plumpst«, gluckst er, »bis die wieder auf dem Brett stand, da reichten ihr die Brustwarzen vor Kälte schon bis zum Mast hoch.«

Fritz geht darauf nicht ein, sondern druckst ein bisschen herum, dann schließlich weiht er das Team in seinen Plan ein. Erzählt kurz von seiner Mutter und ihrer Operation und dass er der Prothesenfirma in Vaduz auf die Füße steigen will, um die Wahrheit zu erfahren.

Ein Kamerateam kostet am Tag 1.000 Euro. Ohne Produktionsauftrag müsste er die selbst aufbringen. Fritz kennt die Wirkung mit großem Fernsehteam bei Firmensprechern. Wenn es stimmt, was Professor Heiße gestern angedeutet hat, dann hätte die Firma Maler billigere Hüftgelenke produziert und diese ungeprüft in den Umlauf gebracht. Dazu will er den Pressefuzzi vernehmen.

Fritz weist den Weg zur Villa der Firma Maler im Nobelviertel des Fürstentums. Vor dem Eisentor steigt er aus und behauptet gegenüber dem Pförtner frech, er hätte einen Termin bei Dr. Rheingold. Sein Trick funktioniert, das Tor öffnet sich diesmal sofort. Fritz springt in den Wagen und fährt mit seinem Team zur Villa.

Hier stehen sie zunächst vor verschlossener Tür. Fritz weist den Kameramann an, einige Bilder von der Villa zu drehen. Er sieht Dr. Rheingold kurz hinter einer Gardine hervor schielen. Dann summt der Türöffner.

»Seit wann häufen sich die Beschwerden der Patienten nach den Hüftoperationen mit Ihren neuen Prothesen?«, überfällt er den Pressesprecher.

Dr. Rheingold hat seine Hausaufgaben gemacht. Wie auswendig gelernt spult er ab: »Die ungeheuerlichen Behauptungen über unsere neuen Kobalt-Chrom-Implantate führen zu großer Verunsicherung von Patienten mit künstlichen Hüftgelenken. Angesichts der vielen Hunderttausend Prothesepatienten in Deutschland sehen wir es als unsere Verpflichtung, eventuelle Bedenken auszuräumen und zu einer dringend gebotenen Versachlichung der Diskussion beizutragen.«

Fritz kapiert bei dem geschliffenen Statement schnell, dass bei der Firma Maler offensichtlich Feuer unterm Dach lodert. Demnach ist seine Mutter nicht die Einzige, die nach der OP über Schmerzen klagt. »Das heißt, Ihre neuen Hüftgelenke mit Kobalt-Chrom-Teilen verschaffen den Patienten mehr Schmerzen als Linderung?«, setzt er frech nach.

Dr. Rheingold lächelt arrogant, dann schüttelt er seinen Kopf und sagt erst mal »Nein!«, so wie es ihm sicherlich in Rhetorik-Kursen beigebracht wurde. Dann holt er tief Luft und führt routiniert wie ein ausgewiesener Fachmann aus: »Kobalt-Chrom-Legierungen werden bereits seit den 60er Jahren beim Gelenkersatz verwendet und zeigen hervorragende Ergebnisse bei der Patientenversorgung. Geschätzte 80 Prozent aller Gelenkimplantate für Hüfte, Knie und Schulter weltweit enthalten Komponenten aus diesen Legierungen. Registerdaten verschiedener Länder dokumentieren die Sicherheit und den großen Erfolg von Kobalt-Chrom-Legierungen in der Endoprothetik. Im Normalfall sind über 90 Prozent aller Hüftprothesen auch noch nach zehn Jahren fest im Knochen verankert und müssen nicht ausgetauscht werden.«

Blabla, denkt Fritz und widerspricht: »Fakt ist, dass immer mehr Patienten schon in den ersten Wochen nach der OP über Schmerzen klagen.«

»Das sind wenige, tragische Einzelfälle, die vermutlich durch falsche Handhabung unseres Implantats entstehen, aber nichts mit unseren Prothesen und deren Material zu tun haben.«

»Sondern?«

»Um es ganz deutlich zu sagen: Vielleicht hat der Operateur die Prothese nicht fest genug in den Knochen eingeschlagen«, schiebt Dr. Rheingold den Schwarzen Peter den Ärzten zu.

»Sie unterstellen den operierenden Ärzten nicht nur einen Kunstfehler, sondern gleich mehrere in Folge?«

»Herr Fritz«, holt der smarte Pressesprecher tief Luft, »ich habe Ihnen unsere Erfolgszahlen genannt. Auf Einzelfälle, die Sie ganz persönlich ansprechen, kann ich hier nicht eingehen.«

»Warum?«

»Ich bitte Sie«, lächelt Dr. Rheingold überlegen, »wollen Sie Ihren persönlichen Fall öffentlich diskutieren?«

»Warum nicht?«

»Schon mal etwas von Datenschutz gehört?«, beendet der junge Pressesprecher der Maler GmbH souverän das Interview.

Während das Team Kamera und Licht einpackt, erklärt Dr. Rheingold Fritz die Sicht der Probleme aus seiner Warte: »Zunächst bestanden die Prothesen aus Keramik. Durch langjährige Belastungen wurden auf Dauer kleinste Keramiksplitter abgeschabt, die im Gelenk verblieben. Diese verursachten manchen Patienten heftige Schmerzen.« Siegesgewiss kommt er zu seinem Happy End à la Maler: »Diese Gefahr ist mit unserer neuen Kobalt-

Chrom-Legierung gebannt! Wir bieten die optimalste Prothese, die es geben kann. Metall-auf-Metall-Gelenkimplantate sind besonders haltbar und vor allem geeignet für körperlich aktive Patienten. Und das ist Ihre Mutter doch?«

»War«, antwortet Fritz nachdenklich, »sie *war* körperlich fit, bis sie Ihre optimale Hüftprothese bekam.«

Potsdam, abends

Es ist eigentlich noch zu früh für den dunklen, kräftigen Rotwein, aber Kathi will heute nicht zu spät ins Bett. Der gute Tropfen kreist in gleichmäßigen Wellen im Glas in ihrer rechten Hand. Es ist eine der besseren Flaschen, die Kathi in ihrer Wohnung hat. Ein Überbleibsel aus den Zeiten mit ihrem Ex-Freund. Fast sieben Jahre waren sie zusammen gewesen, als er von einem Tag auf den anderen nicht mehr nach Hause kam.

Eine 24-jährige Studentin aus dem Thüringer Eichsfeld hatte ihm den Kopf verdreht. Er sprach von großer Liebe, von einem neuen Leben. Aber schon nach zwei Wochen kam er wieder bei ihr angekrochen. Er hatte vor der Tür gewinselt und etwas von »temporärer Unzurechnungsfähigkeit« erzählt. Für Kathi aber war die Geschichte durch.

Keine zwei Tage nach der Trennung hatte sie wütend alles aus der Wohnung geräumt, was auch nur ansatzweise nach ihm hätte riechen können. Nur den Wein, den hatte sie nicht angetastet. Eine Holzkiste mit sechs Flaschen edlem Bordeaux. Gerade hat sie die letzte Flasche davon entkorkt. Höchste Zeit, die ganze Geschichte endlich zu Ende zu bringen. Sie ist jetzt immerhin schon seit vier Jahren glücklicher Single, zumindest redet sie sich ihre Einsamkeit schon so lange schön.

Der Wein tut gut. Vor ihr auf dem Couchtisch stehen einige Plastikschälchen mit »griechischen Schweinereien«. Gefüllte Weinblätter, eingelegter Pulpo, Tzaziki, eingelegte Pilze und reichlich Fetakäse in dunklem Olivenöl. Sie greift zur Fernbedienung und zappt sich durch die Programme. Bei den Nachrichten bleibt sie kurz hängen. Ihr eigener Bericht über die Pressekonferenz mit Clausdorff und Laburg läuft. Als sie Frey auf einem Bild im Hintergrund erkennt, muss sie wieder an das Gespräch mit ihm denken. Gibt es wirklich eine Stiftung der Konservativen in Liechtenstein? Ist sie vielleicht einem der größten Parteiskandale aller Zeiten auf der Spur? Um wie viel Schwarzgeld könnte es da gehen?

Morgen früh fliegt sie an den Bodensee, und von dort geht's mit dem Auto und einem Kamerateam weiter ins kleine Fürstentum. Ein Kollege vom dortigen Landesbüro wird sie am Flughafen in Friedrichshafen abholen. Um elf Uhr hat sie einen Interviewtermin mit dem Direktor der LieBa vereinbart. Die LieBa ist die größte Bank im Fürstentum. Absolut systemrelevant, wie es seit Beginn der Finanz- und Bankenkrise so treffsicher heißt.

Als Kathi vorgestern beim Pressesprecher der LieBa um ein Interview zum Thema Schwarzgeld bat, hatte dieser überraschend schnell zugesagt. Die Liechtensteiner

Finanzwelt versucht sich gerade ein neues Image zu geben. Der internationale Druck auf Finanzoasen wie das Fürstentum oder auch die Schweiz wird immer stärker. Ein erstes Abkommen zwischen Deutschland und Liechtenstein ist bereits unterzeichnet. Das macht den Finanzplatz relativ unattraktiv für neue Schwarzgeldgeschäfte. Das kleine Fürstentum braucht also für die Zukunft ein neues Geschäftsmodell, um zu überleben.

Der LieBa Direktor wird ihr morgen wohl von der neuen heilen Welt in Vaduz erzählen wollen. Keine schwarzen Konten mehr – nur noch weiße Westen. Eine schöne Geschichte – aber nur ein Märchen.

Bei ihren Recherchen hat Kathi herausgefunden, dass Hunderte Milliarden auf Liechtensteiner Konten liegen. Alles Schwarzgeld aus den Zeiten vor dem Steuerabkommen. Und diese Milliarden werfen Jahr für Jahr Hunderte Millionen an Zinsen ab, alles am deutschen Staat vorbei. Wenn es stimmt, was Frey behauptet, dann haben auch die Konservativen in den letzten Jahren viel Geld über die Grenze geschmuggelt, und jetzt, im Wahlkampf, können sie sich über satte Renditen freuen. Danach will sie den Bankdirektor befragen. Das hat sie dem Pressesprecher aber so nicht gesagt.

»30 Minuten können wir Ihnen einräumen, Frau Kuschel«, hatte er zugesagt.

Wenn das Interview im Kasten ist, will sie zum Fürsten auf die Burg. Er ist das Staatsoberhaupt. Ob es dort mit einem Interview klappt, ist noch offen, die Anfrage läuft. Kathi stellt ihr Rotweinglas auf den Tisch und läuft zu ihrer Tasche. Sie ist sich ganz sicher, dass dort ihr Handy irgendwo zwischen den Cremes und Kosmetikartikeln, ihren Unterlagen und Süßigkeiten, ihren Tabletten und Modekatalogen liegen muss.

Nach drei Minuten gibt sie auf und wählt mit dem Festnetztelefon ihre eigene Mobilnummer. Es dauert 20 Sekunden, bis sie erst das dumpfe Brummen ihres Vibrationsalarms hört und kurz danach auch das Klingeln. Es kommt aus ihrer Tasche.

Sie leert den Inhalt auf dem Wohnzimmerboden aus, staunt, was so alles in eine Ledertasche passt. Das Handy ist in ihre Tamponpackung gerutscht. Kein Wunder, dass sie es nicht gefunden hat. Sie steht auf und wählt die Nummer von Ralf Marburg, der sich diesmal schon meldet, bevor Kathi auch nur ein Freizeichen hört.

»Hast du schon auf meinen Anruf gewartet, oder warum bist du so schnell dran?«

»Fast, ich wollte dich gerade selbst anrufen. Du warst nur einen kleinen Tick schneller.«

»Warum? Was gibt's? Hast du was rausgefunden?«

»Ja, ich glaube, ich habe tatsächlich was gefunden. Ich habe mir noch mal das Material angeschaut, das wir in Jungschmidts Wohnung gedreht haben. Und da gibt es doch die Stelle, wo Bert die Unterlagen auf dem Tisch alle noch mal einzeln ganz groß aufgenommen hat.«

»Stimmt, ich weiß, da ist auch die Telefonnummer aus Liechtenstein drauf, und …?«

»Naja, auf einem Notizzettel habe ich einen Dateinamen mit Pfad gefunden, den ich zuerst gar nicht beachtet hatte.«

»Was meinst du mit Dateiname und Pfad?«

»Da steht: e://lieba/grmny/stftng/vitav.bnk und außerdem auch noch eine achtstellige Zahl 90029072.«

»Und was soll das jetzt sein?«

»Naja, ich habe selbst eine Weile gebraucht, aber ich glaube, ich bin da auf etwas gestoßen, das interessant sein könnte. Vielleicht auf die Stiftung, die du suchst.«

Kathi merkt, wie ihre Anspannung steigt. Ist an Freys Geschichte tatsächlich was dran? Ralf reißt sie aus ihren Gedanken.

»Die Kombination e:// deutet darauf hin, dass Jungschmidt mit seinem Computer eine Datei geöffnet hat, die auf einem Wechseldatenträger gespeichert war, zum Beispiel auf einem USB-Stick …«

»… oder auf einer CD?«, fällt Kathi ihm aufgeregt ins Wort.

»Genau, eine CD ist auch möglich. Auf diesem Wechseldatenträger muss es einen Ordner mit der Bezeichnung LieBa gegeben haben. Das wiederum, habe ich herausgefunden, ist eine große Bank im Fürstentum.«

Da erzählt Ralf Kathi nichts Neues, sie traut sich jetzt trotzdem nicht, Ralf zu unterbrechen, der auch schon weiter erzählt: »Im Ordner LieBa, muss es dann einen Ordner grmny gegeben haben. Da bin ich mir nicht sicher, aber möglicherweise fehlen in dem Wort einfach nur die Vokale und es muss eigentlich ›germany‹ heißen. Das würde auch zum nächsten Unterordner passen, der ja STFTNG heißt.«

»STIFTUNG!«, schreit Kathi in den Hörer, »da fehlen auch die Vokale!«

»Ja, das denke ich auch, jetzt haben wir also nur noch vitav.bnk. Wobei bnk einfach ein Dateityp sein könnte, den die in ihrer LieBa verwenden. Bleibt also nur noch vitav. Da sind jetzt Vokale dabei, aber möglicherweise habe ich auch dafür eine Lösung.«

Kathis Puls rast. Sie ist froh, dass sie nicht mehr von ihrem Rotwein getrunken hat, sonst würde ihr das Mitdenken noch schwerer fallen.

»Sag schon, für was steht vitav?«

»Also ich habe das Wort einfach mal rückwärts aufgeschrieben. Dann steht da vativ. Und wenn du da jetzt noch ein konser davor setzt …«

»… dann heißt das konservativ! Ich fasse es nicht. Frey hatte recht. Die Konservative Partei hat ein Schwarzgeldkonto in Liechtenstein. Jungschmidt hat es herausbekommen. Ich wette, er musste deshalb sterben.«

»Kathi, jetzt mal langsam, dafür gibt es keinen einzigen Beweis. Das Einzige, was wir haben, ist eine Notiz von Jungschmidt, die ein Dateiname mit Pfad sein könnte und vielleicht sogar einen Hinweis auf eine Stiftung. Aber eine CD oder einen USB-Stick habe ich auf dem ganzen Drehmaterial nicht gefunden. Nicht mal einen Computer.«

Kathi überlegt. Ralf hat recht. Eigentlich haben sie noch gar nichts in der Hand, aber immerhin gibt es eine Spur.

»Was ist mit dieser Zahl? 900 und so weiter. Was ist das? Eine Telefonnummer?«

»Das kann ich mir nicht vorstellen«, antwortet Ralf unschlüssig.

»Vielleicht ist es ja so eine Art PIN für die Datei. Oder ein Passwort. Vielleicht konnte man die nur öffnen, wenn man die Zahl eingegeben hat? Ich weiß es doch auch nicht. Ohne die CD oder den Stick werden wir es wahrscheinlich auch nie herausbekommen. Und ich vermute mal, dass es dein Angreifer in Jungschmidts Wohnung genau darauf abgesehen hatte.«

Kathi geht zu ihrem Glas Rotwein. Jetzt braucht sie doch einen großen Schluck. Wenn Ralf recht hat, dann ist sie dem Mörder von Rainer Jungschmidt begegnet. Vielleicht war die ganze Situation noch viel gefährlicher für sie gewesen, als sie bisher vermutet hatte.

»Verdammt, Ralf, du bist der Größte!«, dankt sie ihrem Kollegen, »wiederhole bitte noch mal den Dateinamen und den vermutlichen Code, ich will mir das aufschreiben.«

»Zum Mitschreiben für dich«, wiederholt Ralf langsam: »e://lieba/grmny/stftng/vitav.bnk und dann noch den vermeintlichen Code: 90029072.«

Kathi notiert sich alles in ihr kleines Notizbuch, das sie aus dem ganzen Durcheinander auf ihrem Fußboden gefischt hat. Vielleicht hilft ihr der Code morgen in Vaduz weiter, bedankt sich nochmals bei ihrem Kollegen und legt auf.

In ihrem Kopf rasen tausend Gedanken. Jetzt hat sie etwas in der Hand. Schon alleine bei dem Gedanken beginnt ihr Puls wieder zu rasen. Sie ahnt, dass sie auf einer heißen Spur ist.

Aufgeregt tigert sie durch ihre Wohnung. Sie muss sich bewegen. Sie läuft zum Fenster, schaut auf die Straße. Ganz kurz meint sie, in einem am Straßenrand parkenden Auto eine glühende Zigarette gesehen zu haben. Vielleicht hat sie sich aber auch getäuscht. Als sie genauer hinschaut, kann sie nichts mehr erkennen.

Sie muss sich jetzt beruhigen. Sie will früh ins Bett,

das Taxi hat sie auf 6.30 Uhr bestellt. Die erste DVD aus der Staffelbox von »Sex and the City« soll sie gleich auf andere Gedanken bringen. Sie muss vor ihrem Flug nach Friedrichshafen noch etwas abschalten. Erschöpft zappt sie zunächst in die Hauptausgabe der Tagesschau.

Friedrichshafen, abends

Unbeschwert schneit Fritz in seine Redaktion. Er wundert sich, dass die halbe Besatzung noch an Bord ist. Es ist kurz vor 20 Uhr, Feierabend! Er hat einen erfolgreichen Tag hinter sich und einen guten Dreh zu vermelden. Doch bevor er sich an seinen Schreibtisch setzen kann, ruft ihn Hahnes Sekretärin ins Chefbüro.

Fritz folgt dem Ruf gut gelaunt und will Uwe Hahne mit Stolz über seinen Dreh der Nackedeis informieren, sowie über seine neuen Recherchen zum Fall Reto Welti und der Begegnung mit Sandra. Da fährt ihm Hahne schon über den Mund, bevor er überhaupt einen Gruß los werden kann. In der Hand hält er aufgeregt ein Blatt Papier, mit dem er Fritz vor der Nase herumwedelt: »Was ist das? Was soll das Fax? Warum weiß ich davon nichts?«, brüllt er ihn an.

Fritz schaut auf das Papier, mit dem Hahne vor seinen Augen fuchtelt, viel zu nah, um etwas darauf lesen zu können. Trotzdem kann er im Briefkopf als Absender eine Sozietät von Rechtsanwälten aus Zürich erkennen.

Irgendwo aus dem Text sticht ihm auch der Schriftzug *Maler GmbH* ins Auge und er weiß: Mist!

»Einstweilige Verfügung!«, brüllt ihn Hahne weiter an, »wir dürfen ein Interview nicht ausstrahlen, von dem ich gar nicht weiß, dass es von meiner Redaktion geführt wurde. Dumm nur, dass ich der Chef dieses Saftladens hier bin! Vergessen?«

Verdammt, wie Lebrecht Fritz solche Situationen hasst. Er kommt sich vor wie in der Schule, wenn er beim Abschreiben erwischt worden war. Gottverdammt, was soll er dazu sagen?

»Mit welchem Team haben Sie überhaupt gedreht?«, insistiert Hahne. Fritz hört die Hinterhältigkeit seines jungen Chefs, als ob dieser nicht genau wüsste, dass er das Sender-Team genutzt hat. Dazu hört Fritz allzu deutlich die Anrede »Sie«. Sein Chef geht auf Distanz. Und schon verrät er auch, warum: »Sollten Sie mit einem hauseigenen Team gedreht haben, käme dies einer Unterschlagung gleich.«

Daher weht der Wind, stutzt Fritz, er gesteht sofort: »Logisch habe ich mit dem Team nach dem Surfdreh auch das Interview in Vaduz gedreht. Ist doch gleich um die Ecke. Schließlich habe ich für unser Studio gedreht, für einen Beitrag unseres Senders.«

»*Für unser Studio gedreht!*«, echot Hahne laut, »was *unser* Studio produziert, bestimme immer noch ich!«

»Ja natürlich«, versucht Fritz einzulenken, »aber ich musste schnell handeln. Sozusagen Gefahr im Verzug. Ich bin gerade erst zur Tür hereingekommen und hätte dir die ganze Story gleich erzählt.«

»Was erzählt?«, knurrt Hahne schon etwas besänftigt. Fritz gibt einen kurzen Überblick über seine Recherchen zu der Hüftprothesenstory und erzählt ihm von seinem Verdacht, dass vermutlich billigere Hüftprothesen in dem ehemals städtischen Krankenhaus, heute MedicalResort, eingesetzt werden.

»Gleichgültig, Sie benutzen ein Team des Senders ohne Auftrag des Senders! Das bezahlen Sie!«, will Hahne ihm erneut einen Strick drehen.

Fritz aber hat keine Lust, sich weiter wie ein Erstklässler abkanzeln zu lassen. Gut, er hat ohne Produktionsauftrag gedreht. Aber ein Team des Senders zweckentfremdet, ist in seinen Ohren starker Tobak; Unterschlagung ein abstruser Vorwurf. Typisch Bürokrat! Apparatschik!

»Und wenn es ein Beitrag wird, zahlt mir der Sender das Geld wieder zurück«, uneinsichtig keilt Fritz zurück, »du hast wohl zu viel Zeit in deinem Büro, um solche unnützen Transaktionen anzuleiern.«

Das reicht, Hahne läuft rot an und holt erneut Luft.

Fritz merkt, dass er den Bogen überspannt hat, und fällt seinem Chef mit einer neuen Argumentation ins Wort: »Lass uns doch einfach abwarten, was ich dir noch zu der Story liefere«, versucht er, gut Wetter zu machen, »dann kannst du immer noch entscheiden und mir eine Rechnung ausstellen oder nachträglich den Auftrag erteilen.«

»Warum?«, bellt Hahne grob, »was soll dabei herauskommen?« Er stellt klar: »Der Herr Redakteur hat einen Verdacht. Dann recherchiert er, danach stellt er einen Produktionsantrag und dann, dann!, sofern er den Auftrag zugewiesen bekommt, bestellt er ein Team. So einfach ist das. Da muss man kein Apparatschik sein, so verfahren wir schon seit Jahr und Tag, Herr Fritz!«

Wie er das hasst. Herr Fritz! Auf der anderen Seite hat er wahrlich keine Lust, 1.000 Euro für das vermaledeite Team zu bezahlen. Deshalb überhört Fritz das unsägliche *Herr* und säuselt kollegial: »Du hast recht, ich werde als Nächstes klären, wer die Prothesen überprüft und wer die medizinisch-technischen Hilfsmittel genehmigt, bevor sie Menschen eingepflanzt werden. Dann recherchiere ich, wie viele Patienten nach den Operationen über vermehrte Schmerzen klagen, und dann entscheiden wir, okay?«

Uwe Hahne entspannt sich.

Fritz wittert Morgenluft: »Gib zu, das ist unsere Story. Denk an unsere Zuschauer. Altersdurchschnitt 50plus. Medizinische Themen laufen ebenso gut wie die Nackten auf ihren Surfbrettern, die ich dir morgen schon liefere.«

Hahne spielt den verantwortungsvollen Abteilungsleiter. Er schaut etwas verärgert, wenn auch eher kritisch, und schwenkt schließlich zum vertrauten Du über: »Auf jeden Fall kannst du das Interview von heute Mittag knicken. Das war wohl nichts, Fritz. Deshalb werde ich auf eine finanzielle Begleichung bestehen müssen, ob ich will oder nicht.«

»Ich bitte dich, Chäffe«, versucht es Fritz jetzt mit gespielter Unterwürfigkeit »warte doch ab. Glaub' mir, das ist eine heiße Story für uns. Du weißt, ich habe da so 'ne Nase.« Dabei schlägt Fritz mit seinem ausgestreckten rechten Zeigefinger von links und rechts schnell hintereinander auf seine breite Nasenspitze.

»Und wo ist deine Nase im Fall des verunglückten Surfers?«

Endlich, denkt Fritz und kann seinen Joker ausspielen: »Du meinst wohl des ermordeten Surfers.«

»Wieso? Jetzt doch ein Mord?« Fritz hat seinen Chef überrascht und ist damit das leidige Rechnungsthema erst einmal los.

»So sieht es wohl aus«, trumpft er auf und erzählt von der Begegnung mit Sandra und ihrem rätselhaften Satz: »Wenn ich dies alles hinter mir habe, fliegen wir nach Hawaii und surfen dort den Rest unseres Lebens bei 30 Grad.«

»Was heißt: alles hinter mir habe?«, fragt sich Hahne wie Fritz schon am Nachmittag.

»Das eben gilt es, herauszufinden.«

»Bleib dran«, agiert Hahne wieder in seiner Rolle als taffer Redaktionsleiter, »ich habe aber deinen Schnitt der Nacktsurfer leider verschieben müssen.« Dabei legt er, als wären sie alte Kumpels, freundschaftlich die Hand auf seine Schulter, lächelt ihn süßlich an und sagt in fast bittendem Tonfall: »Du musst mir aus der Patsche helfen. Ich hatte vergessen, dass wir morgen Produktionshilfe leisten müssen. Eine Kollegin aus Potsdam will was drehen und braucht Unterstützung. Wir müssen ihr ein Kamerateam stellen und redaktionellen Beistand.«

»Warum gerade ich?«, riecht Fritz den für ihn unappetitlichen Braten.

»Weil morgen die gesamte Redaktion auf der Outdoor-Messe ist, da hältst du dich ja immer fein raus. So bist morgen nur du frei.« Hahne lächelt überlegen, aber baut Fritz noch eine Brücke: »Untersteh' dich, morgen mit dem Team nebenbei wieder Aufnahmen für deine Prothesenstory zu drehen«, winkt Hahne mit dem Zaunpfahl, »wenn ihr auch schon wieder in deinem geliebten Vaduz seid. Da will die Dame nämlich hin.«

Fritz hat den Wink verstanden. Er muss in den sauren Apfel beißen: »Okay, ich schieb den Schnitt der Nacktsurfer um einen Tag, recherchiere bei Sandra wegen Reto Welti und stelle meine Hüftprothesen ganz hinten an.« Aber nicht umsonst, denkt Fritz und pokert keck: »Dafür legst du die Rechnung für meinen nicht angemeldeten Dreh fürs Erste beiseite.«

»Mal sehen«, zögert Hahne, »kümmere dich morgen um diese Frau Kuschel aus Berlin. Sie kommt um 9.05 Uhr am Flughafen an. Ein Team habe ich dir bestellt«, dabei schmunzelt sein Chef wieder etwas versöhnlicher, »mit Produktionsauftrag und Produktionsnummer.«

Fritz nickt. Für ihn steht der Deal. Einen Tag für diese Frau Kuschel Fremdenführer spielen, dafür ist der unangemeldete Dreh vergessen.

*

Die einstweilige Verfügung der Schweizer Rechtsanwaltskanzlei ärgert Fritz maßlos. Jetzt erst recht, denkt er und wundert sich, warum er erst unter dem Druck in Hahnes Büro sich selbst die Frage stellte: Wer genehmigt eigentlich die Verwendung medizinisch-technischer Prothesen?

Wenn es stimmt, was Professor Heiße andeutete, stellt sich die Frage: Wie können technisch unausgereifte medizinische Hilfsmittel auf den Markt kommen? Nur weil sie billiger sind?

Fritz richtet sich und seiner Mutter ein Vesper. Speck holt er auf dem Speicher aus der Räucherkammer, dazu öffnet er eine Dose Leberwurst und lässt im Keller einen Krug Most aus dem Fass volllaufen. Für Elfriede mischt er eine dünne Mostschorle.

»Nachts um neini veschpert der no«, hat sie ihr Wurstbrot von sich geschoben.

Ihm schwirren Fragen über Fragen durch den Kopf. Er sieht noch immer den alten Hausarzt Simon hinter seinem Schreibtisch sitzen und hört die Verzweiflung und sein Klagen über die Ökonomisierung der Medizin. Dann sieht er Sandras Augen, wie sie sich mit Tränen füllen. Gleichzeitig hört er diese dralle Nackte brüllen: »Auf die Brettl hipf!« Und jetzt muss er morgen noch diese Berlintussi begleiten, als wüsste er so schon kaum noch, wo ihm der Kopf steht.

»Was machst eigentlich du den ganzen Tag?«, fragt er wie nebenbei seine Mutter, die ihm stumm zusieht, wie er einen Riebel Brot vom Laib schneidet.

»Heute war ich wenigstens mal kurz in der Klinik, ansonsten mache ich den ganzen Tag nichts, gar nichts! Vor mich hin spinnen«, antwortet sie resigniert. »Ich will ja nicht jammern, aber Lebrecht, glaub mir, das Leben ist sooo langweilig geworden, ich halt das nicht länger aus. Ich häng doch nur noch rum wie ein Krüppel. Glaub mir, das ist kein Leben mehr.«

»Wie war es denn in der Klinik? Was hat denn der Herr Professor gesagt?«

»Nicht viel, er hat die Hüfte nur von außen abgetastet. Sobald er in seinem OP-Plan Luft hat, lässt er mich holen und dann macht er noch mal auf.«

»Und die Schmerzen, lassen die nicht nach?«

»Ich fress die Tabletten doch schon wie eine Süchtige. Wenn ich nicht wüsste, dass der Herr Professor sich persönlich um mich kümmert, dann würde ich die ganze Packung auf einmal in mich hineinschütten. Dann wär endlich Ruhe, ein für alle Mal.«

Fritz sieht Tränen in den Augen seiner Mutter stehen. Er geht zu ihr, nimmt sie hilflos in den Arm, weiß nicht, was er sagen soll. »Mach keinen Scheiß«, stottert er, »zur Not kommt die Prothese raus und du bekommst eine neue, eine bessere.«

»Woher denn?«, winkt sie hoffnungslos ab, »und was dann, wenn die Schmerzen dann immer noch da sind?« Niedergeschlagen schüttelt sie den Kopf mit ihren grauen zerzausten Haaren. Dabei löst sich eine Träne aus einem Auge. Sie kullert über ihre Wange, entlang einer tiefen Furche und fällt in ihren Schoß. »Ich glaube, es wird Zeit, dass ich zu deinem Vater gehe, dann kannst du den ganzen Krempel hier verkaufen und dir eine Wohnung in der Stadt nehmen.«

»Hör auf«, antwortet Fritz schwach, »das wird schon alles wieder.« Zuversichtlich setzt er hinzu: »Du wirst sehen, die haben ein Skalpell vergessen, das nehmen die wieder raus, und im Frühling gehst du auf den Maientanz. Elfriede versucht zu lächeln. Fritz lässt sie lieber nicht mehr zu Wort kommen und schlägt schnell vor: »Gleich kommt *Hannes und der Bürgermeister* im Dritten Programm, ich stell dir deine Mostschorle in die Stube vor den Fernseher, das schaust du doch gern.«

Er selbst versucht, seine Gedanken zu ordnen. Verdrängt das Bild seiner Mutter und schiebt auch Reto und Sandra erst mal zur Seite. Viel drängender sitzt ihm die neu aufgeworfene Frage im Genick: Wie kommen medizintechnische Hilfsmittel auf den Markt, die offensichtlich Kranke noch kränker machen?

Zur Pfarrei des Studios Friedrichshafen gehört auch Tuttlingen, das *Weltzentrum der Medizintechnik*. Ein alter Kollege, Jockel Schöttes, hat vor Jahren die Fronten gewechselt und verdient seine Brötchen seither in einem der Unternehmen des Weltzentrums als Pressesprecher. Ihn ruft er kurz entschlossen an und schildert ihm einige Details seiner Recherche.

»Lass mich bloß damit in Ruhe«, raunzt sein alter Kumpel, »wer hat dich denn auf diese Fährte gesetzt? Lass mal gut sein.«

»Spinnst du?«, ist Fritz baff, »was regst denn du dich darüber auf?«

»Ich habe zurzeit nichts anders zu tun, als diese Unterstellungen abzuwiegeln«, klingt sein alter Kumpel fast weinerlich.

Fritz dagegen riecht Lunte. »Habt ihr auch Hüftprothesen in eurem Programm?«

»Jetzt nicht«, wiegelt Jockel Schöttes ab, »komm, lass uns heut Abend ein Bier trinken.«

»Dann muss dich das Thema aber schwer plagen«, freut sich Fritz über einen weiteren Ansatz für seine Story. Denn so selbstsicher, wie er das Dilemma seiner Mutter Hahne als journalistisches Thema verkauft hat, war er sich bisher nicht. »Was habt ihr für Probleme? Wer unterstellt euch was Böses?«

»Später«, knurrt Schöttes, »nach 22 Uhr bei Elke. Gehst du da noch hin?«

»Klar, gleich mit dir«, legt Fritz auf.

Überlingen, spätabends

In der Weinstube Renker bei Elke sitzt der halbe Ruder-club Überlingens. Kaum sieht Fritz seine Ruderfreunde am Stammtisch sitzen, fällt ihm ein, dass er wieder die Trainingsstunde verschwitzt hat. »Oh, unser Ruderkönig!«, hört er schon seinen Freund Njoschi von Weitem, »wir rudern jetzt den Achter zu siebt.«

»Fällt aber gar nicht auf, dass auf deinem Platz ein Mann fehlt«, lacht Gerry.

»Seltsamerweise sind wir ohne dich altes Schlachtross schneller«, klopft Markus Fritz freundschaftlich auf seinen Bauchansatz und hat damit endgültig die Lacher auf seiner Seite.

»Okay, Elke bring den Lästermäulern ’ne Runde, auf dass sie sich verschlucken mögen«, grummelt Fritz in seinen nicht vorhandenen Bart. Was soll er seinen Kumpels auch sagen? Ich musste arbeiten und danach meine Mutter ins Bett bringen!

»Hey, Fritz«, gibt ihm aus der anderen Ecke der kleinen Weinstube Jockel Schöttes ein Zeichen.

»Ihr seht, immer im Dienst«, winkt er seinen Ruderfreunden ab, »ich komme später zu euch.«

Jockel Schöttes sitzt alleine am hintersten Tisch der gemütlichen Winzerstube. Er begrüßt Fritz wie beiläufig und wettert sofort los: »Also, was willst du mit dieser Prothesen-Scheiße, als hätten wir nicht schon genug am Hals.«

»Wieso denn?«, ist Fritz ahnungslos, »was habt ihr mit den Prothesen der Firma Maler zu tun?«

»Maler?«, ist Schöttes irritiert, »wieso Maler? Ich denke, du willst wissen, was mit unseren Hüftprothesen los ist?«

»Was heißt da mit euren?«, versteht Fritz seinen alten Kumpel nicht, »meine Mutter hat eine Hüftprothese der Firma Maler implantiert bekommen, jetzt hat sie mehr Schmerzen als zuvor.«

»Das behaupten einige Patienten auch über unsere Hüftprothesen«, schnaubt Schöttes, »die spinnen doch alle.«

»Was heißt da, die spinnen. Du solltest Elfriede sehen, die nimmt sich bald das Leben, wenn es ihr weiter so hundsmiserabel geht.«

»Und warum glaubst du, dass das ihrem neuen Gelenk zuzuschreiben ist, sie hatte zuvor auch schon Schmerzen, sonst wäre sie nicht operiert worden. Oder nicht?«, fragt Schöttes, für Fritz eine Spur zu herzlos.

Er fasst ihn am Unterarm, zieht ihn nah zu sich und zischt ihn an: »Was redest du da? Zahlen die dich so gut, dass du dafür dein Hirn und Herz ausschaltest?«

Jockel Schöttes wehrt sich gegen die Umklammerung, er reißt sich von Fritz los und bellt zurück: »Hör mal, ich habe die Schnauze voll, ich weiß nicht mehr, wem ich glauben kann. Wir haben Hüftprothesen auf dem Markt. Unsere Techniker garantieren das Beste, was es gibt. Aber so 'ne verblendete Patientengruppe macht uns an, unsere

Prothesen hätten Gifte im Körper freigesetzt. Unsere Vorstände laufen Amok.«

»Versteh nur Bahnhof, warum?«, fragt Fritz naiv.

»Warum? Warum wohl?«, lacht der Pressesprecher verächtlich, »es geht um Geld, um viel Geld. Wenn die Patienten mit ihren Entschädigungsforderungen durchkommen, dann reden wir schnell über einen Millionenbetrag.«

Elke Renker stellt Fritz ein Viertel Riesling auf den Tisch und fragt seinen Bekannten: »Was de Fritz trinkt, weiß i, aber Sie?«

»Ja, auch«, zeigt Schöttes auf das Weinglas, ohne zu wissen, was für einen Wein Fritz trinkt. Er ist viel zu aufgeregt und legt nach: »Wir produzieren in Tuttlingen Herzkatheter, Hüftprothesen und Kniegelenke. Die Menschen werden älter, Gelenke verschleißen. Aber das erklärt nicht, weshalb wir in Deutschland viel mehr medizinisch-technische Hilfsmittel umsetzen, als in allen anderen Industrienationen mit ebenfalls alternden Gesellschaften. Die Frage ist: Warum verordnen Ärzte so viele Operationen?« Dann lässt er wieder sein zynisches Lachen hören und fährt fort: »Es heißt, im Gesundheitssystem muss gespart werden. Das Paradoxe ist: In Deutschland gibt es ein Überangebot an medizinischer Versorgung. Wir haben zu viele Krankenhäuser, zu viele Betten, zu viele Abteilungen, auch deswegen, weil kein Land, keine Kommune auf seine Einrichtungen freiwillig verzichtet. Das traut sich aber kein Politiker zu sagen. Also läuft das Karussell unentwegt weiter. Allein das Gesundheitsministerium wird von mehr als 400 Lobbygruppen ›beraten‹, es geht um einen 260 Milliarden schweren Gesundheitsmarkt. In einem System, in dem die Gesundheit, wie auch alles andere, zur Ware wird, sind Fehlentwicklungen programmiert. In diesem Gesundheitssystem geht es nicht darum, dass der Mensch gesund wird oder bleibt, sondern einzig darum, Geld zu verdienen.«

Die Wirtin bringt dem Pressereferenten sein Viertel Wein. Er schaut sie kurz an, greift zu dem Römer und schlürft mit einem Zug das halbe Glas leer.»Unsere Gesundheitspolitik ist ein Schauspiel und ich bin der Pausenclown und muss zwischen den Akten abwiegeln!«

Fritz schaut seinen alten Kollegen konsterniert an. Früher wollten sie als junge Volontäre bei ihrer Heimatzeitung das konservative Blatt zur roten Kampfpostille umfunktionieren. Jetzt jammert der Kerl, weil er seine Vorstände öffentlich reinwaschen soll und gibt den Politikern die Schuld für die Verantwortungslosigkeit und Geldgier der Industrie.

»Du kennst meine Mutter. Sie ist ein Arbeitstier. Die jammert nicht umsonst. Verdammt, sie hatte Schmerzen, ließ sich operieren und jetzt kann sie kaum noch gehen. Du solltest sie sehen, das tut einem weh.«

»Vielleicht hätte sie sich nicht operieren lassen sollen«, lacht Schöttes zynisch, »im Ernst: Was passiert, wenn Ärzte vor allem rechnen, statt zu heilen? Auf der Strecke bleibt die Frage, ob der Eingriff dem Patienten wirklich nützt. Wir liefern Prothesen, ja«, gibt er zu, »das ist auch gut so. Was glaubst du, wie viele Menschen heute im Rollstuhl säßen ohne unsere Hüftgelenke. Aber das alles muss auch bezahlbar bleiben, allerdings nur, was auch wirklich medizinisch sinnvoll und notwendig ist.«

»Was hat das mit Geld zu tun«, versucht Fritz, der Argumentation seines alten Kollegen zu folgen, der zwischenzeitlich mit einem zweiten Schluck das ganze Glas Wein heruntergespült hat. Ahnungslos fragt er: »Wären die Prothesen besser, wenn sie teurer wären?«

»Quatsch«, lacht Schöttes, für Fritz schon wieder eine Oktave zu herabwürdigend, »unsere Prothesen sind teuer! Schließlich bieten wir beste Ware.« Dann schaut der Pressereferent sich um, vergewissert sich, dass niemand zuhört: »Das kontrolliert keine Sau. In unserem Gesundheitssystem wird weder die Qualität der ärztlichen Entscheidung überprüft noch die Qualität unserer Prothesen.« Dann winkt er Elke. »Noch zwei«, ruft er laut durch das Lokal und flüstert zu Fritz: »Wer will denn unsere Hightech-Geräte prüfen? Wer denn?«

»Der TÜV?«, schlägt Fritz vor.

Schöttes winkt verächtlich ab. »Wir wollten die besten Hüftprothesen auf den Markt bringen, Geld spielt keine Rolle, schließlich müssen die Kassen bezahlen. Aber der Markt der Gelenkprothesen ist ein Dschungel, da gibt es kein Recht und keine Prüfungen. Es gibt 59 verschiedene Gelenkprothesen, nur vier der 59 Prothesen wurden klinisch geprüft. Trotzdem verwendet jeder Arzt und jede Klinik, wonach es ihm oder ihr beliebt. Die Kliniken versuchen im wirtschaftlichen Wettbewerb die günstigsten Produkte zu kaufen und sich von den Kassen die teuren vergüten zu lassen. Kein Mensch fragt den Arzt nach dem Hersteller seiner Prothese oder gar des Herzschrittmachers«, lacht Schöttes spöttisch, »wichtig ist, er kennt die Marke seines T-Shirts oder der Sonnenbrille auf der Nase.«

»Du sagst definitiv, es gibt keine Kontrollen? Keinen

TÜV, keine Untersuchung über Sinn oder Unsinn der Prothesen?«

»Die staatlichen Stellen haben keinen Überblick. Überleg doch: Jedes Jahr werden Zehntausende neue Medizinprodukte in den Markt gedrückt, 400 000 sind es insgesamt:
Gehhilfen und Stützstrümpfe, Hörgeräte und Zahnkro-
nen, Kondome und Blutbeutel, Herzkatheter, künstliche
Kniegelenke. Diese Hilfsmittel werden von Ärzten eingesetzt, und sie tun es oft jahrelang, ohne dass geprüft wird,
ob die Produkte dem Patienten überhaupt helfen. Nach
deutschem Gesetz ist so ein Nachweis nicht notwendig.«

»Dann muss man die Gesetze dafür schaffen!«, echauffiert sich Fritz.

»Ha«, lacht sein ehemaliger Kollege, »Die Gesetze
machen wir! Ohne uns wissen die Politiker doch gar nicht,
was sie beschließen sollen. Und verlass dich drauf, wir
haben die beste Lobby in Berlin, da läuft nichts gegen
uns, gar nichts.«

»Wie das?«

Schöttes schaut Fritz verächtlich an und sagt: »Wie
wohl? Lobbyisten wissen sich beliebt zu machen, das ist
ihr Job!«

Elke bringt zwei weitere Gläser Wein. Schöttes greift
sofort zu und schüttet wieder mit einem Schluck die Hälfte
des Inhalts in seinen Rachen. Fritz staunt über das Trink-
vermögen seines alten Kumpels, und noch mehr über die
Behauptung, dass die Prothese in der Hüfte seiner Mutter offenbar von keiner Instanz geprüft wurde. »Das gibt's
doch gar nicht«, kann Fritz kaum fassen, was Schöttes ihm
da anvertraut: »Du meinst, ihr bezahlt?«

Darauf geht Schöttes aber nicht ein, er dementiert auch nicht: »Wer soll denn die hochkomplizierten medizinischen Hilfsprodukte abnehmen? Am Ende wir«, fährt Schöttes in seinem Einführungskurs aus dem Herzen des deutschen *Weltzentrum der Medizintechnik* fort: »Aber die Scheiße ist, du brauchst Probanden. Wir haben tatsächlich gedacht, wir hätten die besten Prothesen mit dieser Chromlegierung. Und genau diese machen uns jetzt zu schaffen. Plötzlich sollen sich durch die Abreibungen des Chrom-Kobalts Gifte im Körper freisetzen.«

»Was für Gifte?«, wird Fritz hellhörig.

»Ja was denkst du, wo die Abreibungen landen? Chrom, Kobalt, Titan – die Teilchen verteilen sich durch die Blutbahn im ganzen Körper des Patienten.«

»Und dann?«

»Behaupten die Anwälte, würde der gesamte Organismus belastet, das bedeutet Kopfschmerzen, Herzrasen und was die uns sonst noch alles vorwerfen.«

»Herzrasen und danach Herzversagen, mein Lieber, das liegt manchmal eng zusammen«, sinniert Fritz und denkt an seine Mutter. Professor Heiße wie Dr. Rheingold haben ihm bestätigt, dass auch Elfriedes Hüftgelenk aus der neuesten, fortschrittlichsten vergrößerten Gelenkfläche und einer Metall-auf-Metall-Kombination besteht.

Berlin, tief in der Nacht

Verdammt, das war vorhin wirklich knapp, beinahe wäre er aufgeflogen. Er ärgert sich noch immer über sich selbst. Was für ein Anfängerfehler! In einer anderen Situation kann so eine Nachlässigkeit tödliche Folgen haben. Keine Zigaretten bei Observationen in der Dunkelheit, das lernt man in den ersten Wochen der Ausbildung. Aber es ist noch einmal gut gegangen. Die Journalistin hat ihn, als sie aus dem Fenster schaute, offenbar nicht bemerkt. Er ist jetzt schon seit zwei Tagen ihr Schatten. Er ist ihr heute Morgen, nach einer kurzen Nacht, hinterher gefahren, als sie die Wohnung verlassen hat. Er war davor mit im Club und hat vom Nachbartisch aus mitgehört, wie dieser »Quacksalber für Tote« seine Mordtheorie ausgeplappert hat.

Am Mittag hat er sie mit Holger Frey vor der Parteizentrale der Sozialisten beobachtet, und jetzt versucht er gerade herauszubekommen, mit wem sie da in den letzten Minuten so aufgeregt telefoniert hat.

Die Rollos waren oben und Jakosch konnte aus seinem Auto heraus sehen, dass dieser Anruf für sie wichtig gewesen sein muss. Eigentlich müsste gleich der Rückruf aus der Zentrale kommen.

Schon klingelt das Handy. Er nimmt den Anruf nur mit einem kurzen »Ja« entgegen und notiert sich einen Namen in Großbuchstaben: MARBURG, RALF.

»Habt ihr den schon mal durch den Computer gelassen? – Ein Kollege von ihr. – Verstehe. – Ab sofort werden alle Telefongespräche von Frau Kuschel mitgezeichnet, verstanden? – Ja, ich weiß, dass das eine heikle Geschichte ist, aber die Anweisung kommt von ganz oben!«

Er drückt das Gespräch weg. Wie viel hatte diese Kuschel inzwischen heraus bekommen? Hatte er in Jungschmidts Wohnung etwa was Wichtiges übersehen? War es ein Fehler, dass er die Journalistin nicht komplett aus dem Spiel genommen hat? Die Gelegenheit war da. Aber er wusste nicht, wer diese Frau ist und was sie in dieser Wohnung zu suchen hatte. Auf jeden Fall darf er ab sofort keine Fehler mehr machen.

Mit seiner rechten Hand zerdrückt Jakosch die noch halbvolle Zigarettenpackung. Ab sofort ist er Nichtraucher. Er greift wieder zum Telefon. Es dauert einen kleinen Moment, bis sich am anderen Ende jemand meldet. »Jakosch«, nennt er seinen Tarnnamen. René Jakosch hat er sich für diese Aktion getauft.

»Was ist passiert?«

»Die Journalistin wird langsam zum ernsthaften Problem.«

»Warum?«

»Ich glaube sie ist dem Konto in Liechtenstein auf der Spur! Für morgen früh hat sie ein Flugticket nach Friedrichshafen, vermutlich will sie dann mit dem Auto nach Vaduz.«

»Scheiße. Schau du zu, dass du vor ihr dort bist. Wir können jetzt absolut keine Unruhe gebrauchen. In einer Woche ist die Wahl. Du bist dafür verantwortlich, dass diese Kuschel ruhig bleibt, wie du das anstellst, überlasse ich dir.«

»Schon klar. Machen Sie sich keine Sorgen.«

»Keine Sorgen? Jakosch, hier geht es um das Kanzleramt, da dürfen jetzt keine Fehler passieren, hast du verstanden?«

»Geht klar, keine Fehler!«

Er drückt das Gespräch weg. Der Finanzminister hat
immer alles Blick. Jede Person, jede Figur, fast so als ob es
ein Schachspiel und nicht das echte Leben wäre. So war das
auch schon vor fünf Jahren, als Leiple noch Innenminister und damit sein oberster Dienstherr war. Damals hatten
sie sich kennengelernt und die kleine, geheime Einmann-
sonderabteilung im BND gegründet. Die gibt es bis heute.
Sie ist so geheim, dass nicht einmal die aktuelle Innenministerin davon weiß. Aber die vornehme Dame hat ohnehin von kaum etwas eine Ahnung. Eigentlich ist sie nur
Innenministerin geworden, weil sie aus Schleswig-Hol-
stein kommt und eine Frau ist. Ja, das waren tatsächlich
die Kriterien bei der Auswahl gewesen. Alle wissen es, nur
keiner redet offen darüber.

Jakosch schüttelt verächtlich den Kopf. Politik, das sind
für ihn vor allem Entscheidungen, die in Abwesenheit von
Vernunft getroffen werden.

Er drückt auf den Startknopf seiner BMW Limousine.
Der Tank ist voll. Es ist inzwischen 23 Uhr. Das Naviga-
tionssystem zeigt sechs Stunden 23 Minuten bis Friedrichshafen. Als er losfährt, sind die Scheinwerfer noch
ausgeschaltet. Erst als er um die nächste Ecke gefahren
ist, schaltet er sie ein.

Dann drückt er aufs Gaspedal.

Deggenhausertal, tief in der Nacht

Es ist spät geworden und es blieb nicht bei den zwei Vierteln Wein im Renker. Fritz fährt auf den Hof, stellt den Saab vor Brunos Stall ab und wundert sich, dass der alte Bock nicht über die Ruhestörung meckert. Dafür gackern die Hühner ungewöhnlich laut. Verunsichert schaut er zum Hühnerstall. Hat er die Tür aufgelassen?, oder warum sind die Hühner so aufgeregt?

Gerade fühlte er sich noch leicht angeheitert, nun steigt eine innere Unruhe in ihm auf. Ist da ein Fuchs im Hühnerstall?

Fritz greift zu einer Harke, die an der Hauswand lehnt, und schleicht Richtung Lärm. Verdammt, die Tür zum Hühnerstall steht offen. Ein Fuchs kann sie wohl kaum geöffnet haben.

Fritz greift die Harke fester und geht entschlossen zur Tür. Vorsichtig schiebt er seine linke Hand in den Türrahmen, tastet mit seinen Fingerspitzen Richtung Lichtschalter. Knipst das Licht an und sieht Bruno im Hühnerstall stehen.

Die Hühner gackern im grellen Licht noch lauter, die Enten flattern an seinem Kopf vorbei ins Freie, nur Bruno frisst ungerührt das Hühnerfutter aus dem Trog.

»Wenigstens dir geht es gut«, findet Fritz schnell wieder zu seinem angeheiterten Zustand zurück. Dann packt er Bruno im Genick und am Schwanz und schiebt ihn aus dem Stall. Der alte Bock macht es ihm nicht einfach. Der Hof ohne Bruno, das mag sich Fritz eigentlich gar nicht vorstellen, auf der anderen Seite macht der Vierbeiner immer mehr Arbeit. Zumindest bildet sich Fritz das ein. Vielleicht also doch zum Metzger? Er wischt den Gedanken beiseite, heute wird er das nicht mehr entscheiden.

FREITAG, 25. NOVEMBER

Potsdam, sehr früh am Morgen

Der Typ scheint wirklich ein Volltreffer zu sein. Er ist charmant, zuvorkommend und sieht dazu auch noch umwerfend aus. Blaue Augen, dunkle Haare und ein Körper, um sich bei seinem Anblick zu vergessen. Irgendwo muss an dem Kerl doch ein Haken sein, denkt Kathi, aber eigentlich will sie danach gar nicht suchen. Im Gegenteil, sie will diesen Gott von einem Mann hier und jetzt sofort. Ihre Hand greift seine starke Schulter und fährt langsam über seine muskulöse und glatt rasierte Brust weiter nach unten über die gleichmäßig gewellte Landschaft eines ausgeprägten Waschbretts und noch tiefer. Sie spürt seinen heißen Atem wie eine Sommerbrise über ihren leicht verschwitzen Nacken tanzen. Seine rechte Hand tastet sich zärtlich über ihren Rücken. Mit seinen schlanken, langen Pianistenfingern greift er den Verschluss ihres sündig roten BHs und öffnet ihn nur mit einem ganz sanften Druck. Sie spürt, wie ihre üppigen Brüste etwas der Schwerkraft nachgeben, aber nur ein ganz kleines bisschen. Kathi ist weit über 30 und perfekt in Form.

Brrrrr. Brrrrr. Ihr Handy klingelt. Nicht jetzt. Bitte

nicht jetzt, fleht sie innerlich und ist erleichtert, als es gleich wieder aufhört.

Sie stößt den Mann, der mal der Vater ihrer Kinder werden wird, sanft auf ihr französisches Doppelbett und schwingt sich auf ihn.

Brrrrr. Brrrrr. Das Handy klingelt schon wieder. Verdammt! Das darf doch nicht wahr sein. »Ich werfe es aus dem Fenster«, haucht sie ihm zärtlich ins Ohr und versucht, mit ihrer linken Hand das Handy zu greifen, ohne ihren Blick von seinen märchenhaften Augen abzuwenden. Unter einem Kissen spürt sie das Gerät, greift es und schmeißt es weg. Es klirrt laut, so dass Kathi erschrickt und die Augen aufreißt. Sie war eingeschlafen. Samantha Jones verführt gerade in ihrem Fernseher einen 20-Jährigen. Die DVD mit der zweiten Staffel *Sex and the City* läuft in der Endlosschleife. Vor ihr liegt ein zerbrochenes Rotweinglas. Ihr weißer Teppichboden saugt den Rest des edlen Bordeaux gierig auf, als hätte er tagelang nichts zu trinken bekommen. Kathi hatte im Schlaf die Fernbedienung ihres Fernsehers gegen das noch halb volle Rotweinglas geschleudert.

»Na super! So eine verdammte Scheiße!«

Der Typ war nur ein Traum, der Rotweinfleck auf dem teuren Teppich ist ein echter Albtraum. Salz! Kathi braucht Salz. Sie springt in ihrem Nachthemd auf und rennt in die Küche.

Brrrr. Brrrr. Es klingelt schon wieder und es ist nicht das Handy. Kathi greift den Hörer ihrer Gegensprechanlage. Irgendjemand muss unten vor ihrer Haustüre stehen.

»Ja bitte!«

Eine genervte und unfreundliche Stimme antwortet in genau der Tonlage, die die Berliner Taxifahrer weltberühmt gemacht hat: »Taxi. Ach kicke. Dit is ja mal 'n Ding. Is ja doch jemand da. Wolln wa denn jetzte ma langsam runtakommen?«

Kathi ist zu perplex, um dem unverschämten Fahrer die passende Antwort durch die Leitung an den Kopf zu knallen. Bis gerade war sie im Halbschlaf, jetzt aber ist sie mit einem Schlag hellwach. Wie spät ist es? Hat sie etwa verschlafen?

Ein Blick auf die große Uhr über ihrer Garderobe im Flur bringt Klarheit. Verdammt. 6.36 Uhr. Sie hat gestern noch das Taxi zum Flughafen auf 6.30 Uhr bestellt. Um 7.35 Uhr startet ihr Flieger nach Friedrichshafen. Ihr bleiben also exakt 59 Minuten, um sich anzuziehen, ihre Unterlagen zu schnappen, ins Taxi zu springen und am Flughafen einzuchecken. Das wird knapp.

Mist, Mist, großer Mist!, geht es ihr durch den Kopf.

»Ich bin in einer Minute bei Ihnen«, brüllt sie in den Hörer und schaut sich in ihrer Wohnung um. Der Rotweinfleck muss warten. Sie wirft sich in die erstbesten Klamotten, die noch von der Reinigung verpackt auf ihrem Bett liegen. Ein kurzer Blick in die Tasche. Alles drin. Neben der Wohnungstür hängt der Sicherungskasten. Sie kippt alle Schalter nacheinander nach unten. Der Fernseher geht aus, die ganze Wohnung wird dunkel. Gute Idee, denkt Kathi, die um 6.40 Uhr, also vier Minuten, nachdem sie zum ersten Mal auf die Uhr geschaut hat, die Wohnungstür hinter sich zuzieht und wie immer zweimal absperrt. Zur Sicherheit wirft sie sich noch einmal mit ihren

64 Kilo gegen die Tür wie ein Eishockeyspieler bei einem Bodycheck auf den Gegner. Zu!

Der Schmerz in ihrem rechten Oberarm wird sie daran erinnern, wenn sie sich spätestens in fünf Minuten zum ersten Mal fragen wird, ob sie die Wohnung auch wirklich abgeschlossen hat.

Der Taxifahrer ist so, wie er in der Gegensprechanlage geklungen hat: Unfreundlich und zudem noch ungepflegt. Aber Kathi kann dazu nichts sagen. Wer im Glashaus sitzt, sollte bekanntlich nicht mit Steinen werfen. Sie selbst trägt zwar einen akkurat gebügelten schwarzen Rock und eine frische weiße Bluse im Business-Chic, dazu ihren geliebten Schlangengürtel, aber für die eigentlich nötige Dusche hat es nicht mehr gereicht. Sie ärgert sich, dass sie nicht noch gestern Abend nach dem Telefongespräch mit Ralf ein Bad genommen hat. Das hätte ihr jetzt viel Stress und auch diese unangenehme Situation erspart.

»Zum Flughafen bitte«, gibt sie dem Taxifahrer ihr Fahrziel an und ergänzt gleich noch hinterher: »Bitte auf dem schnellsten Weg, ich bin verdammt spät dran.«

Der Taxifahrer würdigt sie keines Blickes und rümpft die Nase: »Also dit is ma ihr Problem. Da müssen se ma früha uffstehen. Also icke brauch meenen Führerschein noch. Dit Taxi hia, dit fährt nach Straßenvakehrsordnung.«

Provozierend langsam schleicht der Fahrer, den eine kleine Scheckkarte im Taxameter als Manfred Drescher ausgibt, über die rechte Spur der Stadtautobahn.

Kathi sitzt vorne auf dem Beifahrersitz und beobachtet genervt, wie links neben ihnen ein Auto nach dem anderen vorbeizieht. Dass sie überhaupt vorne sitzen durfte und nicht auf der Rücksitzbank Platz nehmen musste, war das einzige Zugeständnis des Fahrers gewesen. Kathi hat ihm erklärt, dass ihr hinten prinzipiell schlecht wird, was nicht gelogen ist. »Sonst kotze ich Ihnen den Wagen voll«, hat sie gedroht. Er hat sie daraufhin nur einmal kurz angeschaut und mürrisch geantwortet: »Wenn ick mir Sie so ankieken tu und wie Se riechen, glob ick dit sofort.«

Wenn schon nur Schneckentempo, dann will Kathi die Zeit im Taxi wenigstens nutzen. Sie kramt in ihrer einzigen Tasche, die sie dabei hat. Mehr braucht sie heute nicht, schließlich fliegt sie ja schon am Abend mit der letzten Maschine wieder zurück nach Berlin. Es dauert einen Moment, bis sie das Fläschchen mit ihrem Parfum *5.40 PM in Madagascar* herausgekramt hat. Schon der Name verspricht, sie gleich an einen schöneren Ort und in eine angenehmere Tageszeit zu bringen. Großzügig drückt sie den Zerstäuber gleich fünfmal hintereinander. Eine wohlriechende Nebelwolke trifft ihren Hals und erfüllt gleichzeitig den Innenraum des Taxis. Sie nimmt zufrieden und glücklich einen tiefen Zug.

Der Taxifahrer schreit entsetzt auf und drückt wie wild auf die Knöpfe in seiner Mittelkonsole. Alle vier Seitenfenster öffnen sich schlagartig, und der nasskalte Berliner Novembermorgen kühlt den Innenraum des Wagens auf etwa die Bio-Fresh-Temperatur eines modernen Kühlschranks. »Sach ma, Mädchen, spinnste? Dit is hia keen Puff-Mobil. Noch so 'ne Numma und ick fahr ma rechts ran. Ham wa uns vastanden?«

Kathi würde dem Fahrer am liebsten gepflegt eine in die Fresse hauen. Diese Option erscheint ihr angemessen, in ihrer momentanen Situation wäre das aber doch eher kontraproduktiv. Noch ist es theoretisch möglich, den Flieger rechtzeitig zu erreichen. Sie lenkt also notgedrungen ein.

»Entschuldigung. War gestern alles ein bisschen länger, als geplant. Ist es okay, wenn ich mich noch mal schnell mit dem Deoroller frisch mache? Der riecht auch nicht. Hier, schauen Sie mal, ›geruchsneutral‹ steht drauf.«

Der Taxifahrer murrt etwas von meinetwegen oder so ähnlich, es klingt auf jeden Fall in Kathis Ohren zustimmend. Also greift sie mit ihrer linken Hand unter den Bund ihrer Bluse und zieht den Stoff aus dem Rock. Dabei geht ihr Ellenbogen ruckartig nach oben und erwischt den Taxifahrer am Kinn. Der schreit in einer Lautstärke, als habe ihn ein Streifschuss erwischt, und legt eine Vollbremsung mit quietschenden Reifen hin.

Kathi braucht zwei Minuten, um ihn zum Weiterfahren zu überreden.

7.11 zeigt die Uhr, als sie auf die Ausfahrt zum Flughafen abbiegen. Kathi hat die Sonnenblende heruntergeklappt und ist dabei, sich ihre etwas zu schmalen Lippen mit der Hilfe von Estée Lauder zu vergrößern. Gerade setzt sie den Stift beherzt an, als der Fahrer genauso beherzt in die Eisen steigt.

Ihr Kopf schleudert nach vorne Richtung Windschutzscheibe. Dabei malt sie sich unfreiwillig einen dicken roten Streifen auf die rechte Wange. Der Taxifahrer lacht gehässig auf und beteuert betont einfühlsam, wie leid ihm das jetzt tut. Er habe nur eine süße Katze, die ihm gerade eben vor das Auto gelaufen war, nicht überfahren wollen. »Dit kannste doch vastehn, oda?«

Kathi steigt endlich um 7.13 Uhr aus, gibt ihm nicht einen Cent Trinkgeld. Er fragt sie keck, ob er sie wieder abholen solle, wenn sie zurückkommt. »Arschloch«, ruft Kathi zurück und rennt zur Anzeigentafel.

Welcher Check-in-Schalter? Sie braucht einen kurzen Moment, um sich zu orientieren und die richtige Zeile auf der Klapptafel zu finden. 7.35 Uhr. Friedrichshafen. Schalter 17.

Glück gehabt, das ist gleich um die Ecke.

Am Schalter sitzt ein junger Mann und begrüßt sie mit einem freundlichen »Guten Morgen, nach Friedrichshafen?«

»Ja, bin ich zu spät?«, keucht Kathi völlig außer Atem und nimmt sich einmal mehr vor, unbedingt mal wieder ins Fitnessstudio zu gehen. Immerhin ist sie dort schon seit zwei Jahren Mitglied. Nach dem Probetraining hat sie aber nie mehr Zeit gefunden.

»Sie sind zwar spät, Frau Kuschel, aber Sie haben Glück, der Flieger aus Friedrichshafen hatte auch Verspätung, der Abflug verschiebt sich um circa 45 Minuten auf 8.15 Uhr.«

Entspannung macht sich im Körper breit. Aber nur ganz kurz. Dann fällt ihr der Termin in Liechtenstein wieder ein. Das könnte jetzt knapp werden, aber es ist noch zu schaffen, wenn ab jetzt alles nach Plan verläuft.

»Hier ist Ihre Bordkarte, Frau Kuschel. Sie sitzen in der 5. Reihe.«

»Danke, auf Wiedersehen!«

»Ach, Frau Kuschel«, der junge Mann beugt sich langsam ein kleines Stück nach vorne über seinen Schalter und spricht etwas leiser, sodass es andere nicht hören können:

»Soweit mir bekannt ist, ist in Friedrichshafen alles ruhig. Sie reisen in kein Krisengebiet!«

»Warum erzählen Sie mir das?«

Der Mann zwinkert ihr freundlich zu und deutet auf ihre rechte Wange: »Ich meine ja nur wegen Ihrer Kriegsbemalung.«

Kathi greift sich an die Wange und wischt mit den Fingern über die Stelle, wo sie den Lippenstiftunfall vermutet. Danach sind ihre Fingerkuppen tiefrot verschmiert. Wahrscheinlich genauso wie ihre Wangen. Verschämt wendet sie sich ab und spürt, wie ihr heiß wird.

Nichts wie ab zur nächsten Toilette. Im Spiegel ist schon fast nichts mehr zu erkennen. Das Rot des Lippenstifts vermischt sich perfekt mit ihrer Schamesröte.

»Verdammte Scheiße! Bisher ist das echt ein bescheuerter Tag«, mault sie die grässlich entstellte und unfrisierte Frau im Spiegel an. »Hoffentlich wird es ab jetzt besser!«

*

Von oben, aus circa 8.000 Metern Flughöhe, sieht die Welt tatsächlich schon wieder freundlicher aus. Kathi hat die Verspätung genutzt, um sich auf der Flughafentoilette in Form zu bringen. Die Frisur sitzt, das Make-up auch. Ihre todschicken Stilettos hat sie mithilfe der automatischen Schuhputzmaschine im Abflugbereich zum Glänzen gebracht, und der Kapitän hat eben in einer Durchsage angekündigt, dass sie wegen des starken Rückenwindes zumindest einen Teil der Verspätung wieder aufholen werden. Kurzum: Kathi ist wieder obenauf.

Das Blatt hat sich zum Besseren gewendet. Leider hat sie gestern den Kollegen, der sie gleich mit einem Kamerateam vom Flughafen in Friedrichshafen abholen soll, nicht mehr telefonisch erreicht. Der Bodensee ist eben nicht Berlin. Provinz! Da soll es schon noch das eine oder andere Funkloch geben. Sie holt ihre Unterlagen aus der Tasche, um noch einmal das Interview mit dem Direktor der LieBa inhaltlich vorzubereiten.

Im Netz hat sie schon ein paar Artikel über den Mann gelesen. Offenbar versteht er es, sich ganz gut zu verkaufen. Der Tenor der Artikel ist immer derselbe. »Schwarzgeld? Das Thema ist bei uns durch. Bei uns gibt's keine schwarzen Konten mehr, wir haben jetzt alle weiße Westen!«

Wie langweilig, denkt Kathi, mit so einem Interview brauche ich gar nicht erst wieder zurück in den Sender zu kommen. Ich werde ihn wohl ein bisschen ärgern müssen. Mal schauen, ob er sich dann immer noch im Griff hat.

Sie beginnt, mögliche Fragen zu formulieren:

Wie viel Schwarzgeld liegt auf den Konten der LieBa?

Seit wann wissen Sie von den Schwarzgeldkonten?

Wie helfen Sie potenziellen deutschen Steuerflüchtlingen, deren Geld in Liechtenstein vor dem deutschen Staat zu verstecken?

Welche Tricks kennen Sie?

Neben ihr sitzt ein unruhig wirkender Mann von etwa 40 Jahren. Er hat seine Hände fest in die Armlehnen seines Sitzes gekrallt und atmet betont gleichmäßig durch den Mund, sodass es Kathi deutlich hören kann. Dabei rutscht er immer wieder unruhig auf seinem Sitz hin und her und schaut aus dem Fenster.

Flugangst!, muss Kathi innerlich lächeln. Sie überlegt kurz, ob sie ihn beruhigen und in ein Gespräch verwickeln soll. Dann fällt ihr ein, dass sie doch noch einiges während des Flugs erledigen wollte, und versucht, sich wieder auf ihre Fragen an den Bankdirektor zu konzentrieren.

Aber so sehr sie es auch versucht, der ängstliche Mann lenkt sie einfach zu sehr ab. Kathi legt ihre Unterlagen zur Seite und schaut von ihrem Gangplatz nach links aus dem Fenster neben ihrem leidenden Sitznachbarn.

»Ganz schön hoch, oder?« Ihre Stimme klingt dabei betont gleichgültig, obwohl sie sich gegen den Lärm der Propeller durchsetzten muss.

»Ehrlich gesagt bin ich froh, wenn wir wieder unten sind. Wenn es eine einigermaßen akzeptable Zugverbindung von Berlin an den Bodensee gäbe, dann säße ich jetzt entspannt im ICE«, antwortet der Sitznachbar. Er scheint dankbar zu sein, dass Kathi ihn ein bisschen ablenkt.

»Sie haben Flugangst?«, hakt sie nach.

»Und wie, ist aber eine lange Geschichte, die erspare ich Ihnen besser.«

Kathi beugt sich etwas zur Seite und zieht dabei ihren Kopf ein bisschen ein, um besser nach draußen zu sehen.

»Ich fliege ja auch sehr ungern mit diesen Propellermaschinen. Und dann habe ich blöderweise am Check-in nicht aufgepasst und mich von denen in die 5. Reihe setzen lassen.«

Der junge Mann richtet sich etwas in seinem Sitz auf und fragt nach. Sein Interesse ist geweckt.

»Wieso, was ist denn mit der 5. Reihe?«

Kathi hält einen kurzen Moment inne und überlegt,

ob sie tatsächlich soll oder doch nicht. Der Mann tut ihr irgendwie leid. Aber sie braucht dringend wieder ihre Ruhe.

»Also, die 5. Reihe versuche ich in diesem Flugzeugtyp immer zu vermeiden. Wenn Sie mal rausschauen, dann sehen Sie direkt neben Ihnen die Propeller. Die rotieren da doch mit einer ungeheuren Wucht. Haben Sie sich mal überlegt, was passiert, wenn da auch nur ein winzig kleines Stückchen Metall von einem der Rotoren abbricht? – Ich sag es Ihnen. Im ungünstigsten Fall schießt das hier wie eine Gewehrkugel in die Kabine, und das war es dann für die 5. Reihe. Einfach so. Aber ich kann Sie beruhigen. Das ist, glaube ich, noch nicht so häufig passiert.«

Der Sitznachbar verliert schlagartig auch noch das letzte bisschen Gesichtsfarbe. Gleich mehrere Schweißtropfen bilden sich auf seiner Stirn und finden durch die zahlreichen Sorgenfalten einen Weg nach unten.

Er öffnet seinen Sitzgurt und zieht ein Taschentuch aus seiner Tasche. Dabei steht er auf und bittet Kathi, kurz Platz zu machen.

»Ich muss hier raus«, fleht er sie an.

Kathi greift ihn besorgt am Oberarm.

»Jetzt übertreiben Sie mal nicht. Ich wollte Sie wirklich nicht beunruhigen.«

»Ich weiß, aber ich muss hier weg. Der Platz direkt hinter Ihnen ist frei. Ist Reihe 6 okay? Also wegen der Rotorenblätter?«

»Absolut okay!«, antwortet Kathi mit beruhigender Stimme. »Da sind Sie auf der sicheren Seite.«

Als sie das Klicken des Anschnallgurtes hinter sich

hört, muss sie lächeln. Nicht nett, aber effektiv, lobt sie sich selbst und wendet sich wieder ihrem Interview zu. Nachdem sie den Fragenkatalog fertig hat, greift sie zu den Tageszeitungen.

Es gibt immer noch keine heiße Spur im Fall Jungschmidt, titelt die eine Berliner Zeitung. Die andere spekuliert über Verbindungen von Jungschmidt ins Rotlichtmilieu.

Jungschmidt sei schließlich nackt aufgefunden worden, da könne man schon mal fragen, ob er nicht zuvor die Dienste einer Prostituierten oder eines Strichers in Anspruch genommen habe. Was für eine absurde Theorie, denkt Kathi.

»Meine Damen und Herren, wie Sie vielleicht mitbekommen haben, haben wir unsere Flughöhe bereits verlassen und befinden uns im Landeanflug auf den Flughafen Friedrichshafen.«

Kathi schaut auf ihre Uhr. Zehn nach neun. Der Pilot hat also Wort gehalten und zumindest einen Teil der Verspätung wieder aufgeholt.

»Bitte stellen Sie jetzt alle elektronischen Geräte ab, bringen Sie Ihren Sitz in eine aufrechte Position und klappen Sie die Tische vor Ihren Plätzen nach oben. Wir landen in fünf Minuten.«

Kathi schaut aus dem Fenster. Der Bodensee ist bereits gut zu erkennen. Das Flugzeug fliegt ein paar Meter unter einer schweren dunklen Wolkendecke und wird immer wieder hin und her gerissen. Kathi kann die wütenden Schaumkronen auf dem dunklen Seewasser gut erkennen und zwei einsame Surfersegel, die mit großer Geschwindigkeit über das Wasser gleiten. Offenbar ein Novembersturm. Wie zur Bestätigung meldet sich der Kapitän über Lautsprecher: »Liebe Fluggäste, hier spricht noch einmal Ihr Kapitän. Sicherlich haben Sie schon gemerkt, dass es heute Morgen am Bodensee etwas unruhig ist, wir haben stark böige Winde aus Nordwest. Es kann also in den nächsten Minuten ein bisschen ungemütlich werden, und auch die Landung wird bei so einem Wetter nicht so sanft sein, wie Sie das gewohnt sind. Wir werden die Maschine mit einem ordentlichen Rums, dafür aber sicher auf die Landebahn setzen. Bitte machen Sie sich deshalb keine Sorgen. Das ist ganz normal bei so einem Wetter.«

Kathi muss an den Mann in der 6. Reihe denken. Ihr schlechtes Gewissen plagt sie. Vorsichtig dreht sie sich nach hinten und fragt, ob alles in Ordnung ist.

Der Mann wirkt apathisch und nickt nur leicht zurück. Der Arme, denkt Kathi genau in dem Moment, in dem das Flugzeug von einer heftigen Windböe durchgerüttelt wird. Ein ängstliches Raunen der anderen Passagiere geht durch die Kabine. Der Pilot hat das Flugzeug aber sofort wieder stabilisiert.

Kathi nutzt den Moment und setzt sich eine Reihe nach hinten neben den Mann mit Flugangst. Ihr schlechtes Gewissen plagt. Sie ergreift die Hand des Mannes, der sie dafür dankbar anschaut.

In diesem Moment geht ein kollektiver Schrei durch die Kabine. Kathi ertappt sich dabei, wie sie selbst mitmacht. Das Flugzeug sackt ab, als ob es im freien Fall wäre. Es dauert eine gefühlte Ewigkeit, bis sich die Maschine wieder gefangen hat.

Über Lautsprecher kommt die Durchsage. »Landing in two minutes.«

Die Baumwipfel unter dem Flugzeug sind schon bedrohlich nah. Sie peitschen im Wind hin und her, als wäre es zerbrechlicher Weizen auf einem Feld.

Das Fahrwerk fährt aus. Ein lautes Brummen erfüllt die Kabine.

Kathi fängt innerlich an zu beten. Ihre Hand umgreift die ihres Sitznachbarn immer fester. Der scheint inzwischen etwas ruhiger zu werden. Vielleicht hat er mit seinem Leben bereits abgeschlossen. Aus dem Fenster ist inzwischen die Landebahn zu erkennen.

»Los, setz auf! Setz auf, und dann nichts wie in die Eisen!«, flüstert Kathi.

Die Motoren werden leiser. Das Flugzeug schwebt mit großer Geschwindigkeit in circa fünf Metern Höhe über die Landebahn.

»Los, runter jetzt!«, brüllt Kathi in Richtung Cockpit. Als ob sie es dort hören könnten.

In diesem Moment heult der Motor wieder auf, und Kathi wird in ihre Sitzlehne gepresst. Sie spürt, wie ihre Hände immer feuchter werden.

Die Flugzeugnase hebt sich wieder, an ihrem Fenster rauscht das Abfertigungsgebäude des Flughafens vorbei. *Willkommen in Friedrichshafen* steht da in großen roten Buchstaben auf dem Dach, die gegen den dunklen, bedrohlichen Himmel fast wie Neonröhren leuchten. Willkommen in der Hölle, denkt Kathi und spürt dabei, wie ihr Herz immer schneller rast.

»Genau so war es beim letzten Mal auch«, die Stimme

des Mannes neben ihr klingt jetzt erstaunlich fest und ruhig.

Kathi schaut ihn entsetzt an. »Und wie ist es ausgegangen?«

»Als wir unten waren, mussten wir das Flugzeug über die Notausgänge verlassen. Einige von uns hatten Knochenbrüche. Also alles in allem ganz gut, denke ich. Ich hoffe, wir haben heute auch so viel Glück.«

Kathi spürt, wie die Panik in ihr aufsteigt. Noch mal so ein Glück? Hat er wirklich gerade eben von Glück gesprochen?

Der Pilot meldet sich wieder über die Bordlautsprecher: »Sehr geehrte Fluggäste, wie Sie sicherlich gemerkt haben, sind wir gerade nicht gelandet. Wegen unerwarteter heftiger Seitenwinde mussten wir kurzfristig ein Manöver zum Durchstarten einleiten. Wir werden jetzt eine Runde über den Bodensee fliegen und dann wieder mit dem Landeanflug beginnen. Genießen Sie die spektakuläre Aussicht von hier oben.«

Der hat gut reden. Kathi spürt, wie sie wütend wird. Das ist eindeutig eine Situation, in der es um Leben und Tod geht, und der Pilot faselt etwas von Aussicht genießen.

Sie schaut aus dem Fenster und muss dem Kapitän dann aber tatsächlich recht geben. Aus dem dunklen Himmel sticht ein Sonnenstrahl wie ein Schwert durch die Wolken. Der wütende Bodensee fängt darunter an zu glitzern wie ein Schatz aus 1001 Nacht.

»Da unten kann man ganz gut das Friedrichshafener Schloss erkennen, und das da ist Seemoos. In den Hallen dort hat der Graf von Zeppelin seine ersten Luftschiffe gebaut. Jetzt drehen wir nach Süden ab Richtung Schweizer Ufer«, der Mann neben Kathi scheint zum Fremdenführer zu mutieren. Offenbar kommt er aus der Gegend.

Das Flugzeug kippt nach links in eine sanfte Schräglage, so dass Kathi den See unter ihr noch besser erkennen kann.

»Ich heiße übrigens Michael, und wenn ich dir ein bisschen was über die Region erklären kann, dann lenkt mich das einfach ab. Darf ich?«, fragt er und schaut dabei Kathi hoffnungsvoll an.

»Gerne, ich heiße Kathi. Mir hilft es auch. Bist du von hier?«

»Ja früher, ich meine, ich bin hier aufgewachsen. Meine Eltern leben noch in Oberuhldingen. Ich will sie gerade besuchen.«

»Bis zur Schweiz habt ihr es aber auch nicht weit, oder?«, fragt Kathi ernsthaft interessiert. Sie ist zum ersten Mal am Bodensee und hatte sich die Entfernung zwischen den beiden Ufern größer vorgestellt.

»An der breitesten Stelle sind es 14 Kilometer. Das ist nicht viel. Wir sind früher oft rüber in die Schweiz gesegelt.«

Das Flugzeug kippt ein weiteres Mal nach links und gibt den Blick auf die österreichischen Alpen frei.

»Das da vorne ist der Pfänder. Knapp über 1.000 Meter hoch. Dahinter beginnt der Bregenzer Wald. Und bis zum Arlberg ist es auch nicht weit.«

Kathi staunt. So nah hatte sie sich die Alpen nicht am Bodensee vorgestellt. »In Prinzip geht es direkt vom Wasser in die Berge über«, staunt sie. »Und wo liegt jetzt Liechtenstein?«, ist ihre Frage.

»Ganz einfach: Siehst du da unten die Mündung des großen Flusses in den See. Das ist der Rhein. Jetzt folgst du dem Flusslauf etwa 50 Kilometer ins Landesinnere, da liegt dann Vaduz. Genau zwischen Österreich und der Schweiz.«

»Ah, das ist auch nicht so weit weg.«

»Nein, ist nicht weit weg. Wieso fragst du? Willst du ein bisschen Geld rüber bringen?«

Das Gespräch wird von einer Durchsage unterbrochen: »Liebe Passagiere, wir beginnen jetzt mit dem erneuten Anflug auf den Flughafen Friedrichshafen. Bitte behalten Sie die Ruhe. Wir werden in wenigen Minuten landen.«

Kathi schaut noch einmal aus dem Fenster, der Pilot hat erneut eine Linkskurve eingeleitet. Der Bodensee ist ihr jetzt ganz nah. Gleichzeitig wird der Flug wieder unruhig. Die Flügel schwingen hin und her, so dass es Kathi fast wie ein Wunder vorkommt, dass sie nicht brechen.

Michael tippt ihr auf den Arm. Sie wendet sich ihm zu: »Dir ist schon klar, dass das unser letzter Landeversuch ist?«

Kathis Anspannung kehrt in ihren Körper zurück. Sie presst sich mit dem Rücken in die Lehne: »Wieso das denn?«

»Naja, für gewöhnlich hat er auf dem Rückflug nach Friedrichshafen nicht mehr so viel Kerosin im Tank. Für einmal Durchstarten reicht es. Für mehr aber nicht. Hat mir mal ein befreundeter und inzwischen pensionierter Pilot erklärt. Die werden jetzt vorne im Cockpit ganz schön schwitzen.«

Kathi wird es schlecht. Ihre Augen suchen nach einer

Spucktüte in der Ablage des Vordersitzes. Michael scheint ihre Gedanken zu erraten und reicht ihr eine.

In ihrem Kopf dreht sich alles. Oben ist unten, unten ist oben. Ihr Puls rast. Sie hört die Leute neben sich aufschreien. Das Flugzeug wird wieder von einer Böe erfasst. Dann hört sie einen lauten Knall. Sie spürt, wie die nur halb verdauten griechischen Spezialitäten vom Vorabend aus ihrem Magen durch die Speiseröhre in den Mund schießen und von dort in die Tüte.

Als sie sich beruhigt hat und wieder die ersten klaren Gedanken fassen kann, rollt das kleine Flugzeug gerade vor das Abfertigungsgebäude in Friedrichshafen.

»Vielen Dank, dass Sie mit uns geflogen sind«, hört sie die Stewardess sagen. Die Tüte vor ihr ist gut bis zur Hälfte gefüllt und noch lauwarm. Neben ihr sitzt Michael und grinst sie an.

»Entschuldige bitte, das war meine Rache für deine Propeller-Geschichte. Jetzt sind wir quitt.« Er steht auf, holt seine Tasche aus dem Ablagefach über ihren Köpfen und verabschiedet sich.

Kathi braucht einen Moment und steht dann auch auf. Kurz vor dem Verlassen des Flugzeugs hört sie eine freundliche Stewardess fragen, ob es ein angenehmer Flug gewesen sei. »Geht so«, murmelt Kathi und drückt der verdatterten Frau ihre Spucktüte in die Hand.

Ich bin froh, wenn ich beim Team im Auto sitze, denkt Kathi und folgt den Schildern Richtung Ausgang. Aber da ist niemand, keine Spur von einem Kamerateam. Na prima! Genervt greift sie zu ihrem Handy.

Den Mann am Zeitungsstand gegenüber nimmt sie

nicht wahr, trotz des intensiven Eau de Toilette. Der Duft ihres Erbrochenen steckt ihr noch in der Nase. Sonst hätte sie sich vielleicht an das charakteristische Parfum erinnert.

Deggenhausertal, früh am Morgen

Fritz ist spät dran. Er hat lange geduscht, den Kopf im Wechsel unter kaltes und heißes Wasser gehalten, ist dann hinaus zu Bruno gegangen, doch dieser verweigert heute Morgen jedes Spiel und scheint auch keine Lust auf seine Morgenration zu haben. Die Hühner dafür fressen ihm die Maiskörner gierig aus der Hand. Umso schneller kommt Fritz wieder in die Küche zu seiner Mutter.

»Auf Frauen ist Verlass«, lästert er, »nie sind sie pünktlich, aber wenn man mit ihrer Unpünktlichkeit rechnet, dann doch, ich muss mich sputen!«

»Du könntest ein Sakko oder etwas Anständigeres anziehen als immer deine alte Lederjacke«, mosert Elfriede und nippt an ihrem heißen Kaffee.

»Dir scheint es besser zu gehen, wenn du dich wieder um das Outfit deines Sohnes kümmern kannst«, raunzt Fritz, »aber für die Berlintussi reicht meine Lederjacke allemal, die laufen in Kreuzberg doch alle so rum.«

Wie jeden Morgen, seit Elfriede krank zu Hause sitzen oder liegen muss, stellt Fritz ihr eine Flasche Wasser, einen Brotzopf und etwas Obst auf den Tisch. Zählt ihr die Schmerztabletten ab und verlässt sie mit ein paar aufmunternden Worten. Viele sind es heute nicht, er hat es eilig, verspricht aber, noch bei Prof. Heiße anzurufen, um auf einen baldigen OP-Termin zu drängen. Dann beeilt er sich und verschwindet.

Im Hof steht Bruno noch immer vor seinem Stall neben dem Saab. Fritz geht auf seinen Wagen zu. Er will einsteigen, da bewegt sich der alte Zausel plötzlich auf ihn zu. Fritz schreit ihn laut an: »Geh weg!« Doch Bruno hat schon Anlauf genommen und springt auf Fritz zu. Der weicht schnell einen Schritt zur Seite, aber Bruno beginnt im Sprung unvermittelt, sich zu entleeren.

Fritz reißt die Augen auf, will ausweichen.

Bruno bleibt abrupt neben ihm stehen. Jetzt kennt das Tier kein Halten mehr. Ohne Zweifel hat der Bock sich in der Nacht überfressen. Jetzt sucht sein Darm nach Erleichterung.

»Du Stinkbock!«, schreit Fritz voll Wut. Er hat zwar nur wenige der braunen Spritzer abbekommen, aber ihm ist klar, dass ein kleiner Fleck ausreicht, und seine Klamotten stinken den ganzen Tag über unerträglich.

Zornig geht er zum Wassertrog, schließt den Gartenschlauch an den Wasserhahn und spritzt den Hof sauber und Bruno das Fell ab. Wütend verfällt er in seinen breitesten Bodenseedialekt: »Jetzt hasch ausg'schisse!«, brüllt er den alten Bock an, »jetzt kommsch't zum Metzger!«

Erneut geht er ins Bad und stellt sich unter die Dusche. Danach sucht er eine neue Jeans aus dem Wäscheberg, zieht einen frischen blauen Pullover über sein T-Shirt und nimmt jetzt doch ein Sakko aus dem Schrank.

Bevor er geht, schaut er nochmals bei Elfriede vorbei. Sie strahlt: »Folgsch jo doch noch deiner alten Mutter!«

Er winkt mürrisch ab und beeilt sich, zum Flughafen zu kommen.

Friedrichshafen, 9.45 Uhr

Fritz schaut auf die Uhr. Verdammt, er ist über eine halbe Stunde zu spät dran. Er fährt in seinem alten Saab mit überhöhter Geschwindigkeit an der Flughafenhalle vorbei, sieht sein Kamerateam am Ausgang stehen und zwingt, wie ein Halbstarker, seine alte Karre auf offener Strecke zu einem quietschenden U-Turn. Gibt wieder Vollgas und fährt dicht auf den Kamerawagen vor dem Ausgang des Terminals.

Simon, sein Kameramann, springt vom Kofferraum seines Autos auf den rettenden Gehsteig und zeigt ihm den Vogel.

Fritz zwängt sich schnell aus dem Wagen, winkt mürrisch ab, er hat jetzt keine Zeit. Die Redakteurin aus Berlin wartet seit einer Stunde auf ihn, und sein Kameramann steht vor dem Terminal und flirtet mit so 'ner flippigen Tussi rum. »Mann, was quatscht du hier Evangelien, wir sind viel zu spät dran, guck lieber nach der Redakteurin aus Berlin, statt hier zu flirten.«

»Smooth«, lacht Simon, »*du* bist zu spät dran, nicht ich!« Dann zeigt er auf die junge rothaarige Frau neben ihm: »Darf ich vorstellen: Frau Kuschel, die Redakteurin aus Berlin. Herr Lebrecht Fritz, der Redakteur aus unserem Studio Friedrichshafen.«

»Fritz«, murmelt Lebrecht Fritz und reicht der jungen Frau die Hand. Er fühlt sich überrumpelt und im Augenblick überfordert, deshalb fügt er unverständlich grummelnd ein »Tut mir leid« hinzu. Was hätte er der Großstadtmieze von seinem Geißbock mit Magenverstimmung erzählen sollen?

»Kathi«, antwortet Kathi Kuschel mit offenem Lächeln. Sie ist es gewohnt, sich Kollegen mit ihrem Vornamen vorzustellen. Trotzdem denkt sie: Wär ich doch gleich mit dem Kameramann losgefahren, für was brauch ich diesen unpünktlichen beigestellten Muffelkopp von Redakteur?

»Ich bringe mein Auto auf den Parkplatz, dann fahren wir im Kamerawagen nach Vaduz«, reißt Fritz die Kommandohoheit an sich. »Wir fahren zur LieBa, wenn ich recht informiert bin?«

»Im Prinzip ja, eventuell noch zum Fürsten, aber seine Pressestelle hat den Termin noch nicht bestätigt«, versucht Kathi, trotz der für sie brüskierenden Art des unpünktlichen Kollegen, cool zu bleiben. Sie lächelt unverdrossen und gibt sich kollegial: »Bei der LieBa habe ich einen Interviewtermin mit dem Direktor, und benötige noch einige Schnittbilder von Liechtenstein, die Landschaft, und heute Abend geht mein Flieger wieder zurück.«

»Wenn das alles ist, hätte ich das Interview für Sie machen können, und Sie hätten sich den weiten Weg gespart«, grummelt Fritz in seinem für ihn typischen mürrischen Stil.

»Wenn man das so sieht, hätte ich gleich mit Simon nach Vaduz fahren können«, kontert Kathi Rückhand, »dann hätten Sie sich Ihre Eile sparen können.«

Fritz will gerade gehen, hält nach dieser Spitze abrupt inne, kneift seine schmalen Augen noch enger zusammen und mustert die junge Kollegin unverblümt von unten bis oben. Er sieht ihre High Heels und die dadurch verlängerten Beine. Beäugt kritisch ihren schwarzen eng anliegenden Rock. Sieht den grässlichen Schlangengürtel und denkt, passt sicherlich zu der! Nur die Konturen ihrer Brüste unter ihrer weißen weiten Bluse finden sein Gefallen. Dagegen diese grässlich, rotgeschminkten Lippen mitten in dem blassweißen Großstadtgesicht, viel zu viel Augenmake-up und dann noch knallrot gefärbte Haare – nein! Wirklich nicht sein Typ. Grelle Großstadt-Tussi, denkt er, lenkt aber ein: »Sparen wir uns das Gezänk, packen wir's an.«

Damit lässt er sie stehen, setzt sich in seinen Saab und fährt zum Parkplatz. Die beiden folgen ihm im Kamerawagen.

Auf dem Parkplatz klettert Fritz auf die Rückbank des Kamerawagens und weist, ganz Teamchef, Simon kurz an: »Du weißt ja, wohin Frau Kuschel gebracht werden will!« Dabei zieht er demonstrativ die Süddeutsche Zeitung aus der Jackentasche, in die er, für alle deutlich, abweisend vertieft ist.

Simon nimmt die Situation gelassen. Der typische Kampf zweier verkannter großer Journalisten, lächelt er in sich hinein und versucht eine unverfängliche Konversation mit der ihm sympathischen jungen Kollegin aus Berlin.

Kathi geht es nicht anders. Simon ist der Typ Mann, der ihrem üblichen Beuteraster entspricht. Dieser Fritz dagegen scheint ein echter Totalausfall zu sein. Ein UN-Typ. UN-pünktlich! UN-sympathisch! UN-möglich! Sie beschließt, ihn nicht weiter zu beachten, was gar nicht so einfach ist, da er seine Zeitung auf der Rückbank so weit ausbreitet, dass er eine Seite unter ihre Nase hält. Kathi versucht sich trotzdem auf das Gespräch mit Simon zu konzentrieren: »Drehst du oft in Liechtenstein?«

»Zuletzt ja, aber sonst wenig. Wir bekommen selten so charmante Verstärkung aus Potsdam, mit der wir einen Ausflug machen dürfen.« Dabei dreht sich Simon zu Kathi, strahlt sie mit seinen weißen Zähnen an und zwinkert ihr keck zu.

Der geht aber ran, denkt Kathi und findet ihn trotzdem irgendwie ganz schnuckelig.

»Jetzt hör mit deinem Süßholzgeraspel auf, da wird einem kotzübel«, raunzt Fritz seinen Kameramann an, »fahr durch den Pfändertunnel, dann sind wir schneller da.«

Kathi verdreht die Augen, will Simon zur Seite springen, irgendetwas zurückmosern, da merkt sie erneut, wie die Übelkeit in ihr hochkriecht. Unvermittelt hat sie einen widerlich beißenden Geruch in der Nase. Meine eigene Kotze! Da ist vorhin doch etwas neben die Spucktüte auf meinen Rock gekommen, denkt sie. Ihr wird zuerst heiß. Sie spürt auf ihrer Haut Schweiß, kalten Schweiß. Oh nein! Wie peinlich! Hoffentlich hat Simon nichts davon mitbekommen. Zumindest lässt er sich nichts anmerken. Auch

Fritz nicht, der betont desinteressiert neben ihr sitzt und in seiner Zeitung blättert.

Kathi tastet nach dem Fensterheber, braucht dringend Frischluft, ansonsten wird sie in ein paar Momenten für richtig dicke Luft sorgen. Ihr plötzliches Aufstoßen ist ein sicheres Zeichen dafür, dass sie mit dieser Annahme richtig liegt. Da scheint etwas in ihrem Magen quer zu liegen. Ihr Fenster senkt sich lautlos und macht den Weg frei für einen kräftigen Stoß Frischluft. Kathi atmet tief ein. Das tut gut.

Dafür beginnt neben ihr ein Tohuwabohu. Fritz lässt einen Schrei los. Ihm reißt es die Zeitung aus der Hand. Das Papier flattert im Fahrtwind davon, an der Decke entlang zum Fond des Wagens. Dazu beginnt er zu fluchen: »Himmelherrgottsack!, hast du sie noch alle?« Dann schreit er Simon an: »Kannst du deiner Flughafenbekanntschaft bei Gelegenheit erklären, wie das ist mit dem Fahrtwind. Stichwort Physik, allererste Stunde!«

Simon hatte sich seit seinem letzten Anpfiff durch Fritz in Schweigen gehüllt. Er hatte den Pfändertunnel genommen, und war ohne ein Wort zu sagen auf die Autobahn abgebogen. Jetzt giftet er zurück: »Fritz, reiß dich endlich zusammen!«, schnauzt er seinen Redakteur und Kumpel an. Dann sieht er im Rückspiegel, wie er erbost seine Blätter zusammensammelt, und grinst: »Ich war nie so der Physik-Streber. Dafür habe ich in Biologie ganz genau aufgepasst, wenn's drauf ankam«, dreht er sich schmunzelnd zu Kathi. Doch jede weitere Anspielung bleibt ihm im Hals stecken. Er erschrickt, sieht das mittlerweile käseweiße Gesicht von Kathi und fragt besorgt: »Hey, Mädel, alles in Ordnung?«

»Nicht wirklich. Bitte fahr rechts ran, schnell!«, presst Kathi zwischen ihren Lippen hervor. Sie hat gute Gründe, den Mund nicht zu weit zu öffnen.

Fünf Minuten später sieht die Welt für sie wieder besser aus. So schnell geht das manchmal. Kathis Magen ist endgültig geleert, die Gesichtsfarbe kehrt langsam wieder in ihr Antlitz zurück.

Auch Fritz hat sich beruhigt. Sein schlechtes Gewissen plagt ihn ein bisschen. Vielleicht war er etwas zu schroff zu der jungen Kollegin? Er nimmt sich vor, die Situation zu entspannen, und bietet an, das Fenster einen Spalt geöffnet zu lassen. Seine Zeitungsseiten hat er nicht wieder eingesammelt. Dafür sucht er nach einem Gesprächsfaden: »Was willst du von diesem Herrn Bankdirektor?«, fragt er, und es klingt wie ein vorläufiges Friedensangebot.

Kathi bleibt misstrauisch: »Steuergeschichten«, antwortet sie zunächst ausweichend, »ich will was über die schwarzen Konten im Fürstentum erfahren und den Banker fragen, was er davon hält, dass die Sozialisten in Deutschland den Schwarzkonten-Sumpf trockenlegen wollen.«

Fritz holt seine zerknitterte Zeitung aus dem Fußraum und dreht sie hin und her, bis er gefunden hat, was er sucht: »Hier lies mal. *Fußballmanager zeigt sich selbst an – muss Deutschlands Vorzeige-Sportfunktionär in den Knast?*«

»Genau darum geht's«, antwortet Kathi und fügt leise hinzu, »und wahrscheinlich auch um Mord.«

*

René Jakosch reibt sich die Augen. Er ist müde. Die Auto-
fahrt durch die Nacht lief besser als gedacht: kein Stau und
kaum Verkehr auf der Strecke. Die rote Tachonadel hat
mehrfach die 250 gekratzt. Nicht mal sechs Stunden hat er
von Berlin bis Friedrichshafen gebraucht. Dort hat er bis zu
Kathi Kuschels Ankunft drei Stunden im Auto geschlafen.
Jetzt ist er der Zielperson bis nach Liechtenstein gefolgt.

Über die anderen Männer im Auto weiß er nicht viel,
außer dass es offensichtlich ebenfalls Journalisten sind. Der
Werbeaufdruck des Fernsehstudios auf dem Van ist nicht
zu übersehen. Die Namen und Vitae der weiteren Insassen wird er in wenigen Minuten auf seinem Blackberry
nachlesen. In Friedrichshafen hat er die beiden Männer
fotografiert und die Datei zur Identifikation in die BND-
Zentrale gesendet.

Kurz nach Bregenz hatte es einen kleinen Zwischenfall
gegeben, der Van bremste plötzlich scharf mitten auf der
Autobahn. Ohne zu blinken, fuhr er rechts ran. Jakosch
hatte nur mit Mühe einen Auffahrunfall verhindern können. Es war der Moment, in dem er bemerkte, dass seine
Reaktionsfähigkeit wegen der kurzen Nacht doch gelitten
hat. Im Auto vor ihm schienen sie ihn aber nicht bemerkt
zu haben, offensichtlich hatten sie andere Probleme. Im
Rückspiegel konnte Jakosch noch erkennen, wie Kathi
Kuschel kotzte. Zielobjekt übergibt sich, hat er in Gedanken notiert und hämisch gegrinst.

Jetzt steht er in Liechtenstein auf einem Parkplatz der
LieBa und kramt in seiner rechten Hosentasche nach den
Aufputschpillen. Zwei davon schluckt er ohne den Blick
von der Eingangstür zu nehmen. Die Umgebung kennt

er wie die eigene Westentasche. Vor einer Woche ist er zum letzten Mal hier gewesen und hat beobachtet, wie Reto Welti die Bank verließ. Ab diesem Moment hat er ihn nicht mehr aus den Augen gelassen – bis zur finalen Problemlösung.

Allerdings hat er nicht verhindern können, dass der Kerl eine Kostprobe seines Angebotes an die Sozialisten weitergegeben hatte. Danach haben sich die Dinge überstürzt. Kurzzeitig drohte die Angelegenheit aus dem Ruder zu laufen. Das Blatt wendete sich aber, und er hatte die Situation wieder in den Griff bekommen.

Jetzt muss er aufpassen, dass diese kleine Fernsehredakteurin nicht wieder alles kaputtmacht. Sein Blackberry vibriert. Er schaut auf das Display. Die Zentrale hat die Personenauskünfte geschickt. Wie er sich gedacht hatte. Das Zielobjekt ist mit einem Journalisten und einem Kameramann unterwegs, offenbar zu Dreharbeiten. Er scrollt über den Bildschirm: Lebrecht Fritz, alleinstehend, lebt bei seiner Mutter auf dem Bauernhof. Ein Journalist, der offenbar seine besten Tage hinter sich hat. Die Mutter hat gerade eine neue Hüfte bekommen und leidet seitdem an starken Schmerzen. Jakosch pfeift anerkennend. Diese Information scheint zwar unwichtig, aber er ist trotzdem immer wieder von seiner Zentrale beeindruckt. Was die in kürzester Zeit herausfinden, dank deren uneingeschränkter Zugriffe auf jede Datenbank von Polizei, Verfassungsschutz und Geheimdienst! »Pfeif auf den Datenschutz, wir sind der BND«, gilt in der Zentrale längst als inoffizieller Leitspruch. Nur der Öffentlichkeit und der Politik erzählen sie etwas anderes. Es ist sowieso keiner in der Lage das nachzuprüfen, schmunzelt er. Und wer war schon Edward Snowden?

*

Fritz steht völlig gelassen neben Simon, achtet auf den Pegel des Tons und spitzt seine Ohren wie ein Luchs. Chapeau!, denkt er, die Kleine geht richtig ran, das hätte ich der rot gefärbten Göre gar nicht zugetraut. Er denkt, seit sie die Bank betreten haben, nur noch an seine eigene Story. Dafür kann er nichts, denn das Fernsehteam wurde von dem Pressesprecher der Bank und der Assistentin der Geschäftsleitung, Marlies Negele, in Vertretung des Bankdirektors begrüßt. Welch eine Überraschung für Fritz, schnell war seine Präsenz auf Hundert.

Er lässt die ehemalige Verlobte Reto Weltis nicht aus den Augen. »Cool«, dieses Allzweck-Lobhudelwort hatte er längst aus seinem Wortschatz verbannt. Doch cool – im eigentlichen Wortsinne – ist die einzige treffende Beschreibung, die ihm für dieses taffe Wesen einfällt.

So erging es ihm schon während der PK der Landespolizei, als er Marlies Negele zum ersten Mal sah. Damals wie heute zeigte sie sich unnahbar, steif und emotionslos, über dem Gesprächsthema stehend, abweisend – kühl. Cool eben.

Fritz hat sie höflich begrüßt und mit Hochachtung ihre Führungsposition in der Bank angesprochen: »Ich wusste gar nicht, dass Sie in der Geschäftsleitung sitzen. Gratuliere zu Ihrer Karriere, und das in so jungen Jahren«, hat er ihr geschmeichelt.

»Dann wissen Sie es jetzt!«, hatte sie pariert und ihn stehen lassen.

Fritz fragt sich, wie sie den plötzlichen Tod ihres Verlobten wegsteckt. In ihrer weißen bis oben hin zugeknöpften Bluse, dazu eingeschnürt in einem beigen Kostüm und die brünetten Haare streng zu einem Zopf zusammengebunden, steht sie in Fritz' Augen neben ihrem Pressesprecher wie eine Gouvernante da. Und doch cool und sexy. Weitere Gedanken verbietet er sich, seit wann steht er denn auf Beißzangen?

Der Pressesprecher der Bank räuspert sich immer wieder, als hätte er einen Frosch im Hals. Er muss seinen Kopf in die Kamera halten und fühlt sich dabei offenbar unwohl. Marlies Negele hat ihm in einem Vorgespräch vor dem Team leise, aber trotzdem gut hörbar, eingetrichtert, was er zu sagen hat. Dabei hat sie, in Fritz' Augen allzu deutlich, ihre Stellung vor den Gästen genossen. Seht her, der Pressesprecher der LieBa ist meine Marionette.

»Vielen Dank für das Gespräch«, hört Fritz Kathi sagen, schnell flüstert er seinem Kameramann ins Ohr: »Lass laufen, halt immer auf Frau Negele!«

Der Pressesprecher blickt zu seiner Vorgesetzten, sie nickt ihm, ohne die Miene zu verziehen, knapp zu.

Fritz zieht Kathi zu sich und fragt laut, als wäre es wichtig: »Brauchst du noch Schnittbilder?«

In Wirklichkeit will Fritz Schnittbilder für seine Story aus dem Besprechungsraum, und vor allem Bilder von Marlies Negele. Dieser Rotschopf aus Berlin steht ihm da nur im Weg rum.

Simon kennt das Spiel. Er nimmt sein Auge vom Okular der Kamera und tut so, als wäre sie abgeschaltet. Nebenbei führt er sie am Schwenkarm immer Frau Negele nach, wie sie aufsteht, zum Pressesprecher geht und sich mit ihm bespricht. Mit lauter Stimme sagt sie schließlich zu Fritz: »Dann können wir die Damen und Herren verabschieden!«

Fritz lächelt unverbindlich. Gastfreundschaft und das Angebot auf eine Tasse Kaffee sind in Bankerkreisen offensichtlich nicht üblich, so prescht er unvermittelt vor: »Frau Negele, wissen Sie schon Neues zum Tod Ihres Verlobten?«

Marlies Negele schaut irritiert auf. Doch in Sekundenschnelle hat sie sich wieder gefangen und antwortet mit einem schlichten: »Nein.« Dann besinnt sie sich offensichtlich und fügt mit belegter Stimme hinzu: »Gestern haben wir Reto beerdigt.« Dabei blickt sie ins Leere, schnell wirkt ihr Gesicht wieder kontrolliert: »Das steht jetzt aber nicht auf unserer Agenda. Ich denke, das war's!«

Fritz bewegt sich Richtung Kamera, hält deutlichen Augenkontakt mit Marlies Negele. Sie folgt seinem Blick, sodass sie sich frontal vor das Objektiv der Kamera bewegen muss. Fritz sieht sie optimal zur Linse stehen und schießt gezielt eine weitere Frage ab: »Allen Indizien nach ist Ihr Verlobter ermordet worden. Wer könnte Reto nach dem Leben getrachtet haben?«

Marlies Negele öffnet ihre schmalen Lippen, fährt sichtbar verunsichert mit der Hand über ihre brünetten Haare und legt ihren Zopf über der Schulter zurecht. Wieder öffnen sich ihre Lippen, aber ebenso schnell verschließen sie sich wieder.

Jetzt wirkt Fritz cool. Unbeteiligt schaut er sie an. Er wartet geduldig auf eine Antwort.

Auch Kathi spürt das Knistern.

»Ich glaube, Ihre Kamera läuft noch«, springt der Pressesprecher seiner Vorgesetzten unvermittelt zur Seite.

Fritz winkt barsch ab und setzt unbeirrt nach: »Frau Negele …«

Simon geht zu seiner Kamera, fummelt wie hilflos an ihr herum und beruhigt schließlich: »Das Licht ist kaputt. Wenn es leuchten soll, leuchtet es nicht. Wenn es nicht leuchten soll, leuchtet es.«

Marlies Negele nestelt an ihrer Brille, und schiebt sie das Nasenbein hoch.

»Japanese-Hightech, aber hochempfindlich«, versucht Fritz die Situation zu überspielen, bleibt aber stur am Ball: »Frau Negele, vielleicht ist hier nicht der richtige Ort, aber ich würde gerne unter vier Augen mit Ihnen über den gewaltsamen Tod Ihres Verlobten reden. Würden Sie mir Ihre private Telefonnummer geben?«

Marlies Negeles Augen blitzen durch ihre hellen Brillengläser feindlich: »Ich wüsste nicht, warum?«

»Ich wüsste nicht, warum nicht?«, kontert Fritz ungerührt. »Wollen Sie nicht wissen, wer Ihren Verlobten umgebracht hat?«

»Wir haben alles, Frau Negele, vielen Dank!«, bricht Kathi das für sie sinnlose Geplänkel ab und gibt das Signal zum Rückzug. Sie hat keinen Bock, ihr eben aufgezeichnetes Interview in einer zunehmend feindlichen Atmosphäre zu gefährden. Zu oft hat sie schon erlebt, dass Pressestellen, nach der Aufzeichnung eines Gesprächs, die Genehmigung zur Veröffentlichung zurückziehen.

Dieser Fritz oder Herr Fritz oder wie auch immer der Kerl heißen mag, soll endlich seine Klappe halten. Das hier ist ihr Termin! Ihr Interview! Sie hat keine Lust es aufs Spiel zu setzen. Sie will jetzt mit dieser Kassette raus aus der Bank.

*

»Sag mal, kannst du mir sagen, was das für 'ne Nummer war?« Kathi ist außer sich. Sie wartet erst gar keine Antwort ab, ehe sie Fritz weiter runterputzt. »Ich könnte schon wieder kotzen! Diesmal aber wegen deines unglaublich bescheuerten Verhaltens. Ich bin heute unter Umständen aus Potsdam angereist, die du dir wahrscheinlich nicht in deinen schlimmsten Träumen vorstellen kannst. Extra für diesen Dreh und für dieses Interview. Und du? Willst du mir das alles kaputtmachen? Für was reiße ich mir den Arsch auf? Damit du deine Show abziehst? Die ziehen mir nach deiner bescheuerten Einlage das ganze Interview zurück. Da verwette ich meinen Arsch drauf!«

»Das wäre schade um deinen Arsch!«, mischt sich Simon ein, um die Situation zu entschärfen. Er stellt sich direkt zwischen seine beiden Redakteure: »Leute, jetzt kommt runter. Die schauen uns hier auf der Straße schon komisch an. Selbst der Typ da vorne in seinem BMW hat die Scheiben unten und hört euch zu. Also smooth, okay?«

Kathi und Fritz drehen sich kurz um, nehmen aber

kaum Notiz von dem BMW-Fahrer, der sein Gesicht hinter einer großen Sonnenbrille versteckt.

»Es ist doch wahr. Das ist einfach total unkollegial«, kann sich Kathi nicht beruhigen.

»Wenn Madame gestatten, dann erlaube ich mir den Hinweis, dass sich nicht die ganze Welt um Berlin und Potsdam dreht, auch wenn ihr das immer glauben wollt. Du kommst hierher und bittest um Unterstützung. Dann verhalte dich auch so!«

Kathi spürt, wie ihr Blutdruck weiter ansteigt. Unterstützung! Von diesem verschnarchten Dorfjournalisten. Der meint, sie müsste auf allen Vieren angekrochen kommen und schnurren wie ein Kätzchen? Kann er haben. Sie macht sich etwas kleiner, sodass sie ihn mit ihren großen Augen von unten ansehen kann. Betont langsam schlägt sie dazu die Augenlider auf: »Bitte, bitte lieber großer Herr Fritz! Hilf doch der kleinen Kathi Kuschel aus Potsdam. Ich weiß nicht, wie ich diesen Dreh ohne dich an meiner Seite schaffen könnte. Bitte, bitte hilf mir, o Herr!«

Neben ihr fängt Simon an zu kichern, immer lauter. Schließlich bricht es aus ihm heraus: »Ich kann nicht mehr. Ihr müsstet euch sehen. Ein Jammer, dass die Kamera nicht läuft.« Sein Lachen will nicht mehr aufhören und steckt schließlich die anderen an.

Kathi aber will nicht lachen. Nein.

Doch Simon hört nicht auf. Selbst eine vorbeigehende Passantin schmunzelt unvermittelt mit. Da muss auch sie grinsen. Fritz lacht lauthals.

Jetzt muss sie kichern.

Simon klopft Fritz kumpelhaft auf den Rücken. Kathi

sieht in seinen Augen eine Träne. Die Träne löst sich und kullert über die unrasierte Wange des lachenden Fritz.

»Es ist zum Heulen«, lacht Kathi.

Fritz wischt sich die Träne weg: »Schee war's, viel Leut hän g'weint.«

»Ich könnte aber tatsächlich deine Hilfe gebrauchen, Fritz!« Kathi hält kurz inne und fügt wieder lachend hinzu. »Bitte, bitte!«

»Sehr gerne, Kollegin Kuschel, was kann ich für Sie tun?«

Das Eis scheint vorerst gebrochen. Kathi dankt es mit einem Blick an Simon und greift in ihre Tasche. Sie zieht einen Notizblock heraus. Auf eine Seite schreibt sie die Ziffern 90029072 und die Buchstaben VITAV. »Das ist eine Stiftung, vermutlich von der Konservativen Partei«, erklärt sie den beiden, die sie dabei ungläubig anblicken. Kathi reißt den Zettel von ihrem Block. »Hier! Vitav das ist der Name der Stiftung, die Ziffern müssten entweder die Kontonummer oder die PIN sein«, reicht sie Fritz den Zettel, »vielleicht kannst du von dem Konto 100 Franken abheben?«

Fritz schaut Kathi erstaunt an: »Warum gehst du nicht selbst rein, da stimmt doch was nicht?«

Simon sieht die Gelegenheit gekommen, um Kathi zu imponieren: »Wenn du es nicht machen willst, Fritz, dann gehe ich rein.«

Kathi schaut zu Simon und streicht ihm wie nebenbei über den Arm. »Danke. Super. Das ist echt cool von dir.«

Gerade als Simon sich den Zettel aus Fritz' Hand schnappen will, zieht dieser zurück: »Nix da, das mache ich schon selber.«

Kaum ist er in der Bank, fangen Kathi und Simon wieder an miteinander zu schäkern. Sie bemerken nicht, wie der Mann mit der großen Sonnenbrille aus dem BMW aussteigt und direkt an ihnen vorbei in die LieBa geht.

Kathi ist kurz irritiert. Sie riecht schon wieder dieses verdammte Parfüm, dessen Duft sie nicht vergessen kann. »Was benutzt du eigentlich für ein Eau de Toilette?«, fragt sie Simon.

»Komm halt näher«, lacht er keck, »kannst gern an mir riechen.«

So etwas lässt Kathi sich nicht zweimal sagen und beugt sich zu Simon. Aber der Duft ist nicht der, den sie sucht. Seltsam, denkt sie, sie hätte schwören können, dass sie eben diesen ominösen Duft in der Nase hatte.

Eine viertel Stunde später ist Fritz aus der Bank zurück und fuchtelt aufgeregt mit den Armen: »Das glaubt ihr nicht. Franken habe ich keine bekommen. Dafür hätte ich eine Super PIN gebraucht«, dabei bläht er sich zu seiner vollen Statur auf und schaut ernst zu Kathi: »Aber den Kontostand! Den habe ich gesehen.« Er lässt einen Pfiff ab und staunt noch immer: »18 Millionen Franken!« Fritz ist außer sich. »Hey, zum Mitschreiben: Eins-acht-Millionen!« Er schüttelt ungläubig den Kopf. »Sag mal, Kathi Kuschel: An was für einer Geschichte bist du da eigentlich dran?«

*

René Jakosch muss sich beherrschen, um nicht gleich im Empfangsbereich der Bank die Fassung zu verlieren.

Jetzt hat er wieder ein Problem. Und was für eins. Woher weiß dieser Lebrecht Fritz von der Stiftung?

Er stand etwas entfernt als dieser Journalist, mit der Bankangestellten geredet hat, aber nahe genug, um zu hören, dass er sich nach der Stiftung der Konservativen Partei erkundigt hatte. Und woher zum Teufel hatte er die Zugangs-PIN?

Jakosch verlässt eilig das Gebäude. Aus den Augenwinkeln beobachtet er, wie dieser Fritz aufgeregt zu Kathi Kuschel und dem Kameramann eilt.

Im Auto greift er sofort zum Telefon.

»Ich bin's … Nein, es hat keine Zeit. Wir müssen sofort sprechen … Gut ich warte auf Ihren Rückruf.«

Es dauert keine zwei Minuten, bis das Handy klingelt und sich der Finanzminister meldet.

»Ich habe in der Bank genau gehört, wie der Kollege von Kathi Kuschel sich nach unserer Stiftung erkundigt hat. Lebrecht Fritz heißt der Mann.«

Nach einem kurzen Schweigen in der Leitung nimmt Jakosch seine neuen Anweisungen entgegen.

»Okay. Ich habe verstanden … Ein Unfall ist immer gut. Sie können sich auf mich verlassen.«

*

Simon steuert den Kamerawagen durch die Straßen von Vaduz. Sie fahren an ein paar historischen Häusern vorbei, aber eine filmträchtige Alpenstilfassade bietet sich nicht. Dafür Neubau neben Neubau bzw. Bank neben Bank. Die Deutsche Bank neben der Schweizer UBS, groß und dominant natürlich die LieBa neben der etwas kleineren HRS Real Estate AG, neben der Invest London und der IBG Luxemburg. Die Aneinanderreihung wirkt wie ein internationales Meeting der gesamten Finanzwelt im beschaulichen Rheintal, zwischen Schweizer und österreichischen Alpen.

Simon hält in der Fußgängerzone an, steigt aus, dreht einige Schnittbilder für Kathi, zwischendurch steckt Fritz ihm seine Kassette zu. Nebenbei spielt Fritz den Fremdenführer und gibt mit seinem Insiderwissen vor der Kollegin aus Potsdam an.

Kathi ist fasziniert von der Geschichte des kleinen Fürstentums, dem Erbmonarchen sowie der exotischen und wahrlich noch immer etwas feudalen Rechtssprechung. Sie staunt, dass hier der Schweizer Franken rollt, als gehöre Liechtenstein zu der Schweiz, ebenso die Schweizer Briefmarken trotz des staatseigenen fürstlichen Postamts. Fritz erzählt ihr über die Steueroase und das Wirken der über 100 Banken und Tausenden von Firmen und Stiftungen, die in dem gerade mal 36.500 Einwohner zählenden Staat registriert sind. »Wohl alle nur, um in anderen Staaten Steuern zu sparen«, schmunzelt er, »auf gut Deutsch: zu hinterziehen, zu betrügen und zu bescheißen.«

In den Straßen von Vaduz hört Kathi alle Sprachen der Welt. Russische Geschäftsleute und chinesische Anzugträger mit Aktentaschen huschen von Bank zu Bank. Seit Ende des Zweiten Weltkrieges konnte sich Liechtenstein langsam aber stetig zu einem einzigartigen Finanzplatz mitten in Europa entwickeln.

214

»Es gibt auch Positives«, lästert Fritz, »die Frauen sind sich hier lange Zeit ihrer Rolle bewusst geblieben.« Dann wird seine Stimme gespielt traurig, und er gibt sich offensichtlich geschlagen: »Doch seit 1984 haben sie auch hier, in alpenländischer Idylle, Stimmrecht.«

»Wo Geld regiert, verstummt Vernunft«, kontert Kathi, »und bleibt wahre Schönheit auf der Strecke.«

»Sell kascht laut sage«, schließt sich Simon ihrem Urteil an, »schau dir dieses Bild an.« Langsam schwenkt er von der historischen trutzigen Schlossfassade oberhalb der kleinen Stadt hinunter in die Äuelestraße, die Hauptstraße, wo der Blick der Kamera von der Betonfassade der LieBa grau vermauert ist. »Da müsste sich der Architekt jeden Tag dafür entschuldigen«, kommentiert Simon das verschandelte Stadtbild.

»Steuerhinterzieher kommen nicht wegen der Architektur nach Liechtenstein, sondern um ihre Millionen sicher anzulegen«, verweist Fritz auf den Sinn der Banken in der Steueroase.

»Und jetzt auch noch unsere Regierungspartei, die Konservativen?«, schwingt in Kathis Stimme ein hoffender Hauch Zweifel mit.

»Ich will's ebenfalls nicht glauben«, rätselt Fritz, »wenn ich denen auch alles zutraue. Aber wie willst du das beweisen? Und dann noch diese ungeheuerliche Summe?«, schüttelt er staunend seinen Kopf. »Du weißt jetzt, dass definitiv ein Konto auf den Namen ›Vitav‹ bei der LieBa geführt wird. Bleiben die Fragen, wer es so satt füttert, wer es verwaltet und die wichtigste Frage: Gehört das Konto wirklich den Konservativen, oder hat sich da jemand einen

Scherz erlaubt? Ich könnte auch eine Stiftung mit dem Namen Sozi ins Leben rufen.«

»Das wäre eine Pleite-Stiftung«, ätzt Simon, »mit welchem Geld denn, bitteschön?«

»Vielleicht sollten wir bei deiner Frau Negele einhaken, du kennst die doch?«, versucht Kathi Fritz mit ins Boot zu holen.

»Kennen?«, Fritz gibt einen verächtlichen Ton von sich, »ich habe mit ihr in einem ganz anderen Fall zu tun. Klingt gegen deine Story eher wie eine Geschichte für das Bunte-Magazin: Toter Nacktsurfer!«

»Ha!«, fällt ihm Kathi ins Wort. »Wir haben einen toten Nacktpaddler.«

Fritz winkt ab: »Unser Fall hat sich simpel aufgeklärt. Da gibt es tatsächlich eine verrückte Clique, die nackt über den See surft. Und irgendwie ist dabei dieser Reto Welti umgekommen. Nur wie, weiß man noch nicht. Die Polizei geht von einem Unfall aus, seine Verlobte wohl auch. Nur seine Freundin will es nicht wahr haben.«

»Unser Nacktpaddler wurde ermordet, das steht fest. Er hatte kein Wasser in der Lunge und wurde im See gefunden. Da ist die Diagnose einwandfrei: Mord!«

»Eben, unser Toter hatte Wasser in der Lunge, aber man könnte ihn vom Brett gezerrt und getunkt haben. Vielleicht hat ihn der Täter danach in der Takelage verheddert, damit es wie ein Unfall aussieht, oder er ist tatsächlich durch Erschöpfung in dem kalten Wasser ertrunken.«

»Hm«, überlegt Kathi, »seltsam, oder? Vielleicht hängen beide Geschichten zusammen?«

»Seltsam ist, dass dieser Tote, Reto Welti, auch bei der

LieBa gearbeitet hat und dass seine Freundin behauptet, er wollte aussteigen aus der Welt der Raffkes, wie er sich zu Lebzeiten ausgedrückt haben soll.«

»Mit dem hätte ich gerne gesprochen.«

»Ja, der hätte dir vielleicht weiterhelfen können. Und er wollte sogar nach Berlin, hat mir seine Freundin erzählt. Aber das wäre ein Zufall«, wischt Fritz den Gedanken beiseite, »ein Banker, der das Bankgeheimnis bricht?«

»Ich will das jetzt wissen!«, gibt sich Kathi energisch.

»Dann solltest du dich an den Pressesprecher halten. Ich glaube, der fand dich trotz deiner harten Fragen ganz sympathisch – seine Chefin sicher nicht.«

»Und was soll mir der stecken?«

»Du hast seine Antwort gehört, darauf soll er Taten folgen lassen: Vorbei sind die Zeiten des Schwarzgeldes, wir in Liechtenstein führen nur noch Weißgeldkonten.«

»Allein mir fehlt der Glaube«, zitiert Kathi Goethes Faust.

»Das Wunder ist des Glaubens liebstes Kind«, ergänzt Fritz und staunt über Kathis Bildung. Dabei lächelt er sie fast schon bewundernd an.

Sie lächelt ebenso versonnen zurück. Und Simon lästert: »Dir, liebe Kathi, würde ich auch gern was stecken.«

»Jetzt habe ich Hunger«, sagt Fritz trocken, »kommt, lasst uns die Welt des schnöden Mammons verlassen. Dein Flieger geht in drei Stunden, eine Stunde für die Rückfahrt, da bleiben uns zwei Stunden für den Genuss. Du sollst, wenn du heute wieder in Berlin bist, den Bodensee nicht nur gesehen, sondern auch genossen haben.«

Kathi versucht noch einmal, die Pressestelle des Fürsten zu erreichen, und bekommt eine endgültige Abfuhr. Der Fürst will sich zu dem Thema Schwarzgeldkonten nicht äußern, solange die Verhandlungen mit der deutschen Regierung nicht abgeschlossen sind.

»Na dann Mahlzeit!«, schließt sie sich Fritz' Vorschlag an.

*

»Ein Dreh mit Fritz endet mit einem guten Essen«, hebt Simon das Weinglas. »Heute Morgen hast du genervt, aber wenn du was zu essen und zu trinken hast, bist du zu genießen.«

»Wenn ick ma wieda kommen tu, bring ick dem Männecken am besten gleich ma ne Stulle mit«, neckt ihn Kathi in ihrem breitesten Berlinerisch.

»Lass dir Zeit«, bremst Fritz die Euphorie, »vielleicht in 20 Jahren wieder.«

Er bestellt eine Flasche *Gelber Muskateller* aus der Hofkellerei des Fürsten von Liechtenstein. Eine der ältesten Rebsorten der Welt und aus einer der höchsten Weinanbaulagen nördlich der Alpen. »Duftige Blütennase, sehr dezent und fein; Zitrus- und Lindenblütenaromen am Gaumen, schlank, leichtfüßig und belebend«, gibt er an wie ein Sommelier.

»Wichtig ist, er schmeckt, sonst tut's mir auch 'ne Fassbrause«, antwortet Kathi betont unbeeindruckt. Fritz schenkt ihr großzügig ein und prostet Simon und ihr zu.

»Na geht doch«, stichelt Simon, »'s wird schon no mit euch beiden, ich spür's.«

»Und ich spür schon den Alkohol«, lacht Kathi, die das erste Glas fast auf ex wegtrinkt. »Ich habe eben Durst wie 'ne junge Bergziege«, entschuldigt sie sich, wohl wissend, dass man Wein eher schlürft als säuft.

Die drei sitzen bei Thomas Kraus im Schachener Hof in Lindau auf der Terrasse mitten im grünen Garten und genießen den spätherbstlichen Nachmittag. Nach den morgendlichen Gewitterwolken hat sich der Himmel wieder aufgeklärt und der Sturm gelegt. Fritz hat Kathi zu einem Bodenseefischteller überredet und eine Platte für drei Personen geordert. Dazu Weißwein. »Dafür braucht's keine millionenschwere Stiftung«, lacht er, »nur regelmäßige Honorare von der Anstalt!«

Kathi stimmt ihm zu, verschweigt ihr finanzielles Desaster, die Leasingrate für ihren neuen BMW und die viel zu teure Miete. Aber sie will sich nicht lumpen lassen und bestellt eine weitere Flasche Wein.

*

»Simon, gib Gas!«, stachelt Fritz den Kameramann an, »sonst schaffen wir's nimmer.«

Kathi und Fritz hatten sich in ihren Erzählungen verfangen, aber auch an einer nicht enden wollenden Weinreise durch das Rheintal. Nach der zweiten Flasche Gelber Muskateller aus Liechtenstein hat Fritz eine Flasche Freisamer, ebenfalls aus den Höhen des Rheintals, und danach eine Flasche Sauvignon Blanc vom Weingut Gonzen aus Sargans bestellt. Kathi zeigte sich überrascht über die kräftigen Weine von den Alpenhängen und Fritz von

Kathis Standfestigkeit und ihrem offensichtlichen Weinverstand.

Die Zeit wird knapp. Simon scheucht den Kamerawagen Richtung Friedrichshafener Flughafen. Es ist 20.00 Uhr, um 20.15 hebt der Flieger ab, bis zum Flughafen zeigt das Navi noch volle 15 Minuten.

»Lass gut sein«, entscheidet Fritz, »das schaffen wir nicht mehr.«

»Du bist gut, ich muss zurück nach Berlin, meine Chefin macht Rabatz, wenn ich zwei Tage bleibe.«

»Deine Chefin macht Rabatz, wenn du zwei Tage Spesen einreichst«, kennt Fritz das Spesentheater aus eigener Erfahrung, »du kannst bei mir übernachten und nimmst morgen den ersten Flieger, wir buchen um!«

»Am Morgen macht er mich an, weil ich mit dir flirte, am Abend nimmt er dich mit nach Hause«, lacht Simon Kathi zu. »Pass auf, bei Fritz gibt's auf seinem Bauernhof meist was zu tun.«

»Brunos Stall muss ausgemistet werden«, stöhnt Fritz und denkt an die Sauerei, die der Geißbock ihm am Morgen beschert hatte. Aber er hat keine Lust, sich seine Laune verderben zu lassen. »Im Heuschober findest du auf einem Bauernhof immer Platz«, lacht er und stellt sich auf einen feucht-fröhlichen Abend ein.

Berlin, abends

O *Fortuna velut luna statu variabilis …*

Die Musikanlage mit Dolby Surround Sound in Günther Robert Clausdorffs Wohnung ist weit aufgedreht. Der monumentale Anfang von Carls Orffs *Carmina Burana* hallt aus den Lautsprechern im Wohnzimmer bis in die Küche, dann setzt der Chor mit dem etwas leiseren Stakkato ein.

semper crescis aut decrescis; vita detestabilis …

Langsam, halbe Drehung um halbe Drehung, versenkt Holger Frey den Korkenzieher immer tiefer in die Flasche des edlen Barolos. Gekonnt setzt er den Hebel des Sommeliermessers an den Flaschenrand und zieht den Korken sanft im Takt der Musik nach oben.

nunc obdurat et tunc curat ludo mentis aciem,

Ilka Zastrow tanzt mit einem Tablett in ihren Händen vom Flur in die Küche. Die drei großen Rotweinkelche wackeln bedrohlich, fallen aber nicht. Ilka Zastrows Lippen bewegen sich sanft. Sie scheint den lateinischen Text auswendig zu kennen.

egestatem, potestatem, dissolvit ut glaciem.

Der granatrote Tropfen füllt das erste Glas nur ein klein wenig, dann setzt Frey die Flasche ab und deutet Clausdorff an, den Wein zu probieren.

Die silbernen Haare des Kanzlerkandidaten sind wild zerzaust, fast so wie die eines Dirigenten während des Konzerts. Er hält das Glas ins Licht, prüft die Farbe. Sein Nicken verrät, dass er zufrieden ist.

»Kennt ihr die deutsche Übersetzung von Carmina Burana aus dem Latein, die Bedeutung?« Clausdorff wartet die Antwort erst gar nicht ab und fängt an zu zitieren.

O Fortuna! Wie der Mond so veränderlich, wachst du immer oder schwindest! Schmähliches Leben! Erst misshandelt, dann verwöhnt es spielerisch den wachen Sinn. Dürftigkeit, Großmächtigkeit, sie zergehn vor ihm wie Eis.«

Clausdorff macht eine kurze Pause und schaut zunächst Frey und dann Zastrow in die Augen.

»Das soll uns mahnen, unsere Demut nicht zu verlieren. Die Macht, die wir bekommen, wird eine auf Zeit sein.«

Das Rotweinglas kreist unter seiner Nase, dabei schließt er kurz die Augen.

Holger Frey schaut auf die Uhr und nickt Ilka Zastrow zu. Es ist Freitagabend. Gleich werden in den Nachrichten die neuesten Umfragezahlen veröffentlicht, eine Woche vor der Bundestagswahl. Wer jetzt vorne liegt, der darf nur keine Fehler mehr machen, heißt es unter den Kommentatoren einhellig.

Clausdorff spürt die Nervosität seiner beiden wichtigsten Vertrauten, lässt sich aber nicht aus der Ruhe bringen.

»Wunderbar!«, entfährt es ihm, als er zum ersten Mal an seinem Wein genippt hat. Frey füllt zunächst das Glas von Clausdorff, dann das von Ilka Zastrow und zuletzt sein eigenes. Sie gehen ins Wohnzimmer, wo Frey sofort den Schalter für die Stereoanlage sucht, während Zastrow zur Fernbedienung des großen Flachbildfernsehers greift.

»Einen Moment noch!«, bittet Clausdorff.

Hac in hora sine mora corde pulsum tangite; quod per sortem sternit fortem, mecum omnes plangite!

Der erste Akt endet mit großer Wucht, und auf dem Fernseher erscheint ein schlaksiger Mann mit freundlichem Lächeln.

»Mach lauter, es geht schon los ...«, fordert Frey Ilka Zastrow auf, die die Fernbedienung in der einen, ihr Rotweinglas in der anderen Hand hält. Der Balken, der die Lautstärke anzeigt, wird größer, die Stimme des Moderators immer lauter.

»... bevor wir zur Sonntagsfrage kommen, schauen wir uns zunächst ein anderes interessantes Ergebnis an. Eine sehr spannende Frage war, wie die Wähler auf den Tod, man muss richtigerweise von Mord sprechen, also wie die Wähler auf die Ermordung des Finanzexperten der Sozialisten, Rainer Jungschmidt, reagieren würden?«

In diesem Moment verschwindet das Gesicht des Moderators, und eine Grafik beginnt sich aufzubauen. Die Stimme sagt im Off: »Wir haben gefragt: Schadet der Tod von Rainer Jungschmidt den Sozialisten? Die Antwort ist, ich sage es gleich, hoch spannend.«

Ein erster Balken schiebt sich von der linken Bildschirmseite Richtung Mitte und stoppt nach dem ersten Drittel. »Ja, das schadet den Sozialisten, sagen 32 Prozent der Befragten.«

Daraufhin baut sich ein zweiter Balken auf, er wächst deutlich über den ersten hinaus. »58 Prozent der Befragten sagen, nein, das schadet den Sozialisten nicht. Zehn Prozent antworten mit: Ich weiß nicht.«

Die Grafik verschwindet, der Moderator ist wieder zu sehen. Sein Blick ist ernst und direkt in die Kamera gerichtet: »Das ist schon eine Überraschung. Offenbar gibt es so etwas wie einen Mitleidseffekt bei den Wählern.«

Mit einem lauten Knall stellt Clausdorff sein Glas auf den Tisch neben seinem Sessel. »Mitleidseffekt? Ich glaube, der hat sie nicht mehr alle«, schimpft er voller Empörung.

Frey unterbricht ihn: »Günther Robert! Ist doch vollkommen egal! Hauptsache, es schadet uns nicht. Und ganz nebenbei: Stellt euch den Dicken vor. Der wird im Moment richtig toben. Der hätte am liebsten gehabt, dass der Umfrageheini von einem ›Laburg-Effekt‹ gesprochen hätte. Aus seiner Sicht ist er, der große Alexander Laburg, der neue Finanzexperte, der Grund dafür, dass die Wähler mehrheitlich glauben, Rainers Tod schade uns nicht.«

Clausdorff schaut angewidert in die Runde und schüttelt den Kopf: »Laburg-Effekt. Wenn ich so was schon höre, da könnte ich kotzen.«

»Ruhe jetzt. Die Sonntagsfrage«, unterbricht Zastrow die Kabbelei der beiden, und alle drei starren gespannt auf den Bildschirm.

Erneut baut sich eine Grafik auf, diesmal in Form eines

Kuchendiagramms. Der Zahlenmoderator spricht von einer knappen Ausgangslage mit leichten Vorteilen für den Herausforderer.

Clausdorff sitzt angespannt in seinem Ledersessel, den Körper nach vorne gebeugt, als wolle er in das Fernsehgerät kriechen. Die anderen beiden wagen kaum zu atmen.

»Wenn am kommenden Sonntag Bundestagswahl wäre, dann kämen die Parteien auf folgendes Ergebnis: Die Konservativen erreichen 44 Prozent.«

Ilka Zastrow stößt einen kleinen Jubelschrei aus.

Der rechte Teil der Kuchengrafik füllt sich fast bis zur Mitte mit schwarzer Farbe.

»Die Sozialisten bekämen 47 Prozent.«

Jetzt wird der linke Teil tiefrot.

Clausdorff lässt sich in seinen Sessel fallen und reckt beide Arme in die Höhe, fast so, als habe er ein Tor geschossen.

»Doch die Sozialisten können sich ihrer Sache nicht sicher sein«, mahnt der Moderator, »neun Prozent der Befragten sind noch unentschlossen.«

Die kleine Ecke, die im Kuchendiagramm bisher weiß geblieben war, beginnt jetzt giftgrün zu blinken.

»Diese neun Prozent werden entscheidend sein. Wer diese unentschlossenen Wählerinnen und Wähler in der letzten Wahlkampfwoche überzeugen kann, der ist so gut wie sicher für die nächsten vier Jahre im Kanzleramt.«

Das Diagramm verschwindet, der Moderator lächelt freundlich, erzählt von dem spannenden Wahlkampf, der der Republik bevorsteht und verabschiedet sich.

Ilka Zastrow drückt den roten Knopf auf der Fernbedienung, die Mattscheibe wird schwarz. »Das müssen wir feiern!« Sie schaut auffordernd in die Runde.

Holger Frey wirkt als Einziger nicht euphorisch.

»Holger, was ist los mit dir?«, fragt Clausdorff seinen Freund.

»Der Stoiber hat sich auch zu früh gefreut. Den Fehler sollten wir nicht wiederholen.«

»Spielverderber!«, knallt ihm Zastrow ins Gesicht.

»Na gut«, gibt er sich geschlagen, »diese eine Flasche noch. Es wäre tatsächlich zu schade um den guten Tropfen.«

Am Ende werden es drei Flaschen vom edelsten Barolo. Eine feudale sozialistische Lage vom Feinsten. Begleitet vom monumentalen Klang der Carmina Burana.

Rerum tanta novitas in solemni vere et veris auctoritas jubet nos gaudere;

(Solche Allerneuerung in dem feierlichen Frühling, und des Frühlings Machtgebot will, dass wir uns freuen.)

*

Das gelbe, ungemütlich kalte Licht im Bundesfinanzministerium leuchtet die langen Flure notdürftig aus. Alle 20 Meter mischt es sich mit dem giftigen Grün der Hinweisschilder, die Richtung Notausgang weisen. Aus der Ferne sind klingelnde Telefone zu hören. Die einzigen Beamten, die um drei Uhr morgens schon in ihren Büros sitzen, sind die Mitarbeiter der Abteilung »Devisenbeschaffung«. Die Börsen in Fernost haben bereits geöffnet. Dort suchen die Staatsdiener nach billigem Geld für Deutschland. Ein Liquiditätsengpass wäre der finanzielle Supergau für die EU-Vorzeigeregierung.

Genau zwei Stockwerke über der staatlichen Geldbeschaffungsabteilung liegt der mit schusssicheren Glastüren gesicherte Ministerbereich. Nur die engsten Mitarbeiter haben Zutritt. Das Vorzimmer ist leer und spärlich beleuchtet. Hinter der schweren Holztür sind dumpfe Stimmen zu hören. Die eine spricht laut und bestimmt. Sie gehört Finanzminister Leiple. Die andere kommt selten zu Wort, aber wenn, dann klingt sie nervös und verunsichert. Sie gehört Gesundheitsminister Riedermann.

»Das ist alles komplett aus dem Ruder gelaufen. Lassen Sie uns die ganze Sache abblasen.«

Leiple richtet sich in seinem Lederchefsessel auf und drückt seine breite Brust noch weiter nach vorne: »Was sind Sie für ein Schlappschwanz? Wenn Sie jetzt die Nerven verlieren, mache ich Sie fertig. Verstehen Sie? Dann war's das mit der Karriere, mit dem Dienstwagen und dem Chauffeur. Ich sorge dafür, dass Ihr Name durch den Dreck gezogen wird, sodass Sie nicht mal mehr beim Wachschutz 'ne Stelle bekommen.«

Leiple kneift seine Augen zusammen und mustert sein Gegenüber abfällig. Seine ganze Körpersprache verrät in diesem Moment, wie er über Gesundheitsminister Riedermann denkt. Kurz darauf entspannen sich die Gesichtszüge, und der giftige Blick weicht urplötzlich einer milden Miene: »Riedermann, Sie haben doch noch so viel vor sich. Klar, Sie müssen noch lernen. Aber Sie sind auf dem besten Weg, um in ein paar Jahren selbst Kanzler der Bundesrepublik Deutschland zu werden.« Leiple streckt seinen rechten Arm aus und schlägt Riedermann aufmunternd auf die Schulter.

»Also gut, ich bleibe an Bord. Aber von den drei Millionen unserer Lobbyfreunde will ich meinen eigenen Anteil. 100.000 Euro auf das Konto meiner Privatstiftung bei der LieBa. Das ist nicht verhandelbar.«

Leiples Lippen formen sich zu einem breiten Grinsen. »Ich wusste doch, dass Sie das Zeug zum Kanzler haben. Na dann Prost, Herr Kollege.«

Die filigranen Gläser mit dem teuren Rotwein aus dem Weinkeller des Finanzministers berühren sich sanft. Noch während das Glas leise schwingt, wird Leiples Miene wieder ernst: »Ihre Liechtensteiner Freunde müssen das Geld bis übermorgen lockermachen. Wir brauchen es dringend für den Wahlkampfendspurt und müssen richtig ranklotzen, um die Sozialisten wieder einzufangen. Sie haben die Umfrage gesehen. Sorgen Sie dafür, dass der Betrag auf das Stiftungskonto bei der LieBa überwiesen wird. Ich organisiere den steuerfreien Rücktransfer nach Deutschland.«

Riedermann wird neugierig: »Wie geht das eigentlich?«

»Nur in bar.«

»Okay, aber wie kommt so viel Bargeld von Liechtenstein nach Deutschland?«

Leiple zögert einen kurzen Moment, entschließt sich aber doch, seinen Ministerkollegen einzuweihen: »Von Liechtenstein in die Schweiz gibt es kein Problem. Die stecken sowieso unter einer Decke. Und unser Mann ist ein begeisterter Wassersportler. Vom schweizerischen Rorschach bis nach Langenargen auf der deutschen Seite des Bodensees dauert es mit dem Boot eine Stunde.«

Riedermann erhebt sich aus seinem Sessel und läuft quer durch Leiples Büro zu einer deckenhohen Deutschlandkarte an der gegenüberliegenden Zimmerwand. Sein Weinglas gibt er dabei nicht aus der Hand. Um Langenargen auf der Karte zu finden, muss er sich tief bücken. Als er den Schriftzug ganz im Süden zwischen Lindau und Friedrichshafen entdeckt, stößt er einen anerkennenden Pfiff aus.

»So einfach soll das sein? Wird da nicht kontrolliert?«

Leiple lacht. »Einmal haben sie uns tatsächlich erwischt. Unser Mann hatte den Finger quasi schon am Abzug.«

»Was ist daran so witzig?«, will Riedermann wissen.

Leiple schaut ihn an und zögert die Antwort etwas raus. »Die wollten nur die Schwimmweste sehen. Für den Koffer mit den fünf Millionen Euro feinsten Schwarzgeldes unter Deck haben die sich nicht interessiert.«

*

Deggenhausertal, nachts

»Elfriede, du musst jetzt ins Bett«, bestimmt Fritz.

»Du hast mir gar nichts zu sagen!«, lacht die alte Frau. Sie hält ein Glas Most in ihrer mit Furchen gezeichneten, abgeschafften Hand und fuchtelt fröhlich durch die Luft.

»Kathi, pass auf, der Fritz ist ein Kommandant. Er meint, er hätte hier das Sagen«, lacht die alte Frau laut.

»Mir auch nicht«, stößt Kathi mit Fritz' Mutter an, »der meint, wir wären noch in Liechtenstein und wir Frauen hätten kein Stimmrecht.«

Kathi sitzt neben Elfriede in der alten Bauernstube auf der Kuscht, der warmen Steinbank des Kachelofens. Fritz hat Reisigbündel und Holzscheite in die Ofenluke geschoben und den alten grünen Kachelofen kräftig angeheizt. Die Kacheln geben ihre gespeicherte Wärme ab. Die alte Bauernstube ist dank ihrer niedrigen Holzdecke schnell warm. Kathi genießt ihren warmen Hintern auf der Steinbank. So eine Kuscht, wie Fritz die Bank nennt, hat sie noch nie gesehen. Und Mutter Elfriede findet Kathi mit ihrer Frauensolidarität 'ne Wucht. »Du tätsch do her passe!«, lacht sie immer wieder.

Fritz schaut während des Geplänkels grimmig zu seiner Mutter, doch er spielt mehr den autoritären Mann im Haus, als dass er es wirklich wäre. Im Grunde freut er sich über die ausgelassene Stimmung. Wann war seine Mutter im vergangenen Jahr das letzte Mal so unbeschwert? Die Nachricht der Klinik, dass sie nächste Woche am Dienstag erneut operiert werden soll, sowie der Alkohol in dem Most tun ihr gut. Dazu Kathis loses Mundwerk.

Aus der Berliner Göre wird Fritz nicht schlau. Sie passt in gar keine seiner Schubladen, die er für Frauen ihres Schlages bereithält. Mit jedem weiteren Glas gefallen ihm selbst diese rot gefärbten Haare. Manchmal, wenn er sich nicht beobachtet fühlt, schielt er auf ihre langen Beine.

Dann sieht er ihre fröhlich glänzenden Augen und hört ihre frechen Kommentare.

»Hör zu, Erbmonarch Fritz I.«, unterbricht sie ihn in seinen Gedanken, »du zeigst mir jetzt mein Prinzessinnen-Bettchen, dann genehmigen wir uns noch einen Schlummertrunk, und dann wanke ich zu meiner Ruhestätte.«

Fritz versucht, ein besonders ernstes Gesicht aufzulegen, und kneift die Augen bedrohlich zusammen, was aber nur komisch aussieht. »Noch so ein Spruch von wegen Erbmonarch, und ich zeige dir statt Schlummerbettchen deine letzte Ruhestätte.«

Elfriede quietscht vergnügt und hebt mahnend ihren rechten Zeigefinger: »Lebrecht!«, setzt sie in der energischen Tonlage einer strengen Mutter an, »du zeigst Fräulein Kathi die Gästekammer und beziehst das Bett. Ich will nichts von Frauenarbeit hören, das machst du schön selbst, die Bezüge liegen unten im Schrank. Haben wir uns verstanden, mein Sohn?«

Für einen ganz kurzen Moment ist es in der gemütlichen Bauernstube mucksmäuschenstill. Dann prustet Elfriede laut los. »So ein saudoofes Gesicht wie eben hascht scho lang nimma g'macht.«

Jetzt grinst auch Kathi frech, und Fritz lacht laut los. Mit seiner rechten Hand wischt er sich eine Träne von der Wange. Nur er weiß in diesem Moment, dass sie nicht vom Lachen kommt. Er ist halt doch ein Weichei. Aber verdammt, dass er seine Mutter noch mal so putzmunter und gut gelaunt erleben darf …

Verstohlen wischt er die Träne und seine sentimentale Rührung beiseite, die taffe Kathi soll ihn so nicht sehen:

»Na komm, steh auf, hier geht's lang. Die Stiege nauf«, fordert er sie streng auf, »und Elfriede, du trinkst jetzt nichts mehr von dem Most. Wir sind gleich wieder zurück!«

Seine Mutter zwinkert ihm verschwörerisch zu. Fritz hofft, dass Kathi dies nicht gesehen hat. Doch Kathi schaut ihn in diesem Moment fragend an – so als habe sie den Heiligen Geist höchstpersönlich in der Stube gesehen. »Die Stigenauf? Kannst du bitte Deutsch mit mir sprechen.«

»Na die Steige nauf. Halt die Treppe hinauf«, versucht sich Fritz an einer Übersetzung.

»Sag das doch gleich. Die Treppe hoch! Ob ihr Schwaben tatsächlich alles könnt, weiß ich nicht, aber tatsächlich kein Hochdeutsch.«

Bevor Fritz kontern kann, spürt er Kathis Hand auf seiner Schulter. Sie steht auf ihrem rechten Bein neben ihm und zieht sich den linken Stiletto aus. Nach der Menge Alkohol scheint die »Stigenauf« eine wacklige Angelegenheit zu werden. Sie schwankt bedrohlich und klappt mit ihrem Oberkörper vorneüber. Dabei kippt sie auf Fritz und landet mit ihrem Kopf auf seinem Bauchansatz. Frech gluckst sie: »Na, na, lieber Herr Fritz! Sport hast du das letzte Mal im Schulunterricht gemacht, oder?«

»Ich sag's ihm jede Woche: Kerle, beweg dich! Aber er hört nicht.«

»Elfriede!«, fällt ihr Fritz energisch ins Wort, »jetzt ist aber wirklich genug!« Dabei schaut er an sich hinunter, zieht seinen Bauch ein und denkt: Ist doch eigentlich noch ganz passabel. Trotzig geht er mit schnellen Schritten aus der Stube die Stufen nach oben.

Die Holztreppe knarrt unter seinem Gewicht, aber auch

bei Kathis Tritten stöhnt jede Stufe. Sie staunt über die Enge des Flurs, die noch schmalere Treppe und über die Decke, die noch niedriger ist als die in der alten Stube im Untergeschoss.

An der Decke hängt eine nackte Glühbirne als einzige Lichtquelle des Flurs. Sie geht hinter Fritz her. An den Wänden sieht sie alte Fotografien einer kitschigen Bergwelt. Schließlich hört sie eine morsche Holztür vor sich quietschen.

Klack!, auch der Lichtschalter gibt laute Signale. Das Licht dagegen scheint schwach gedimmt. Eine alte Lampe mit rundum blumenbemalter Stoffschürze spendet einen roten Schein. In dem warmen Pufflicht scheint ihr die Gästekammer sogar gemütlich. Nur das Bett ist überraschend hoch. Sie setzt sich darauf, es knarzt. Schnell steht sie wieder auf. »Darf ich dich um ein Schlafhemd bitten, ich habe nichts dabei. Ich wollte schon längst zu Hause sein.«

Fritz steht neben ihr. Den Bauch hat er noch eingezogen, charmant grinst er: »Für dich würde ich mein letztes Hemd geben.«

»Da schau an, der Herr Fritz kann sogar flirten.«

»Nein, nein«, antwortet er verlegen, »das mache ich nicht ohne Hintergedanken. Ich verlange Gegenleistung, ich könnte nämlich deine Hilfe gebrauchen.« Während er redet, spannt er ein frisches Laken über die alte Matratze.

Kathi bemerkt, dass er das nicht zum ersten Mal macht. Sie hat längst registriert, dass der mürrische Kollege zu Hause den liebsten Sohn abgibt und den Haushalt seiner Mutter schmeißt.

»Es geht um Elfriede«, unterbricht Fritz seine Arbeit,

233

»du hast ja gesehen, ihr geht's nicht gut. Seit dieser vermaledeiten Hüftoperation hat sie mehr Schmerzen als jemals zuvor. Ich will wissen, was da schiefgegangen ist. Vermutlich hat sie eine schadhafte Hüftgelenkprothese implantiert bekommen. Du musst wissen, dass diese Teile, ganz egal ob Hüft- oder andere Gelenkprothesen oder gar Herzschrittmacher, keiner Qualitätskontrolle unterliegen. Dabei könnte ein Endoprothesen-Register einen Überblick darüber verschaffen. Ein alter Kollege hat mir gesteckt, dass dies nie kommen wird. Als Pressesprecher eines Herstellers von Medizinprodukten wisse er, dass sie eine gut funktionierende Lobby in Berlin sitzen hätten.« Dabei reibt Fritz seinen rechten Zeigefinger gegen seinen rechten Daumen. »Anscheinend geht es da um nicht unerhebliche Zuwendungen.«

»Und was soll ich da machen?«

»Du könntest im Gesundheitsministerium nachfragen, warum die deutsche Regierung sich gegen eine EU-weite TÜV-Regelung für Medizinprodukte wehrt? Das ist doch paradox!«

»Wie? Was willst du?««

»Ich muss mit meinem alten, jahrelang zuverlässigen Traktor alle zwei Jahre zum TÜV. Medizinproduktehersteller, etwa von Brustimplantaten, Herzschrittmachern oder künstlichen Hüftgelenken, müssen dagegen lediglich eine freiwillige Selbsterklärung abgeben, damit sie Zertifikate bekommen und ihre Produkte in den Verkehr bringen dürfen. Und schon sind diese, ohne jemals geprüft worden zu sein, in deinem Körper. Findest du das logisch?«

»Nee! Das kann ich mir nicht vorstellen.« Ungläubig starrt sie Fritz an. »Wenn das so ist, werde ich mich im Gesundheitsministerium umhören.«

»Mal umhören reicht nicht, Kollegin«, echauffiert sich Fritz, »ich will wissen, warum es bis heute keine europaweite amtliche Zulassung für die Medizinprodukte hoher Risikoklassen gibt. Das gibt's doch nicht!«

»Okay, okay, ich habe verstanden. Meinetwegen, ich versuche was rauszubekommen. Jetzt aber her mit deinem letzten Hemd.«

Fritz verschwindet aus der Gästekammer, ist aber gleich wieder mit einem frisch gebügelten Männerhemd zurück. »Hier, ist vielleicht ein bisschen groß.«

»Ich wusste gar nicht, dass du so coole Klamotten hast. Hawaiihemd im 80er-Jahre-Look, das bekommst du bei uns nur in Friedrichshain in den ganz angesagten Läden, dachte ich bis jetzt – aber bei euch am Bodensee gibt's die auch schon.«

Fritz blickt etwas verlegen zu Boden. Soll er Kathi gestehen, dass der Fetzen seit 30 Jahren sein Lieblingshemd ist? Eines, das er nur zu besonderen Anlässen trägt. Niemals! Also gibt er an: »Dafür bin ich extra rüber nach Zürich. Zürich, das ist übrigens die Stadt, aus der sich die coolen Berliner immer ihre Ideen holen.«

Kathi glaubt ihm kein Wort, lacht und öffnet nebenbei Knopf für Knopf ihre Bluse, ohne sich dabei von Fritz abzuwenden. »Zürich? Träum weiter. Die sind uns zu piefig und reich, und wie du heute gesehen hast, hat Geld keinen Geschmack. Berlin ist arm und sexy!«

Während sie das sagt, schlüpft sie aus ihrer Bluse, öffnet den BH und steht mit nacktem Oberkörper ungeniert vor Fritz.

Der weiß mit dieser Situation nicht umzugehen, blinzelt kurz auf ihre schönen Brüste, dreht sich dann wie ertappt ab. Er denkt, so wirke er höflich, aber eigentlich will er auf keinen Fall zeigen, dass er mit dieser Situation gar nicht umgehen kann.

Kathi stutzt nur einen Moment, dann lacht sie bissig: »Entschuldige bitte, ich hatte tatsächlich für einen Moment vergessen, dass du ein verklemmter Wessi bist. Warte mal … jetzt kannst du dich wieder umdrehen.«

Fritz aber bewegt sich nicht. Zum ersten Mal in seinem Leben beschäftigt ihn die Frage, ob Schamesröte genauso schnell aus dem Gesicht verschwindet, wie sie kommt? Er hofft es einfach und betet zu Gott, dass Kathi nichts von seinem kleinen Dilemma bemerkt.

Als er sich wieder umdreht, steht Kathi in seinem Lieblings-Hawaiihemd vor ihm und bewegt sich in dem niedrigen Raum wie ein Model auf dem Laufsteg. Ein Gang hinters Bett, elegante, leicht schwankende Drehung, kurzer Blick ins Publikum, Gang zurück.

Fritz nickt anerkennend und hat endlich seine Sprache wieder gefunden. »Steht dir fast so gut wie mir. Willst du in dem Aufzug runter zu Elfriede?«

»Ja klar, warum nicht? Aber davor habe ich noch eine Bitte an dich.«

Kathi setzt sich aufs Bett. Von einem Moment auf den anderen verschwindet die Leichtigkeit aus ihrem Gesicht, plötzlich wirkt sie ernst. »Du hast sicher mitbekommen, dass diese ganze Schwarzgeldgeschichte im Wahlkampf

ein Riesenthema wird. Ich ahne, dass ich an einer ganz
großen Sache dran bin. Immerhin ist ein Spitzenpolitiker
ermordet worden, ich glaube, weil er dem Schwarzgeldkonto der Regierungspartei auf der Spur war. Ich frage
mich aber die ganze Zeit, wie das funktioniert? Also in der
Praxis. Wie bekommen die ihr Geld nach Liechtenstein
oder in die Schweiz, und noch wichtiger, wie bekommen
sie es wieder zurück, wenn sie es brauchen? Fahren die
tatsächlich mit ein paar Millionen Euro im Kofferraum
von Vaduz nach Berlin? Es wird doch an der Grenze kontrolliert, oder?«

Fritz führt ihre Gedanken weiter: »Die haben Mittels-
männer, und die fahren vielleicht mehrmals und nehmen
pro Fahrt kleinere Beträge mit. Dann hält sich der Scha-
den in Grenzen, wenn sie auffliegen.«

»Aber dann sind die ewig unterwegs. Überleg doch mal,
wir sprechen von 18 Millionen Schweizer Franken!«

Fritz zuckt ratlos mit den Schultern. »Wer kontrolliert
schon ein Regierungsmitglied, oder sie nehmen einen
Diplomatenpass, oder was weiß ich. Aber was soll ich da
machen?«

»Vielleicht könntest du dich umhören, wie das in der
Praxis funktioniert. Ich habe gesehen, dass du beste Kontakte in die LieBa hast«, grinst sie frech, »außerdem könnte
ich ein paar gedrehte Einstellungen von den populärs-
ten Schwarzgeldrouten gebrauchen. Ich weiß noch nicht
genau, wie mein Bericht aussehen wird, aber Bilder vom
See und von einer Schwarzgeld-Route würden sich super
machen.«

»Schwarzgeld-Route«, schmunzelt Fritz, »guter Titel,

wie ihn sich Frau Regisseurin aus Berlin vorstellt. Aber okay: Du kümmerst dich in Berlin um Elfriedes Prothese, ich bleib' an der Schwarzgeldroute am See dran. Ich werde Margit Negele auf den Zahn fühlen, das muss ich sowieso tun. Und du schaust, was du im Gesundheitsministerium herausfindest.«

Wie zwei alte Pferdehändler schlagen die beiden Hand auf Hand ein. »Und jetzt nichts wie zu Elfriede«, sagt Fritz schnell, bevor sie die Abmachung noch auf andere Weise besiegeln könnten. Bei den Ossi-Mädels weiß man nie, fürchtet er, dreht sich abrupt um und stapft zügig aus der Kammer.

Kathi folgt ihm die schmale Treppe hinunter, vor der Stube dreht Fritz sich um und legt seinen Zeigefinger auf seine Lippen. Vorsichtig öffnet er die alte knarrende Tür und sieht Elfriede auf der Kachelofenbank schlafen. Er grinst: »Dacht' ich mir's doch«, flüstert er, »das war heute einfach zu viel für die alte Dame.«

Vorsichtig hebt er sie an und trägt sie in das Schlafzimmer.

Kathi folgt ihm. Sie schaut ihm zu, wie er seine Mutter liebevoll in ihr Bett legt, ihr den Bademantel auszieht und sie zudeckt.

Er gibt Kathi ein Zeichen Richtung Tür, löscht das Licht und folgt ihr auf den Flur. »Die älteste Ziege haben wir im Stall. Jetzt muss ich noch nach Bruno sehen, der ist auch krank.«

»Bruno?«, fragt Kathi überrascht. »Wohnt der auch hier?«

»Ja, im Stall, sag ich doch«, murrt Fritz.

»Im Stall? Ich denke, ihr habt die Viecher verkauft, oder bist du auch noch Landwirt?«

»Nach dem Tod meines Vaters haben wir alle Tiere verkauft.« Während er spricht, öffnet er die Haustür und geht auf den dunklen Hof hinaus. »Außer eben Bruno und ein paar Hühnern.«

Kathi folgt Fritz neugierig.

»Bruno!«, ruft er in das Dunkel und geht Richtung der alten Stallungen. »Hoffentlich steht er nicht schon wieder im Hühnerstall, wir haben ihn vorhin nicht gesehen.«

»Nein, ich habe keinen Bruno gesehen«, wundert sich Kathi über die Aktion ihres Kollegen. Draußen ist es kalt geworden. Sie friert in ihrem Hawaiihemd und will so schnell wie möglich wieder in die warme Stube zurück. Vor allem hat sie keine Lust, mit ihren Söckchen über diesen dunklen Hof zu stolzieren.

»Bruno! Verdammt, komm jetzt her.«

Kathi schaut angestrengt in das Dunkel. Sie sieht, wie Fritz eine Stalltür an einem der Nebengebäude öffnet und ruft: »Endlich, du alter Ziegenbock, gib doch mal einen Laut.« Er schließt krachend wieder die alte Stalltür und ruft in Richtung Kathi: »Der ist versorgt, dann können wir jetzt auch auf die Matratze.«

Kathi ist erleichtert und ertappt sich dabei, wie sie gähnt. Heute wird sie schlafen wie ein Murmeltier. Die Ruhe und die Luft auf dem Land scheinen schon zu wirken. Sie fühlt sich entspannt, die Hektik der Großstadt ist weit weg. Sie holt tief Luft, und saugt sich durch ihre Nase die Lunge voll. Aber nur ganz kurz. Ein Würgereiz, wie sie ihn im Flugzeug hatte, überkommt sie wie aus dem Nichts. Nur durch ein äußerst großes Maß an Selbstbeherrschung schafft sie es, das Essen im Magen zu behalten.

»Sag mal, das stinkt hier wie im Pumakäfig, wie kannst du das aushalten?«, fragt sie Fritz, während sie sich mit zwei Fingern die Nase zuhält.

»Das ist alles nur Gewohnheit. Jetzt stell dich nicht so an. Hier hat's den ganzen Tag so gerochen, und es hat dich nicht gestört.«

Kathi schaut ihn angeekelt an. Es ist ihr selbst peinlich, dass sie so eine Show abzieht, und eigentlich hat Fritz recht. Den ganzen Abend hat sie das nicht gestört. Verdammt, Kathi, jetzt benimm dich nicht daneben, reiß dich zusammen. Er war so nett zu dir, geht es ihr durch den Kopf. Langsam nimmt sie ihre Finger von der Nase, schaltet zur Vorsicht auf Mundatmung um. Es scheint zu funktionieren, ihr Magen bleibt ruhig, rührt sich nicht. Trotzdem fährt ihr ein leichter Duft durch die Nase. Sie hätte schwören können, dass sie neben dem Misthaufengeruch ein Männerparfüm riecht. Ausgerechnet das Parfüm, das sie an den Überfall in der Wohnung von Rainer Jungschmidt erinnert. Aber hier spielt ihr eindeutig das Gehirn einen Streich. Von einem Bock, der nach Eau de Toilette duftet, hat sie noch nie gehört.

Vorsichtig läuft sie über den dunklen Hof ins Haus zurück. Jetzt bloß nicht in die Scheiße treten, denkt sie sich, als es unter ihrer Socke plötzlich verdächtig weich wird.

*

Verdammt, das ist gerade noch mal gut gegangen. René Jakosch kauert hinter einer Tür in der Scheune und wartet, dass die Stimmen endlich leiser werden. Beinahe hätten sie ihn entdeckt. Ihm wäre nicht viel übrig geblieben, als kurzen Prozess zu machen. Wer kann ahnen, dass die beiden um diese Zeit vor die Tür kommen.

Der Bock im Stall nebenan stinkt wie der Pumakäfig im Berliner Zoo. Da muss er dieser Kathi Kuschel recht geben.

Während er sich mit der einen Hand die Nase zuhält, kramt er mit der anderen in der Jackentasche nach seinem Eau de Toilette. Der Zerstäuber sprüht einen feinen Nebel um ihn, den Jakosch gierig aufsaugt. Nachdem die Stimmen wieder im Haus verschwunden sind, wagt er sich langsam aus seinem Versteck.

Die Luft scheint rein zu sein, sagt er sich in Gedanken und grinst. Unpassender hätte er es kaum formulieren können. Die beiden Zielpersonen haben ihn gestört, als er gerade dabei war, den alten Saab aufzubrechen. Er braucht die Unterlagen.

FINDE RAUS, WAS SIE WISSEN. UNFALL ERST NACH RÜCKSPRACHE. Die SMS vom Minister war eindeutig. Vorsichtig öffnet er die Beifahrertür. Das satte Klacken verrät, dass das Auto noch aus einer anderen Zeit kommt. Fast klingt es so, als hätten die Schweden die Tür aus dem Vollen gefräst. Leichtbauweise war zu stählernen Saab-Zeiten noch ein Fremdwort.

Mit einer kleinen Taschenlampe leuchtet Jakosch jeden Zentimeter im Innenraum ab. Alles, was er findet, schaut er sich sorgfältig an. Selbst ein altes Kaugummipapier wirft er nicht weg, bevor er sicher ist, dass keine Infos darauf stehen. So ist er ausgebildet worden. Nach 20 Minuten ist er fertig. Das Auto ist sauber. Wieder so ein Satz, dessen Aussage eigentlich kompletter Quatsch ist. Hier müsste dringend sauber gemacht werden, denkt er. Aber hier wird die kleine Wanze, die er mit einem Kaugummi unter die Lenksäule klebt, nicht weiter auffallen.

SAMSTAG, 26. NOVEMBER

Friedrichshafen, morgens

»Meine Herren! Geht es bitteschön noch langsamer? Nach Möglichkeit würde ich sehr gerne heute meinen Flieger erwischen!« Kathi spielt die Genervte, sie stößt Fritz, der am Lenkrad sitzt, kumpelhaft mit ihrem spitzen Ellenbogen in die Rippen.

Fritz heult getroffen auf und verzieht sein Gesicht vor Schmerzen: »Hey, ich bin ein älterer Mann, da ist so 'ne Rippe schnell kaputt, ein glatter Durchbruch, von so was hört man immer wieder. Wenn du heute Morgen nicht so lange wie Königin Luise im Bad gebraucht hättest, dann wären wir schon längst am Ziel. Hier ist außerdem Tempo 30. Der Ort heißt Hagnau. Wir wollen denen doch nicht ihren guten Müller-Thurgau verpesten.«

Kathi schaut aus dem Fenster. Die Bundesstraße führt aus dem Ort an Weinbergen vorbei. Auf der linken Seite stehen die Reben wie die preußische Armee in Reih und Glied aufgestellt. Rechts fallen die Weinberge hinab bis ans Ufer des Bodensees.

Während Fritz den Wagen mitten durch die beste Hanglage steuert, kann Kathi sich an dem spektakulären Blick nicht sattsehen. Der Bodensee wirkt ruhig und entspannt, fast wie im Winterschlaf. Das endlose Wasser liegt da, als ob es gemalt wäre. Hinter dem anderen Ufer erheben sich majestätisch die Alpen. Oben auf den Gipfeln liegt schon der erste Schnee.

»Schön hast du es hier. Nur für den unwahrscheinlichen Fall, dass du meinen Rippenstoß von eben überleben solltest: Kann ich dich wieder mal besuchen?«

Aus den Augenwinkeln erkennt Kathi, wie die leidende Miene aus Fritz' Gesicht verschwindet und sich in ein schelmisches Lächeln verwandelt. »Ach, ich glaube, es war doch nicht so schlimm. Mir geht's schon wieder sehr viel besser. Ich bin zwar kein Arzt, aber ich diagnostiziere eine schnelle Heilung. Vielleicht drei bis vier Monate. Am besten, du kommst im Mai oder Juni.«

»Warum?«

»Erstens sind die Reben dann hellgrün, zweitens blühen die Obstbäume weiß und rot, drittens sind dann noch nicht so viele Touristen hier, und viertens ist der Wind im Frühling besser als im Hochsommer. Dann könnten wir 'ne Runde segeln.«

Kathi schaut ihn ungläubig an: »Geil, du segelst auch? Ich habe ein Boot auf dem Schwielowsee bei Potsdam. Aber unter uns: Du bist doch ein Hafensegler, oder?«

Fritz drückt aufs Gaspedal. Der alte Saab schiebt sich mit bemerkenswerter Spritzigkeit nach vorne, der Turbo schaltet sich zu und drückt die beiden Insassen in die Ledersitze.

»Was ist denn bitte ein Hafensegler?«

»Typen in deinem Alter, die 'ne Jacht im Hafen liegen haben, jeden Abend stolz an Bord sitzen, aber bei anständigen Brisen niemals den Anker lichten.«

Die Tachonadel steigt gegen 120. Fritz dreht sich für einen kurzen Augenblick zu Kathi, schaut sie fragend an: »Und was macht ein Hafensegler jeden Abend an Bord?«

»Teuren Wein trinken und Touristinnen nachgaffen.«

Fritz schmunzelt spöttisch und muss gleichzeitig bremsen. Vor ihnen fährt ein LKW. Außerdem sind sie am Ortsschild von Friedrichshafen vorbei. Auf diesem Straßenabschnitt wird alle 100 Meter ein kostenpflichtiges Foto von den Behörden angeboten. »Also gut«, sagt er schließlich anzüglich, »du hast mich durchschaut. Ich bin ein Hafensegler. Aber manchmal segle ich auch auf den See hinaus. Zum Beispiel rüber in die Mainaubucht, da kannst du gut ankern und einen schönen Wein …«

»… Hafensegler bleibt Hafensegler. Sag ich doch!« Kathi lächelt großzügig. »Ich komme aber gerne im Mai.«

Fritz setzt den Blinker. Nach links geht es zum Bodensee Airport, wie auf dem Verkehrsschild großspurig zu lesen ist. Am Dorniermuseum vorbei sind es keine zwei Minuten bis zum Abfertigungsgebäude. Fritz hält direkt vor dem Haupteingang und schaut auf seine Uhr.

»Na geht doch, pünktlich wie die Eisenbahn.«

»Danke, Lebrecht, war nett, dich kennengelernt zu haben …«

»Fritz! Hast du's noch immer nicht kapiert? Ich heiße Fritz!«

»Aber Elfriede sagt doch auch Lebrecht zu dir. So heißt du doch!«

»Fritz, heiß ich, auch für Hauptstädter.«

Kathi legt ihre Stirn kurz in Falten, dann winkt sie ab und drückt dem verdutzten Herrn Fritz einen Kuss auf den

Mund. »Dann halt so! Du bist und bleibst ein verklemmter Wessi, aber das musste jetzt sein. Du bist trotzdem echt knorke. Auf den zweiten Blick, Fritz.«

Mit offenem Mund steht Fritz da. Ihm ist die Kinnlade verrutscht. Er findet keine Worte. Sonst ist er es, der das Schlusswort setzt. Jetzt aber sitzt er da und sieht sprachlos zu, wie die rot gefärbte Tussi durch die Schiebetür des Flughafens verschwindet.

Was für eine Frau! In Gedanken bereut er, dass er sich nach 1990 nicht intensiver für die neuen Länder interessiert hat. »Ob die da alle so sind?«, hört er sich selbst fragen und startet den Motor.

*

»Surfklidig usziehe!« – Umschnitt auf die Mädels in ihren Neopren-Anzügen. Ritsch-ratsch, hört man von der IT-Tonspur. Im Bild sieht man die blanken Brüste der Surferinnen. Im Off ertönt der nächste Befehl: »Uf die Brettli hipf!« Die Damen und Herren laufen aus dem Bild Richtung See zu ihren Surfbrettern.

»Umschnitt auf das Brett groß zu der drallen Blonden, wie sie das Segel setzt«, weist Fritz seine Cutterin an, »und dann ab mit Musik.«

»I glaub's nit«, sagt die Cutterin, »müssen wir jetzt alle Bekloppten dieser Welt zeigen? Und du, Fritz, machst da jetzt auch noch mit?«

»Du hast gut reden«, murrt Fritz, »Quote, Quote, Quote! – Und du kassierst dein Geld doch auch vom Sender.«

Die Cutterin, Mitte 50, schlank, lange brünette Haare, Jeans-Jacke, herbe Falten im braun gebrannten Gesicht, etwas verlebt, schiebt sich eine Rothändle zwischen die Lippen, zündet sie demonstrativ an und bläst Fritz den Rauch ins Gesicht: »Früher hast du anders geredet, da haben wir Sendungen gemacht, für die man sich nicht schämen musste, Sendungen auch für uns, mit Inhalt. Und jetzt?«

»Jetzt machen wir immer noch Sendungen für uns, für unsere Altersvorsorge«, lächelt Fritz gequält. »Lass doch die Spielchen, Karin. Früher ist vorbei. Heute kräht der Hahne auf dem Mist, und wir tanzen. Oder kannst du dir einen anderen Job vorstellen?«

Die Cutterin wendet sich wieder dem Schneidetisch zu und lässt den alten Steppenwolf-Hit *Born to be wild* laufen. »Passt doch zu den Bildern«, lacht sie zynisch, »wenn schon nicht mehr zu uns.«

»Gut geschnitten passen dazu alle Bilder der Surfaktion«, gibt sich Fritz geschlagen, »mach mal.«

Er selbst geht aus dem Schneideraum in das Redaktionsbüro und ruft Simone Nigg in ihrer Sport-Boutique in Liechtenstein an. Zunächst plaudert er belanglos mit ihr über den Dreh, dann sagt er ihr, dass sie nächste Woche mit der Ausstrahlung des Films rechnen dürfe, bis er sich getraut, nach Sandra zu fragen: »Ich hatte versprochen, sie anzurufen, aber dann hat sie vergessen, mir ihre Telefonnummer zu geben.«

»Sie meinen Sandra Bruggerhorn, die vom Reto?«

»Ja, genau die.«

»Die wohnt in St. Margrethen, aber wo genau, weiß ich nicht, ich simse Ihnen ihre Telefonnummer.«

Fritz legt auf und ruft Prof. Dr. Heiße an. Der Mann ist auch am Samstag im Krankenhaus und nimmt selbst ab. »Ich habe Ihren Anruf erwartet«, sagt er freundlich, »aber machen Sie sich keine Sorgen, wir werden Ihre Mutter am Montag nochmals untersuchen und am Dienstag operieren.«

»Warum so plötzlich?«, will Fritz wissen.

»Ich hatte es Ihrer Mutter schon gesagt, wir wollen der Sache auf den Grund gehen, und dazu müssen wir die Prothese genauer ansehen, um herauszufinden, woher die Schmerzen stammen können.« Professor Heiße räuspert sich, Fritz hört ihn förmlich trocken schlucken: »Ich will wissen, was Sache ist, ich kann mir die Schmerzen Ihrer Mutter nicht erklären, und zu allem hin haben wir einige Chrompartikel in ihrem Blut gefunden, die definitiv neu sind.«

»Chrompartikel? Was heißt das?«, ruft Fritz etwas zu laut in die Muschel.

»Bleiben Sie ganz ruhig, Herr Fritz«, beschwichtigt ihn der Arzt, »wir werden es herausfinden, nächste Woche wissen wir mehr.«

»Sind die Chrompartikel von der neuen, hochgelobten Prothese der Firma Maler?«, insistiert Fritz.

»Sicher ist, dass sich auf Dauer lebensgefährliche Substanzen abschaben könnten, aber wir kümmern uns darum. Sie sollten bitte bis nächste Woche abwarten.«

»Bis Sie mir reinen Wein einschenken, oder worauf soll ich warten?«, wird Fritz' Stimme wieder lauter.

»Ich bitte Sie, Herr Fritz, ich bin aufrichtiger und ehrlicher zu Ihnen, als ich vermutlich sein dürfte. Glauben

Sie mir, wenn sich bewahrheitet, was ich vermute, werde ich an Ihrer Seite stehen.«

»Gegen die Firma Maler?«

»Jetzt warten Sie doch ab«, antwortet Prof. Heiße hörbar genervt und legt auf.

Huuup!, tönt Fritz' Handy wie das alte Dampfschiff Hohentwiel auf dem Bodensee – die SMS von Simone Nigg kündigt sich an. Fritz greift zu seinem Smartphone und wählt die Telefonnummer von Sandra. Nach dem Freizeichen hört er die Stimme der jungen Frau: »Gruezi, hier ist die Mailbox von Sandra Bruggerhorn. Sprechen Sie bitte nach dem Signalton.«

Pustekuchen, denkt Fritz, dich besuche ich!

Er geht zu Karin in den Schneideraum, drückt ihr den Schnittplan in die Hand, nach dem sie den Film zusammensetzen soll. Unschlüssig bleibt er kurz neben ihr stehen, dann verabschiedet er sich mit dem Versprechen, sie baldmöglichst auf ein Glas Wein einzuladen. Dabei fällt ihm auf, wie alt die Cutterin geworden ist. Mein Gott!, denkt er, und ich? Er winkt Karin von der Tür aus freundlich zu und dreht sich eilig ab.

Im Gang erinnert er sich an den Abschiedskuss von Kathi Kuschel. Nee, so gealtert scheint er doch nicht zu sein. Er sieht den Rotschopf vor sich, geht beschwingt auf den Parkplatz und setzt sich in seinen betagten Saab. Alter? Kein Thema, denkt er und gibt Gas wie ein Junger.

✳

St. Margrethen, mittags

Der Altweibersommer scheint vorbei. Gestern noch drückte der Föhn Warmluft aus Italien über die Alpen durch das Rheintal an den See. Der Föhn hielt die Wolken fern, in Stuttgart mag die Welt schon anders ausgesehen haben. Gestern noch saß er mit Kathi bei Thomas Kraus in Lindau auf der Terrasse. Heute fährt er mit eingeschaltetem Abblendlicht durch den legendären Bodenseenebel Richtung St. Margrethen. Passt zu dem Termin, denkt er und erinnert sich an die tränengefüllten Augen Sandras, als sie ihm das erste Mal von Reto erzählte.

Fritz hatte durch die Telefonnummer, dank der Umkehrrecherche, schnell die Adresse von Sandra Bruggerhorn aus dem digitalen Telefonbuch gefischt. Sie muss direkt am Alt-Rhein wohnen. Grenzstraße 18, gegenüber vom Pfadiheim, hat er über Google herausgefunden. Sollte sie nicht zu Hause sein, würde er auf sie warten.

Über den kleinen Grenzübergang, meist nur von Einheimischen genutzt, führt ein Nebensträßchen aus Vorarlberg über den Alt-Rhein in die Schweiz. Von der Rheinstraße biegt Fritz direkt in die Grenzstraße ein. Sandras Haus hat er schnell gefunden, da braucht es keine Hausnummer. Er sieht von weitem ein weißes Surfbrett auf einem Autodach, dann erkennt er den weißen Audi A3. Das heißt, sie könnte zu Hause sein.

Der weiße Flitzer steht vor einem Zweifamilienhaus. Auf einem Klingelbrett steht dreimal der Name Bruggerhorn neben drei Klingelknöpfen. Die unterste Klingel scheint zu der Einliegerwohnung zu gehören. Damit versucht es Fritz zuerst.

»Ja?«, ertönt eine müde Frauenstimme.

»Fritz. Entschuldige, Sandra, wir kennen uns vom Dreh«, sucht er nach dem richtigen Einstieg, »du hast mir von Reto erzählt, deshalb bin ich hier.«

»Da gibt es nichts mehr zu sagen«, ertönt es abweisend aus dem scheppernden Lautsprecher.

»Dann lassen wir es bei dem Unfall«, provoziert Fritz, »das wird dem Mörder gefallen.«

»Sind Sie doch ruhig«, krächzt der Lautsprecher über der Klingel, aber gleichzeitig summt der Türöffner.

Fritz drückt schnell seinen Schuh gegen die Tür und steht im Treppenhaus. Direkt neben ihm öffnet sich eine Wohnungstür. Sandra steht vor ihm. Fritz empfindet sie heute noch anziehender als in seiner Erinnerung. Er spürt einen gewissen Charme hinter einer Mauer der Trauer. Sie hat ihre schwarzen Locken nachlässig zusammengebunden. Einige Strähnen fallen ihr ins Gesicht. Ihre großen braunen Augen wirken immer noch leer. Traurig, denkt Fritz, ist das richtige Wort, was Sandra aber noch anziehender macht. Am liebsten würde er sie wie eine alte Bekannte in seine Arme nehmen.

»Das bringt doch nichts«, murmelt sie mit gebrochener Stimme vor sich hin, »Reto ist tot, warum auch immer.«

»Sie haben mich angestachelt«, bohrt Fritz, »Sie haben gesagt, er ist unmöglich verunglückt und ertrunken. Er war ein viel zu guter Wassersportler. Und jetzt wollen Sie, dass ich das alles vergesse?«

Sandra schaut resigniert zu Boden.

251

»*Wenn ich dies alles hinter mir habe, fliegen wir nach Hawaii und surfen dort den Rest unseres Lebens bei 30 Grad.* – Das waren Ihre Worte, ich habe sie nicht vergessen können. Und jetzt wollen Sie sie vergessen?«

Ein Anflug eines Lächelns umspielt die sinnlichen Lippen der trauernden Freundin.

Fritz registriert ihre Unsicherheit und setzt nach: »*Ich muss nach Berlin, dann ist das Ding geschaukelt, und wir sind unabhängig von der verlogenen Scheiße hier.* – Was sollte das heißen? Was meinte Reto damit?«

»Phh«, lässt Sandra Luft durch ihre verschlossenen Lippen, dreht sich um und geht in ihre Wohnung.

Fritz schließt die Tür und folgt ihr. »Wer hat Ihren Reto auf dem Gewissen? Wer hat ihn ermordet? Helfen Sie mir, den Mörder zu finden, rächen Sie Reto!«

Ein erneutes Lächeln huscht über ihr trauriges Gesicht.

»Was denken Sie? Wer hat Reto auf dem Gewissen?«, insistiert er unbarmherzig.

»Woher soll ich das wissen?«, antwortet sie leicht gereizt, »es ist doch seltsam, dass Reto alleine auf dem Wasser war, niemand etwas wusste, und genau an dem Tag, bevor er nach Berlin wollte, um dort den Deal seines Lebens abzuschließen. Und jetzt?«

»Und jetzt?«, nimmt Fritz den Faden auf, »was haben wir jetzt? Was haben Sie noch von Reto? Was genau hat er Ihnen gesagt?«

»Nichts Eindeutiges, nur Andeutungen.« Sie geht tiefer in die Wohnung, winkt Fritz, ihr zu folgen. »In der Garage habe ich alle seine Sachen, die er bei mir deponiert hatte.«

Eine feuerfeste Eisentür führt von der Wohnung in einen Abstellraum. Auf dem Boden stapeln sich vier Surfbretter aller Größen, an den Wänden hängen Surfanzüge, in einem Regal liegt Surf-Zubehör.

Sandra geht auf ein Regal zu, nimmt einen Karton heraus und drückt ihn Fritz in die Hände.

»Hat die Polizei Sie nicht danach gefragt?«, fragt er überrascht.

»Die Polizei war nicht bei mir«, antwortet Sandra gedankenverloren, »warum auch? Die Bank-Tussi ist doch seine Verlobte. In der Todesanzeige steht sie als Angehörige unter seinem Namen«, sie lacht giftig, »und die Bank.«

Fritz nimmt den Karton, stellt ihn auf die gestapelten Surfbretter und wühlt darin herum. Er sieht ein paar Taschenbücher, einen eReader, Schlüssel und Kleinkram.

»Eins ist sicher, Reto war ein sehr guter Surfer und wusste, was er auf dem Wasser zu tun hatte, bei jeder Temperatur. Er wäre niemals ins Wasser gefallen, und wenn, dann sofort wieder auf dem Brett gestanden. An den Unfall glaube ich nie und nimmer.«

»Ist das alles, oder hat er dir noch was ganz Besonderes zum Aufbewahren gegeben?« Fritz wechselt ungefragt zum Du. Dabei geht er einer Ahnung nach und fragt wie nebenbei: »Eine CD oder so?«

Sie lacht leise: »Ja, eine CD, dabei habe ich längst keinen CD-Player mehr. Meine Musik ist auf dem iPod.«

»Wo ist die CD?«, fragt Fritz wie elektrisiert.

Sie dreht sich um, und geht aus der Garage wieder in ihre Wohnung zurück in das Wohnzimmer. In einer Glasvitrine stehen Sektgläser und Weingläser, daneben liegt eine

CD. Fritz greift danach und fragt plötzlich ziemlich laut: »Wo ist dein Rechner, leg ein!«, befiehlt er allzu forsch.

Was er schon nach wenigen Minuten sieht, macht ihm klar: Reto Welti hatte tatsächlich einen großen Deal geplant. Fritz erkennt einen Datenwust. Namen, Ziffern, SFr – das Währungszeichen des Schweizer Franken, wie auch € oder $.

Er hat es geahnt. Was für ein Deal sollte sonst einen kleinen Bankangestellten über Nacht zum Millionär machen? Hawaii! 30 Grad. Von wegen, der kalte Bodensee war Endstation. Mord! Das ist jetzt sicher, weiß Fritz.

Als würde ihm die CD zustehen, packt Fritz alles zusammen in den Karton, den ihm Sandra in die Hände gedrückt hatte, schaut nochmals in ihre traurigen rehbraunen Augen und verschwindet.

Berlin, mittags

Der Rückflug nach Berlin ist wesentlich angenehmer als der Hinflug zum Bodensee. Kathi ist sogar trotz des lauten Brummens der Rotoren weggenickt und erst kurz nach dem Aufsetzen in Berlin wieder aufgewacht. Und das auch nur, weil ihr die Stewardess sanft über die Schulter streicht: »Na, Sie scheinen ja eine anstrengende Nacht hinter sich zu haben«, grinst sie Kathi augenzwinkernd an.

Im Halbschlaf ist Kathi noch einmal alle ihre neuen

Fakts durchgegangen. In den vergangenen beiden Tagen hat sie viel erfahren. Und dann noch dieser Fritz. Ein Mann, aus dem sie nicht so richtig schlau wird. Vermutlich raue Schale – weiches Herz, fasst sie für sich selbst zufrieden zusammen.

Im Terminal schaltet sie sofort ihr Handy wieder ein, und schon erklingen die ersten Benachrichtigungstöne. Letztlich sind es 17 Meldungen, SMS und Anrufe. Alleine sieben Mal hatte ihre Chefin Tina Jagode versucht, sie zu erreichen.

Kathi ruft sie sofort aus dem Taxi zurück. Ein wahres Feuerwerk an Beschimpfungen und Beschuldigungen hört sie sich an: »Einen Tag hatten wir gesagt, ohne Übernachtung, was ist daran nicht zu verstehen? Statt deines Schwarzgeldbeitrages mussten wir ein Stück über einen insolventen Schweineflüsterer senden. Ganz toll! Nein, echt jetzt, total peinlich!«

Es dauert fünf Minuten, bis sich ihre Chefin wieder beruhigt. Kathi lässt zwischendurch eine Entschuldigung nach der anderen vom Stapel und verspricht hoch und heilig, den versprochenen Beitrag sofort zu schneiden.

Kaum ist sie zu Hause, muss sie sich fast schon wieder übergeben. Das Frühstück, von Fritz wirklich liebevoll serviert, will nicht in ihr bleiben. Nur unter großen Anstrengungen schafft sie es gerade noch zum WC und übergibt sich dort. Na toll!, denkt sie. Da kotze ich denen nicht den Flieger voll, stattdessen mein eigenes Badezimmer.

Sie holt einmal tief Luft und hat auch schon wieder diesen widerlichen Geruch von verwestem Fisch in ihrer

Nase. Sie denkt an die Fischplatte mit Bodenseefischen gestern in Lindau. In Folge landet, was noch im Magen ist, ebenfalls in der Schüssel.

Nein, der verdammte Lachs!, schießt es ihr durch den Kopf, und dann fällt ihr auch schon wieder ein, dass sie beim Verlassen der Wohnung alle Sicherungen ausgeschaltet hatte. Der Fisch liegt seit zwei Tagen ungekühlt im Kühlschrank! Dieser Gedanke alleine lässt sie schon wieder würgen. Doch der Bodenseefischplatte muss sie Abbitte leisten.

Sie greift in ihre Handtasche und zieht ein Fläschchen Chanel No. 5 heraus. Mit dem Zeigefinger drückt sie im Stakkato den Zerstäuber, sodass sich direkt vor ihrer Nase eine wohlriechende Duftwolke bildet, in deren Schutz sie sich mit tränenden Augen in die Küche bewegt. Auf dem Weg dorthin öffnet sie alle Fenster.

Mit ihrem Chanel-Zerstäuber in der einen Hand, und in der anderen eine Plastiktüte, wagt sie sich an den Kühlschrank. Entschlossen öffnet sie die Tür, greift nach dem vom Verwesungsprozess deutlich gezeichneten Fisch, lässt ihn mitsamt dem Teller in der Tüte verschwinden, um sie gleich danach fest zu verknoten.

Angeekelt spurtet sie durchs Treppenhaus nach unten. Die Tüte in der Hand, den Arm weit von sich gestreckt. Auf der Straße angekommen schaut Kathi einmal kurz zu den Mülltonnen ihrer Wohnanlage, um dann doch schnell die Straßenseite zu wechseln und das Teil in der Mülltonne der Nachbarn zu versenken.

Erst nach weiteren zehn Minuten wagt sich Kathi in ihre Wohnung zurück. Vorsichtig schnuppert sie durch die Tür. Etwas besser ist es geworden. Chanel macht einen verdammt guten Job.

Sie geht ins Badezimmer, um sich erst einmal gründlich zu duschen. Die Badezimmertür war die ganze Zeit geschlossen gewesen. Hier ist sie vor dem Fischgeruch erst einmal sicher. Allmählich fühlt sie sich wieder besser. Eine Stunde später ist sie auf dem Weg in den Sender, um ihren Beitrag zu schneiden.

*

Wie ein Schatten ist René Jakosch ihr die letzten Tage gefolgt. Unbemerkt. Nicht auffallen, auskundschaften und wenn nötig: töten. Dafür ist er beim Geheimdienst ausgebildet worden und Jakosch ist einer der Besten. Anfangs hat er noch den Kopf über die Strukturen des Geheimdienstes geschüttelt, ja sogar einmal forsch Verbesserungen angeregt. Über die Jahre hat sich der Geheimdienst zu solch einem geheimen Laden entwickelt, dass eigentlich kein Mitarbeiter mehr so richtig weiß, was der andere macht. Damals haben sie ihm klar zu verstehen gegeben, dass er sich um seine eigenen Angelegenheiten kümmern soll, und dass es nicht zu seinen Aufgaben gehört, sich den Kopf über die Strukturen des Geheimdienstes zu zerbrechen.

Aber Jakosch hatte sich damit nicht zufriedengegeben. Vor ein paar Jahren hat er die Gelegenheit genutzt und den damaligen Innenminister angesprochen. Dr. Thomas Leiple hat ihm, anders als seine direkten Vorgesetzten, lange zugehört und immer wieder genickt. Am Ende hat Leiple ihm erklärt, dass er ihn für den fähigsten Agenten im ganzen Laden halte.

Leiple ordnete daraufhin die Gründung einer Abteilung für besondere Aufgaben an, direkt dem Minister unterstellt. Seitdem kümmert sich Jakosch um die Spezialaufträge. Selbst als Leiple vom Innenministerium ins Finanzministerium gewechselt war, änderte sich daran nichts. Die neue Innenministerin ist nur eine Marionette. Leiple trägt den Spitznamen Richelieu.

So langsam fängt es wieder in ihm an zu kribbeln. Er kennt das Gefühl, es ist immer das gleiche. Erst wird das Zielobjekt ausspioniert, und, wenn alle Informationen vollständig sind, beseitigt. Andere zimmern Dachstühle oder sitzen an der Kasse. Er tötet Menschen. Im Prinzip ein Job wie jeder andere. Nur viel geiler und wesentlich besser bezahlt!

Kathi Kuschel wird wohl die Nächste werden, möglicherweise auch dieser Lebrecht Fritz. Aber bevor es soweit ist, muss er noch herausfinden, was die beiden alles wissen und wem sie davon erzählt haben.

Aus seinem Auto heraus beobachtet er, wie sich auf der gegenüberliegenden Straßenseite die Haustür öffnet. Zunächst erkennt er nur eine Tüte an einem ausgestreckten Arm, ihr folgt Kathi Kuschel. Jakosch duckt sich auf den Beifahrersitz. Sein Zielobjekt zögert einen Moment, jetzt aber läuft es über die Straße direkt auf ihn zu.

Scheiße, sie hat mich entdeckt, schießt es ihm durch den Kopf. Was soll er antworten, wenn sie ihn gleich zur Rede stellen wird?

In Sekundenschnelle ergreift er die kleine Heckler &

Koch im Handschuhfach. Der Schalldämpfer ist schon aufgeschraubt. Blitzschnell entsichert er die Waffe und lädt durch. Es wird niemand mitbekommen. Mit dem Zeigefinger spürt Jakosch schon den Widerstand am Abzug. Drei oder vier Millimeter noch, dann war's das mal wieder.

Er zögert. Die Zielperson ändert die Richtung und läuft am Wagen vorbei auf die Mülltonnen des Nachbarhauses zu. Sie öffnet eine Tonne und versenkt darin die ominöse Tüte. Und schon verschwindet die junge Frau auch wieder über die Straße in ihr Wohnhaus.

Jakosch steigt aus seinem Wagen und öffnet vorsichtig den Deckel der Mülltonne. Mit seinem Armeemesser stößt er ein Loch in die Tüte, um einen Blick hineinzuwerfen. Alles kann wichtig sein! Der widerliche Geruch des stinkenden Fischs scheint ihn nicht zu stören. Heute ist es der tote Fisch, der verwest, noch zwei drei Tage, dann wird es die Leiche von Kathi Kuschel sein, die stinkt. Ein Gedanke, der ihn zynisch grinsen lässt.

Zurück im Auto setzt er sich wieder den Knopf ins rechte Ohr. Das Wasser plätschert. Die Wanzen in der Wohnung senden einen glasklaren Ton – fast so, als stünde er neben seiner Zielperson. Sie duscht. Das wird eine saubere Hinrichtung. Drei, vier Tage vielleicht noch, dann ist auch der Job erledigt.

René Jakosch lehnt sich zufrieden zurück.

*

Die Redaktion ist auch am Samstag voll besetzt. Wie an jedem anderen der 365 Tage des Jahres müssen auch heute die Nachrichtensendungen produziert und gesendet werden. Die Sendungsteams sitzen an Inseln und arbeiten an ihren News-Ausgaben. Auf den Monitoren, die im Raum verteilt an den Wänden hängen, ist zu sehen, wie der Nachrichtensprecher der 13.00-Uhr-Ausgabe noch einmal von der Maskenbildnerin gepudert wird. In zwei Minuten wird er mit einem verbindlichen »Guten Tag, meine Damen und Herren« die Livesendung eröffnen.

Kathi geht direkt zum Tisch des verantwortlichen Redakteurs für die Hauptausgabe um 19.30 Uhr und grüßt dabei alle Kollegen, an denen sie vorbeikommt, mit einem gut gelaunten »Hallöchen«.

»Die Kathi. Gut erholt aus dem Kurzurlaub am Bodensee zurück«, frotzelt die Aufnahmeleiterin, die ihr heute Morgen noch das neue Ticket für den Rückflug gebucht hat.

»Maria, es war ein Traum, sag ich dir. Es wäre natürlich noch besser gewesen, wenn ich dich dabei gehabt hätte.«

»Wieso? Hast du dich in Westdeutschland so ganz alleine nicht zurechtfinden können?«

Kathi winkt abfällig ab und zwinkert ihr zu. »Nee, die Männer, so viele schnuckelige Wessis, ich wusste gar nicht, wohin mit meinen Augen, da hätte ich gut Unterstützung gebrauchen können.«

»Pass auf, sonst besuche ich dich tatsächlich mal in deinem nächsten Urlaub. Dann gehen wir gemeinsam auf Männerpirsch im Wilden Westen der Republik«, ruft ihr Maria noch hinterher.

»Na, Frau Kuschel, schön, dass du es einrichten

konntest und uns mit deiner geschätzten Anwesenheit beehrst.« Natürlich muss auch der Sendungsredakteur der Hauptausgabe seinen Senf zu Kathis verspäteter Rückkehr abgeben. Da er aber wie immer im Stress ist, lenkt er das Gespräch auf die Sendung: »Also wir machen heute mit einem kurzen Einsdreißiger von Ralf zum Thema *Stand der Ermittlungen im Mordfall Rainer Jungschmidt* auf. Wir haben schon besprochen, was da alles reinkommt.«

»Kannst du mich mal kurz auf den neuesten Stand bringen«, bittet Kathi.

Ralf Marburg räuspert sich kurz und referiert: »Also im Prinzip tappen Staatsanwaltschaft und Soko weiter im Dunkeln. Klar ist: Jungschmidt ist nicht ertrunken, sondern erstickt, das weißt du ja alles. Außerdem ist klar, dass der Fundort nicht der Tatort ist. Jungschmidt muss woanders umgebracht worden sein. Eine wichtige Frage ist nach wie vor ungeklärt: Warum war Jungschmidt nackt? Die Boulevardzeitungen spekulieren bereits öffentlich. Hier, schau dir das mal an.«

Ralf reicht Kathi einen Zeitungsstapel.

JUNGSCHMIDT BEI SEXSPIELCHEN GETÖTET?, leuchtet es in großen, fetten Buchstaben auf der Titelseite und darunter: ERSTICKUNGSSPIELE BEI SCHWULEN BESONDERS BELIEBT.

»So ein kompletter Quatsch, wer kauft so ein Blatt? Wo bitte wollen die das recherchiert haben?«, regt sich Kathi auf und zieht die nächste Zeitung aus dem Stapel.

MUSSTE ER STERBEN, WEIL ER SCHWUL WAR?, fragt dieser Autor scheinbar betroffen seine Leser. »So ein

Blödsinn!«, kommentiert Kathi die Boulevard-Schlagzeilen.

Ralf nimmt ihr den Zeitungsstapel aus der Hand. »Ich habe überall noch mal nachgefragt. Es gibt keine Hinweise, die in diese Richtung führen. Dass Jungschmidt schwul war, das war in der Community schon immer ein Gerücht. Aber so genau weiß es auch keiner.«

»Stehst du eigentlich auf Erstickungsspielchen beim Sex?«, fragt Kathi ihn ganz direkt und grinst frech.

Ralf holt eine Plastiktüte unter dem Tisch hervor und zieht sie sich über den Kopf. »Mir fehlt die Luft für eine Antwort«, stöhnt er und sackt theatralisch zusammen.

Sie befreit ihn und fährt ihm zärtlich durch die Haare. »Ralfi, das hättest du mir doch schon längst sagen können, da kann ich dich doch …«

»Jetzt hört mal auf, hier rumzualbern, ihr beiden Schwachköpfe«, unterbricht sie der Sendungsredakteur und versucht dabei, streng zu wirken. »Also nach dem Stück zu den Ermittlungen von Ralf kommst du, Kathi, mit deinem Liechtensteinbeitrag. Drei Minuten sind eingeplant.«

Kathi ist zufrieden, sie hat schon befürchtet, dass sie auch nur Einsdreißig bekommt.

»Ach und noch was«, bastelt der Sendungsredakteur weiter an seinem Programm, »ich hätte Clausdorff heute Abend gerne im Studio. Kannst du ihn bitte anfragen, Kathi?«

»Ich rufe gleich mal seine Pressesprecherin an. Der Terminkalender wird wahrscheinlich voll sein, aber vielleicht kann er es ja noch irgendwie reinquetschen. Eine Woche vor der Wahl nutzt der doch bestimmt jede Gelegenheit, und dazu ist es ja auch noch sein Thema: die Steuergerechtigkeit.«

Kathi greift zum Telefonhörer, doch bei Ilka Zastrow ist besetzt. Dann nutze ich die Zeit noch schnell, um den Termin für Fritz klarzumachen, denkt sie. Ihren neuen Freund will sie auf keinen Fall enttäuschen. Die Telefonnummer der Pressestelle des Gesundheitsministeriums hat sie schnell. Auch an einem Samstag sind die Sprecher erreichbar.

Es klingelt nur zwei Mal, bis eine Frau am anderen Ende der Leitung abnimmt. Kathi stellt sich vor und bittet forsch um einen Interviewtermin zum Thema *Lobbyisten im Gesundheitssystem* mit dem Minister, und zwar möglichst bald. Die Dame am anderen Ende reagiert kalt und abweisend. Eine Woche vor der Wahl hätte der Minister für so was wirklich keine Zeit. Sie aber lässt nicht locker: »Also möglicherweise hat er ja bald sehr viel mehr Zeit. Als Ex-Minister werden die Termine weniger. Richten Sie ihm doch bitte einen schönen Gruß aus, wir machen die Story auch ohne ihn. Und fragen Sie ihn bitte, ob es ihm recht ist, wenn ich Sie im Fernsehen mit den Worten zitiere: *Der Minister hat für so was keine Zeit*?«

Kathi grinst innerlich hämisch. So gefällt sie sich. Mit solchen Sätzen weiß sie sich als Journalistin Respekt zu verschaffen. Es funktioniert fast immer, und auch jetzt fällt die Reaktion wie erwartet aus. Die Pressereferentin flötet: »Liebe Frau Kuschel, ich sehe, da ist im Moment gerade was frei geworden, möglicherweise klappt das doch noch. Wir rufen Sie zurück.«

»Na also, geht doch«, freut sie sich und versucht es gleich noch einmal bei Ilka Zastrow. Zu ihrer Überraschung bekommt sie Günther Robert Clausdorff persönlich an den Apparat: »Hier spricht Kathi Kuschel, Herr Clausdorff? Sie? Ich hatte jetzt Frau Zastrow erwartet.«

»Jaja, sie hat ihr Handy liegen gelassen, als ich Ihren Namen im Display gesehen habe, bin ich ran gegangen. Was gibt's denn?«

Kathi fühlt sich geschmeichelt. Der Kanzlerkandidat der Sozialisten nimmt das Telefon ab, wenn er sieht, dass sie am anderen Ende ist. Wie geil ist das denn? »Ich wollte Sie fragen, ob Sie heute Abend zu uns als Gast in die Hauptausgabe kommen?«

Clausdorff reagiert erst mal nicht. Deshalb redet Kathi weiter: »Ich war gestern in Liechtenstein unterwegs, und wir haben heute einen Beitrag über Schwarzgeld und Steuerflucht in der Sendung. Das ist doch Ihr Thema, oder?«

Daraufhin antwortet der Kanzlerkandidat: »Das stimmt, es wird aber eng, ich bin gerade in Hannover, hier findet gleich eine große Wahlkampfveranstaltung statt. Vor 16.30 Uhr komme ich nicht weg.«

»Das reicht doch, das schaffen Sie locker. Selbst mit der Deutschen Bahn«, versucht ihn Kathi zu überreden.

»Also gut, wir versuchen es. Ist es okay, wenn ich Frau Zastrow und Herrn Frey mitbringe?«

»Klar, also dann bis später.«

Kathi legt auf und gibt dem Sendungsredakteur Bescheid, der sich wie ein kleiner Junge über die Zusage freut.

Deggenhausertal, abends

Fritz ist nach Hause gefahren. Er muss noch vor dem ersten Schnee die Reben schneiden, den Acker pflügen und vor allem den Reisigschlag in den Schopf bringen. Die Tage werden immer kürzer und die Nächte kälter. Trotzdem durchstöbert er zunächst neugierig Retos Hinterlassenschaft. Unter einem Handbuch zur Datenverschlüsselung findet er ein Handy. Er schaltet das Handy ein, es erscheint keine Passwort-Abfrage, aber sofort ertönen mehrere Anrufversuche. Auffallend viele fehlgeschlagene, immer von dem gleichen Anschluss. Fritz drückt die Rückruftaste.

»Ja bitte?«, hört er eine Frauenstimme.

»Sie haben mich angerufen«, antwortet Fritz.

»Ich Sie?«, fragt die Stimme.

»Ja, Ihre Telefonnummer ist auf meinem Display«, sagt Fritz in sonorer Tonlage.

Jetzt erst registriert Kathi die Nummer. Verdammt, das ist der Anschluss aus Liechtenstein! »Ich soll Sie von Rainer Jungschmidt grüßen«, diesen Satz hat sie sich zurechtgelegt, vielleicht weiß der Anrufer noch nichts von dessen Tod. Falls er allerdings tatsächlich ahnungslos sein sollte, müsste er hinter dem Mond leben. Jede Zeitung, jede Hörfunkwelle und alle Fernsehsender berichten inzwischen über den mysteriösen Mord.

»Was will er?«, antwortet Fritz betont gelassen.

»Ich denke, das wissen Sie?«

»Was soll ich wissen?«

»Nun ja …«

Fritz räuspert sich, langsam wird er mutiger. Reto war in einen windigen Deal verstrickt, also muss er deutlicher werden: »Reden wir nicht drumherum, sagen Sie, was ich für Sie tun kann. Ich bin bereit!«

Auch Kathi setzt jetzt alles auf eine Karte, schließlich hat sie endlich den Mann am anderen Ende der Leitung, mit dem der ermordete Jungschmidt vermutlich vor seinem Tod in Verbindung stand: »Es dreht sich um bestimmte Konten in einer Liechtensteiner Bank.«

Verdammt, denkt Fritz, kann das sein? Klingt diese Stimme nicht nach seiner Potsdamer Kollegin Kathi Kuschel? Trotzdem traut er sich noch nicht ganz aus seiner Deckung: »Haben Sie nicht erst gestern in der Bank vorgesprochen?«

Kathi: »Und haben Sie mir nicht erzählt, dass Reto tot ist?«

»Verdammt!«, lässt Fritz jetzt alle Vorsicht fallen.

»Kacke!«, brüllt Kathi, »der Fritz!«

»Jetzt brauch' ich einen Schnaps«, lacht er, »du verbirgst dich hinter der Nummer, die hier hundert Mal auf dem Display steht?«

»Ja schon, allerdings nur, weil ich diese Nummer bei Rainer Jungschmidt auf dem Schreibtisch gefunden habe, du weißt schon, der tote Paddler! Kapierst du jetzt?«

»Nur ganz langsam. Wie kommst du an den Schreibtisch eines Mordopfers und dann noch zu dieser Nummer?«

»Das ist jetzt unwichtig«, wiegelt Kathi ab, »die Frage ist doch, warum ist das deine Telefonnummer und warum gehst du nie ran?«

Fritz beruhigt sich langsam wieder und erzählt: »Ich

habe das Handy von Reto Welti, meinem toten Nacktsurfer von der LieBa. Ich habe gesehen, dass in der letzten Zeit immer wieder die gleiche Nummer angerufen hat,
da habe ich einfach zurückgerufen, und jetzt bist du dran!
So ganz kapiere ich es auch noch nicht.«

»Ich frag dich jetzt nicht, wie du an das Handy gekommen bist, aber eines ist klar, irgendwie hängen unsere beiden Geschichten zusammen, da lag ich mit meiner Ver-
mutung richtig!«

»Ja, da hattest du recht, ich gebe mich geschlagen. Jetzt
lass uns eins und eins zusammenzählen, dann haben wir
das Ergebnis: Mein toter Banker aus Liechtenstein …«

»… und mein toter Spitzenpolitiker aus dem Kleinen
Wannsee kannten sich.«

»Und mein Banker wollte was verkaufen, um nach
Hawaii zu fliegen.«

»Und mein Herr Jungschmidt wollte was kaufen, um
Finanzminister zu werden.«

Herrgottsack! Fritz wird es mulmig. Sein ganzes Berufs-
leben hatte er von der ganz großen Geschichte geträumt,
die er aufdeckt. Eigentlich hatte er die Sache schon abge-
hakt und jetzt? Jetzt zeigt ihm diese Kathi Kuschel, wie
man eine heiße Story dreht. Er versucht, ruhig zu bleiben.
Klar, es ist ihre Story, aber er steckt mit drin. Er spürt, wie
er bei dem Gedanken nervös wird. »Ich glaube nicht an
Zufälle. Aber eine Sache kann ich dir beantworten.« Er
muss keine Sekunde warten, bis Kathi nachfragt: »Was
kannst du beantworten?«

»Das liegt auf der Hand: Welti wollte die Daten-CD an
Jungschmidt verkaufen, er ist vor seinem Tod aber nicht

267

mehr dazu gekommen. Vielleicht hat er ihm ein paar Probedaten gegeben. Mehr aber nicht.«

»Stopp!«, fällt ihm Kathi ins Wort, »woher willst du wissen, dass Welti nicht schon verkauft hat?«

Fritz schweigt zunächst, er nutzt eine kleine Kunstpause, um die Spannung zu steigern.

»Jetzt sag schon, woher willst du das wissen?«

Fritz holt tief Luft und antwortet mit zittriger Stimme: »Weil diese CD hier direkt vor mir liegt. Ja, sie liegt hier auf meinem Tisch. Ich habe sie von Retos Freundin bekommen. Sie wusste gar nicht, was sie da in der Wohnung hatte.«

Es dauert eine gefühlte Minute der Stille, bis sich Kathi und Fritz wieder gefangen haben. »Glaubst du, jemand von den Konservativen hat die beiden umgebracht?«

Fritz spricht das aus, was beide denken, was sich aber bisher keiner von beiden auszusprechen getraut hat. »Ich kann es mir nur sehr schwer vorstellen. Aber es sieht irgendwie danach aus. Immerhin wissen wir, dass die Konservativen eine fette Stiftung in Liechtenstein haben und dass Welti diese Daten an Jungschmidt weitergeben wollte. Wenn jetzt herauskommt, dass es tatsächlich eine ominöse Stiftung der Konservativen mit Schwarzgeldern gibt, dann ist die Wahl gelaufen. Das gilt es, zu verhindern, das nenne ich ein Motiv!«

Stille.

»Was machen wir jetzt?«, bricht Fritz das ratlose Schweigen.

»Ich weiß nicht, ich muss überlegen. Am besten, du versteckst die CD an einem guten Platz. Du solltest nicht vergessen, dass deshalb schon zwei Menschen gestorben sind. Du willst bestimmt nicht der dritte sein, der nackt gefunden wird.«

»Tot? Und nackt?«, wird es Fritz mulmig. Verdammte Story, da fällt ihm seine eigene Geschichte ein, die ihn viel mehr umtreibt: »Nun habe ich dir doch weiter geholfen, Kathi, oder? – Hast du auch an meine Geschichte bzw. meine Mutter gedacht?«

»Sag mal!«, echauffiert sie sich, »wir haben hier gerade die wohl heißeste Story der Republik in der Röhre, und du kommst mir mit deiner Hüftprothese?«

»So ist der Deal«, antwortet Fritz ganz unaufgeregt.

Und sie weiß sofort, dass sie sich gerade im Ton vergriffen hat. »Quatsch. Du weißt, mir liegt Elfriede mehr am Herzen als der Wahlkampf. Ja natürlich, die Anfrage läuft schon. Sobald ich einen festen Termin habe, sage ich dir Bescheid. Aber dann auf deiner Nummer, nicht auf der des toten Reto Welti.«

Fritz legt auf und stiert misstrauisch auf dieses verteufelte Handy. Man sollte am Telefon nicht zu viel quatschen, denkt er. Dann schaut er skeptisch auf die CDs und den USB-Stick vor sich. Ihr müsst hier weg!, ist er sich im Klaren.

Auch Kathi befällt eine innere Unruhe. Sie sieht auf ihrem Fernseher, wie Clausdorff von der Moderatorin interviewt wird. Sie überlegt kurz, ob sie Frey anrufen soll, um ihn einzuweihen. Nein!, sagt ihr eine innere Stimme. Trau' keinem Parteipolitiker!

*

Draußen vor dem Sender steht ein schwarzer BMW, seine Scheinwerfer leuchten auf, der Wagen rollt langsam an. René Jakosch ist ganz blass geworden. Wie kommt dieser Dorfjournalist an diese verhexte CD. Verdammt, sie ist in seinem Besitz! Das Telefongespräch, das er mitgehört hatte, war eindeutig.

Er startet den Motor und schießt quer durch Potsdam über die Glienicker Brücke zurück nach Berlin. Es ist spät geworden, und René Jakosch weiß nicht, ob er zufrieden sein soll. Seinen Auftrag hat er zwar erfüllt. Er weiß, was Kathi Kuschel und Lebrecht Fritz wissen. Aber das bedeutet auch, dass sein Chef verärgert sein wird. Vor allem darüber, dass die beiden jetzt diese verdammte CD in den Händen halten.

Jakosch setzt den Blinker und biegt in die Abfahrt zu einer Tiefgarage in Berlin Mitte ein. Das Tor hebt sich gemächlich, so gar nicht im hektischen Tempo der Großstadt. Jakosch drückt aufs Gas. Er wartet nicht, bis die Ampel auf Grün schaltet. Bevor Leiple kommt, will er sich noch kurz frisch machen.

Während er im Aufzug nach oben fährt, mustert er sich im deckenhohen Spiegel. Die dunklen Augenränder erzählen von anstrengenden Tagen. Die letzte Rasur ist ein Weilchen her. Sieht so ein anständiger BND-Beamter aus?, fragt er sich selbst. Schnell wandert sein Blick zur Stockwerktastatur. Wie nebenbei zählt er die auf dem Display angezeigten Etagen.

Die konspirative Wohnung hat Leiple organisiert, als er noch Innenminister war. Sie läuft auf den Namen einer fiktiven Firma. Die Miete wird von einem Konto gezahlt, das irgendwie zum BND gehört. Wahrscheinlich kennt nicht mal die eigene Buchhaltung das Konto, so geschickt hat es Leiple damals anlegen lassen. Wenn sie sich treffen, dann hier. Leiple selbst hat im gleichen Haus eine Wohnung. Hier übernachtet er, wenn er nicht nach Hause in seinen Wahlkreis zu seiner Familie fährt.

Die Dusche hat gut getan. Der Bart ist rasiert. Die Haare sind noch nass. Bevor Jakosch das Hemd über seinem muskulösen Körper zuknöpft, sprüht er vier Stöße aus der goldenen *One Million Eau de Toilette*-Flasche von Paco Rabanne über seine Brust und nimmt zufrieden einen kräftigen Zug davon. Der Duft ist ein Klassiker. Er benutzt ihn schon, seitdem er hier eingezogen ist. Es klingelt zweimal. Leiple ist da. Jakosch öffnet die Tür. Beide nehmen auf der Sitzecke Platz, von der sie den atemberaubenden Blick über das gesamte Berliner Regierungsviertel genießen.

Die Reichstagskuppel ist hell erleuchtet. Im Bundeskanzleramt brennt ebenfalls noch Licht. Leiple und Jakosch thronen darüber. Es gibt ihnen den Spin, tatsächlich über Parlament und Regierung zu sitzen. Schließlich, und da sind sich die beiden einig, alles, was sie tun, ist alleine zum Wohl und der Zukunft Deutschlands.

Wortlos schenkt Jakosch zwei Gläser Whiskey ein, dabei fängt er an zu erzählen. Von Kathi Kuschel, von Lebrecht Fritz und von deren Recherchen, über die er, Jakosch, sich voll informiert zeigt.

Leiple hört aufmerksam zu. »Woher wissen die beiden, dass die ›Vitav‹ unsere Stiftung ist?«, fragt er mit ruhiger Stimme.

Jakosch zögert nicht mit der Antwort: »Die Frage kann

ich nicht mit absoluter Sicherheit beantworten, aber vermutlich hat Frau Kuschel in Jungschmidts Wohnung einen Hinweis gefunden, den ich übersehen haben muss.«

Leiples Blick geht starr aus dem Fenster in die Berliner Nacht: »Sie wissen, was das bedeutet. Wir haben zu viele Mitwisser!«

Ein dumpfes Brummen unterbricht ihn. Leiple greift in sein Jackett und zieht sein Telefon heraus. Auf dem Display erscheint die Nummer von Gesundheitsminister Riedermann. Jakosch will aufstehen und den Raum verlassen, damit der Minister in Ruhe telefonieren kann, doch Leiple bedeutet ihm, sitzen zu bleiben und drückt auf die Lautsprechertaste, so dass Jakosch mithören kann:

Leiple: »Ja, Riedermann, was gibt's?«

Riedermann: »Diese Journalistin, diese Kathi Kuschel, macht Probleme. Möglicherweise weiß sie was von der kleinen Finanzspritze unserer Gesundheitsfreunde auf unser Stiftungskonto in Liechtenstein.«

Leiple: »Wie kommen sie darauf?«

Riedermann: »Naja, diese Kuschel hat heute mehrmals bei meiner Pressestelle angerufen und um ein Interview mit mir gebeten. Und jetzt kommt es: Thema soll die Frage sein, warum technische Medizinprodukte in Deutschland keine besondere technische Prüfung brauchen.«

Leiple: »Das Thema ist doch morgen im Ausschuss, oder? Das kann auch ein Zufall sein.«

Jakosch schüttelt energisch den Kopf. Er greift zu seinem Handy, tippt ein paar Worte ein und reicht es Leiple: DER JOURNALIST VOM BODENSEE IST TATSÄCHLICH AN DER GESCHICHTE DRAN. ICH

DENKE, DASS SIE DER SACHE AUF DER SPUR SIND.

Riedermann: »Das wäre schon ein toller Zufall. Wenn alles glatt läuft, wird der Ausschuss morgen Vormittag beschließen, dass alle Bestimmungen so bleiben, wie sie sind. Die Mehrheit habe ich organisiert. Spätestens am Abend sollte die kleine Aufmerksamkeit von unseren Liechtensteiner Freunden auf unserem Stiftungskonto sein. Und mittendrin diese Kathi Kuschel. Das stinkt. Ich werde das Interview auf jeden Fall absagen. Meine Presseleute werden sich was einfallen lassen.«

Leiple hat die ganze Zeit angestrengt und konzentriert zugehört. Jetzt lehnt er sich entspannt in seinen Sessel zurück und rät mit fester Stimme: »Das sollten Sie nicht machen. Geben Sie das Interview. Am besten vor der Ausschusssitzung.«

Riedermann: »Das ist doch politischer Selbstmord kurz vor der Wahl. Was soll ich der Schnüfflerin Ihrer Meinung nach sagen?«

Leiple: »Das ist völlig egal. Wichtig ist nur, dass sie von unserem kleinen Geldrücktransfer von Liechtenstein nach Deutschland am Dienstag etwas mitbekommt.«

Riedermann: »Was? Leiple, haben Sie was getrunken?«

Leiple nippt an seinem Whiskeyglas und schaut verschwörerisch zu Jakosch. »Wir locken sie in eine Falle. Wichtig ist, dass Frau Kuschel selbst auf unser kleines Geldgeschäft am Dienstag stößt. Lassen Sie ein paar Unterlagen oder Ihr iPad offen liegen, und dann gehen Sie kurz aus dem Zimmer.« Leiple erklärt Riedermann genau, was er von ihm erwartet. Jakosch hört aufmerksam zu.

Der Minister verfügt über einen messerscharfen Verstand, das war Jakosch schon bei ihrem ersten Zusammentreffen aufgefallen. Die Geschichte von Kathi Kuschel und Lebrecht Fritz würde also am Bodensee enden. Weit weg von der Hauptstadt Berlin. Es wird wieder wie ein Unfall aussehen. Genial! Das gefiel ihm an Leiple. Der Mann konnte Sonntagsreden im Fernsehen halten, aber auch strategisch denken. Schnell. Unbeirrt. Konsequent.

Deggenhausertal, nachts

Es ist stockdunkel. Nur die beiden Scheinwerfer des alten Kramer-Traktors zeigen Fritz die Spurrillen. Groß ist das Feld nicht, doch er will seinen Kartoffelacker umpflügen, noch bevor der Winter einbricht. Mit mickrigen zwei Scharen fährt er auf seinem Acker die 100 Meter vom Waldrand bis zum Feldweg und wieder zurück. Rund 30 Mal hin und her, dann wird er fertig sein. Auch sein Vater hat früher gerne nachts gepflügt. Da hat man seine Ruhe, hat er ihn gelehrt, und kann nachdenken.

Fritz hatte Elfriede ins Bett gebracht. Morgen wird er ihren Koffer für das Krankenhaus packen. Dann will er den Arzt nochmals zur Rede stellen. Er tritt mit dieser Prothesengeschichte auf der Stelle. Eigentlich ist er mit seiner Recherche keinen Deut weitergekommen. Verdammt, diese Kathi Kuschel imponiert ihm. Was die gerade für ein Rad dreht. Wenn das stimmt, was er vermutet, wird die Story ein Knüller, der die Republik beben lässt. Und seine Geschichten? Er, der alte investigative Journalist, kommt mit seinen Stories keinen Schritt voran. Am meisten wurmt ihn, dass er die Sauerei um Elfriedes Hüftgelenk nicht endlich auf den Punkt bringt. Die Hinweise verdichten sich. Die Prothesen der Firma Maler sind Mist. Wenn es stimmt, dass sich in Elfriedes Körper Metallspäne von dem neuen Gelenk abgelöst haben, dann muss Prof. Heiße ihm dies bestätigen. Vielleicht bekommt er so doch noch einen Knoten an die Story.

Im Falle Reto Welti tritt er ebenfalls auf der Stelle. Zwar konnte er Kathi in ihrer Recherche unterstützen, aber nur weil Reto Welti die Bankdaten gestohlen hat, kann niemand aus seinem nebulösen Unfall jetzt einen Mord konstruieren. Er fühlt sich mit dieser Geschichte in der Sackgasse.

Einziger Lichtblick in der Woche: Wenigstens sprang ein Film über die Nacktsurfer heraus, der seinem Konto guttun wird. Aber ansonsten?

So gesehen hatte seine alte Freundin Karin heute Vormittag recht. Was ist aus ihm geworden? Die kleine Kathi zeigt ihm, was 'ne journalistische Harke ist. Zum ersten Mal nimmt er eine jüngere Frau als gleichwertige Kollegin wahr.

Fritz muss grinsen. Seit wann steht er auf junges Gemüse? Auch Retos Freundin Sandra schien ihm heute Mittag verdammt sexy.

Er zieht sich zum Schutz gegen den feuchten Nebel seinen Hut tiefer ins Gesicht. Lange hat er sich gegen jugendliche Schönheit gewehrt. Männer, die jungen Mädchen nachstellen, haben ein offensichtliches Problem mit ihrem Alter. Jetzt auch ich?, fühlt sich Fritz ertappt.

Er dreht den Traktor, kurbelt mit viel Kraft das alte Lenkrad. Setzt die Pflugscharen erneut an. Wenigstens das bleibt ihm für die Zukunft. Ein kleiner Kartoffelacker zur Selbstversorgung, seine 99 Reben und ein paar Hühner.

An einem großen Baum neben seinem Acker, hält er an. Er steigt vom Traktor und versucht, den dicken Stamm hochzuklettern, so wie er das vor 50 Jahren als kleiner Bengel gemacht hat. Damals war es wesentlich einfacher. Wahrscheinlich ist der Baum ordentlich gewachsen, strickt sich Fritz eine Ausrede. Zwei Schürfwunden später sitzt er in der Krone und pfeift leise *Moonlight* von Ted Herold. Ein Schlager aus seiner Jugend, der ihm hier oben nicht umsonst einfällt.

Die alte Spechthöhle im Stamm gibt es tatsächlich noch. Früher hat er hier seine Liebesbriefe an die Nachbarstochter versteckt, weil er zu feige war, sie ihr zu geben. Aus heutiger Sicht eine glückliche Fügung. Aus der Nachbarstochter wurde ein richtiger Besen. Bei all den Erinnerungen, die ihm auf dem Baum wieder in den Sinn kommen, weiß er, dass sein Leben eigentlich ganz gut verlief. Sollen die Jungen doch Karriere in Berlin machen, er gehört hierher aufs Land.

Seine Schürfwunden bluten. Er sollte wieder auf den Traktor steigen. Er steckt die CD von Reto Welti in sein altes Versteck und springt wie in jungen Jahren auf den umgepflückten Ackerboden hinunter. Sein Fuß kracht auf eine Erdscholle. Er muss sich beherrschen, dass er nicht laut aufschreit. Früher hat ihm das nie etwas ausgemacht. Heute schmerzen seine Knochen.

Er sollte jetzt heim ins Bett.

SONNTAG, 27. NOVEMBER

Potsdam, morgens

Bis um zehn Uhr ist Kathi liegen geblieben, länger hat sie es in ihrem Bett nicht ausgehalten. Die Nacht war der reinste Albtraum gewesen, praktisch eine permanente Entscheidung zwischen Pest und Cholera. Entweder Fenster auf und erfrieren oder Fenster zu und ersticken. Noch immer ist ihre Wohnung von einer verheerenden Melange aus den Düften von Parfüm und stinkendem Fisch erfüllt. Kathi könnte kotzen und stellt sich die Frage, ob ihre Wohnung eigentlich jemals wieder bewohnbar sein wird, oder ob sie doch zwangsweise umziehen muss?

In ihrem Joggingdress steht sie im Flur vor ihrer Wohnungstür. Normalerweise macht sie hier immer ihre Aufwärm- und Dehnübungen, heute verlegt sie dies aus geruchstechnischen Gründen auf den Bürgersteig vor ihrer Haustüre. Die Softshelljacke zwickt, leider nicht nur um ihre Brust, auch rund um die Hüfte spannt der Stoff. Der November geht langsam dem Ende zu, da kann Kathi ihrem Körper nichts vormachen.

Etwas resigniert drückt sie sich die Ohrstöpsel ihres MP3-Players ins Ohr, startet die Musik und beginnt zu joggen. Im Park Babelsberg begegnen ihr wie immer die gleichen Leute. Manche grüßen freundlich oder winken ihr zu, und das, obwohl sie noch nie ein Wort miteinander gesprochen haben. Der gemeinsame Sport verbindet.

Kathi läuft auf einem schmalen Sandweg an einem Biergarten vorbei direkt auf die Glienicker Brücke zu. Es ist für sie jedes Mal wieder ein besonderes Gefühl der Freiheit, heute so einfach von der einen Seite des ehemaligen Grenzflusses auf die andere zu wechseln. Der Grenzstreifen zwischen der damaligen DDR und Westberlin ist immer noch zu erkennen. Alte Erinnerungen kehren zurück, doch sie wischt sie beiseite, um sich aufs Laufen zu konzentrieren.

Trotz ihrer paar Pfunde zu viel ist Kathi ganz gut in Form. Sie joggt an den repräsentativen Villen entlang der Berliner Straße vorbei. Fast alle sind inzwischen denkmalschutzgerecht restauriert worden. Zwischen den feudalen Gebäuden taucht immer mal wieder der atemberaubende Blick auf den Tiefen See und den Park Babelsberg auf, der jetzt auf der anderen Uferseite liegt.

Kathi aber ist in ihren Gedanken inzwischen schon wieder ganz woanders. Auf der gegenüberliegenden Straßenseite erkennt sie das Haus mit der Wohnung von Rainer Jungschmidt. Von einem Augenblick auf den anderen bekommt sie keine Luft mehr. Vielleicht ist sie die Strecke zu schnell angegangen, wahrscheinlich aber ist es nur Einbildung und die Erinnerung an den Kampf in der Wohnung, als sie der unbekannte Angreifer in das Bad von Jungschmidt gesperrt hat. Kathi greift sich mit der rechten Hand an den Hals, als ob sie überprüfen wolle, ob da jemand zudrückt.

Aus der Ferne erkennt sie, wie die Eingangstür des

Mehrfamilienhauses geöffnet wird und ein Mann auf die Straße tritt. Es ist Holger Frey, unter dem Arm trägt er einen Karton. Kathi wechselt die Straßenseite und begrüßt den wichtigsten Mann im Team von Kanzlerkandidat Clausdorff.

»Guten Morgen, Sie hier? Um diese Zeit am Sonntag?«

Frey wirkt überrascht. Er hätte Kathi Kuschel in der Sportkleidung beinahe nicht erkannt und mustert sie von oben bis unten. »Sie sind das? Da muss man ja zweimal hinschauen. Sportlich, sportlich.«

Kathis Atmung hat sich wieder beruhigt, sie ist neugierig geworden. »Hier war doch die Wohnung von Rainer Jungschmidt, haben Sie die jetzt übernommen?«

»Nicht wirklich, ich habe nur ein paar Unterlagen für Günther Robert Clausdorff geholt, die er noch bei Jungschmidt hatte«, dabei deutet er auf den Karton unter seinem Arm. Er wechselt schnell das Thema. »Ich war übrigens gestern Abend mit Clausdorff in Ihrer Sendung. Ihr Beitrag aus dem Fürstentum Liechtenstein hat mir gut gefallen.«

Kathi zuckt kurz zusammen. Sie mag es nicht, von einem Politiker gelobt zu werden. Es gibt ihr das Gefühl, als Sprachrohr missbraucht worden zu sein. »Naja, es war halt mal ein Blick über den Tellerrand in eine Steueroase. Mehr nicht. Aber vielleicht werden wir da demnächst noch ordentlich nachlegen.«

Frey stellt den Karton auf das Dach seines alten Volvos und schaut neugierig auf. »Was heißt das?«

Kathi überlegt kurz, ob sie Frey von der CD erzählen soll, die Fritz inzwischen hoffentlich gut versteckt hat. Sie entscheidet sich aber, vorsichtig zu bleiben: »Naja, also falls wir die Geschichte rund bekommen, dann ist die Wahl nächsten Sonntag sowieso für Sie gewonnen. Egal, ob ich das jetzt gut finde oder nicht.«

Kathi hat Frey fest im Blick, der inzwischen hellwach an ihren Lippen hängt. Seine Wangen bekommen eine tiefe Rotfärbung. »Jetzt machen Sie es nicht so spannend. Was ist das für eine Geschichte?«

Kathi zögert, sie will nicht alles preisgeben, was sie weiß und auf keinen Fall will sie verraten, dass die Konservative Partei in der Sache drin steckt, aber ein bisschen angeben ist schon drin: »Nehmen wir mal an, ein Kollege und ich stoßen tatsächlich auf ein Schwarzkonto der Konservativen in Liechtenstein. Wenn wir daraus eine Woche vor der Bundestagswahl eine große Geschichte machen, dann spielt Ihnen das doch voll in die Karten, oder etwa nicht?«

Freys Kopf ist inzwischen hochrot, man sieht ihm seine Aufregung an, trotzdem lacht er betont jovial: »Ihr Journalisten und euer Konjunktiv!« Dann wird er plötzlich ernst und seine Stimme fiepsig: »Sie haben doch nicht etwa Jungschmidts CD?«

»Jungschmidts nicht«, ist Kathi über Freys Frage überrascht und starrt auf das Autodach mit dem Karton.

»Und was ist das für ein Kollege?«, setzt er neugierig nach.

Kathi ist dabei völlig irritiert. Sie lässt durchblicken, dass sie auf ein Schwarzkonto der Konservativen gestoßen ist, das ist der Skandal schlechthin! Und dieser ignorante Politfuzzi fragt nur nach dieser Scheiß-CD und ihrem Kollegen Lebrecht Fritz?

»Haben Sie ihn in Liechtenstein kennengelernt?«

Der kann mich jetzt, denkt sie und weicht einen Schritt zurück. Unwillkürlich beginnt sie mit Joggingbewegungen, ohne sich von der Stelle zu bewegen. »Geduld, Geduld, Herr Frey, Sie werden es noch früh genug erfahren. Außerdem habe ich Ihnen eine rein hypothetische Geschichte aufgetischt«, antwortet sie genervt, läuft einfach los und lässt diesen Frey mit seinen Fragen alleine stehen.

Was sollte das denn?, ist sie irritiert. Wie kann man so einseitig auf seine politischen Ziele fixiert sein? Mein Gott, CDs wird es noch mehr zu kaufen geben, mit denen die Sozialisten ihre Unnachgiebigkeit und Härte gegen Steuersünder demonstrieren dürfen, als gerade diese blöde CD aus Liechtenstein.

Deggenhausertal, mittags

Der leichte Westwind weht die Glockenschläge des Heiligen Martin aus dem Ort Richtung Fritz-Hof. »Zwölfi-Läute, was gibt's zu essä?«, fragt Elfriede hämisch, »des häsch du mi au immer g'frogt.«

»Immer?«, wundert sich Lebrecht Fritz, »du lebst in einer anderen Zeit, Mutter. Immer vielleicht, bis ich sonntags nicht mehr in die Kirche musste, dann habe ich nämlich ausgeschlafen bis nach eins. Das konnte ich früher noch«, seufzt er.

»Egal, um zwölfi gibt's Mittagessen!«

»Freilich«, beruhigt Fritz seine Mutter, »in meinem Alter übernimmt man die Gewohnheiten der Vorfahren. Und du hast sowieso Vollpension. Sitzt seit dem Frühstück auf der Küchenbank, wartest auf das Mittagessen und danach auf das Abendessen, ohne dich nur einen Zentimeter zu bewegen.«

»Ich würd' ja gerne«, will Elfriede losjammern, aber ihr Sohn kommt ihr zuvor: »Heute zum letzten Mal. Morgen geht's in die Klinik, und wenn du zurückkommst, übernimmst du wieder deinen Frauenpart in diesem Haushalt, das kann ich dir schwören, ohne Ausreden!«

»Schön wär's«, lacht die Alte gut gelaunt, »für dich! Aber du kochst heute besser als ich, also bleibt's dabei: Du machst den Sonntagsbraten.«

Fritz hört das Kompliment seiner Mutter gerne. Früher war sie eine außergewöhnlich gute Köchin. Vieles hat er von ihr übernommen. Fertigprodukte kannte sie nicht. Vor dem Bauernhaus pflegte sie den Gemüsegarten, den inzwischen Fritz übernommen hat.

Auf dem Herd siedet seit zwei Stunden ein Teil aus der Hüfte eines Rindes. Die Sauce für den frisch geriebenen Meerrettich steht warm, die Salzkartoffeln sind gekocht, Fritz öffnet dazu noch ein Glas mit selbst eingemachten Holunderbeeren. »Tafelspitz à la Elfriede«, lacht er und schöpft die heiße Rinderbrühe mit Karotten und Liebstöckel in die tiefen Suppenteller.

»Wenn sie dir zu heiß ist, geb einen Schuss Riesling bei«, zitiert er seinen Vater und stellt Elfriede die Weißweinflasche vor die Nase.

»Spinnst du jetzt?«, fragt sie frech, »ich und Wein am

hellen Mittag? Den hat dein Vater getrunken und jetzt du, aber ich doch nicht!«

»Mein Vater hatte keine kaputten Hüftgelenke und ich auch nicht«, foppt Fritz, »vielleicht solltest du es probieren?«

»Mahlzeit«, beendet Elfriede das Gespräch und schlürft mit Genuss die heiße Kraftbrühe.

»Heute Abend packen wir deinen Koffer. Soll ich noch deinen Bademantel waschen und vielleicht zwei Nachthemden? Dann erledige ich das nach dem Essen, ich muss nämlich später noch mal weg.«

»Zu dieser Kathi Kuschel?«, merkt Elfriede spitzbübisch an.

»Quatsch, die ist doch in Potsdam«, schüttelt Fritz den Kopf, »zu einer anderen jungen Frau. Nicht ganz so hübsch, aber ebenso jung und vermutlich reich dazu. Zu Marlies Negele, alter Bankadel in Liechtenstein.«

Elfriede spitzt die Lippen. Sie will einen Pfiff aus dem Mund pressen. Doch ihr wackliges Gebiss spielt nicht mit, schnell hält sie die Hand vor den Mund, um ihre Prothese zurückzuhalten. Kommentarlos schlürft sie hörbar weiter.

*

Marlies Negele, Wingertgasse 21, steht in der Todesanzeige von Reto Welti im *Liechtensteiner Vaterland*. Fritz hat die Anzeige aus dem Internet gefischt. Gestern hatte er Glück und Retos Freundin Sandra Bruggerhorn zu Hause angetroffen. Jetzt gibt er seinem Glück eine zweite Chance und fährt unangemeldet zu Retos Verlobter Marlies Negele.

Er fährt erneut über Bregenz nach St. Margrethen, nimmt dort die Schweizer Autobahn Richtung Fürstentum. Von der Autobahn über die Zollstraße durch die unbesetzte Zollstation fährt er direkt in die Bankenstadt. Von dort führt ihn sein Navi Richtung Südhang, über die Fürst-Franz-Josef-Straße zu den fürstlichen Reben in die Wingertgasse.

Zunächst wundert sich Fritz über die bäuerlichen Anwesen in der Straße. Das Haus Nummer 21 steht ganz am Ende. Er erkennt schon bei der Anfahrt die Hausnummer. Sie leuchtet groß und golden auf einem silbernen Edelstahlbriefkasten. Der Briefkasten selbst ist mit dichtem Efeu umwachsen, wie auch das Zufahrtstor. Rund um das Grundstück steht eine hohe Mauer, sodass man nicht in die Liegenschaft einsehen kann.

Fritz steigt aus und klingelt. Eine männliche Stimme ertönt aus einem Lautsprecher, der in die Edelstahlsäule eingebaut ist: »Bitte, was wünschen der Herr?«

»Der Herr heißt Fritz. Die Dame des Hauses kennt ihn. Frau Negele, Marlies. Ich möchte sie sprechen.«

»Einen Augenblick bitte.«

Fritz steckt sich ein Fisherman in den Mund. Er reibt sich den linken Schuh am rechten Hosenbein und den rechten Schuh am linken Hosenbein glänzend. Wie er dieses vornehme Getue hasst. Pissnelke, denkt er, die wird ihn gleich abwimmeln. Was wird er dann tun? Er schaut sich um. Ob er einfach über die Mauer klettern soll?

»Nehmen Sie bitte den Eingang an der Seite rechts von Ihnen.«

Fritz ist baff. Schnell folgt er der Anweisung. Tatsächlich, rechts von ihm öffnet sich eine kleine Stahltür, die in die Mauer eingebaut ist. Er geht hinein, steht auf einem mit Steinplatten ausgelegten Fußweg, der ihn zu einem großen, offensichtlich ehemaligen landwirtschaftlichen Gebäude führt.

Die ihm zugewandte Hauswand ist drei Stockwerke hoch, große Bruchsteine sind fein säuberlich freigelegt, die Fugen neu gefasst. Das Dach mit den rund um den See typischen althergebrachten Biberschwanzziegeln ist neu gedeckt. Auf deutscher Seite haben solch aufwendige Renovierungen alter herrschaftlicher Anwesen meist nur die Kommunen oder das Land finanziell gestemmt. Aber im Fürstentum, denkt Fritz, adelt es nicht nur im fürstlichen Schloss.

Er muss an einem großen, leergepumpten Pool vorbei gehen. Fritz sieht die großflächige Anlage des herrschaftlichen Gartens. Er geht an Palmen vorbei. Sie tragen ihre grünen Blätter in einem für sie extra gezimmerten Glaskasten, der sie im Winter vor den Frosttemperaturen schützen soll. Vermutlich sind die kleinen Gewächshäuser beheizt, schätzt Fritz, denn wie sonst sollen Palmen mitten in den Alpen den Winter überleben?

Die Haustür, vor der er jetzt steht, ist keine Tür, sondern ein Tor. Früher sind hier die Pferdefuhrwerke, später die Traktoren in das Gehöft gerollt. Viel Glas und Holzfachwerk, größer als jede Garageneinfahrt. Ein Teil des rechten Flügels öffnet sich. Ein Mann in einem schwarzen Anzug steht im Türrahmen. »Frau Negele erwartet Sie im Empfangsraum«, sagt er völlig emotionslos zu Fritz.

»Guten Tag«, antwortet Fritz überaus freundlich, »so begrüßt man bei uns Gäste.«

Der Mann schaut ihn kurz irritiert an und antwortet ungerührt: »Bitte folgen Sie mir.«

Ein echter Butler, bemerkt Fritz und wundert sich nicht, dass er hier im Fürstentum auf diese von ihm längst ausgestorben geglaubte Spezies trifft. Der Mann führt ihn durch einen großen Empfangssaal, die vermutlich ehemalige Tenne, in einen kleinen Nebenraum. »Bitte legen Sie ab, die gnädige Frau kommt sofort.«

»Ist schon gut«, beschwichtigt Fritz. Er schaut an seinem schäbigen grünen Parka herab. Vielleicht besser, wenn er diesen weglegt. Wenigstens trägt er darunter frisch gewaschene Jeans und einen sauberen Pullover. Unwillkürlich riecht er an ihm und will den verwaschenen Parka dem Butler in die Hand drücken, da öffnet sich die gegenüberliegende Tür, und Marlies Negele tritt mit betont aufrechtem Gang herein.

Wieder ist Fritz von ihrer Erscheinung berührt. Verdammt, warum habe ich mich nicht besser angezogen?

Marlies Negele versprüht in ihrer Coolness eine herrschaftliche Arroganz. Sie trägt einen konservativ geschnittenen Hausanzug und ihre Haare wieder straff nach hinten zusammengebunden. Obwohl sie nicht größer ist als Fritz, hat er das Gefühl, sie kann von oben auf ihn herab sehen, und obwohl sie viel jünger ist, erscheint sie ihm abgeklärter, beherrschter, verdammt cool eben.

»Lassen Sie, Heinrich«, weist sie mit schneidender Stimme den Butler an, der sofort seine Hände von Fritz' Parka zurückzieht. »Herr Fritz wird nicht lange bleiben. Lassen Sie uns bitte kurz alleine.«

»Nein, wahrlich nicht, ich gehe sofort wieder, ich habe

nur ein paar Fragen an Sie«, löst sich Fritz aus seiner Starre, dabei zieht er den Parka wieder an. Es ist ihm irgendwie kalt geworden.

Marlies Negele nickt dem Butler kurz zu, als er mit einem »Sehrwohl« verschwindet.

»Was fällt Ihnen ein, uns am Sonntagmittag zu stören?«, herrscht sie, kaum ist der Butler aus dem Raum, Fritz mit schneidender Stimme an.

»Reto ist auch sonntags tot«, pariert dieser mindestens ebenso cool. Er hat sich auf der Fahrt einige Sätze zurechtgelegt, die er jetzt vortragen will: »Machen wir es einfach, Frau Negele. Ich habe etwas, was Sie sicher interessiert, und ich habe Beweise, dass Reto Welti ermordet wurde.«

Marlies Negele schaut Fritz demonstrativ gelangweilt an. Unbeweglich bleibt sie stehen, mit Bedacht hält sie Abstand.

Fritz zieht seinen ersten Trumpf, mit dem er glaubt, diese arrogante Bankierstochter aus dem Gleichgewicht zu bringen, aus dem Ärmel. Verschmähte Liebe sticht immer, denkt er.

»Reto Welti, Ihr Verlobter, hatte ein Verhältnis mit einer attraktiven Surferin aus St. Margrethen. Er wollte Sie verlassen!«

Marlies Negele schaut Fritz ungerührt an, als hätte er nichts gesagt. Sie steht vor ihm wie aus Eisen gegossen, bewegungslos, fast ohne zu atmen. Offensichtlich ist dies keine Neuigkeit für sie.

Fritz spielt seinen zweiten Trumpf: »Reto hatte nicht nur eine Freundin, wegen der er Sie verlassen wollte, er hatte Daten aus Ihrer Bank in seinem Reisegepäck.«

Hat jetzt wenigstens ein Muskel unter ihrem linken Auge gezuckt? Oder sieht Fritz nur, was er sehen will? Es ist wie im Pokerspiel. Er muss die nächste Karte legen, er muss sie zu einer Reaktion zwingen, er muss blankziehen: »Er hat Sie erpresst, er wollte Ihre Bankdaten verkaufen«, versucht Fritz sie aus der Reserve zu locken, »die seriöse LieBa in den Negativ-Schlagzeilen der Finanzwelt, das konnten Sie nicht zulassen.«

Da! Erneut zuckt der kleine Muskel unter dem linken Auge. Ansonsten wirkt Marlies Negele versteinerter als zuvor.

»Reto Welti musste sterben, nicht weil er Sie verlassen wollte, nein«, setzt Fritz zu seinem letzten Schlag an. »Pa«, macht er verächtlich, »wegen einem Banklaufburschen macht eine Frau wie Sie sich nicht die Hände schmutzig. Doch der Bursche hatte vertrauliche Daten kopiert. Kundenkonten mit Namen und sämtlichen Kontoständen.«

Unvermittelt fährt ihre linke Hand in ihr Gesicht. Sie berührt den immer stärker zuckenden Muskel unter ihrem linken Augenlid. Dabei tut sie, als würde sie eine Haarsträhne von ihrem Gesicht wischen.

Doch Fritz sieht keine Strähne.

Schnell nimmt sie die Hand wieder weg und klammert sich damit an die Rückenlehne des Stuhls vor ihr.

Fritz registriert diese Reaktionen der coolen Lady zufrieden. »Er hat Sie erpresst!«, behauptet er und setzt eine weitere Schippe obenauf. »Er hat Ihnen gesagt, dass er die Daten kopiert hat.«

Sie schaut ihn noch immer aus leeren Augen an, sucht

sichtbar Halt an der Stuhllehne. Wie in Trance setzt sie sich schließlich auf den Stuhl. »Woher wollen Sie das wissen?«, fragt sie trotz der herben Vorwürfe mit beherrschter, schneidender Stimme.

»Ich glaube, wir sollten uns gegenseitig ein kleines bisschen vertrauen«, wirbt Fritz mit sanfterem Zungenschlag um ihre Gunst, »Reto hatte Daten aus Ihrer Bank kopiert. Entweder Sie haben ihn umbringen lassen oder es muss noch jemand von dem Datendiebstahl gewusst haben. Dann steckt dieser Jemand hinter dem Mord.«

»Und was wollen Sie von mir?«

»Ich bitte Sie! Ich gehe mal davon aus, dass Sie nichts mit Retos Ableben zu tun haben. Wollen Sie den Mörder wirklich schützen? Geht der Tod Ihres Verlobten Ihnen am Arsch vorbei?« Abrupt steht Marlies Negele auf. Sie geht auf Fritz zu, der noch immer an seinem Platz steht, dreht kurz vor ihm ab und läuft zurück hinter ihren Stuhl. Irritiert schaut sie Fritz an, schüttelt ihren Kopf, dann setzt sie sich wieder.

Was für zwei verschiedene Frauen, geht es Fritz durch den Kopf. Marlies Negele und Sandra Bruggerhorn. Die eine eine taffe Geschäftsfrau und die andere eine sensible Nacktsurferin. Nichts, aber auch gar nichts, außer dem Liebhaber, haben sie gemein. Was hat Reto an den beiden gefunden? Wie hat er diese Unterschiede ausgehalten?

»Es war der Horror, diese Beerdigung: ein Toter und drei Gesellschaften – Retos Eltern und Angehörige seiner Familie. Ich alleine und ein paar vermeintliche Freunde von ihm, die ich nicht kannte.«

Fritz zeigt ihr ein paar Bilder der Nacktsurfer auf seinem Handy, die er während des Drehs geschossen hatte. »Waren das seine neuen Freunde?«

Marlies Negele wendet sich ab. »Das ist doch schrecklich. Finden Sie das schön, alle nackt? Die sind doch krank!«

»Zugegeben, ich verstehe diesen Drang auch nicht. Ist aber nicht unser Thema. Schauen Sie hier.« Fritz blättert in seinem Smartphone zu den Dateien, auf denen er einige Seiten von Retos Bankdaten kopiert hat. »Das ist unser Thema, müsste Ihnen bekannt vorkommen?«

Die Bankerin wirft zunächst nur einen kurzen, desinteressierten Blick darauf, doch plötzlich reißt sie ihm das Handy aus der Hand. »Woher haben Sie das?«, zischt sie aufgeregt und blättert sich durch die Datensammlung. »Das ist kriminell!«

»Retos Hinterlassenschaft. Das hatte er bei einer der Surferinnen deponiert.«

»Bei seiner neuen Freundin in St. Margreten, haben Sie gesagt.« Jetzt funkeln ihre Augen böse.

Endlich. Zum ersten Mal sieht Fritz eine menschliche Regung an ihr. »Haben Sie Reto geliebt?«, nutzt er die Stimmungsoffenbarung des vermeintlichen Eisklotzes.

»Ja natürlich. Ich wollte ihn heiraten. Aber schon bald erkannten wir, dass unsere Beziehung keine Zukunft hat. Reto war so anders.«

»Wie anders? Er war Ihr Verlobter und Ihr Kollege.«

»Kollege«, lacht Marlies Negele hell auf, »das war er nicht. Er war kein Banker. Das hatte er nicht im Blut. Er kam von irgendeinem Bauerndorf hinter St. Moritz an der italienischen Grenze. Dort oben hätte er bleiben sollen.«

»Er fand nicht alle Geschäfte Ihrer Bank so toll, nicht wahr?«, insistiert Fritz.

»Er hatte das Wesen einer internationalen Anlegerbank nicht verstanden. Sag' ich doch, er hätte in seinem Bauernort die Dorfkasse leiten sollen.«

»Alles Raffkes, hat er gesagt«, bohrt Fritz weiter.

»Was wollen Sie noch?«, beendet Marlies Negele die für sie viel zu persönlichen Fragen, »er hat Daten gestohlen, die Sie völlig gesetzwidrig zurückhalten.«

»Frau Negele, es geht um Mord. Ihre Daten bekommen Sie wieder, alle. Aber ich denke, einer der Kontoinhaber ist Retos Mörder. Da besteht ein Zusammenhang. Ich weiß, die Sache ist sehr diffizil. Aber wenn Sie die anderen tausend Kunden retten können und dabei Retos Mörder entlarven, wäre das so schlimm?«

»Die LieBa kennt das Gesetz des Bankgeheimnisses. Sie doch auch. Glauben Sie ernsthaft, dieses Gesetz zum Schutz der Bank und ihrer Kunden verletzt die LieBa? Niemals!«

»Dann gebe ich die Daten der deutschen Polizei und veröffentliche sie in unserem Sender«, droht Fritz, »dann stehen Tausende Ihrer Kunden im deutschen Netz. Das sollte die LieBa doch besser verhindern, das ist Kundenschutz, oder nicht?«

»Tss«, lacht Marlies Negele hämisch, »Ihr Sender wird sich das nie getrauen. Nie!«

»Ich finde Wege«, legt Fritz einen warnenden Jocker obenauf. »Das Internet bietet viele Möglichkeiten von Öffentlichkeit. Ich will Retos Mörder, sonst nichts!«

»Sie haben doch eine Spur.« Marlies Negele steht ruckartig auf und kommt erneut auf Fritz zu. Diesmal dreht sie nicht ab, sie bleibt kurz vor ihm stehen. Ihre Nase berührt fast die Seine. »Sie waren doch mit dieser jungen Frau aus Berlin bei uns. Danach haben Sie sich nach einem Bankkonto einer Stiftung in unserer Bank erkundigt.«

Fritz fühlt sich ertappt. Er hätte es sich denken können, dass die Geschäftsführung von seiner versuchten Abhebung auf dem Vitav-Konto informiert wurde. Diese Frau ist nicht zu unterschätzen. Er riecht ihr teures Parfüm. Er ist plötzlich unsicher. Soll er sie berühren? Soll er eine vertrauliche Nähe schaffen, indem er sie betatscht? Soll er seine Hand komplizenhaft auf ihren Arm legen?

Sie schaut ihm kalt in die Augen und verrät mit kaum vernehmbarer Stimme: »Das Konto, nach dem Sie sich erkundigt haben, wird aufgelöst. Vielleicht finden Sie bei dieser deutschen Vereinigung Ihren Mörder?«

»Ha!«, lacht Fritz auf, »ich bitte Sie. Das glauben Sie doch selbst nicht. Der Kontoinhaber ist die deutsche Regierungspartei, das wissen Sie doch?«

»Ich weiß nur, dass genau dieses Konto wenige Stunden nach Ihrer Anfrage gekündigt wurde. Warum wird es aufgelöst?«

Fritz denkt schnell. Er will nicht glauben, dass sich hinter dem Konto, das Kathi ausfindig gemacht hat, Retos Mörder verbirgt. Ist die Kündigung ein Zufall? Oder ein Hinweis, den er nicht akzeptieren will? Es ist zu offensichtlich, Kathi und er sind tatsächlich an der gleichen Geschichte. Wenn er bei der Barauszahlung des Kontos dabei ist, kann er die Schwarzgeldroute zurück nach Deutschland begleiten, alles Weitere wird sich dann zeigen …

»Wann bekomme ich die Daten zurück?«, unterbricht Marlies Negele seine Überlegungen.

»Danach, versprochen«, antwortet er schnell. »Sofort danach. Wann wird das Konto aufgelöst?«

»Sie können mir die CD am Dienstagmorgen nach neun Uhr vorbeibringen. Bitte mit allen vollzähligen Daten, ohne irgendwelche Kopien in Ihrem Archiv.«

»Wann darf ich Sie in der Bank besuchen?«

»Sagen wir sicherheitshalber 9.30 Uhr. Dann ist das von Ihnen angesprochene Konto aufgelöst.«

Fritz lächelt und greift jetzt doch nach der Hand dieses für ihn irgendwie entrückten Wesens: »Danke, ich habe verstanden. Sie sind wahrlich eine gesetzestreue Frau«, schmunzelt er hämisch.

Marlies Negele entzieht ihre Hand seinem sanften Druck. Sie verzieht keine Miene. Sie wendet sich steif ab, sagt wie nebenbei: »Heinrich bringt Sie hinaus.« Ohne einen weiteren Blick oder ein weiteres Wort verlässt sie den Raum.

Potsdam, am Nachmittag

Tot! Das war's. Da tut sich nichts mehr. Der Akku ist komplett leer. Kathi ist genervt. Über sich selbst. Sie hat keine Ahnung, seit wann sie nicht mehr über Handy erreichbar ist, dabei wartet sie dringend auf einen Rückruf aus dem Bundesgesundheitsministerium. Erst jetzt, als sie selbst bei der unsympathischen Pressreferentin nachhaken will, bemerkt sie ihr Versäumnis. Sie läuft hektisch durch ihre Wohnung und sucht nach dem Ladegerät. In der Schublade, unter ihrem Schreibtisch, wo sie es eigentlich sonst immer aufbewahrt, findet sie es nicht. Stattdessen stößt sie dort auf ihre Gucci-Sonnenbrille, die sie seit Wochen sucht und die streng genommen in die Schublade unter dem Spiegel im Flur gehört. Kathi lässt die Brille aber trotzdem, wo sie ist, und sucht weiter.

Schublade für Schublade nimmt sie sich vor. Der Beifang fällt beachtlich aus: Ihr lange verloren geglaubter Impfpass ist wieder da, genauso wie die goldenen Ohrstecker, die sie vor ihrem Urlaub, Anfang des Jahres, extra vor möglichen Einbrechern versteckt hatte. Leider so gut, dass sie sich nach ihrer Rückkehr nicht mehr erinnern konnte, wo. Und der Führerschein ist auch wieder aufgetaucht. Das spart den Gang zum Amt. Nur vom Ladegerät nach wie vor keine Spur.

Sie schaut sich ratlos in ihrer Wohnung um, ihr Blick fällt auf die wiedergefundene Fahrerlaubnis. Das Foto ist schon ein bisschen älter. Damals hatte sie gerade wasserstoffblonde Haare, was aus der zeitlichen Distanz betrachtet auch verdammt gut aussah. Warum nicht, denkt sie sich? Blond hatte ich schon ein paar Monate nicht mehr, und läuft ins Bad.

Ein Griff ins Regal zur Blondierung, und der neue Style ist beschlossene Sache. Das Ladegerät muss warten. Kathi hält sich streng an die Gebrauchsanweisung auf der Verpackung. Wobei sie die Anleitung nach jahrelangen Erfahrungen längst Wort für Wort auswendig kann. Sie flüstert

Schritt für Schritt vor sich hin: »Einen Mittelscheitel ziehen und die Haare in Partien abtrennen, da das Abteilen das Bleichen erleichtert.«

Das ständige Färben und Tönen tut den Haaren nicht gut. Sie sind dünn geworden, denkt Kathi, nach der Blondierung wird sie sich auch ein paar Zentimeter abschneiden müssen. Das Zeug ist so aggressiv, dass Profis wie sie in diesem Zusammenhang vom »chemischen Haarschnitt« sprechen.

Zwei Stunden später schaut sie zufrieden in den Spiegel. Da steht sie, die neue Kathi. Jetzt nur noch föhnen. Sie greift ins Regal zum Profihaartrockner mit Spezial Diffuser und will den Stecker in die Dose stecken, die aber ist besetzt. Das Ladegerät, das sie verzweifelt gesucht hatte, lag die ganze Zeit quasi direkt neben ihr.

Schnell schließt sie ihr Handy an, das einen Moment braucht, ehe es wieder lebt. Die PIN? Verdammt, die hatte sie schon länger nicht mehr gebraucht. Wie war das doch gleich noch mal? 3-5-7-1? Sie tippt die Ziffern ein und bestätigt mit der Okay-Taste. Ihr Telefon ist nicht einverstanden. FALSCHE PIN, BITTE ERNEUT EINGEBEN.

Dann war es wohl doch die 5-3-7-1? Auch der Versuch geht daneben. Diesmal vibriert das Handy sogar in der Hand, fast so, als sei es verärgert. SIE HABEN NOCH EINEN VERSUCH, DANACH WIRD DIE KARTE GESPERRT! Kathi zögert. Warum nur hat sie sich nirgends diese verdammte PIN notiert? Ja, richtig! Weil die Telefongesellschaft sie ausdrücklich aufgefordert hatte, den Zettel mit der PIN zu vernichten. Diese

Schlauberger! Gut, die Gesellschaft hat auch geschrieben, dass man sich die PIN gut merken solle, aber wie kann man denn bei dieser Flut von PINs heute noch den Überblick behalten? Das Handy hat eine, die EC-Karte, die Kreditkarte, selbst ihre Mitgliedskarte im Fitnessclub. Kathi beschließt, vorerst keinen weiteren Versuch zu riskieren, und föhnt sich erst einmal die Haare. Dabei bringt sie mit einer Bürste nach und nach Ordnung in die Frisur und offenbar auch in ihren Kopf. 3-5-1-7. Das ist die PIN, die Erinnerung kam ganz nebenbei. Trotzdem ist sie nervös, als sie die Eingabe mit der OK-Taste bestätigt. Falls auch diese PIN falsch ist, muss sie morgen in den Handyladen um die Ecke und sich von den Profis helfen lassen.

PIN KORREKT steht auf dem Display, und nach ein paar Sekunden ist sie wieder im Netz. Gott sei Dank, ich bin wieder ein vollwertiger Mensch, geht es ihr durch den Kopf. Per SMS wird sie automatisch über vier verpasste Anrufe informiert. Dreimal hat es Fritz versucht, die andere Handynummer ist ihr unbekannt. Gerade als sie Fritz zurückrufen will, klingelt das Handy erneut.

»Ja bitte?«, nimmt sie ab.

Am anderen Ende ist die Pressestelle des Gesundheitsministeriums. Diesmal aber meldet sich ein überaus höflicher Mann, der ihr mitteilt, dass der Gesundheitsminister gerne bereit ist, alle ihre Fragen zu beantworten. Der Termin wäre gleich morgen um 9.30 Uhr im Ministerbüro. »Minister Riedermann freut sich.« Kurz danach ist das Telefonat auch schon wieder zu Ende.

Na, der soll sich mal nicht zu früh freuen, denkt Kathi.

Sie hat es also tatsächlich geschafft, den Minister vor die Kamera zu bekommen – und dann noch so schnell.

Deggenhausertal, abends

»Endlich«, bricht es aus Fritz heraus, »verdammt, auf euch Frauen ist einfach kein Verlass!«

»Na Fritzchen, was is denn. Ick sitz ja nich wie 'ne Telefonistin en janzen lieben langen Tach vorm Telefon.«

»Hör auf mit dem Quatsch, Kathi.« Fritz ist noch immer aufgeregt. Seit seinem Besuch bei Marlies Negele versucht er, seine neue Berliner Kollegin zu erreichen. Aber seit Stunden war Kathi Kuschels »Anschluss zurzeit nicht erreichbar«.

»Mein Akku war alle!«, lenkt Kathi entschuldigend ein.

»Hör zu«, legt er los, »die Kacke kocht. Wenn ich die eiserne Lady richtig verstanden habe, dann wird das ›Vitav‹ Konto in Liechtenstein am Dienstagmorgen um 9.00 Uhr mit allen den Millionen geräumt. Weißt du, was das heißt?«

Kathi ist baff.

Fritz hört sie schlucken und ist stolz. Endlich ist er der Spielmacher. Triumphierend setzt er nach: »Das heißt, ich dreh dir am Dienstagmorgen nicht nur die Schwarzgeldroute wie befohlen, sondern einen Krimi mit waschechten Akteuren.«

»Das wirst du nicht tun. Das ist meine Story. Ich komme!«

»Hast du denn Zeit, dein Berliner Kaffeekränzchen zu unterbrechen?«

»Hör mal gut zu, du Vollblutjournalist. Wer hat das Konto entdeckt? Und was weißt du, wer das Geld abholt? Oder wer hat es angelegt und fleißig aufgefüllt? Was ist der Deal? – Keine Ahnung, wa? Namen, Fakten, was is?«

»Ja, ja, schon gut«, wird Fritz etwas kleinlauter, »aber feststeht, dass genau das Konto, das du im Visier hast, ab Dienstagmorgen nicht mehr existiert. Wenn alles stimmt, was mir unsere Herzdame zwischen den Zeilen verriet, dann werde ich mich am Dienstagmorgen mit einem kleinen Camcorder vor der LieBa auf die Lauer legen, und nach 9.00 Uhr kommt ein Kofferträger aus der Bank und schleppt die Millionen nach Deutschland.«

»Und du willst ihm unauffällig folgen?«

»Logisch.«

»Da lass uns noch mal nachdenken, wie wir das genau machen. Nur eins ist klar: Ich bin dabei. Jetzt habe ich noch was für dich.«

Fritz fällt ihr hoffnungsfroh ins Wort: »Du hast ein Interview mit dem Gesundheitsminister bekommen? Was hat er gesagt? Warum können Hinz und Kunz Prothesen auf den Markt werfen, ohne dass die gründlich gecheckt werden?«

Kathi sitzt auf dem Rand ihrer Badewanne und muss über so viel Neugier grinsen. »Gemach, gemach, werter Herr Fritz. Das Interview findet morgen früh statt. Bis dahin muss sich der werte Herr auf seinem Bauernhof schon noch gedulden.«

»Schon gut«, wiegelt er ab, »aber melde dich dann

auch mal und schau zu, dass dein Akku wieder geladen ist. Frauen, ich sag's ja …«

»Du! Vorsicht!«, raunt sie, »aber wenn wir schon gerade von Frauen sprechen, wie geht's deiner Mutter?«

Fritz schaut nachdenklich zu Elfriede, die müde auf ihrem Bett liegt. »Hoffentlich bald wieder besser, hoffentlich! Aber wenn wir am Dienstag drehen, hat sie ja ihre zweite OP schon hinter sich.«

*

René Jakosch zieht die Kopfhörerstöpsel aus seinem Ohr und wickelt das Kabel auf. Er legt den kleinen Knäuel neben sich auf den Beifahrersitz und denkt nach. Dass die Liechtensteiner Bankerin gegenüber diesem Fritz ausplappert, dass er am Dienstagmorgen das Stiftungskonto abräumt, das ist eine böse Überraschung für ihn. Verdammt noch mal, kann man sich nicht einmal mehr auf das Bankgeheimnis verlassen, gibt es denn gar keine Geheimnisse mehr in dieser Welt! Seine Hände formen sich zu zwei wütenden Fäusten. Warum kann die Ziege nicht ihre Klappe halten? Wenn die so weitermacht, dann ist sie bald bei ihrem Ex-Verlobten.

Jakoschs Fäuste entspannen sich langsam. Jetzt keine Fehler machen, ermahnt er sich. Die Bankerin kann warten. Eigentlich hat sich die Situation für ihn gar nicht verschlechtert. Im Gegenteil. Das macht die Geschichte, die Riedermann morgen früh der Journalistin auftischt, nur glaubwürdiger. Ein perfekter Plan, fasst Jakosch zusammen. Die Falle beginnt zuzuschnappen. Nächste Woche um diese Zeit wird die alte Regierungspartei die neue sein. Tote sind schnell vergessen. Die Statistik der verunglückten Wassersportler am Bodensee wird sich noch etwas steigern. Es ist der Kitzel vor dem Finale, den er so liebt. Jakosch ist angespannt auf der Hut und gleichzeitig zufrieden. Vermutlich geht das jedem Profikiller so. Das Geschäft muss Spass machen. Reto nackt zu präsentieren kam ihm, als er die Clique tatsächlich nackt auf den Surfbrettern gesehen hatte. Verrückt. Nur wer seine Idee mit diesem Jungschmidt kopiert hat, das muss er noch herausfinden.

Er startet den Motor seines BMW und rollt langsam an Kathi Kuschels Hauseingang vorbei. Er will kurz nach Hause in seine Wohnung, letzte Vorbereitungen treffen und noch einmal richtig schlafen. Die nächsten beiden Tage muss er fit sein.

Auch professionelles Töten ist ein Knochenjob.

MONTAG, 28. NOVEMBER

Berlin, morgens

Viel Glas! Viel Stahl! Klare Linien! Das Gebäude des Gesundheitsministeriums ist ein Statement. Sicherlich ist der Architekt stolz auf das Bauwerk. Vielleicht war es sogar als Transparenzversprechen gedacht, nach dem Motto: Seht her, ihr Wähler, wir haben in diesem Haus nichts zu verbergen!

Pah, denkt sich Kathi. Es gibt wohl kein anderes Politikfeld, in dem so viel gemauschelt und getrickst wird wie gerade in diesem Ministerium. Gesundheitspolitik ist in erster Linie ein Milliardengeschäft und in zweiter Linie auch. Hilfe für Patienten ist im besten Fall ein erhoffter Nebeneffekt, mehr nicht.

In keinem anderen Bereich gibt es so viele Lobbyisten. Mancher davon soll sogar eine eigene elektronische Zutrittskarte zum Ministerium besitzen, zumindest hat Kathi das schon aus dem Mund einer vertrauenswürdigen Quelle gehört. Und falls sich die Beamten hier mal was ausdenken, das die satten Gewinne der Pharmariesen bedrohen könnte, dann schreiben die Firmen eben einfach selbst einen Gesetzentwurf, und die Lobbyisten sorgen dafür, dass der auch Wort für Wort übernommen wird. Am Ende muss das Ergebnis in der Bilanz der Pharmariesen stimmen. Das tut es immer.

Kathi schüttelt den Kopf. Wenn der Architekt ein bisschen Ahnung gehabt hätte, dann hätte er hier ein Gebäude hinsetzen müssen, das an die Augsburger Puppenkiste erinnert. Drinnen sitzen sowieso nur Marionetten. Mit der Obermarionette hat sie gleich einen Interviewtermin. Am Empfang wartet bereits ein Mitarbeiter der Pressestelle, der sie und ihr Kamerateam mit dem Aufzug nach ganz oben in den Ministerbereich begleitet. Dort müssen sie kurz warten, ehe eine freundliche Vorzimmerdame direkt ins Ministerbüro bittet.

»Kommen Sie doch rein, der Minister ist in wenigen Minuten da. Sie können gerne schon einmal die Kamera und das Licht aufbauen. Darf ich Ihnen etwas zu trinken anbieten? Kaffee? Tee? Wasser?«

Kathi schaut zu ihrem Team. Ihr Kameramann Bert hatte extra einen Dienst getauscht, um wieder mit ihr drehen zu können. Er nickt sichtlich dankbar für die Frage und brummt mit leicht verschlafener Stimme: »Sehr gerne einen Kaffee, vielen Dank!« Kathi und der Tonassistent schließen sich dem Wunsch an.

Die freundliche Sekretärin kann sich ihr Lachen nicht verkneifen. »Sie sind wirklich typische Medienleute. 9.30 Uhr ist noch nicht Ihre Uhrzeit. Ich mach' da am besten mal einen extra starken.« Sie verschwindet in Richtung Teeküche und lässt sie alleine im Ministerbüro zurück. Kathi schaut sich um. Ein großzügiger Raum, bestimmt an die 80 qm, zwei Fensterfronten, nicht besonders geschmackvoll eingerichtet.

Von dem großen L-förmigen Arbeitsplatz blickt man über die Dächer von Berlin Mitte bis zum Potsdamer Platz und noch weiter. Auf dem Schreibtisch liegen ein paar Akten. Der Bildschirmschoner verrät, dass der Minister die letzten Minuten nicht im Zimmer war. An der Wand hinter dem Tisch hängen ein Porträt des Bundespräsidenten und ein Gemälde, das Kathi als moderne Kunst einsortiert. Es ist in verschiedenen Orange- und Brauntönen gemalt, was der Künstler damit aber ausdrücken will, kann sie nicht erraten. Gegenüber, gleich rechts von der Eingangstür, gibt es eine hässliche Ledersitzecke für vertrauliche Gespräche. Auf dem kleinen Tisch in der Mitte steht tatsächlich ein Aschenbecher.

»Nicht zu fassen«, stöhnt Kathi. Die beiden anderen schauen fragend zu ihr. Kathi deutet auf den kleinen Tisch: »Na da, ein Ascher. Erstens gilt inzwischen in allen öffentlichen Gebäuden Rauchverbot, und zweitens ist das doch hier im Gesundheitsministerium reinste Ironie. ›Rauchen tötet! Sagt der Gesundheitsminister‹!«

Jetzt klingelt es auch bei Bert. Er zückt sein Handy und macht ein Foto: »Das kann ich nachher auf meiner Facebook-Seite posten«, grinst er.

Bert und Facebook? Der Mann überrascht Kathi immer wieder.

In diesem Moment geht die Tür auf, und Minister Danny Riedermann betritt mit demonstrativ guter Laune den Raum. »Guten Morgen, Frau Kuschel, guten Morgen, die Herren.« Freudestrahlend eilt er mit ausgestreckter Hand auf Kathi zu. »Hat man Ihnen überhaupt schon etwas zu trinken angeboten?«

Kathi ist von diesem Show-Auftritt tatsächlich etwas überrumpelt. Wenn das Riedermanns Ziel war, dann hat er es erreicht. Bevor sie aber antworten kann, geht auch schon die Tür ein zweites Mal auf, und die Sekretärin steht mit einem Tablett und vier Tassen Kaffee im Zimmer: »Ich habe Ihnen auch gleich einen mitgemacht, Herr Minister!« Dabei stellt sie die Tassen direkt neben den Aschenbecher auf den kleinen Couchtisch.

»Sie sind ein Schatz, Frau Schneider, vielen Dank!«

Frau Schneiders Gesicht färbt sich rosig. So schnell, wie sie in das Büro eingetreten ist, verlässt sie es auch wieder.

»Wo wollen wir denn das Interview machen? Hier im Sessel oder an meinem Schreibtisch?«, fragt Riedermann.

Der Kameramann räuspert sich: »Ich dachte, wir machen es eher im Stehen, vielleicht vor diesem Gemälde, da würden wir mit dem Licht heute Morgen ganz gut hinkommen.«

Riedermann dreht sich um, er ist über den Vorschlag offensichtlich erfreut. Er wendet seinen Blick nicht von dem Gemälde ab: »Ein echter Riedermann!«, sagt er stolz, »das habe ich selbst gemalt. Sie müssen wissen, malen und Kunst, das bedeutet für mich Ruhe und Ausgleich vom stressigen Ministerjob. Ich hatte schon mehrere Anläufe, aber so gut wie hier ist mir der Abendhimmel über einem Wald im Herbst vorher nie gelungen.«

»Ich war auch sofort beeindruckt, als ich es gesehen habe«, lügt Kathi ungeniert und setzt noch eins drauf, »ich könnte wetten, dass ich selbst schon mal an dieser Stelle gewesen bin. Kann es sein, dass das hier irgendwo im Grunewald ist?«

»Nein, da muss ich Sie enttäuschen, das ist eine Stelle aus meiner Heimat in Hessen, aber schön, dass es Ihnen gefällt.« Riedermann nippt an seinem Kaffee und lehnt sich zufrieden in seinem Ledersessel zurück.

»Was wollen Sie denn überhaupt wissen? Meine Pressestelle hat mir nur notiert, dass es um den Prothesen-TÜV gehen soll. Ist das richtig?«

Kathi blickt kurz zu Bert, der gerade noch zusammen mit dem Assistenten am Weißabgleich arbeitet. »Das stimmt, aber ich würde Ihnen gerne die Fragen vor laufender Kamera stellen, vorausgesetzt, Sie sind einverstanden. Wenn Sie die Fragen davor kennen, dann ist jede natürliche Reaktion weg«, grinst sie Riedermann auffordernd an.

Er gibt sich ganz staatsmännisch und beteuert souverän, einverstanden zu sein.

»Wir können dann auch loslegen, wir sind soweit«, signalisiert Bert.

Ein SMS-Signalton ertönt auf dem Blackberry des Ministers.

»Und bitte das Handy für das Interview ausschalten, Herr Minister«, mischt sich jetzt auch der Tonassistent in die Vorbereitungsszene ein.

Riedermann nickt wie beiläufig, blickt konzentriert auf seinen Blackberry. »Frau Kuschel, ich muss Sie noch um einen ganz kurzen Moment Geduld bitten. Ich bin gleich wieder zurück«, entschuldigt er sich und eilt aus dem Büro.

»Was ist denn jetzt mit dem los, der ist ja auf einmal wie ausgewechselt?«, wundert sich Bert.

Kathi zuckt mit den Schultern. »Es wird was mit der SMS zu tun haben«, rätselt sie und schaut auf das Blackberry-Gerät, das der Minister auf seinem Sessel vergessen hat. Soll sie?

»Bert!«, zischt sie spontan, »stell dich schnell an die Tür, so dass keiner reinkommen kann.«

Bert schaut sie überrascht an.

Sie deutet auf den Blackberry.

Jetzt hat er kapiert und stellt seinen Fuß direkt vor die Bürotür.

Kathis Herz beginnt zu rasen. Schnell greift sie das Gerät und drückt auf die große Taste in der Mitte. Das Display wird sofort hell, die SMS ist noch geöffnet.

Sie liest: BESTÄTIGUNG EINGANG 1 MILLION. KONTO-RÄUMUNG MORGEN: TRANSFER ÜBER CH; ROUTE RORSCHACH – L.A. ZuKtrlG DARF NICHT KOMMEN. BG (SMS SOFORT LÖSCHEN)!

Kathis Hand zittert. L.A. heißt Langenargen, dass weiß sie seit ihrem letzten Besuch am Bodensee. Sie versucht, den Text in ihren Block abzuschreiben. Ihre Schrift ist ein Gekritzel wie die einer Erstklässlerin. Sie ist viel zu aufgeregt. Schnell steckt sie den Block wieder in ihre Tasche und legt den Blackberry zurück in den Ledersessel.

Bert hat es die Sprache verschlagen. Er spürt, die Info hat seine Redakteurin elektrisiert. Er nimmt den Fuß von der Tür und geht auf sie zu. »Bist du verrückt, was stand da drauf?«

Bevor sie antworten kann, kommt Riedermann ins Zimmer zurück. Seine demonstrative Freundlichkeit hat er dieses Mal draußen gelassen. »Wir müssen!, ich habe nur noch fünf Minuten, dann muss ich zum Gesundheitsausschuss. Letzte Sitzung vor der Wahl.«

Kathi sammelt sich, atmet konzentriert durch und stellt sich neben die Kamera.

»Kamera läuft! Und bitte«, gibt Bert professionell das Signal.

»Herr Minister«, beginnt Kathi.

Im gleichen Augenblick verwandelt sich Riedermanns Gesichtsausdruck wie auf Knopfdruck: Seine Augen blicken wach, die Lippen hat er zu einem freundlichen Lächeln geformt, dabei ist sein Mund auch noch einen kleinen Spalt geöffnet, so dass der Blick auf sein makelloses Gebiss frei wird. Riedermanns Botschaft ist klar: Seht her, so einem wie mir könnt ihr vertrauen!

Kathi schließt provokant an: »In Deutschland darf jedem Patienten eine Schrott-Prothese eingesetzt werden. Warum unternehmen Sie nichts dagegen?«

»Liebe Frau Kuschel, selbstverständlich dürfen in Deutschland *keine* Schrott-Prothesen eingesetzt werden. Insofern muss man da auch nichts unternehmen.«

Riedermann reagiert äußerst professionell, die Fragen bringen ihn nicht aus der Ruhe.

Sie hakt ebenso professionell nach: »Warum sind Sie da so sicher, dass bei uns keine Schrottprothesen verwendet werden? Sie kontrollieren ja nicht einmal.«

Riedermann lächelt stetig weiter in die Kamera, aber es wirkt jetzt nicht mehr ganz so ungezwungen. »Wir müssen da gar nichts kontrollieren. Jede Firma, die bei uns Prothesen anbietet, sei es für das Knie oder auch für die Hüfte, weiß, dass sie nur top Qualität liefern darf. Ansonsten ist sie weg vom Markt. Ein aufwendiges Kontrollverfahren würde nur die Kosten in die Höhe schrauben und eine

Menge zusätzlicher Bürokratie bedeuten. Wir setzen auf die freie und unabhängige Eigenkontrolle des Marktes.«

Eine Teflon-Antwort jagt die nächste. Larifari, so bleibt nichts haften. Jede Frage lässt der Minister souverän abschmieren.

Kathi ärgert sich und versucht es mit einem plastischen Beispiel, das jedem Zuschauer einleuchten soll: »Jedes Auto in Deutschland braucht eine Straßenzulassung. Wenn Sie sich auf die Selbstkontrolle des freien Marktes verlassen, könnten wir doch auch auf den Auto-TÜV verzichten?«

Riedermanns Lächeln wird noch breiter: »Also für Straßenverkehr ist der Bundesverkehrsminister zuständig, da müssten Sie sich dann schon bitte an den Kollegen wenden.«

Jetzt platzt ihr der Kragen: »Herr Minister, wir reden hier über hilfsbedürftige Menschen. Menschen, die Schmerzen haben. Menschen, die Hilfe brauchen. Menschen, die darauf vertrauen, dass ihre künstlichen Hüft- oder Kniegelenke in Ordnung sind. Ich will jetzt keine Antwort vom Bundesverkehrsminister, sondern eine klare Aussage von Ihnen. Was machen Sie, um genau das zu gewährleisten?«

Kathis Wutausbruch scheint zumindest nicht spurlos an Riedermann vorüberzugehen, der Gesichtsausdruck verändert sich, jetzt wirkt er leicht arrogant, dazu wird auch seine Stimme etwas lauter: »Ein Zugangskontrollgesetz für künstliche Gelenke würde überhaupt nichts bringen. Außerdem ist das gar nicht meine Entscheidung, sondern die des Gesetzgebers. In einer halben Stunde steht das Thema übrigens auf der Tagesordnung der Sitzung im Gesundheitsausschuss. Da entscheidet dann die Mehrheit.

So wie es aussieht, wird der Ausschuss den Gesetzesentwurf ablehnen. Da kann auch kein Minister was machen. So läuft das in einer Demokratie.«

Jetzt hat sie Riedermann dort, wo sie den Minister haben wollte. In einem Boxkampf würde man sagen, der Gegner hat die Deckung aufgegeben. Kathi versucht, zu einem entscheidenden Schlag auszuholen. Wenigstens einen guten O-Ton will sie Fritz liefern: »Welche Rolle spielen die vielen Lobbyisten bei dieser Entscheidung? Wem sind Sie in dieser Frage verpflichtet: den Wählern oder der mächtigen Industrie für Medizinprodukte?«

Riedermann ist sichtlich bemüht, die Fassung zu bewahren: »Selbstverständlich geht es uns allen nur ums Wohl der Menschen in Deutschland. Wenn Sie mit Ihrer Frage andeuten wollten, dass uns die Medizinprodukte-Industrie zu beeinflussen versucht, dann sage ich Ihnen: Ja, das versucht sie. Aber ich sage Ihnen genau so deutlich: Nein, wir lassen uns nicht beeinflussen. Wir sind weder bestechlich noch von irgendetwas anderem abhängig. Wir sind alle frei in unseren Entscheidungen. Und jetzt entschuldigen Sie mich bitte, sonst komme ich zu spät zum Ausschuss.«

Das war's.

Mehr ist aus dem Minister nicht herauszubekommen. Kathi ist trotzdem nicht enttäuscht. Zum einen ist sie lange genug im Geschäft, um zu wissen, dass man von solchen Kamerainterviews nie zu viel erwarten darf, zum anderen hat sie ja die SMS. Die ist jetzt sowieso viel wichtiger. Sobald sie wieder im Auto sitzt, muss sie sofort Fritz anrufen. Es passt alles zusammen!

Der Abschied aus dem Ministerium fällt deutlich kühler aus als die Begrüßung. Die freundliche Vorzimmerdame wirkt jetzt auch distanzierter. Sie begleitet das Team bis zum Hauptausgang an der Friedrichstraße, fast so, als wolle sie sich vergewissern, dass die Fernseh-Schnüffler auch wirklich verschwinden.

Auf dem Weg zum Auto platzt es aus Bert heraus: »Was war das denn für 'ne Nummer? Mir ist fast das Herz stehen geblieben. Wenn der 'ne halbe Minute früher zurückgekommen wäre, und dich mit seinem Smartphone gesehen hätte, dann …«

»… drum hattest du doch den Fuß an der Tür, oder?«, fällt ihm Kathi ins Wort.

»Okay«, schmunzelt Bert komplizenhaft, »dann hätte ich diesen aalglatten Typen mal ordentlich gegen die Tür laufen lassen müssen. Eigentlich schade, dass nicht«, lacht er laut, »Mann, Mann, Kathi, früher gab es mehr von deiner Sorte. Die sind damals häufig genauso ins Risiko gegangen. Schade, dass es nur noch wenige von euch gibt.«

Schon auf der Rückfahrt in den Sender holt Kathi ihr Handy aus der Tasche und ruft Fritz an: »Du hattest recht! Morgen ist der entscheidende Tag. Ich komme gerade vom Minister und habe das Interview für dich gemacht. Ich will es mal so sagen: Ich bin da mehr oder weniger zufällig auf die Bestätigung deiner Schwarzgeld-Route gestoßen. Die bringen morgen das Geld tatsächlich von Vaduz aus via Rorschach über den Bodensee nach Langenargen.«

Am anderen Ende der Leitung wirkt Fritz etwas angenervt: »Ach ja, das ist jetzt ja ganz neu. Jetzt bist du also auch auf den Geldtransfer gestoßen.«

Kathi ist viel zu aufgeregt, um sich auf eine unnütze

311

Diskussion einzulassen. »Fritz! Ich sag das jetzt nur einmal und du kannst mir glauben, das fällt mir nicht leicht.« Kunstpause. Kathi zählt langsam bis drei und spürt förmlich, wie die Spannung bei Fritz ins Unermessliche steigt. Was hat sie ihm zu sagen? »Es war ein echter Glücksfall, dass das Schicksal uns beide zusammengebracht hat, ohne dich, du alter Hund, wäre ich doch überhaupt nicht so weit gekommen. Aber jetzt müssen wir die Geschichte gemeinsam zu Ende bringen, zusammen! Kannst du mich verstehen? ZUSAMMEN!«

Fritz räuspert sich zunächst, antwortet dann wie beiläufig: »Klar bringen wir das Ding gemeinsam zu Ende. Wenn nicht wir beide, wer dann?« Und ganz kollegial fügt er hinzu: »Wann kommst du?«

»Ich nehme den Flieger um 18.00 Uhr nach Friedrichshafen. Holst du mich ab?«

»Klar! Du wirst mich am Blumenstrauß erkennen.«

*

Angebissen. Der Köder ist geschluckt, die beiden hängen am Haken. Zufrieden setzt René Jakosch seinen Kopfhörer ab. Das Telefongespräch hat alle seine Fragen beantwortet. Zumindest fast alle. Nur der Verbleib der Daten-CD ist noch ungeklärt. Sie ist im Besitz dieses Lebrecht Fritz, aber der wird sie sicherlich irgendwo in seinem Bauernhaus versteckt haben. Diese verdammte CD, die wird bald in seinem Besitz sein, da ist er sicher.

Er steigt aus dem Auto und läuft eine kleine Runde um den Block. Die frische Novemberluft pustet ihm den

Sauerstoff direkt ins Hirn, so kann er seine Gedanken besser sortieren. Diesmal will er nicht mit dem Auto nach Friedrichshafen fahren, das würde zu lange dauern. Er braucht etwas Zeit zur Vorbereitung. Der Anruf in der Zentrale ist schnell gemacht. In einer Stunde steht am Flughafen ein Jet startklar für ihn bereit. Jakosch holt noch einmal tief Luft und steigt wieder in sein Auto. Leiple wartet bestimmt schon auf seinen Anruf.

»Und, alles nach Plan?«, will der sofort wissen, ohne zuvor zu grüßen.

»Plan läuft. Morgen gegen Mittag – finale Lösung des Problems.«

Auch Jakosch spricht keine eindeutigen Sätze. Nur Wesentliches mit wenigen Worten. Er ist im Einsatzmodus. Abgehört wird längst auf allen Frequenzen.

»Dann ab jetzt bis zum Finale kein Kontakt mehr. Ich verlasse mich auf dich, enttäusch mich nicht.«

Leiples Worte klingen messerscharf. Auch für ihn hängt viel am Erfolg dieses Auftrags. Noch sechs Tage bis zur Bundestagswahl. Jetzt darf nichts mehr schief gehen. Das Gespräch dauert keine Minute. Direkt danach entfernt Jakosch die SIM-Karte aus seinem Smartphone. Es wird keine Spuren geben, auch im Fall Kuschel/Fritz nicht.

Deggenhausertal, mittags

Fritz hat Elfriede den Koffer gepackt. Sie quält sich an ihren Krücken aus dem Haus. Sie muss heute zur Voruntersuchung ins Krankenhaus. Morgen wird operiert. »Endlich!«, jubiliert sie und gibt sich Mühe, alleine in das Auto zu steigen. Bruno springt zu ihr. Elfriede will den alten Geißbock streicheln. »Nein! Nicht!«, schreit Fritz, »dann stinkst du. Das halten die im Krankenhaus nicht aus.«

»Dort stinkt's auch«, lacht sie gut gelaunt, »des schmecken die nicht.«

»Nicht schmecken, Elfriede«, korrigiert Fritz seine Mutter, »riechen!«

»Ha, grad du, mit deinen Fünfen im Zeugnis«, winkt sie ab, »und schmecken tut's im Krankenhaus auch nicht.«

»Ja, das stimmt«, gibt sich Fritz mit der Erinnerung an seine Zeugnisse und der Parallele zum Krankenhausessen geschlagen, »gib mir deine Krücken und lass dich auf den Sitz fallen«, hilft er ihr in den Wagen und schubst Bruno mit einer Krücke unfreundlich beiseite. Du kommst zum Metzger, wenn Elfriede im Krankenhaus ist, nimmt er sich vor.

Elfriede winkt dem Bock liebevoll zu, und der lässt wie auf Befehl ein freundschaftliches Meckern ertönen.

Fritz gibt schnell Gas. »Mutter, wenn du zurück bist, bekommst du einen Rollator, dann kannst du wieder spazieren gehen.«

»Du spinnst wohl«, echauffiert sich die alte Dame, »wenn ich zurück bin, kann ich wieder gehen wie Hermine.«

»Stimmt auch wieder«, unterstützt Fritz ihre Zuversicht.

Auch Prof. Heiße nimmt Elfriede Fritz voller Optimismus auf. »Wir sind einen großen Schritt weiter«, erzählt er sichtlich gelöst, »Herr Fritz, wir werden in Zukunft keine Metallgelenke mehr einsetzen. Von wegen OP-Fehler«, entrüstet er sich, »haben Sie von der Freiburger Erklärung gehört?«

»Nein«, ist Fritz überrascht, »ist da was an mir vorbeigegangen?«

Prof. Heiße reicht ihm die Presseerklärung eines Freiburger Krankenhauses: *Freiburg – Nach der Operation mit fehlerhaften künstlichen Hüftgelenken mussten rund 100 Patienten des Gemeinschafts-Krankenhauses in Freiburg erneut unters Messer, mindestens 25 Patienten steht das noch bevor. Etwa ein Drittel der implantierten Gelenke sei fehlerhaft, etliche müssten ersetzt werden, teilte der Regionalverbund der Krankenhäuser mit. Schuld sei das Material der Prothese. Zwei in Auftrag gegebene Untersuchungen hätten gezeigt, dass sich Metallspäne vom Gelenk lösen. Das Krankenhaus und den Arzt treffe keine Schuld.*

Also doch! Fritz hatte gleich geahnt, dass da etwas nicht stimmt. Jetzt spürt er, wie er immer wütender wird. Die Raffkes bei der Firma Maler lassen Elfriede krepieren, nur damit ihre Bilanz stimmt. Seine Hände ballen sich zu Fäusten.

Auf der anderen Seite ist er erleichtert. Die Ursache für die Schmerzen seiner Mutter ist gefunden. Jetzt kann sie endlich wieder die Alte werden.

»Wir werden das neue Gelenk entnehmen, und Ihrer

Mutter eine altbewährte Hüftprothese einsetzen. Sie werden sehen, sie wird sich schnell wieder erholen«, lächelt der Doc jovial.

Fritz dreht sich vom Professor ab, um eine Freudenträne aus seinem Gesicht zu wischen, die sich den Weg über seine Wange bahnt. Dann wendet er sich wieder dem Professor zu. »Ich verlasse mich auf Sie, um die Verbrecher bei der Firma Maler kümmere ich mich selbst, jetzt aber muss ich mich erst um die Verbrecher aus Berlin kümmern.«

Ein kurzer Händedruck, ein Kuss auf Elfriedes Stirn, dann ist er unterwegs ins Studio nach Friedrichshafen.

Auf dem Parkplatz des Studios kommt ihm sein Kameramann Simon entgegen, der gerade auf sein Fahrrad steigen will.

»Halt, hier geblieben, es gibt Arbeit.«

Simon winkt theatralisch ab. »Du mit deinen Nacktsurfern, das wirst du schon alleine hinbekommen. Ich mach' Feierabend. Ich habe heute Morgen schon um 6.00 Uhr gedreht. Die Milchbauern streiken und schütten die Molke in den Dorfbach, das musst du dir heute Abend in den News ansehen.« Ein demonstratives Gähnen zu Fritz, dann schwingt er sich auf sein Mountainbike.

»Kathi hat angerufen, sie kommt heute Abend. Morgen ist der Tag der Entscheidung. Schade, dass du nicht dabei bist. Dann ruf ich Dieter an.«

Simon legt eine Vollbremsung hin und dreht um: »Was hast du gerade gesagt, Kathi kommt?«

Fritz wartet, bis Simon neben ihm steht, dann fängt er an zu erklären: »Morgen kommt richtig Schwarzgeld ins

Land. Du weißt schon, die Kohle von dem Stiftungskonto in Liechtenstein. Wir wissen, dass sie den Weg über den See nehmen. Von Rorschach nach Langenargen. Wir müssen alles vorbereiten.«

Simon ist baff. »Klar bin ich dabei. Was meinst du mit: Wir müssen alles vorbereiten?«

»Naja, ist doch klar: Wir drehen die Aktion.«

»Wer ist wir?«, mischt sich plötzlich der Studioleiter ein. Uwe Hahne war zu den beiden hinzugetreten, ohne dass sie es bemerkten.

»Gut, dass du da bist«, nimmt Fritz seinem Chef schnell den Wind aus den Segeln, »wir benötigen morgen noch mal ein Team für die Story mit der Kollegin aus Berlin.«

»Dann soll Berlin das anmelden«, weist Hahne Fritz auf den Verwaltungsweg hin.

Fritz winkt ab und schiebt Hahne auf die Seite. »Unter uns«, weiht er Hahne ein, »das ist eine heikle Sache.« Dann erzählt er von Kathis Recherche und ihren Ergebnissen. »Also ohne Garantie, das könnte morgen ein heißer Tag werden.«

Hahne schaut Fritz zunächst ungläubig an, doch dann entscheidet er souverän: »Das nehmen wir gemeinsam in die Hand, das wird ein Knüller! Wir werden uns mit drei Teams positionieren und die Signale im Studio aufzeichnen.«

»Vielleicht eine Nummer zu groß?«, will Fritz den Übereifer seines jungen Studioleiters bremsen, »und wenn es ein Fehlalarm ist?«

»Dann verrechnen wir das mit deinem Nacktsurfer-Film, Fritz, der wird zurzeit in allen Programmen hoch-

und runtergespielt«, klopft Hahne Fritz anerkennend auf die Schulter.

Er ist jetzt ganz in seinem Element: »Wir machen einen Plan: Ein Team wartet in Liechtenstein vor der Bank. Fritz, deine Kontaktfrau soll ein Zeichen geben, wenn das Konto tatsächlich geräumt ist. Das Team folgt dem Schwarzgeldtransport bis Rorschach. Wir müssen den Weg des Schwarzgeldes genau aufzeigen, ohne Unterbrechung. Frau Kuschel bekommt eine Kamera mit auf ein Schiff, genauso wie du auf einem zweiten Boot. Und du, Simon, drehst das Ganze von der Fähre Friedrichshafen-Romanshorn aus. Noch ein Boot mehr um die Jahreszeit auf dem See, das würde auffallen, da würden die misstrauisch werden. Ich kenne den Kapitän der Fähre, der kann problemlos einen leichten Bogen von der Route abweichen. Mit dem Teleobjektiv haben wir eine Sicherheitstotale. Und jetzt kommt es: Die Kamera von Frau Kuschel, deine Kamera, Fritz, und auch deine Kamera, Simon, sind Livekameras. Wir zeichnen im Studio alles live auf. Mit der schnellen LTE-Broadcasting-Technik, die wir gerade testen. So kommen alle Signale direkt zu uns ins Studio und wir könnten jederzeit ›On Air‹ gehen. Geil, oder?«

»Muss das denn sein?«, versucht Fritz den Enthusiasmus seines Chefs zu bremsen.

»Wenn auch nur ein Teil von dem stimmt, was du mir eben angedeutet hast, dann wird mein Studio morgen bestimmt nicht schlafen. Diese Häme der Kollegen ersparen wir uns. Und wenn es nicht so ist, wird es keiner erfahren.«

Friedrichshafen, abends

Verdammt! Warum kann ich mir diese vier Ziffern nicht merken wie jeder andere Mensch auch. Das gibt es wirklich nicht. Kathi schaut verzweifelt auf das Display ihres Handys, das erbarmungslos die PIN-Eingabe fordert. Warum muss man die Teile überhaupt während des Fluges abschalten?, ärgert sie sich. Bisher hat sie von keinem Flugzeug gehört, das abstürzte, weil jemand sein Mobiltelefon angeschaltet hatte. Das ist pure Schikane.

Sie versucht sich zu sortieren. Über dem monotonen Brummen der Rotoren war sie während des Flugs von Berlin nach Friedrichshafen eingenickt. Jetzt fühlt sie sich wie im Wachschlaf, unfähig, solch wichtige Entscheidungen wie die Zahlenfolge einer PIN zu treffen.

Sie steckt das Handy wieder in die Tasche und folgt den Schildern zum Ausgang und zum Kofferband auf dem kleinen Regional-Flughafen. Es dauert eine Weile, bis sie in der Gepäckhalle ankommt, was auch an ihren knapp zehn Zentimeter hohen Absätzen liegt, auf denen sie nur langsam und sehr wackelig vorankommt. Der enge Rock, den sie dazu gewählt hat, lässt keine großen Schritte zu. Geschwindigkeit geht nur über eine hohe Schrittfrequenz, und dafür ist sie im Moment einfach noch zu müde. Obwohl sie die Letzte aus ihrem Flieger ist, die an der Kofferrückgabe ankommt, muss sie warten. Der Urlaubsflieger aus Antalya hat Vorrang. Das Urlaubsgepäck der Türkeirückkehrer schlängelt sich über das schwarze Band im Kreis.

Sie geht in die Toilette und kühlt sich mit Wasser die

Handgelenke, danach vorsichtig ein paar Spritzer auf die Wangen. Das Make-up soll nicht leiden. Die Erfrischung tut gut. Weil es im Flugzeug nichts zu trinken gab, nimmt sie noch einen kleinen Schluck Leitungswasser aus ihren zu einer Schale geformten Händen. Eine ältere Dame, braun gebrannt von der Urlaubssonne, steht hinter ihr und schüttelt verächtlich den Kopf: »Mädle, na kauf dir halt nicht so teure Klamotten, dann hascht auch e Geld für e Mineralwasser und musscht nit aus dem Wasserhahn trinke.«

Kathi dreht sich um und blickt direkt ins Gesicht der Frau. Sie trägt ein Oberteil, gemustert im Stil einer Kittelschürze, die es in Brandenburg auf jedem Wochenmarkt für unter fünf Euro gibt. Die Ärmel scheint sie selbst abgetrennt zu haben. Kathi grinst: »Ganz ehrlich, bevor ich so auf die Straße gehe wie Sie, verdurste ich lieber.«

Sie öffnet die Tür und lässt die verdutzte Frau alleine in der engen Toilette zurück, bevor diese antworten kann.

3-5-7-1. Die Pin! Von einer Sekunde auf die andere ist sie ihr wieder eingefallen. Das frische Wasser hat doch geholfen. Sie tippt die Ziffern ein und wartet, bis sich das Handy ins Netz eingeloggt hat. Sie will sichergehen, dass sie im deutschen Netz telefoniert. Beim letzten Seebesuch hat sich das Gerät unbemerkt ins Swissnet geschmuggelt, sodass ihr vor der nächsten Rechnung graut. Diesmal klappt alles problemlos. Eine SMS informiert Kathi über einen verpassten Anruf von Holger Frey, er hat eine Nachricht auf der Mobilbox hinterlassen. »Hier spricht Holger Frey, Frau Kuschel, könnten Sie mich bitte dringend zurückrufen. Vielen Dank.«

Die Koffer aus Antalya scheinen kein Ende zu nehmen.

Kathi überlegt, was Frey von ihr will. Sie geht rüber zu den Bänken, wo kein Mensch sitzt, und ruft zurück.

»Hallo, Frau Kuschel, danke für Ihren Rückruf, einen kleinen Moment bitte«, hört sie Frey nuscheln. Offenbar ist er in einer Sitzung. Nach ein paar Sekunden wird die Stimme klar und deutlich: »So, jetzt bin ich ganz bei Ihnen. Entschuldigung. Ich bin gerade in einer Besprechung mit der Laburg-Truppe, der Bundesvorsitzende meint, er käme im Wahlkampfendspurt zu wenig in den Medien vor. Wenn Sie mich fragen, kann der nicht wenig genug vorkommen.«

Kathi muss lachen, bleibt aber skeptisch: »Deshalb soll ich Sie zurückrufen?«

»Nein, natürlich nicht, ich wollte Sie für morgen Vormittag zu einem Hintergrundgespräch mit Günther Robert Clausdorff einladen. 11.00 Uhr im Turmrestaurant am Heiligen See in Potsdam. Klappt das?«

»Nein«, wehrt sie sofort ab, »schade, ausgerechnet da kann ich leider nicht. Wäre es möglich, dass mein Kollege Ralf Marburg vorbeikommt? Für ihn lege ich meine Hand ins Feuer.«

Kathi hat die letzten Worte kaum ausgesprochen, da fällt ihr Frey schon wieder ins Wort: »Frau Kuschel, Sie wissen doch: Hintergrundgespräche sind Vertrauenssache. Das ist nicht so wie im Fußball, wo sie eben mal einen Spieler austauschen. Wenn, dann müssen Sie schon selbst kommen, können Sie Ihren Termin nicht verlegen?«

Kathi entschließt sich, mit offenen Karten zu spielen: »Ich bin am Bodensee. Ich habe Ihnen schon angedeutet, dass mein Kollege Lebrecht Fritz vom hiesigen Landessender und ich auf einer ganz heißen Spur in Sachen Schwarzgeldkonto sind. Um ehrlich zu sein, wir haben diese CD. Ich kann hier nicht weg. Morgen drehen wir die CD-Story. Übermorgen kommen wir damit raus.«

»Mit der CD?«, ist Frey wie elektrisiert.

»Ja, aber auch mit dem Schwarzkonto, das ich Ihnen schon angedeutet habe.«

»Heiliger Strohsack! Machen Sie die Welt nicht verrückt«, schreit Frey ins Telefon, »und die CD hat dieser Kollege, von dem Sie erzählt haben?«

Kathi reicht's. Kapiert dieser Frey denn nicht, dass sie, genau wie er es immer wollte, jetzt den Konservativen eins vor den Bug schießen. Aus den Augenwinkeln sieht sie ihre sündhaft teure Reisetasche über das Kofferband laufen. Die ist ihr jetzt wichtiger als dieser Frey. Sie macht abrupt Schluss: »Schauen Sie am Mittwoch unsere News!«

»Sie sind jetzt in diesem Landesstudio am Bodensee?«, insistiert Frey nochmals.

»Ja, sagte ich doch.«

Jetzt wird es Kathi zu viel, sie drückt ihn einfach weg. Sie verstaut ihr Handy in der Handtasche und will zu ihrem Koffer gehen, da drängelt sich diese braun gebrannte Ziege in Kittelschürzenoptik vorbei und zischt ihrem Mann zu: »Da schau, Eugen, da ischt dieses unverschämte Ding, jetzt sag halt was!«

Eugen scheint ein eher schüchterner Typ zu sein, will aber offenbar vor seiner Begleitung einen starken Eindruck machen und greift Kathi am Arm.

Sie hat die Frau gehört und öffnet ganz demonstrativ den obersten Knopf ihrer Bluse: »Ist ganz schön warm hier in Friedrichshafen«, sagt sie zuckersüß zu Eugen.

Dieser schaut ihr unvermittelt ins Dekolleté, zieht schnell seine Hand zurück, nickt freundlich und bekommt kein Wort mehr heraus.

Mit einem beherzten Griff über zwei Kinder hinweg schnappt Kathi ihre Reisetasche und marschiert Richtung Ausgang. Hinter der Schiebetür kann sie Fritz erkennen. Der Spinner hat wirklich einen Blumenstrauß dabei, aber er scheint sie wegen ihrer neuen, blonden Haarfarbe und des kürzeren Haarschnitts nicht zu erkennen.

Erst als sie direkt vor ihm steht und ihm zuwinkt, fällt bei Fritz der Groschen. Lachend begrüßen sie sich mit einem Küsschen auf die Wangen. Fritz stellt sich etwas ungeschickt an, sodass der zweite Kuss beinahe auf ihrem Mund gelandet wäre. »Na, Fritzchen, du gehst aber heute ran an die Mutti.«

Fritz merkt, wie er rot wird. Es ist nicht zu fassen. Da ist diese Frau gerade mal 30 Sekunden in seiner Nähe, und schon geht sein ganzes Selbstbewusstsein flöten. Er versucht, ihrem Blick auszuweichen. Dabei muss er in den beeindruckenden Ausschnitt blicken, was die Sache mit der souveränen Antwort nicht unbedingt einfacher macht. Er braucht einen kleinen Moment, dann lässt ihn die fantastische Aussicht doch noch frech werden: »Na, du hast heute noch was vor, einen Knopf mehr, und ganz Friedrichshafen kennt dein Bauchnabelpiercing.«

Kathi lacht laut, dass es im ganzen Flughafenfoyer zu hören ist. Eine tolle Frau, schwärmt Fritz fast schon ein bisschen verliebt, nur an die neue Haarfarbe wird er sich noch gewöhnen müssen. Gerade hatte er das grelle Rot akzeptiert, jetzt blond! Oh, die Weiber, denkt er und sagt:

»Ich gehe rüber zum Parkautomaten das Ticket lösen, bin gleich wieder da.«

Während er seine Münzen einwirft, stellt sich ein braun gebrannter Mann neben ihn. Seine ebenso braun gebrannte Begleitung ruft ihm zu: »Beeil dich, Eugen!« Doch der schaut zu Fritz und sagt mit Hochachtung in der Stimme: »Sie Glückspilz!«

Fritz hat keine Ahnung, was der Mann von ihm will. Jetzt mischt sich seine Frau wieder ein: »Eugen, des hanni ghört. Da bekommscht du einmal ein Gipfelblick, und schon setzt dein Hirn aus. Ich sag dir, in 20 Jahren hängen die wie bei mir.«

Fritz kennt diesen Eugen nicht, nie zuvor gesehen, keine Ahnung, was er von ihm will, trotzdem tut ihm Eugen leid.

Auf dem Weg zum Parkplatz erzählt er Kathi von der sonderbaren Begegnung. Die zuckt mit den Schultern und meint: »Ihr Schwaben seid halt ein komisches Völkchen.«

»Vorsicht, Frau Kuschel«, gibt Fritz zurück, »manche Badener reagieren da empfindlich. Die wollen alles, nur keine Schwaben sein. Für Badener ist dies ein feiner und verdammt wichtiger Unterschied.«

»Den kannst du mir sicher genauer erklären. Vielleicht bei einem Wein, aber jetzt müssen wir unbedingt über morgen sprechen.«

Fritz grinst: »Ob badischer Spätburgunder oder württembergischer Trollinger, du kannst einen Gang runterschalten. Du wirst sehen, für morgen sind wir bestens gerüstet.«

Sie will sofort alles ganz genau wissen. Fritz vertröstet sie auf später und fährt am See entlang Richtung Hinterland ins Deggenhausertal. Sie wird dabei immer schweigsamer. Je näher sie dem Fritz'schen Hof kommen, desto ruhiger und entspannter wirkt sie. Die Landschaft mit ihren sanften Hügeln, die Obstbäume mit bunten Herbstblättern und die noch immer grünen Wiesen. Die Pferde auf den Koppeln und Kühe auf der Weide. »Ick glaub, ick träum«, nuschelt sie vor sich hin, dann vernimmt Fritz kein Wort mehr von ihr.

Er spürt, wie sich bei seiner jungen Kollegin der Stress löst. Er beobachtet sie aus den Augenwinkeln und sieht eine entspannte Kathi. Um ihre Mundwinkel spielt ein zufriedenes Lächeln, ihre Augen ruhen auf der abendlichen Landschaft, die zur blauen Stunde wahrlich verwunschen ist. Ihr Körper rekelt sich wohlig in dem ledernen Autositz.

Er setzt den Blinker, biegt von der Landstraße zum Gehöft ab. Im zweiten Gang lässt er den alten Saab langsam auf den Hof schnurren.

»Irgendwie wie zu Hause«, murmelt sie leise, wie zu sich selbst, wischt dann aber schnell ihre Gefühlsduselei zur Seite und sagt bestimmend: »Ich bringe meine Tasche in mein Zimmer, und dann lass uns endlich reden.«

»Gaaanz ruhig, Blondie«, bremst Fritz, »wir haben Zeit bis morgen früh. Um sieben Uhr treffen wir uns im Studio mit dem gesamten Team und gehen den genauen Einsatzplan durch. Du wirst staunen, mein Chef plant großes Kino. Er hat alle Kräfte zusammengetrommelt, erzähl ich dir gleich alles. Jetzt warte, bis ich Bruno im Stall habe, dann kannst du aussteigen.«

»Warum? Ich kenn' den doch schon«, protestiert Kathi.

»Wenn der Bock dir zu nahe kommt, stinkst du wie ich«,

schmunzelt Fritz, »im Ernst. Er liebt neue Gäste und will sie immer beschnuppern und von ihnen betatscht werden, sonst gibt er keine Ruhe. Aber sein Geruch ist echt penetrant. Warte lieber einen Augenblick.«

Fritz steigt aus, und Bruno setzt sich sofort Richtung Auto in Bewegung. Fritz läuft zum Stall, öffnet die Tür und greift über dem Türrahmen zu einem Leckerli. Auf diesen Handgriff ist das Tier konditioniert. Schnell ändert es seine Laufrichtung und trabt zu seinem Herrchen. Der wirft ihm den für Ziegen verführerischen Getreidekörnerriegel hin und eilt zum Auto zurück, um Kathi die Tür zu öffnen. »Komm, gehen wir ins Haus, deine Tasche bringe ich mit.«

Kathi schaut Bruno kurz zu, wie er genüsslich an dem Körnerriegel knabbert.

»Jetzt geh halt rein«, befiehlt Fritz.

»Ich hab' keinen Schlüssel.«

Er kommt mit ihrer Tasche in der Hand und stutzt: »Hä? Einen Schlüssel? Für was?«

»Na für die Haustür.«

»Jetzt drück' halt die Klinke, bei uns ist immer offen, wir haben schließlich Bruno«, schmunzelt er, »und zu klauen gibt es in solch einem alten Bauernhaus sowieso nichts, das wissen die Einbrecher. Die Mafia sitzt in Städten wie Berlin, nicht bei uns auf dem Land.«

Kathi weiß nicht, wie Fritz das meint, und sagt lieber nichts. Jedenfalls könnte sie ihre Wohnungstür in Berlin auf keinen Fall unverschlossen lassen. Da fällt ihr ein, warum sie hier ist: »Nichts zu klauen! Du bist gut, wo ist die CD?«

»Nicht im Haus«, beruhigt sie Fritz, »die habe ich gut versteckt.«

»Bin gespannt wie ein Flitzebogen, die muss ich sofort sehen«, ist Kathi schnell wieder vom Jagdfieber geplagt, »wie sieht die Ansammlung von Konten und Beträgen auf einer CD aus, muss ein ziemliches Zahlengewirr sein. Los, erzähl endlich.«

»Jetzt komm rein, dann trinken wir einen Schluck Wein zur Begrüßung, und dann hole ich deine CD«, will er sie beruhigen.

»Wein, Wein, du und deine Viertele, ich will jetzt diese verdammte CD sehen«, ist Kathi plötzlich auf Hundert.

»Dann komm halt«, gibt er klein bei, stellt ihre Tasche in den Flur, geht durch den Hausgang in den ehemaligen Kuhstall und von dort in die Scheune, wo der Traktor steht. »Kletter da hoch«, weist er sie an, öffnet das Scheunentor, setzt sich ebenfalls auf den Traktor und fährt hinaus. Kathi ist sich nicht sicher, ob es doch besser gewesen wäre, eine Hose und Sportschuhe anzuziehen. Mit einem Ausflug auf einem Trekker hatte sie eigentlich nicht gerechnet, wahrscheinlich macht sie sich gerade fürchterlich lächerlich.

In der Zwischenzeit ist es stockdunkel geworden. Das ist Fritz recht. Er macht die schwachen Scheinwerfer des alten Kramer an und ruckelt mit Kathi über seinen gepflügten Acker. Neben seinem Baum bleibt er stehen, steigt ab und klettert die alte Eiche wie ein Junger hoch. Er strengt sich an, will seine Kletterkünste zeigen und vor allem seine Fitness.

Oben angekommen keucht er, aber das wird Kathi da unten nicht hören. Er blickt zu ihr hinunter und sieht sie auf dem Acker stehen. Ein Schmunzeln macht sich in seinem Gesicht breit. Er denkt an ihre High Heels und den schweren, frisch gepflügten feuchten Ackerboden. Dann greift er in sein Depot und zieht die CD heraus. Er steckt sie in die Innentasche seines Parkas und klettert wieder vom Baum herunter. Diesmal ohne zu stürzen.

Kathi will Fritz empfangen. Sie will auf ihn zugehen, bleibt aber mit ihren hochhackigen Schuhen in der nassen Erde stecken. »Ach Scheiße!«, hadert sie mit sich. Ihr rechter Schuh ist in die Ackererde eingesunken und bleibt stecken. Unvermittelt hält sie ihren nackten Fuß in der Luft. Auf dem linken Bein steht sie, wie der Storch im Salat. Vorsichtig führt sie ihren Fuß zurück in den Schuh, um ihn, in einem erneuten Versuch, aus der pampigen Erde zu ziehen.

»Oh Mädel, komm«, lacht Fritz hämisch. »Hauptsach', schee«, sagt er, schnappt Kathi mit seinem rechten Arm in den Kniekehlen, mit dem linken stützt er ihren Rücken und hebt sie hoch.

Sie weiß nicht, wie ihr geschieht, will sich wehren, krallt sich dann aber schnell an Fritz fest. Legt ihren rechten Arm um seinen Hals und lässt es geschehen.

Er setzt sie auf den Traktor, geht zurück zu den Schuhen, zieht sie aus dem Dreck und lacht frech: »Solltest du morgen, vor deinem großen Fernsehauftritt, noch putzen.«

»Jetzt sag endlich, was Sache ist.« Langsam reichen Kathi die mysteriösen Andeutungen ihres Kollegen! Sie will endlich wissen, was morgen gespielt wird.

»Ich habe weder morgen noch sonst wann einen Fernsehauftritt, wir werden diesen Geldtransfer drehen, sonst nichts. Was heißt da ›großes Kino‹, was hat dein Chef vor? Los, erzähl schon!«

Fritz zieht seinen Parka aus, es ist ihm warm geworden. Er legt die Jacke um Kathis Schultern und zieht sie fürsorglich zu. »'s könnt so romantisch sein«, sagt er und schaut ins Dunkle über das weite Feld.

Der Mond scheint durch die Wolken hindurch. Nebelbänke schieben sich über den Acker. Es ist totenstill. »Vielleicht ist hier der richtige Platz«, beginnt Fritz mit seiner Erzählung, »hier hört uns niemand: In der Innentasche meiner Jacke ist die CD. Zu Hause kopieren wir sie, ich habe unserer toughen Bankerin in Liechtenstein versprochen, dass sie ihre CD zurückbekommt.«

Kathi schaut ihn mit weit aufgerissenen Augen an: »Du hast was?«

Fritz bleibt betont gelassen: »Naja, dass sie ihre CD zurückbekommt. Ich musste ihr irgendetwas anbieten für ihre Info, sonst wüssten wir nicht, dass das Konto morgen geräumt wird. Wir ziehen nachher eine Kopie auf meine Festplatte.«

Kathi nickt, das klingt plausibel. »Und wie machen wir das morgen überhaupt? Jetzt red endlich!«

Fritz erzählt von Hahnes Plan: »Ein Kamerateam wird morgen früh nach Liechtenstein fahren und drehen, wie der Geldkoffer aus der Bank getragen wird. Simon, du und ich werden den Mann mit der Kohle auf dem See abfangen. Wir drehen den illegalen Schwarzgeldtransport vom Wasser aus. Simon ist mit der Fähre unterwegs, wir haben jeweils ein eigenes Boot, so können wir den gesamten Bereich abdecken, und mit ein bisschen Glück, haben wir die Nummer aus drei Perspektiven im Kasten.«

»Und wer verfolgt den Koffer an Land ab Langenargen?«, ist sie sofort mittendrin in der Planung.

»Schön der Reihe nach, alles ist längst geklärt«, gibt er sich souverän, »das erzähl ich dir zu Hause, wenn ich mein Viertele trink und du deine Schuhe putzt.«

Zu Hause besteht Kathi darauf, dass er sofort die CD in seinen PC einlegt. Bevor er sie an den Rechner lässt, zieht er eine Kopie und legt diese auf der Festplatte ab.

Aufgeregt scrollt sie sich anschließend durch die Namensliste, während Fritz ganz gemütlich zwei Gläser *Châteauneuf du Pape* einschenkt. »Habe ich heute Mittag geöffnet, der liegt schon drei Jahre bei mir im Keller, ich denke, jetzt ist der richtige Augenblick. Auf unsere Zusammenarbeit.«

»Ja, ja«, hört ihm Kathi gar nicht zu. Sie ist viel zu aufgeregt. Plötzlich schreit sie: »Guck, Vitav, das ist der Hammer, verdammt, Fritz, weißt du, was wir hier haben? Das ist das Watergate der Konservativen.«

»Du meinst das Waterloo«, lacht Fritz und lässt sich von der überdrehten Kathi gerne in den Arm nehmen und herzhaft drücken.

»Wegen dieser CD mussten zwei Menschen sterben«, überlegt Kathi nachdenklich, »zuerst Reto Welti und dann Rainer Jungschmidt. Es wird Zeit, dass wir die Scheibe der Polizei übergeben.«

»Ja, damit die CD im Archiv des LKA schlummern darf. Die sind sich bei uns in Baden-Württemberg nicht einig, ob sie aufgrund gestohlener Daten ermitteln wollen.«

»Dann nehme ich sie mit nach Potsdam. Ich glaube, die nehmen, was sie bekommen können.« Kathi nimmt die CD aus dem PC und steckt sie in ihre Handtasche. »Die brauchen wir morgen für unseren ersten gemeinsamen Nachrichtenfilm. Verdammt, Fritz, morgen Abend sind wir auf allen Kanälen.«

*

Denkste, grinst Jakosch selbstsicher. Er parkt in Sichtweite des alten Bauernhauses und versteht jedes Wort, der beiden. Mit einer Richtantenne hat er die Fensterscheiben des alten Bauernhauses im Visier. Er empfängt unbemerkt sämtliche Frequenzen in jedem Raum. Problemlos kann er auch die Daten der CD auf dem Bildschirm lesen. Alle elektronischen Impulse werden über die Antenne in seinen Wagen übertragen, ohne dass die Zielpersonen den geringsten Verdacht schöpfen.

Der BND-Spezialist weiß, was er zu tun hat. Er wird sich heute Nacht diese verdammte CD holen und die Kopie auf der Festplatte des Kerls löschen, damit diese Geschichte endlich ein Ende hat.

Noch einmal sorgt er für bessere Luft in seinem Wagen, versprüht zwei Stöße seines Eau de Toilette und inhaliert tief den wohltuenden Stoff.

Das Fenster würde er nie freiwillig öffnen, es reicht schon, wenn er raus in die stinkende Landluft muss. Er zieht Handschuhe an, greift nach seiner Sig Sauer P6 im Handschuhfach, steckt sie ein und holt aus dem Kofferraum leichte Sportschuhe.

Warten gehört zur Grundausbildung eines jeden Agenten. Er verharrt in sicherem Abstand. Schon einmal hat er sich zu früh auf den Hof geschlichen. Jetzt weiß er: Bauern schauen, bevor sie ins Bett gehen, nach ihrem Vieh. Also wartet er geduldig, bis alle Lichter in dem Bauernhaus erloschen sind, gibt noch eine halbe Stunde dazu, erst jetzt geht er los.

Die Luft ist rein, vom bestialischen Gestank einmal abgesehen, es ist mucksmäuschenstill, ein Marder läuft ihm lautlos über den Weg. Doch das Tier nimmt ihn kaum zur Kenntnis.

Ohne Furcht geht er zielstrebig über den Hof Richtung Haustür. Plötzlich hört er ein Geräusch. Es ist hinter ihm. Er wundert sich, wie laut die Geräusche des kleinen Marders in der Dunkelheit wirken. Er dreht sich um, sieht ein Kalb oder eine Ziege oder etwas in der Art. Zu spät. Das Tier bewegt sich rasant auf ihn zu. Er macht, was er auch bei Hunden tut. Er hält dem Tier schnell die Hand entgegen, soll das Vieh daran schnuppern, denkt er.

Bruno sieht die ausgestreckte Hand und geht tatsächlich zwei Schritte zurück. Doch der Bock nimmt Anlauf und stürmt erst jetzt richtig los. Er springt mit seiner ganzen Körperkraft gegen die Hand, knallt mit seinen harten Hörnern und seinem Gewicht voll auf Jakosch. Dieser fällt rückwärts, zieht aber im freien Fall seine Pistole aus dem Halfter und drückt in Richtung des Tiers ab.

Der Schuss der Pistole ist dank Schalldämpfer nur schwach zu hören, aber das Eindringen der Kugel in den Schwedenstahl des Saab gibt ein dumpfes, sattes Geräusch. Kathi, in ihrem Zimmer direkt zum Hof, erwacht sofort.

Sie hat nicht tief geschlafen und springt zum Fenster. Sie reißt es auf, schaut hinaus. Sie sieht Bruno neben dem Auto stehen, sonst zunächst nichts.

Das Hoflicht geht an. In dessen Schein erkennt sie einen Mann und den Ziegenbock.

»Bruno!«, ruft Kathi, doch der bleibt einfach stehen.

Der Mann dagegen beginnt zu rennen.

Die Haustür öffnet sich, Fritz tritt heraus.

Kathi läuft ebenfalls die Treppe runter in den Flur. »Warum riech' ich immer diesen verdammten Duft?«, ruft sie fast hysterisch und schaut Fritz ratlos an.

Der steht nur mit Unterhose und Unterhemd bekleidet vor ihr. Sie hat wieder sein buntes Hawaiihemd übergezogen, ist aber ansonsten nackt.

Bruno wendet sich einfach ab und klettert für Fritz völlig überraschend auf seinen Saab. Triumphierend bleibt der Bock mitten auf dem Dach seiner Karre stehen.

»Hab ich ihm tausendmal verboten!«, knurrt Fritz.

»Heute darf er«, antwortet Kathi, »ich glaube, der hat uns gerade vor einem Mörder beschützt.«

»Einbrecher«, verbessert Fritz, »höchstens Einbrecher, und selbst das will ich nicht glauben. Wer bricht in solch eine ärmlichen Hütte ein?«

»Der Mörder von Reto Welti und Rainer Jungschmidt, ich glaube, ich erkenne seinen Geruch. Ich habe Angst!«

Fritz drückt Kathi beschützend an sich, schaut nochmals zurück auf den Hof und zwinkert Bruno zu: »Kommsch doch nit zum Metzger.«

Dann schiebt er Kathi zurück ins Haus.

Jakosch hat sich erst in sicherer Entfernung umgedreht.

Mit einem Nachtsichtgerät beobachtet er die beiden. Sein Körper schmerzt. Dieser Bock hat ihn mit voller Wucht getroffen. Er spürt die Wut in sich aufsteigen, am liebsten würde er die ganze Sache an Ort und Stelle zu Ende bringen. Nur seine Schmerzen und sein Verstand halten ihn davon ab. Im Hotel wird er sich selbst verarzten müssen, die Hose ist beim Sturz am Knie aufgerissen. Der Stoff klebt mit Blut verschmiert direkt auf der Wunde.

Er steigt wieder zurück ins Auto. Auf dem Hof wird er in dieser Nacht nichts mehr ausrichten können. Die CD muss er sich morgen holen. Kathi Kuschel hat sie in ihrer Handtasche, das hat er mitbekommen. Außerdem wird Kathi morgen auf dem Wasser sein, also genau dort, wo er sie abfangen wird. Die dumme Kuh hat den Köder geschluckt.

Sie weiß entschieden zu viel, und die Worte des Finanzministers waren eindeutig. Er hat angeordnet: Sie muss weg! Und Fritz?, fragt sich Jakosch in Gedanken. Der auch!, entscheidet er. Kathi zu beseitigen, wird ein Leichtes sein, für Fritz muss er sich noch eine Lösung überlegen.

Jakosch schiebt den Zündschlüssel ein. Im Display des BMW leuchten die Kontrolllampen auf. Statt den Motor zu starten, öffnet er alle Fenster, schließt sie aber sofort wieder. Der Gestank des Bocks verfolgt ihn bis in den Wagen. Zwei weitere Stöße aus der Parfumflasche helfen. Aus dem Fußraum des Beifahrersitzes zieht er die Tasche mit seinem Notebook. Es dauert keine fünf Minuten, bis er den PC von Fritz gehackt hat. »Wirklich nettes Programm«, flüstert er zufrieden und startet die Festplattenformatierung.

Alle Daten werden gelöscht und danach 40 mal mit 0 und 1 überschrieben. Cyber Folter! Das überlebt keine Datei. Die Jungs von der NSA verstehen was von ihrem Job. Das Programm hatten sie dem BND mehr oder weniger als nette Geste überlassen. Jakosch weiß inzwischen nicht mehr, wie häufig er es eingesetzt hat. Die Kopie ist zerstört, das Original wird er sich morgen holen. Er drückt den Motorstartknopf und rollt langsam den Feldweg zurück. Durch das geöffnete Seitenfenster bläst ihm der Fahrtwind frische Luft ins Gesicht. Das Knie schmerzt. Es wird Zeit, dass er ins Hotel kommt.

DIENSTAG, 29. NOVEMBER

Langenargen, morgens

Sag mal, spinnst du? Was ist das denn für ein Kutter? Der
säuft mir doch keine 500 Meter hinter der Hafenausfahrt
ab!«

Kathi schüttelt ungläubig den Kopf und läuft den Anle-
gesteg im Hafen von Langenargen auf und ab. Das Segelboot, das ihr Fritz zeigt, hatte sicher gute Jahre, vermutlich
aber vor dem Krieg, doch heute? Das Feuerrot ist längst
zu einem matten Rosa verblasst, die bestickten Gardinen
hinter den Kajütenfenstern schmecken den Motten. Das
Kunststoffdeck ist verdreckt, in hellem Weiß strahlt nur
der frische Möwenschiss.

Dafür ist im Mast eine Hightech-Radaranlage, und
im Cockpit findet sich die Vorrichtung für eine Selbststeueranlage, also eine Art Auto-Pilot, eigentlich etwas
für moderne Segelschiffe.

»Das passt alles nicht zusammen. Was ist das für ein
Kahn?«, echauffiert sich Kathi in ihrem modischen Segel-
outfit, das sie aus Berlin mitgebracht hat.

Fritz zuckt entschuldigend mit den Schultern. »Das ist
die *Zweihaken Donna*, gehört einem verrückten Bastler
aus meinem Segelclub.«

»*Zweihaken Donna*?, so ein doofer Name«, rotzt Kathi und sucht am Rumpf nach dem Schriftzug.

»Der Clubkollege hatte immer Probleme mit Frauen. Das Schiff nannte er Donna, darunter machte er zwei Haken. An die konnte er eine Holztafel mit jedem beliebigen Frauennamen hängen. Am Anfang hieß das Schiff *Donna Klara*, drei Jahre später *Donna Katharina* und danach *Donna Birgit*. Alle Frauen waren total hin und weg, dass er ein Schiff nach ihnen benannte. Was soll ich sagen?«, schmunzelt Fritz, »die Masche hat funktioniert. In den letzten Jahren hat sich mein Clubkollege etwas zurückgezogen. Es gibt keine Frau mehr an seiner Seite und keine Holztafel mehr am Schiff, nur noch die zwei Haken – jetzt heißt das Schiff eben – *Zweihaken Donna*.«

Kathi zeigt Fritz den Vogel. »Erzähl mir nichts vom Sandmann.« Dann aber entdeckt sie die beiden Haken am Heck. »Hätte es nicht ein neueres Boot sein können?«, startet Kathi einen letzten, verzweifelten Versuch.

»Kathi, schau dich um. Im November sind die schicken Jachten längst im Winterlager. Im Wasser liegt nur noch der traurige Rest. Außerdem fällst du mit der *Zweihaken Donna* nicht weiter auf. Mein Segelkollege ist damit quasi den ganzen Winter auf dem See.«

Sie gibt sich geschlagen. Außerdem muss sie dringend los. Simon ist schon auf der Fähre, die zwischen Romanshorn und Friedrichshafen pendelt. Sie soll als Nächste auslaufen. Fritz, so ist der Plan, folgt in einer halben Stunde. Alles soll so unauffällig wie möglich wirken. Die Kamera hat sie mit an Bord. Erstaunlich, was die kleinen Dinger heute können, die Übertragungstechnik passt in einen Rucksack, der auf dem Cockpitboden liegt. Die Bilder werden direkt über fünf parallele LTE-Leitungen ins Studio nach Friedrichshafen gesendet. Ihre Tasche mit der Steuer-CD stellt sie daneben ab.

»Leinen los!«, ruft sie Fritz zu und startet den alten Dieselmotor. Der Rumpf beginnt zu vibrieren.

Fritz wirft die Festmacher vom Steg auf den Bug und winkt ihr zu. »Alles klar, wenn was ist, rufe mich an, ich habe das Handy immer auf Empfang.« Er ballt seine rechte Hand zu einer Faust, der Daumen zeigt nach oben. »Das werden die Bilder des Jahres«, ruft er ihr hinterher.

»Mit was für einem Boot bist du unterwegs? Woran erkenne ich dich«, will sie noch wissen, kommt aber gegen den Lärm des Diesels kaum mehr an.

»Keine Sorge, du wirst mich erkennen«, antwortet Fritz wie beiläufig und zeigt auf ein schnittiges 350 PS-Wasserskiboot, das am Nachbarsteg festgemacht ist. »Die trainieren den ganzen Winter, damit falle ich nicht auf.«

Kathis ganzer Körper vibriert, was zum Teil am Rattern des Diesels liegt, eher aber an dem Ärger, der in ihr aufsteigt: »Du hinterhältiger Mistbock. Mir jubelst du den Kutter unter, und selbst machst du einen auf Don Johnson und Miami Vice. Glaub bloß nicht, dass du mir so die Geschichte wegnehmen kannst, ich warne dich.«

Fritz grinst frech. Sogar wenn sie sich aufregt ist sie süß, geht es ihm durch den Kopf. Langsam schlendert er zu seinem Boot, dabei schaut er auf seine Uhr. Ab jetzt hat er noch 30 Minuten Zeit, dann wird es ernst. Er beginnt ein letztes Mal, die Ausrüstung zu prüfen.

Die Akkus der Kamera und der LTE-Übertragungstechnik sind geladen.

*

René Jakosch schaut auf seine Uhr. Es ist Punkt 9.00 Uhr. Vor ihm öffnet sich die Eingangstür der LieBa in Vaduz. Ein freundlicher Herr begrüßt ihn mit Handschlag und bedeutet, ihm zu folgen: »Frau Negele erwartet Sie.«

Durch die große Eingangshalle folgt er dem Mann in einen abgetrennten Raum mit einem Konferenztisch. Eine sehr unterkühlt wirkende Dame von Anfang 30 kommt auf ihn zu. »Guten Morgen, mein Name ist Marlies Negele.«

»Ich weiß«, antwortet Jakosch und fügt höflichkeitshalber ein »Guten Morgen« an. Seinen Namen nennt er nicht. Der tut nichts zur Sache. Morgen wird es René Jakosch schon nicht mehr geben. »Wie Sie wissen, bin ich hier, um das Konto der Vitav-Stiftung aufzulösen. Hier ist die Kontonummer. Hier die PIN und dazu die Super PIN, die zum Abheben des Geldes berechtigt.« Er schiebt drei Papiere über den Tisch.

Marlies Negele reicht sie, ohne einen Blick darauf zu werfen, an ihren Mitarbeiter. »Bitte prüfen Sie die Pins, dann bringen Sie das Geld in bar.« Zu Jakosch gewandt fragt sie: »In Euro oder Franken?«

»Selbstverständlich in Euro, was soll ich mit Franken?« Er schaut Marlies Negele nicht an, sondern dreht sich demonstrativ ab.

Sie wartet, bis ihr Mitarbeiter aus dem Raum ist. Dann

setzt sie unvermittelt an: »Wir haben ein Problem. Ein Ex-Mitarbeiter hat sich Datensätze unserer Kunden kopiert. Wir wissen nicht, was er mit diesen Daten gemacht hat. Wir können ihn auch nicht mehr fragen. Er ist inzwischen verstorben.«

»Ich weiß«, lächelt Jakosch.

Marlies Negele erklärt unbeeindruckt weiter: »Diese Daten sind inzwischen im Besitz eines Journalisten. Er wird sie uns zurückgeben. Dafür musste ich ihm andeuten, wann Sie das Konto der Vitav-Stiftung räumen. In diesen Minuten steht ein unauffälliges Auto vor der Tür unserer Bank. Man will Sie filmen, wenn Sie die Bank mit dem Geld verlassen. Ich habe mir erlaubt, in der Tiefgarage einen Wagen für Sie bereitzustellen. Damit können Sie unser Gebäude unbeobachtet über die Hinterausfahrt verlassen.«

Jakosch macht zwei Schritte Richtung Fenster. Die Dilettanten vom Fernsehen stehen tatsächlich auf dem Hof. Die Reflexion der Sonne in der verborgenen Kameralinse ist deutlich zu erkennen.

Er denkt kurz nach. Eigentlich hat er sich auf seine Verfolger eingestellt, aber das Angebot der Bankmitarbeiterin klingt gut. Der Showdown ist erst in zwei Stunden auf dem Bodensee geplant. Er wendet sich dieser Marlies Negele zu: »Das mit den Daten ist eine unglaubliche Sicherheitslücke. Das wird Konsequenzen für unsere weitere Zusammenarbeit mit Ihrem Haus haben. Ich erkenne Ihre Aufrichtigkeit und Loyalität aber an und mache Gebrauch von Ihrem Angebot.«

In diesem Moment betritt der Mitarbeiter den Raum. Er schiebt einen silbernen Wagen vor sich her, der stabil genug scheint, schwere Goldbarren zu transportieren. Jetzt liegen bündelweise Euroscheine darauf. »Wenn Sie bitte nachzählen wollen und mit der korrekten PIN bestätigen«, sagt er geschäftsmäßig.

Jakosch schaut sich den Millionenbetrag auf dem Ausdruck an und stutzt: »Da muss ein Fehler vorliegen. Bereits gestern müsste sich das Stiftungsvermögen durch einen großzügigen Beitrag der Firma Maler um eine weitere Million Euro erhöht haben.«

Marlies Negele wirft ihrem Mitarbeiter, der sofort aus dem Raum eilt, einen bösen Blick nach. »Entschuldigen Sie bitte, wir prüfen das umgehend. Kann ich Ihnen inzwischen etwas anbieten? Einen Kaffee vielleicht? Ein Glas Wasser?«

Jakosch antwortet nicht. Er ist zu sehr mit dem Zählen des Geldes beschäftigt. Fein säuberlich deponiert er jedes Bündel in einem Seesack, den er dafür mitgebracht hat.

Er blickt erst wieder auf, als der Bankmitarbeiter eine Viertelstunde später mit einer weiteren Million Euro den Raum betritt und sie Jakosch mit tausend Entschuldigungen übergibt.

Kurz danach sitzt er in einem unauffälligen roten VW-Golf mit Schweizer Kennzeichen und fährt unbeobachtet Richtung Rorschach am Bodensee, wo am Ufer ein Boot für ihn bereit steht.

*

Kathi ist es kalt. Seit fast zwei Stunden segelt sie hin und her, immer auf der Linie zwischen Rorschach und Langenargen. Bisher ist ihr nicht ein einziges Boot begegnet. Den stinkenden Dieselmotor hat sie hinter der Hafenausfahrt abgeschaltet und die Segel gesetzt. Der starke Novemberwind bringt die *Zweihaken Donna* immerhin auf knappe fünf Knoten, zumindest zeigt ihr Bordinstrument das an. Die Segel sind alt und weich, beinahe wie Betttücher, aber sie machen ihren Job trotzdem noch gut. Sie nimmt die große Holzpinne zwischen die Beine und hält sich mit beiden Händen die Ohren. Das wärmt wenigstens für einen Moment. Eine Mütze, das wäre es jetzt.

Aus Liechtenstein gibt es keine Signale. Bisher ist der Bote wohl noch nicht bei der LieBa gewesen. Vor fünf Minuten hat sie mit Simon telefoniert, der auf der Fähre bereits zum dritten Mal die Uferseite und damit auch das Land wechselt. »Nein«, hatte er gewusst, »die Kollegen warten immer noch vor der Bank, bisher hat sich nichts getan.«

Kathi legt ihre Kamera zurück in die Kajüte. Sie befindet sich etwa in der Seemitte und sucht das Wasser nach Fritz und seinem Angeberboot ab. Der scheint aber gar nicht ausgelaufen zu sein, zumindest kann sie nirgendwo ein Schiff erkennen, auch nicht mit dem Fernglas, das sie unter Deck gefunden hat.

Dieser Idiot, denkt sie, während sie vor Kälte zittert, wahrscheinlich sitzt der alte Herr irgendwo im Warmen und wartet ab, bis der Bote in Liechtenstein losfährt. Das hätte ich genauso machen sollen, ärgert sie sich und wählt die Nummer von Fritz. Sie hört das Freizeichen, aber er meldet sich nicht. Wütend wirft sie ihr Mobiltelefon in die Kajüte und greift sich wieder an ihre eiskalten Ohren.

*

Sein Herz rast. Verdammt!, was passiert hier eigentlich? Fritz versucht, sich zu sortieren und ruhig zu bleiben, aber das ist nicht einfach, wenn man den Lauf einer Pistole am Hinterkopf spürt. Er war gerade dabei, die Achterleine am Boot zu lösen und auszulaufen, als jemand auf das Boot gesprungen ist und ihn mit brutaler Gewalt auf den Schiffsboden geschleudert hat. Ganz kurz hat er das Gesicht seines Angreifers gesehen, aber die Visage sagt ihm nichts. Er hört sein Handy klingeln, es steckt in seiner Jackentasche. Sein Angreifer zieht es heraus, schaut kurz auf das Display und wirft es ins Wasser.

»Was wollen Sie von mir, hauen Sie ab, gleich kommen meine Wasserskifreunde, wir wollen raus auf den See«, lügt Fritz ins Blaue und hofft, dass der Mann die Geschichte glaubt und verschwindet.

Doch der antwortet kühl: »Soso, Sie wollen gleich auf den See. Na dann fahren wir los.« Mit seiner Pistole deutet der Mann auf das Steuer des Motorboots: »Sie steuern!«

Mit zitternden Händen startet Fritz den Motor, der satt aufbrummt. Langsam lässt er das Boot rückwärts aus der Box gleiten, dabei schaut er zum Land. Der gesamte Hafen ist menschenleer. Er sieht keine Seele, die ihm zur Seite springen könnte. Er schiebt den Gashebel in den Vorwärtsgang, dabei heult der Motor kurz auf.

Der fremde Mann fuchtelt drohend mit seiner Pistole, er hält ihn fest im Visier: »Ich rate Ihnen eines: Wenn Sie lebend aus dieser Nummer herauskommen wollen, dann machen Sie, was ich sage.«

Fritz schaut verängstigt auf den Lauf der Pistole und fragt verunsichert: »Was wollen Sie von mir?«

»Das werden Sie erfahren, wenn wir draußen auf dem See sind. Ich denke aber, dass Sie die Antwort bereits kennen.«

Langsam gleitet das Boot Richtung Hafenausfahrt. Fritz verzweifelt. Seine Hoffnung auf Hilfe schwindet mit jedem Meter, den sie fahren. Er sucht den See nach Kathis Schiff ab. Er kann die *Zweihaken Donna* kaum erkennen, so weit ist sie entfernt. Andererseits würde sie ihm in dieser Situation kaum helfen können. Die Fähre mit Simon an Bord ist außer Sichtweite, vermutlich liegt sie gerade im Hafen auf der anderen Seeseite im Schweizer Romanshorn. Schlagartig wird ihm klar: Er ist alleine.

»Wir sind weit genug weg vom Ufer. Motor aus!«, befiehlt der Mann barsch.

Fritz stoppt die Maschine. Es wird ganz ruhig. Nur die Wellen des Bodensees schlagen im regelmäßigen Takt gegen die Bordwand.

Der Mann hebt den Arm mit der Waffe in der Hand und zielt direkt in Fritz' Gesicht: »Ausziehen! Alles!«

Fritz wird schlecht. Verdammt, das darf doch nicht wahr sein. Nein, er will es nicht glauben und ahnt doch …

Wenn kein Wunder passiert, werden sie hier in ein paar Tagen eine weitere Leiche aus dem Wasser ziehen.

Seine!

Nackt!

*

René Jakosch wirft den Seesack mit den Millionen in das lange grüne Fischerboot, das er gestern Morgen auf einem abgelegenen Ufergrundstück bei Rorschach abgestellt hat.

Unter einer Plane zieht er einen grünen Fischeranzug hervor. Gummistiefel und Latzhose in einem und alles stinkt nach Fisch. Bevor er sich umzieht, frischt er sich noch einmal mit seinem Eau de Toilette auf. Die Flasche hat die Form eines Goldbarrens. Er ist süchtig nach dem Duft von *One Million*. Eine Million?, geht ihm durch den Kopf. Peanuts gegen den Betrag, den ich in der Tasche habe. Zehn Minuten später schiebt er das Boot ins Wasser und startet den Außenborder.

Langsam nimmt er Fahrt Richtung deutsches Ufer, dabei sucht er aufmerksam den See ab. Irgendwo hier werden sie auf ihn warten. Richtung Seemitte kann er bereits ein Segelschiff entdecken. Noch ist es zu weit weg, um zu erkennen, ob Kathi Kuschel oder Lebrecht Fritz an Bord ist. Die Fähre mit dem Kameramann an Bord liegt in Romanshorn, sie hat er im Blick. Die Autos fahren gerade über die Rampe zurück an Land. Bis die Fähre wieder ablegt, wird es mindestens noch eine halbe Stunde dauern, schätzt er, so lange braucht er sich um diesen Kameramann keine Gedanken machen.

Jakosch ist ohnehin im Vorteil. Kathi Kuschel und Lebrecht Fritz werden glauben, dass das Konto in Liechtenstein noch nicht geräumt ist. Vermutlich wird das Fernsehteam vor dem Bankgebäude noch immer auf ihn warten, denkt er hämisch.

Das schmale Fischerboot ist schnell unterwegs. Jakosch nimmt Kurs auf das Segelboot, das er auf der Seemitte entdeckt hat. Zwei, vielleicht drei Minuten, dann wird er dort sein. Er schaut zwischen seine Füße auf den Boden, dort liegt sein kleines Schmuckstück. Eine Heckler & Koch,

Halbautomatik mit Schalldämpfer. Er wird sie wahrscheinlich nicht gebrauchen, es soll alles nach einem Unfall aussehen.

Seine Augen tränen vom Fahrtwind, aber jetzt kann er die Person auf dem Segelboot deutlich erkennen. Es ist eine Frau, sie scheint alleine zu sein. Mist, denkt sich Jakosch, da habe ich mich getäuscht. Die ist ja blond. Das ist nicht Kathi Kuschel.

Er dreht am Gashebel und senkt die Geschwindigkeit des Boots. In 50 Meter Abstand fährt er an dem alten Kahn vorbei. Wie auf dem Bodensee üblich, grüßt er freundlich in Seemannsmanier die Person auf dem anderen Schiff. Auch sie tippt sich seemännisch an die imaginäre Mütze. Daraufhin gibt er wieder Gas.

Mit zehn Knoten hält er Kurs Richtung Langenargen. Verrückte Leute gibt es hier, schüttelt er den Kopf. Ende November bei dieser Eiseskälte segeln und dann noch allein auf so einem alten Kutter. Die Frau schien heftig zu frieren. Jakosch zuckt. Verdammt. Sollte er das gerade tatsächlich übersehen haben? Sofort nimmt er das Gas weg und dreht das Boot wieder zurück Richtung Segelboot.

*

Kurz, ganz kurz hat Kathi gedacht, dass es losgeht. Das Fischerboot war von Rorschach aus gestartet, das hat sie genau beobachtet. Zwar hat sie noch keine Nachricht aus Liechtenstein bekommen, aber die letzten beiden Stunden gab es sowieso keinen Kontakt. Fritz geht nicht an sein Handy, stattdessen meldet sich die Mailbox. Bestimmt hat er vergessen, seinen Akku aufzuladen, ausgerechnet an so einem Tag. Der Trottel!

Immerhin kann sie inzwischen sein Boot in der Ferne erkennen. Er ist also ausgelaufen. Als dieses Fischerboot auf sie zukommt, hat Kathi kurz die Kamera eingeschaltet. Die Kälte ist für einen Moment wie vergessen. Dann aber die Enttäuschung. Es ist tatsächlich nur ein Fischer, er hat sie sogar freundlich gegrüßt. Jetzt verstaut sie die Kamera wieder in der Kajüte und geht zurück an Deck. Dabei sieht sie, dass der freundliche Fischer sein Boot wendet und wieder Kurs auf sie nimmt. Sie dreht bei und lässt das Großsegel im Wind schlagen. Was der wohl will?

»Ahoi«, ruft der Mann zu ihr rüber.

»Ahoi«, gibt Kathi zurück, »was gibt's?«

»Ist bei Ihnen alles okay? Ich dachte, dass Sie Probleme mit Ihrem Kahn haben.«

Sie schaut zu dem Fischer: »Alles roger, vielen Dank für Ihre Sorge.« Dabei registriert sie, dass kein einziges Netz im Boot liegt, nur ein Seesack. Das Boot ist gut einen Meter von Kathi entfernt. »Vorsicht!«, ruft sie, »der Kutter ist nicht mein Schiff.«

Der Fischer steuert sein Boot geschickt, dass es direkt neben ihr stehen bleibt.

Kathi schaut ihn erstaunt an. Irgendetwas stimmt mit dem Mann nicht. Nur was? Sein Gesicht? Nein, das hat sie noch nie gesehen. Sie dreht sich ab, um wieder ihre Pinne in die Hand zu nehmen. Genau in diesem Moment weht eine leichte Brise vom Fischerboot zu ihr. Aber es ist kein Fischgeruch, der in ihre Nase kriecht, es ist der Duft des verdammten Männerparfums. Ihre Alarmglocken schrillen. Mit einem Schlag ist ihr heiß. Das ist der Mann von gestern Nacht und aus Jungschmidts Wohnung. Der Typ, der sie mit seinem penetranten Geruch seit Tagen wie ein Schatten verfolgt. Auf einmal wird ihr alles klar.

Kathi ist starr vor Schreck, sie weiß nicht, was sie tun soll, jetzt nur nicht zu schnell umdrehen. Sie versucht, mit dem Finger den Startknopf für den Dieselmotor zu erreichen. Der Duft in ihrer Nase wird immer intensiver. Ihr wird schlecht. Sie spürt seine Hand auf ihrem Rücken. Sie will sie wegschlagen.

Zu spät.

Der Mann packt sie brutal und wirft sie mit einem Handgriff über Bord. »Fritz!«, ruft sie noch verzweifelt, doch dann ist sie schon unter Wasser. Vor ihren Augen steigen Luftblasen in die Höhe.

Kathi strampelt mit den Füßen und kommt schnell wieder an die Oberfläche, wo sie hastig nach Luft schnappt. Direkt über ihr steht der Mann und grinst sie an. »Ja, kämpfe nur, Kathi Kuschel, es wird dir nichts nutzen.« Dabei schaut er auf die Uhr. »Bei der Wassertemperatur ist in zwei, drei Minuten alles vorbei.« Er nimmt ein Paddel in die rechte Hand und versucht damit, Kathis Kopf unter Wasser zu drücken.

Sie kämpft verzweifelt und spürt, wie sie dabei schwächer wird. War es das?

Das kann doch nicht sein, dass der Typ sie umbringt. Zornig schlägt sie das Paddel zur Seite und kämpft sich an die Wasseroberfläche zurück.

»Zäh bist du schon, Frau Kuschel, das muss man dir lassen«, lacht der Mann überlegen. Er hat die Handtasche aus

348

der Kajüte des Segelbootes gebracht und die Steuer-CD herausgefischt. Jetzt steht er wieder mit dem Paddel an der Pinne und schlägt nach Kathi.

Sie sieht seine kalten Augen. Er steht wie ein Gott, der über Leben und Tod entscheidet, am Heck der *Zweihaken Donna*, die unter voller Besegelung beigedreht liegt. Der Wind drückt in die beigestellte Fock, das Großsegel flattert wild in der Böe.

Das waren schon früher ihre Spiele auf dem Müggelsee. Sie holt tief Luft und lässt sich langsam, als ob sie am Ende ihrer Kräfte wäre, untergehen. Unter Wasser beginnt sie kräftig zu schwimmen. Sie taucht Richtung Heck, greift zielbewusst nach dem Ruderblatt. Sie klemmt sich das glitschige Teil zwischen beide Arme und dreht es mit voller Kraft in die andere Richtung.

Schnell stößt sie sich ab und taucht hinter dem Heck der *Zweihaken Donna* wieder auf. Kaum ist sie mit ihrem Kopf über Wasser, sieht sie, wie sich der Kahn gemächlich mit dem Heck in den Wind dreht. »Hey!«, ruft sie, um den Typen auf sich aufmerksam zu machen.

Er dreht sich zu ihr und schaut grimmig: »Dich krieg ich, du Schlampe!«, ruft er trotzig.

In diesem Augenblick steigt der Großbaum in die Höhe. Kathi weiß, was gleich passieren wird. Es ist soweit! Der Baum schlägt wie ein riesiges Samuraischwert über das Deck, er fegt mit einer unbändigen Kraft alles weg, was im Weg steht. Das hat sie schon als kleines Mädchen im Segelschulschiff gelernt: Halsen sind verdammt gefährlich!

Jakosch bekommt den Baum von hinten mit voller

349

Wucht an seinen Schädel und fällt benommen von Bord, direkt neben Kathi.

Sie schaut nicht lange nach ihm, sondern startet sofort mit zwei Kraulbewegungen zur Badeleiter am Heck. Mit allerletzter Kraft klettert sie an Bord. Sie ist außer Atem, aber sie muss weg, schnell weg! Weit weg!

Sie greift mit der linken Hand die Pinne und zieht mit der rechten die Großschot an. Der Kahn nimmt schnell Fahrt auf.

Hinter sich sieht sie den bewegungslosen Körper des Mannes, der sie eben töten wollte, im kalten Wasser der Bugwellen treiben.

Verdammt!, fällt ihr ein, er hat die CD. Ganz kurz überlegt sie, ob sie umdrehen soll. Aber dann ergreifen sie Angst und Panik. Sie registriert, in welcher Todesgefahr sie war. Auch im Wasser treibend ist ihr der Typ unheimlich, und schließlich gibt es die Kopie auf dem PC von Fritz, beruhigt sie sich.

Nichts wie weg!, raten ihr ihre Überlebensmechanismen, sie hält die Pinne krampfhaft fest und beginnt vor Erschöpfung zu weinen.

Fritz!, denkt sie unvermittelt. Wo ist Fritz? Mit weichen Knien schleppt sie sich unter Deck. Hier findet sie ein Handtuch und einen trockenen Pullover. Als sie wieder an Deck ist, sucht sie den Horizont des Sees nach ihm ab.

»Das kann doch nicht wahr sein«, schreit sie in den Novembermittag, »ich kämpfe hier um mein Leben, und der Typ vergnügt sich bei einer Runde Wasserski.«

*

Fritz versucht sich zu konzentrieren. Die Wellen auf dem unruhigen Bodensee zerschlagen ihm immer wieder die Ski. Sie flattern unter seinen Füßen, die Kraft in den Armen lässt nach.

»Wenn du loslässt, dann knall ich dich ab!« Der Typ, der ihn mit 20 Knoten über den Bodensee zieht, meint das ernst. Das weiß Fritz. Überhaupt ist ihm inzwischen viel klar geworden. »Wo ist die CD?«, hat der Mann ihn immer wieder gefragt. Aber Fritz würde eher sterben, als zu verraten, dass Kathi die silberne Scheibe bei sich hat. Er schwört sich, hart zu bleiben wie einst John Wayne.

Es ist ihm gelungen, während er sich ausziehen musste, unbemerkt die Kamera einzuschalten. Die Kollegen im Studio in Friedrichshafen müssten längst im Bilde sein und wissen, in welcher Klemme er steckt. Alleine der Gedanke daran lässt ihn durchhalten. Sicherlich ist Hilfe unterwegs. Er muss Zeit gewinnen: »Du Arsch, du lässt mich vor die Hunde gehen«, schreit er gegen den Lärm der satten 250 PS Maschine des Wasserskiboots an und versucht sich krampfhaft auf den Brettern zu halten.

Fritz ist lange genug im Geschäft, um zu wissen, was das hier werden soll. Nach dem toten Nackt-Surfer und dem totem Nackt-Paddler jetzt der tote Nackt-Wasserskifahrer.

Was er nicht weiß, sich aber ständig fragt, ist: Wer ist dieser Typ und warum weiß er, dass ich die CD hatte? Der Einbrecher von gestern Nacht?

*

Wütend hat Kathi die Kamera aus der Kajüte geholt und die Übertragungstechnik eingeschaltet. Sie sendet jetzt direkt nach Friedrichshafen. Sollen die im Studio sehen, wie sich Fritz die Arbeitszeit versüßt. Na warte!

Sie versucht, die Kamera so ruhig wie möglich zu halten, und zoomt so nah ran, wie es geht. Auf ihrem kleinen Monitor kann sie tatsächlich Fritz auf Wasserskiern erkennen. Aber was ist das? Spinnt der? Kathi reibt sich verwundert die Augen. Sie kann nicht glauben, was sie sieht: Der Kerl ist nackt!

Sie schwenkt mit der Kamera an der Wasserskileine entlang bis zum Schleppboot. Jetzt stockt ihr erneut der Atem. Sie sieht einen Mann am Steuer stehen, in der Hand eine Pistole. Die Waffe zielt auf Fritz. Der steckt mindestens genauso elend in der Klemme wie sie eben. Kaum hat sich ihr Puls etwas beruhigt, rast er schon wieder.

Sie schaut durch das Okular. Zoomt den Mann in dem Boot heran. Sie hat sein Gesicht im Display. Verdammt, sie kennt die Visage. Vor Schreck fällt ihr fast die Kamera aus der Hand. Das ist Holger Frey, die rechte Hand des Kanzlerkandidaten! Was hat Clausdorff mit der ganzen Geschichte zu tun? Das passt doch alles nicht zusammen. Kathi beginnt am ganzen Körper zu zittern. Ihr wird klar, dass sie Frey gesagt hat, dass sie am Bodensee ist. Auch den Namen von Fritz hatte sie ihm verraten. In Kathis Kopf rattern die Fakten durcheinander. Sie ist doch den Konservativen auf der Spur, was will dieser Sozi hier? Das gibt es doch gar nicht. Warum will dieser Frey ihren Fritz töten?

Verdammt, hat sie sich so täuschen lassen?

Kathi muss handeln. Entschlossen dreht sie die kleine Kamera in ihrer Hand und richtet sie auf sich. Für Eitelkeiten hat sie keine Zeit, es geht um Fritz: »Liebe Kollegen in Friedrichshafen. Ich bin Kathi Kuschel aus dem Landessender in Potsdam. Jemand hat gerade versucht, mich umzubringen. Außerdem kämpft euer Kollege Lebrecht Fritz in diesem Moment um sein Leben. Wenn ich die Kamera drehe, werdet ihr ihn am Ende einer Wasserskileine hängen sehen. Ein Mann bedroht ihn mit einer Waffe. Dieser Mann heißt Holger Frey und ist der engste Berater von Günther Robert Clausdorff, also dem Mann, der am Sonntag Kanzler der Bundesrepublik Deutschland werden will.«

Kathi dreht die Kamera langsam in Richtung Fritz und Frey und ruft verzweifelt in das Mikrofon: »Hilfe, wir brauchen dringend Hilfe!«

*

Uwe Hahne ist ganz blass vor Schreck. Verdammt, in was ist er da hineingeraten? Er kann es sich doch nicht mit allen Parteigremien verderben. So kann man keine Karriere machen. Oder ist es seine große Chance, endlich aus dem kleinen Landestudio rauszukommen? Er schaut auf die drei Bildschirme vor sich an der Wand der Studioregie.

Monitor 1 zeigt ein paar dunkle Herrenschuhe. Die Kamera scheint auf dem Schiffsboden zu liegen. Wirklich beunruhigt haben Hahne die Wortfetzen eines Gesprächs, das er mitbekommen hat. Wenn er richtig verstanden hat, hat ein Mann von Fritz verlangt, dass er sich auszieht. Kurz danach einen weiteren Satz, der bis vor einer Minute noch keinen Sinn machte: »Wenn du loslässt, knalle ich dich ab!«

Auf Monitor 2 sieht er das Livebild, das diese Kathi Kuschel sendet. Sein Mitarbeiter Fritz hängt an einer Leine und wird von einem Mann mit einer Pistole bedroht. Langsam bekommt Hahne eine Vorstellung von dem, was gerade auf dem See passiert.

Außerdem hat Kathi Kuschel den Angreifer als Holger Frey, den engsten Berater von Günther Robert Clausdorff, identifiziert. Dazu sollte die Kollegin aus Potsdam auch noch umgebracht werden. Er hatte mit vielem gerechnet, aber das macht ihm Angst. Schließlich war es seine Idee mit der Übertragungstechnik gewesen, er hat Fritz und Kathi Kuschel in Lebensgefahr gebracht. Uwe, jetzt einen kühlen Kopf bewahren, das bist du den beiden da draußen schuldig, sagt er leise zu sich selbst.

Er greift zum Telefon, um die Rettungsstelle zu alarmieren. Doch die Telefonistin bittet ihn um genauere Angaben. »Was reden Sie denn da? Der Kanzler ist auf dem See?«

»Nein, der Berater des Kanzlerkandidaten«, brüllt Hahne genervt in den Hörer. »Ja, zwischen Rorschach und Langenargen.«

»Ist das schon in der Bregenzer Bucht?«, ist die nächste Frage, »dann wären die Kollegen der Seewacht Österreich zuständig.«

Jetzt reicht es dem jungen Studioleiter: »Schalten Sie den Fernseher ein, dann sehen sie, um was es geht!« Er wirft den Hörer auf die Gabel und schreit in den Regieraum: »Wir gehen auf Sendung, sofort!«

»Kamera 1«, brüllt er den Regisseur an, »halten!« Den

354

jungen Tontechniker weist er an: »Gib mir eine HF-Leitung, schnell, und dann Ruhe im Raum!«

Hahne sieht, wie Fritz noch immer auf den Wasserskiern steht. Man kann erkennen, wie die Kamera von Kathi Kuschel sich dem Wasserskiboot nähert.

Monitor 3 zeigt den idyllischen Säntis, das Alpenmassiv im Morgenlicht. »Träumt der vom Urlaub?«, schnaubt Hahne, und gibt über eine Handyleitung Anweisung: »Kamera 3, Simon, schwenk endlich auf den See. Fritz hängt an der Wasserskileine. Diese Frau Kuschel versucht zu helfen. Ich brauche eine Totale, verdammt, das ist dein Job!«

Noch während er die Anweisung gibt, sieht man wie auf Monitor 3, das Bild wechselt. Es dauert einen Augenblick, dann hat Simon die Schärfe gezogen, auch von seiner Position ist das Schauspiel gut zu erkennen.

Das Segelboot von Kathi Kuschel ist noch gut einen Kilometer entfernt.

Hahne schnappt das Mikrofon und gibt dem Studiotechniker ein Zeichen. Er geht auf Sendung. 3-2-1 und ab: »Guten Tag, verehrte Zuschauer, wir unterbrechen unser Programm aus wichtigem Anlass. Vor unserer Haustür spielt sich in diesem Moment mitten auf dem Bodensee ein Krimi ab, über dessen Ausgang ich nicht spekulieren will.

Was wissen wir bis jetzt: Ich muss zugeben: bisher nicht viel. Die Situation ist verworren. Ein Mann, und ich füge hinzu, mein Kollege Lebrecht Fritz, kämpft um sein Leben. Er wird mit Waffengewalt gezwungen, hinter einem Boot Wasserski zu fahren. Auf dem Boot steht ein Angreifer und zielt mit einer Pistole auf ihn. Im Fall, dass Lebrecht Fritz loslässt, will er ihn erschießen, dies konnten wir aus einem Mitschnitt erfahren.

Der Mann, der auf ihn zielt, ist bereits identifiziert. Es ist Holger Frey. Er ist engster Berater von Günther Robert Clausdorff, also dem Mann, der in fünf Tagen Kanzler werden will oder, vielleicht muss man jetzt sagen, werden wollte. Denn das wird ein Erdbeben in Berlin auslösen. Noch ist zu vieles im Dunkeln, aber vermutlich geht es um Schwarzgeldkonten in Liechtenstein und um zwei Morde.

Mehr können wir zu den Hintergründen bisher nicht sagen. Wir wollen in dieser ernsten Situation nicht spekulieren.«

Hahne drückt den Mikroknopf aus und brüllt in die interne Ringleitung: »Kamera 3, was ist? Kapierst du nicht, was hier vor sich geht?«

Alle mit Headset hören Simon vergnügt quietschen. »De Fritz isch doch en Seggel«, lacht dieser und fährt mit seiner Kamera seinem Kollegen voll zwischen die Beine. »Klein ischer worre«, lacht er hämisch.

Vom Ernst der Lage scheint der junge Kameramann bisher nichts mitbekommen zu haben.

*

Elfriede Fritz ist früh am Morgen operiert worden. Nach der ersten Überwachungszeit auf der Intensivstation hat man sie in ihr Zimmer geschoben. Ihre Bettnachbarin hat den Fernseher laufen. »Aber bitte nur ganz leise«, haben die Krankenschwestern gebeten.

Die Operation ist gut verlaufen, haben ihr die Ärzte vor wenigen Minuten gesagt, aber diesen Satz hat sie beim letzten Mal auch gehört. Halb ist sie noch in der Narkose, halb bei Bewusstsein. Was im Fernsehen läuft, interessiert sie nicht.

Neben Elfriedes Bett piepen die medizinischen Geräte in regelmäßigen Abständen. Die Herztöne sind einwandfrei, hat der junge Arzt bestätigt und ihr dabei freundlich die Hand gestreichelt.

Plötzlich aber werden ihre Herztöne hektischer. Elfriede wird unruhig. Eigentlich will sie schlafen, aber ist nicht Lebrecht hier? Ihr fallen die Augen zu. Wie durch einen Vorhang sieht sie ihren Sohn. Sie lächelt. Er fährt Wasserski. Kann er das denn? Der Bub erkältet sich doch, ärgert sie sich. Oh Kerle!

Erneut schläft sie ein, sieht ihn aber schon wieder vor sich. »Lebrecht Fritz wird mit einer Waffe bedroht«, nimmt sie einen Satz wahr. »Mein Lebrecht«, grummelt sie liebevoll und öffnet die Augen. Sie sieht ihn auf dem Fernsehbild. Sie versucht ihren Kopf anzuheben, lächelt: »Ich komme«, flüstert sie schwach. »Ich helfe dir.«

Ihr Kopf fällt in das Kissen zurück. Sie hört noch den Alarmton aus ihrem Überwachungsgerät, die Tür wird aufgerissen.

Dann fallen ihr die Augen zu.

*

Kathi zittert am ganzen Körper. Vor Kälte? Vor Angst? Sie weiß es nicht. Dazu die Verwicklung von Frey und

Clausdorff. Das macht doch alles keinen Sinn. Die beiden waren es doch, die Kathi auf die Spur mit dem Schwarzgeldkonto gebracht haben. Es waren die Sozialisten, die mit dem Thema im Wahlkampfendspurt punkten wollten? Clausdorff hat letzte Woche im Hintergrundgespräch völlig überzeugend geklungen. Was spielen die für ein Spiel? Wobei das längst kein Spiel mehr ist. Wer weiß, wie lange Fritz am Ende der Leine noch durchhält?

Außer dem Wasserskiboot, der alten *Zweihaken Donna* mit ihr selbst an Bord und Simon auf der Fähre ist weit und breit niemand auf dem See. Das große Fährschiff mit Simon kommt zwar langsam näher, ist aber noch weit entfernt. Sie muss schnell handeln!

Kathi öffnet die Backskisten unter der Sitzbank. Sie weiß nicht, was sie sucht. Irgendetwas, mit dem sie Fritz helfen kann, vielleicht ein Notsignal oder etwas in der Art. Doch so sehr sie auch wühlt, sie findet nur Fender, ein Holzruder, einen Eimer und einige Lappen, dazu Unmengen von Leinen. Dicke, dünne, Festmacherleinen, Schoten, Schwimmleinen – dieser Segelfreund von Fritz muss ein echter Spinner sein.

Moment, schießt es Kathi durch den Kopf, das könnte funktionieren. Sie schaut auf, um zu sehen, wie Fritz sich hält. Er wirkt selbst aus der Entfernung immer kraftloser, die Wellen verschlagen ihm wieder und wieder die Wasserski. »Halte durch, Fritz, halte durch!«, ruft sie ihm, beziehungsweise sich selbst zu.

Sie blickt nach dem Verklicker, orientiert sich kurz nach der Windrichtung. Mit ihrem ollen Kahn hat sie keine Chance, das schnelle Wasserskiboot einzuholen, aber sie hat eine andere Idee. Sie muss nur einmal vor diesem verdammten Schnellboot kreuzen, dann könnte ihr Plan klappen.

Sie stellt die Selbststeueranlage ein und holt die Schoten etwas dichter. Die *Zweihaken Donna* schafft es wieder auf knappe fünf Knoten bei halbem Wind. Sie knotet alle Leinen aneinander, die sie greifen kann. Geschätzte 200 Meter kommen zusammen.

An einem Ende macht sie einen der Fender fest, das andere belegt sie auf der Klampe am Heck ihres Schiffs. Dann wirft sie den Fender ins Wasser. Er schwimmt und zieht schnell Meter für Meter der Leine vom Deck. Sie muss aufpassen, dass das Seil nirgendwo hängen bleibt und sich nicht verknotet. Drei Minuten später zieht die *Zweihaken Donna* 200 Meter Leine hinter sich her, der Fender ist bei dem Seegang kaum noch zu erkennen, aber die Leine bleibt gespannt und schwimmt ganz dicht unter der Wasseroberfläche.

Das Bordinstrument zeigt noch knappe drei Knoten. Kein Wunder, die Leine bremst. Jetzt muss sie den Fahrtweg von Frey kreuzen, dann müsste es funktionieren.

Sie übernimmt wieder die Pinne und luvt etwas an. Das Wasserskiboot ist nicht mehr weit entfernt. Kathi kann die Verzweiflung und Todesangst in Fritz' Gesicht erkennen. Ihre Angst kommt zurück. Sie muss sich daran erinnern, dass sie vor einer halben Stunde in einer ähnlichen Situation war.

Sie dreht sich in Richtung der Stelle, an der sie den bewegungslosen Körper ihres unbekannten Angreifers zurückgelassen hat, und erschrickt. Offenbar hat es den Mann doch nicht so schwer erwischt, wie gedacht. Er muss sich in sein Fischerboot gerettet haben, denn das fährt mit hoher Geschwindigkeit Richtung Langenargen.

Kathi bleibt keine Zeit, um darüber nachzudenken. Der Motor des Wasserskiboots wird immer lauter. Sie dreht sich um und sieht gespannt, wie Frey mit dem Boot bei voller Geschwindigkeit über ihre gespannte Leine schießt.

Gerade war der Bug des Schnellboots noch hoch aufgestellt, jetzt fällt er abrupt ab. Der laute Motor verstummt. Die Leine hat sich in der Motorschraube verheddert. Die Vollbremsung des Bootes kommt für Frey so unerwartet, dass er sich kaum auf den Beinen halten kann. Er taumelt, sucht Halt an der Bordwand, seine Waffe fällt ihm aus der Hand. Kathi sieht, wie sie ins Wasser fällt. Sie stößt einen triumphierenden Schrei aus. Es hat funktioniert!

Fritz dagegen liegt wie ein pumpender Käfer auf dem Rücken im Wasser und schreit um Hilfe. »Kathi«, ruft er verzweifelt, »ich kann nicht mehr, ich ertrinke!«

Mit seinem Teleobjektiv kann Simon die ganze Szene von der Fähre aus bildschirmfüllend einfangen. Inzwischen hat auch er den Ernst der Lage begriffen. Immer wieder brüllt er den Kapitän an, schneller zu fahren. Aber die Fähre kommt nur langsam näher, für ihn zu langsam.

*

Das Telefon in Ilka Zastrows Büro klingelt Sturm. Nur beim ersten Mal ist sie rangegangen. Es war der Dicke, er hat in den Hörer geschrien. Was genau Laburg gebrüllt hat, das konnte sie nicht verstehen, so wütend war er am anderen Ende. Sie hörte seine Angst, dass ihn diese Geschichte den Parteivorsitz kosten wird, und dass er nicht alleine untergehen werde. »Wo ist Clausdorff, warum geht er nicht ans Handy, ist er bei Frey? Ich mache ihn fertig!«

Als Ilka Zastrow ganz vorsichtig nachfragt, um was es eigentlich geht, hat er gebrüllt sie solle gefälligst den verdammten Fernseher einschalten, welcher Sender sei scheißegal, es laufe inzwischen auf allen Kanälen die gleiche Soße.

Ilka Zastrow greift zur Fernbedienung und schaltet den großen Fernseher, der gegenüber an der Wand hängt, ein. Es dauert einen Moment, bis das Bild da ist. Dann sieht sie einen Mann, der im Wasser liegt und um Hilfe schreit. Die Kamera schwenkt zu einem Segelboot. Zastrow setzt ihre Brille auf, die auf dem Schreibtisch liegt. »Das ist doch Frau Kuschel vom Landesstudio, was passiert hier eigentlich?«, fragt sie laut, obwohl sie alleine in der Wahlkampfzentrale sitzt. Sie greift zu ihrem Handy, um Holger Frey anzurufen, das wird ihn interessieren. In diesem Moment wird am unteren Bildrand eine Laufschrift eingeblendet: BREAKING NEWS: ENGSTER MITARBEITER VON KANZLERKANDIDAT CLAUSDORFF BEDROHT JOURNALIST MIT WAFFE – LIVEBILDER VOM BODENSEE.

Zastrow fällt das Telefon aus der Hand. Das ist ein schlechter Witz. Das kann nicht sein! Sie stellt den Ton lauter, eine Männerstimme kommentiert die Bilder: »Falls Sie gerade erst eingeschaltet haben, hier kämpft mein Kollege Lebrecht Fritz um sein Leben. Was wir gerade sehen, dürfte ein politisches Erdbeben von nie da gewesenen Ausmaßen in der Bundesrepublik Deutschland auslösen. Holger Frey, der Mann, der Kanzlerkandidat Günther Robert Clausdorff am nächsten steht, sein engster Vertrauter und Berater, dieser Mann bedroht unseren Kollegen mit einer Waffe.

Wir kennen noch keine Hintergründe, wir können nur spekulieren, dass es um Schwarzgeldkonten in Liechtenstein geht. Und natürlich stellt sich die Frage: Wie tief steckt der Mann, der diesen Sonntag Kanzler werden will, mit seiner Partei in diesem Sumpf?«

Wo steckt der Mistkerl überhaupt?, fragt sich Ilka Zastrow und dreht den Ton ab. Ihr reichen die Bilder. Sie sieht einen Schwenk zu einem zweiten Boot. Darauf steht Holger Frey. Er sieht fürchterlich aus. Die Haare sind durcheinander, auf der Stirn hat er eine blutige Schramme, und sein Blick wirkt apathisch. So hat sie Frey noch nie gesehen. Ihr Handy klingelt. Sie steht abwesend auf und blickt in den Spiegel über dem Waschbecken. Sie sieht sich und erschrickt. Sie sieht so verwirrt aus wie gerade Holger Frey.

In diesem Moment platzt Clausdorff in den Raum. Sein Kopf ist hochrot. Er deutet zum Fernseher, schnappt nach Luft und bekommt kein Wort heraus.

Zastrow wartet eine Minute, dann fasst sie sich ein Herz: »Was passiert hier? Stecken Sie auch mit drin?« Für Ilka Zastrow fällt eine Welt zusammen. Die Tränen laufen über ihr Gesicht. Sie weint hemmungslos.

*

Uwe Hahnes Puls ist auf 150. Seine Stimme zittert vor Aufregung. Das bin ich diesem alten Querkopf schuldig, denkt er sich. In der letzten Zeit hat er sich vor den Kollegen über Fritz und seine hohen journalistischen Ansprüche lustig gemacht, aber tief im Herzen hat er gewusst, dass Fritz der Einzige ist, der den Job ernst nimmt, er selbst eingeschlossen. Lieber Gott, lass ihn lebend aus der Sache rauskommen, betet er leise mit einem Blick zur Studiodecke.

Auf dem Monitor sieht er die Wasserski auf dem See treiben. Fritz ist verschwunden. Ein paar Luftblasen zerplatzen an der Wasseroberfläche und verraten, wo sein Körper gerade in die Tiefe sinkt. Hahne ist kurz davor, die Übertragung abzubrechen, als der Bug der *Zweihaken Donna* ins Bild sticht.

Diese Kathi Kuschel aus Potsdam, was will die noch ausrichten? Doch sie ist offenbar keine, die aufgibt. Hahne kann es kaum fassen, aber er muss kommentieren: »Ist das die Rettung für Lebrecht Fritz?«, fragt er seine Zuschauer und sich selbst.

*

Mit einem lauten Knall öffnet sich die Tür des Ministerbüros im Gesundheitsministerium, sodass Riedermann, der eine Akte durchblättert, heftig zusammenzuckt. »Herr Leiple, Sie können nicht einfach reinplatzen«, hört Riedermann seine Sekretärin noch rufen, da steht der Finanzminister bereits direkt vor seinem Schreibtisch.

»Schalten Sie den Fernseher ein, schnell, ich hatte gerade einen Termin in der Nähe, als ich den Anruf bekam.«

Riedermann schaut ihn irritiert an. Er greift zur Fernbedienung und schaltet den Flachbildschirm ein, der auf einem Tisch gegenüber der Sitzecke steht. Mit einer Hand deutet er Leiple an, Platz zu nehmen. »Schon gut, Frau Schneider, bitte schließen Sie die Tür und achten Sie darauf, dass wir nicht gestört werden.«

Die Sekretärin tut, wie ihr geheißen. Auf dem Bildschirm erscheint der Bodensee. Riedermann und Leiple erkennen Kathi Kuschel.

»Ich habe es selbst gerade erst erfahren. Der Frey bedroht einen Journalisten mit einer Waffe! Der Frey vom Clausdorff! Das Fernsehen ist live dabei. Auf dem Bodensee! Verdammt, was ist da los?«

Riedermann reißt die Augen weit auf.

»Mist! Was ist mit unserem Mann? Der ist doch auch dort? Was ist mit unserem Geld?«

»Reißen Sie sich zusammen Riedermann, halten Sie die Klappe, ich weiß es nicht! Ich weiß es nicht!« Leiples Stimme zittert.

*

Die Segel knattern laut im Wind. Kathi hat mit dem Segelboot ein schulbuchmäßiges Mann-über-Bord-Manöver hingelegt. Gerade hat sie den Bug in den Wind gedreht und alle Schoten gelöst. Langsam gleitet sie auf die Stelle zu, an der sie Fritz vor ein paar Sekunden zum letzten Mal gesehen hat.

»Du wagst es nicht, hier schlappzumachen, Fritz, reiß dich zusammen, wir haben das gemeinsam angefangen, nun bringen wir das, verdammt noch mal, gemeinsam zu Ende, verstanden?«, schreit sie auf die kalte Wasseroberfläche.

Sie schaut kurz zu Frey, der hilflos rund 100 Meter entfernt auf seinem Motorboot treibt und verzweifelt versucht, den Motor zu starten. Doch die Leine hat sich so fest um die Schraube gewickelt, dass es Stunden dauern würde, bis er sie wieder freibekommen könnte. Das alles registriert sie nur halb. Aber es gibt ihr Genugtuung und neue Kraft.

Platsch! Sie ist ins Wasser gesprungen, dabei hält sie eine Leine in der Hand, die sie an einer Klampe am Boot befestigt hat. Mit zwei kräftigen Zügen taucht sie in die Tiefe. Zu DDR-Zeiten hatte sie jeden Sommer auf Usedom als junge Rettungsschwimmerin die Ostsee vor Heringsdorf fest im Blick. Sie weiß, was sie tut. Der Bodensee ist schon nach zwei Metern ziemlich dunkel. Trotzdem findet sie Fritz schnell. Er treibt mit geöffneten Augen und Mund dicht unter der Wasseroberfläche.

Er wirkt wie tot.

Sie packt ihn entschlossen mit beiden Händen, wie sie es bei der Wasserwacht gelernt hat, unter den Armen und schleppt ihn, seinen Kopf zwischen ihren Händen, nach oben zu ihrem Boot.

Mithilfe der Leine zieht sie ihn über die Bordkante aufs Deck. »Fritz! Fritz! Jetzt mach keinen Scheiß!« Verzweifelt pfeffert sie ihm mit der flachen Hand ein ums andere Mal auf seine Wangen. Doch es tut sich nicht viel. Sie legt ihn flach, drückt seinen Kopf nach hinten und bläst ihm ihren Atem durch die Nase.

Sein Brustkasten hebt sich langsam.

Sie drückt dagegen, damit die Luft wieder aus dem Körper entweicht. Und wieder und wieder.

*

»Da kann man nur noch beten«, kommentiert Uwe Hahne.

*

»Lasst mich zu ihm«, wimmert Elfriede in ihrer Halbnarkose.

*

»Was macht der Frey bei dem Theater?«, brüllt Clausdorff.

*

»Was passiert da auf dem Bodensee, wer ist überhaupt der leblose Typ?«, fragt Riedermann seinen Kabinettskollegen Leiple.

*

»Er lebt!«, hofft Hahne.

*

Und tatsächlich. Fritz hustet. Die Zuschauer hören ihn über Kathis Mikrofon.

Er hustet und spuckt Wasser.

Simon schultert seine Kamera, die große Fähre steht neben der kleinen *Zweihaken Donna*. Simon steigt in ein Rettungsboot und lässt sich rüberbringen. Er hält voll auf den speienden Kollegen.

»Du hast es geschafft, Lebbi, du hast es geschafft«, Kathis Erleichterung geht über den Äther, »Simon nimmt dich mit, Lebbi, du musst ins Krankenhaus«, redet Kathi Fritz zu.

»Kannste vergessen, hier gibt's noch was zu klären«, spuckt er aus. Er hebt seinen erschöpften Oberkörper an und schaut hinüber zu Frey auf dem Motorboot. »Hast du eine Ahnung, wer dieser Arsch ist?«, fragt er und lässt seinen Peiniger nicht aus den Augen.

»Fahren wir hin«, antwortet Kathi entschlossen und steuert mit dem alten Kahn zu Frey, der noch immer verzweifelt am Zündschlüssel hantiert. In der Kajüte finden sie eine alte Decke, in die sich Fritz einhüllt. Er zittert trotzdem weiter.

»Simon, du drehst mit«, gibt Kathi eine kurze Regieanweisung und legt das alte Schiff direkt an den großen 250-PS-Innenborder an. Frey versucht immer noch, den Motor zu starten.

»Lassen Sie das jetzt«, herrscht sie ihn an, »darf ich vorstellen, Fritz, das ist Holger Frey, engster Berater von Kanzlerkandidat Günther Robert Clausdorff.«

Fritz schaut ungläubig zu Kathi, dann wieder zu seinem Peiniger: »Glaub ich nicht. Nein, das verstehe ich nicht, was hat der mit der ganzen Sache zu tun?«

»Ich stehe auch komplett auf der Leitung, aber das wird uns der Herr Frey gleich erklären.«

*

»Er lebt! Lebrecht Fritz lebt!«, erleichtert brüllt Uwe Hahne diese Worte immer wieder in sein Mikrofon. »Liebe

Zuschauer, wir sind gerade Zeugen einer fantastischen Rettungsaktion geworden.«

Auf dem Sendebild war zuletzt nicht mehr viel zu erkennen, doch jetzt steht Fritz mit Kathi auf der alten *Zweihaken Donna*, und Simon liefert perfekte Bilder, wie die beiden diesen ominösen Herrn Frey »interviewen«. Auf dem Bildschirm ist der Mann deutlich zu sehen. Er sitzt auf dem Motorboot und schaut geschlagen zu Boden.

*

Ilka Zastrow hat ihr Büro in der Berliner Wahlkampfzentrale abgeschlossen. Nach Hunderten von Anrufversuchen, die sie alle unbeantwortet ließ, hat sie den Stecker des Telefons gezogen. Auch Clausdorffs Handy liegt ausgeschaltet auf dem Besprechungstisch. Er verbirgt sein Gesicht in den Händen und schüttelt immer wieder seinen massigen Schädel.

Zastrow weiß nicht, was sie denken soll, ihre Fragen blieben bis jetzt unbeantwortet. Sie haben sich schweigend die Übertragung im Fernsehen angesehen und gehofft, dass der Mann überlebt. Jetzt sehen sie, wie die Kamera auf Holger Frey zufährt. Die Stimme von Kathi Kuschel ist zu hören: »Herr Frey, ich verstehe das alles nicht. Warum? Warum nur?«

Frey hebt langsam seinen Kopf und schaut direkt in die Kamera: »Das können Sie nicht verstehen. Niemand kann das verstehen. Sie sind alle nur Zaungäste und malen am Wahltag ein Kreuzchen auf Ihren Zettel. Aber zuvor werden die Klingen gekreuzt. Und da muss Waffengleichheit herrschen, sonst geht die Demokratie vor die Hunde!« Er schluchzt, seine Augen füllen sich mit Wasser: »Sie und Ihr Herr Fritz haben alles zerstört. Dieser Welti mit seiner CD hat alles kaputtgemacht.«

»Wieso weiß er von der CD und warum kennt er meinen Namen?«, knurrt Fritz Kathi zu.

»Und warum hätte die CD alles zerstört?«, will sie von ihm wissen.

»Weil Sie auf dieser Scheißscheibe eine Stiftung finden, die ich selbst gegründet habe. Mit mehreren Millionen Stiftungskapital. Sie werden es sehen. Aber ich musste es tun, für die Partei.«

»Was, Sie auch?«, ist Kathi baff, »Sie haben auch eine Stiftung in Liechtenstein?« Sie will es nicht glauben. »Wer weiß alles von Ihrer Stiftung? Etwa auch Clausdorff?«

»Ach, Clausdorff«, winkt Frey überlegen ab, »der ist nur eine Marionette, viel zu naiv für das ganze Geschäft. Der glaubt, mit Händeschütteln und ein bisschen Kameragrinsen gewinnt er den Wahlkampf. So ein Träumer! Nein, du brauchst Geld im Wahlkampf, verdammt viel Geld. Mindestens so viel wie deine Gegner!«

*

Leiple lacht. Erst ganz leise, dann immer lauter, bis die Tränen über seine Wangen laufen.

»Riedermann«, schnappt er nach Luft, »das ist der schönste Tag in meinem Leben. Das war's für die Sozialisten! Mit dieser Geschichte brauchen die am Sonntag nicht mehr antreten.«

369

Gesundheitsminister Riedermann blickt etwas skeptisch, dabei wischt er sich den Schweiß von der Stirn: »Seien Sie lieber ganz leise. Was ist mit unserer Stiftung, die steht doch auch auf der CD? Was ist mit dem Geld? Was ist mit unserem Mann auf dem See?«

Leiple hört auf zu lachen und greift zu seinem Handy: »Jakosch, wo steckst du? Was ist mit dem Geld?« Riedermann versucht zu lauschen, kann aber nichts verstehen.

»Gut. – Nein, Jakosch, fahre einfach weiter und bringe das Geld in Sicherheit«, weist Leiple seinen Mann für besondere Aufgaben an und erzählt ihm kurz und knapp, was gerade im Fernsehen übertragen wurde. Als Leiple das Gespräch beendet, beginnt er wieder zu lachen.

»Es ist alles gut, die Millionen sind auf dem Weg zu uns. Die CD ist in unserem Besitz, und eine Kopie gibt es nicht. Damit gibt es keine Beweise und keine Spur, die zu uns führt.«

Zufrieden lässt sich Leiple in die Rückenlehne seines Sessels fallen und schließt die Augen: »Jahrelang habe ich diese Spenden gesammelt. Ich habe den Spendern mein Ehrenwort gegeben, das ich ihre Namen niemals preisgeben werde. Nicht auszudenken, wenn da etwas ans Licht gekommen wäre.«

Riedermann räuspert sich vorsichtig: »Naja, zuletzt haben wir beide gesammelt. Hat die Firma Maler die Million wie vereinbart gezahlt? Immerhin haben wir unseren Teil geliefert. Ein Zugangskontrollgesetz für Prothesen wird es auch weiterhin nicht geben. Die Medizinfirmen werden auch in Zukunft alles auf den Markt werfen können, was sie wollen. Genau wie verabredet.«

Leiple öffnet die Augen und lächelt verschmitzt: »Die haben bezahlt. Wie alle anderen bisher auch.«

*

Für Kathi ergibt alles keinen Sinn: »Warum die Kampagne mit den Steuer-CDs«, wirft sie Frey fassungslos an den Kopf, »das verstehe ich überhaupt nicht, warum haben Sie diesen Wirbel überhaupt ausgelöst, wenn Sie selbst im Glashaus sitzen?«

»Das war nicht meine Idee. Rainer Jungschmidt kam vor ein paar Wochen damit. Clausdorff war begeistert. Ich konnte ihm die Sache nicht ausreden. Sonst hat er immer auf mich gehört, aber dummerweise diesmal nicht. Da musste er seinen Kopf durchsetzen und hörte auf Jungschmidt. Und als dieser Welti unserem Jungschmidt eine CD von der LieBa verkaufen wollte, da wusste ich, dass es jetzt für uns selbst heiß wird, das musste ich verhindern, mit allen Mitteln.«

Nur langsam klingelt es in Kathis Hirn. Deshalb interessierte sich der Kerl immer nur für diese verdammte CD von Fritz, und nicht für ihr entdecktes Schwarzkonto der Konservativen.

»Woher kannten Sie denn Welti?«, hakt Fritz nach.

Freys Gesicht ist verzerrt wie eine von Schrecken gezeichnete Maske. Zwischen Weinen, Schluchzen und Lachen sagt er: »Der feine Herr Welti hat unsere Stiftung verwaltet. Vor etwa einem Jahr wurde er mein Ansprechpartner bei der LieBa. Er wusste natürlich nicht, wer ich bin, meinen Namen musste ich nie nennen. Die Kontonummer und die verschiedenen PINs, das war's. Und ausgerechnet der bietet uns eine Steuer-CD in Berlin an.«

»Und deshalb musste er sterben?«, glaubt Fritz endlich Retos Mörder gefunden zu haben.

»Vermutlich ja, denke ich.« Dann schüttelt er seinen Kopf und lächelt: »Aber ich habe ihn nicht umgebracht. Da war ein anderer schneller.«

»Ha«, lacht Fritz auf, »jetzt noch ein großer Unbekannter?«

»Es gibt genügend Personen, die ein Motiv haben, Sie werden alle Namen auf der CD finden. Sicherlich nicht nur von unserer Partei.«

Kathi blickt Richtung Langenargen, wo der ominöse Fischer, der sie umbringen wollte, verschwunden ist. Um ihn muss sich die Polizei kümmern. Sie wird eine genaue Beschreibung abgeben. Mithilfe der Kopie auf dem Rechner von Fritz wird sie leicht beweisen können, dass die Konservativen ebenfalls Millionen gebunkert haben, nicht nur Frey. Sie erinnert sich an den Beginn der abstrusen Story: »Und Rainer Jungschmidt? Wer hat den umgebracht?«, will sie wissen.

»Das tut mir am meisten leid«, gibt Frey kleinlaut zu, »aber ich musste es tun. Ich musste die Partei schützen, er hätte alles zerstört, wir waren schon so gut wie im Kanzleramt.« Frey klingt völlig verzweifelt. Stockend erzählt er, wie sie beide in Streit gerieten und er Jungschmidt umbrachte.

»Und warum haben Sie ihn nackt in das Paddelboot gesetzt?«

»Ich hatte am gleichen Tag von Weltis Tod erfahren.

Er ist doch nackt hier am See gefunden worden. Mir war sofort klar, dass der nicht beim Surfen umgekommen ist. Ich wollte eine Spur zu seinem Mörder legen.«

»Sakradi!, und jetzt wollten Sie meinen Tod ebenfalls dem großen Unbekannten in die Schuhe schieben!« Fritz steht noch immer mehr oder weniger nackt vor Frey, die kleine Decke bedeckt gerade das Nötigste. »Tolle Idee«, schmollt er und zerrt an Simons Jacke, »da friert's einem doch.«

Besorgt schaut Kathi zu ihrem Kollegen. »Du solltest ins Krankenhaus«, flüstert sie fürsorglich, »nur zur Untersuchung, jetzt komm schon, Lebbi.«

In der Ferne heult die Sirene der Wasserschutzpolizei. Ein erstes Einsatzboot kommt näher. Lebrecht Fritz nimmt die Jacke von Simon und zieht sie schamhaft über. Zu Kathi gewandt grummelt er mürrisch: »Von wegen Lebbi! Ich heiße Fritz!«

EPILOG

Eine dunkle Bar in Berlin Mitte. Zwei bekannte Minister sitzen abseits in einer dunklen Ecke. Noch ein Tag bis zur Bundestagswahl.

Riedermann: »Auf die Sozialisten ist Verlass!«

Leiple (prostet ihm mit einem Glas schäumenden Champagners in der Hand zu): »Auf die Sozialisten!, unsere besten Wahlhelfer. Die können froh sein, wenn sie nach der Nummer überhaupt noch jemand wählt.«

Riedermann: »Was ist eigentlich aus unserem Mann geworden?«

Leiple: »Jakosch? Der ist abgetaucht. Ein guter Mann!«

Riedermann: »Wird die Polizei nicht nach ihm fahnden? Frau Kuschel könnte ihn identifizieren.«

Leiple: »Wenn er zurückkommt, wird er ein anderer sein, ganz anders aussehen. Außerdem wird die Polizei den toten Welti Holger Frey unterjubeln. Dem glaubt jetzt keiner mehr. Und die Beamten brauchen schnelle Erfolge. (Er lacht)

Riedermann: »Diese Kuschel-Zicke weiß von unserer Vitav-Stiftung.«

Leiple: »Pah! Beweisen kann die gar nichts. Dieser Bodenseetölpel hatte eine Kopie auf seinem PC, aber die hat Jakosch zerstört. Die Kuschel ahnt vielleicht, dass wir dahinter stecken, aber sie hat nichts in der Hand, gar nichts!«

Riedermann: »Und die CD?«

Der Finanzminister greift in seine Jackentasche und zieht stolz eine kleine silberne Scheibe hervor.

Leiple: »Ja die CD! (er lacht selbstsicher) Hier ist das Ding.«

Riedermann, ängstlich: »Mensch, lassen Sie das verschwinden.«

Leiple (hämisch lachend): »Von wegen! Da werden wir den einen oder anderen Namen finden, der bereit ist, uns bei der Gründung einer neuen Stiftung unter die Arme zu greifen. – Hoch lebe das Fürstentum Liechtenstein!«

ENDE

*Weitere Krimis finden Sie auf den
folgenden Seiten und im Internet:
www.gmeiner-verlag.de*

Erich Schütz
Bombenbrut
978-3-8392-1176-2

»Ein fesselnder Thriller zwischen Fakten und Fiktion.«

Es ist ein heißer Sommer. Das Ferienparadies Bodensee ist Ziel von Millionen Touristen, aber auch von skrupellosen Waffenschiebern und internationalen Geheimdiensten. Der Erfinder Herbert Stengele hat eine sensationelle Strahlenwaffe entwickelt, sie könnte den Krieg der Sterne entscheiden.

Journalist Leon Dold hat den Auftrag, das Leben des Luftfahrtpioniers Claude Dornier nachzuzeichnen, doch plötzlich steckt auch er mitten in diesem Krieg am Ufer seines idyllischen Bodensees …

Wir machen's spannend

Erich Schütz
Doktormacher Mafia
978-3-8392-1220-2

»Erich Schütz verbindet gut recherchierte Realität mit dramatischer Fiktion.«
Südkurier

Leon, Journalist aus Stuttgart, träumt nicht von einem akademischen Grad, sondern von der ganz großen Story. Bei Recherchen über falsche Doktoren und Professoren gerät er in das Netz einer international operierenden Titelhändler-Organisation. Leon dringt tief in die mafiösen Strukturen ein, bekommt ein nicht ganz seriöses Angebot und trifft auf die mysteriöse »Spinne«. Die Spur führt ihn an den Bodensee …

Wir machen's spannend

Unser Lesermagazin
2 x jährlich das Neueste aus der Gmeiner-Bibliothek

24 x 35 cm, 40 S., farbig; inkl. Büchermagazin »nicht nur« für Frauen und HistoJournal

Das KrimiJournal erhalten Sie in Ihrer Buchhandlung oder unter www.gmeiner-verlag.de

GmeinerNewsletter
Neues aus der Welt der Gmeiner-Romane

Haben Sie schon unsere GmeinerNewsletter abonniert?

Monatlich erhalten Sie per E-Mail aktuelle Informationen aus der Welt der Krimis, der historischen Romane und der Frauenromane: Buchtipps, Berichte über Autoren und ihre Arbeit, Veranstaltungshinweise, neue Literaturseiten im Internet und interessante Neuigkeiten.

Die Anmeldung zu den GmeinerNewslettern ist ganz einfach. Direkt auf der Homepage des Gmeiner-Verlags (www.gmeiner-verlag.de) finden Sie das entsprechende Anmeldeformular.

Ihre Meinung ist gefragt!
Mitmachen und gewinnen

Wir möchten Ihnen mit unseren Romanen immer beste Unterhaltung bieten. Sie können uns dabei unterstützen, indem Sie uns Ihre Meinung zu den Gmeiner-Romanen sagen! Senden Sie eine E-Mail an gewinnspiel@gmeiner-verlag.de und teilen Sie uns mit, welches Buch Sie gelesen haben und wie es Ihnen gefallen hat. Alle Einsendungen nehmen automatisch am großen Jahresgewinnspiel mit attraktiven Buchpreisen teil.

Wir machen's spannend